À une autre enfant du milieu, à la sœur du milieu,
à celle qui est toujours au milieu de tout.
À Megan la diplomate, la princesse guerrière,
la protectrice farouche et loyale de nos cœurs.

Chapitre premier

Si je suis sortie des sentiers battus,
c'est uniquement parce que j'étais perdue.
Pensez à vous munir d'une carte.
Phoebe Traeger

Alors qu'elle s'engageait sur la route sinueuse et étroite censée la mener au terme de son voyage, Maddie sentait encore son passé la talonner. Même après avoir roulé pendant plus de deux mille kilomètres, sa fidèle Honda n'était pas parvenue à semer ses démons.

Pas plus que le souvenir de ses échecs, d'ailleurs.

C'était vraiment une bonne chose qu'elle en ait fini avec la poisse. *Pitié, dites-moi que c'en est fini de la poisse*, pensa-t-elle.

« À vous de jouer, chers auditeurs », lança la voix joviale de l'animateur dans l'autoradio. *« Appelez-nous et confiez-nous vos espoirs et vos rêves pour Noël. Si vous êtes tiré au sort, nous exaucerons votre vœu. »*

— Tu te fous de moi ? s'écria Maddie.

Elle détourna brièvement le regard de la route de montagne pour jeter un coup d'œil au tableau de bord.

— On vient à peine de fêter Thanksgiving, répliqua-t-elle à l'adresse de l'animateur. Noël, c'est dans une éternité.

« N'importe quel vœu », reprit la voix dans la radio. *« Un simple appel de votre part, et votre rêve deviendra peut-être réalité. »*

Tu parles. Néanmoins, la jeune femme poussa un soupir et tenta de se prêter au jeu. À une époque, elle était douée pour ce genre de choses. *Maddie Moore, tu as grandi dans des décors de films – fais semblant, nom d'un chien !*

— Très bien. Ce que je voudrais, c'est…

Qu'est-ce qu'elle aurait voulu, au juste ? Qu'on lui ait donné une chance de repartir de zéro avec sa mère, Phoebe Traeger, avant que celle-ci ne s'en aille assister à l'ultime concert du Grateful Dead au paradis ? Avoir plaqué son ex plus tôt ? Que son patron – puisse-t-il s'étrangler en nouant sa cravate – ait daigné attendre les primes de fin d'année pour la virer ?

« Le standard est ouvert, annonça l'animateur. *Bonne chance à vous tous qui allez nous appeler. »*

Mais oui, c'était peut-être ça, son vœu : de la chance ! Ce qu'elle souhaitait le plus au monde, c'était que la roue tourne : la famille, le boulot, les hommes…

Non, peut-être pas les hommes. Les hommes, elle avait fait une croix dessus, définitivement. Sortant un instant de ses pensées, elle plissa les yeux pour déchiffrer, à travers le brouillard, le premier panneau qu'elle voyait depuis des kilomètres.

Bienvenue à Lucky Harbor !
Population : 2 100 veinards et 10 100 crustacés.

Pas trop tôt. Sollicitant des muscles qu'elle n'avait pas utilisés depuis trop longtemps, elle sourit et, pour fêter son arrivée à destination, plongea la main dans le sachet de chips au vinaigre posé sur le siège passager. Les chips, c'est le remède à tous les maux ; ça soigne la dépression post-licenciement, les regrets d'avoir vécu trop longtemps avec un salaud, et ça vous aide à savourer la possibilité d'un nouveau départ.

— Un nouveau départ réussi, dit-elle tout haut. (Car, comme chacun sait, pour qu'un vœu se réalise, il faut le formuler à haute voix.) Tu as entendu, saleté de karma ?

Levant les yeux, elle jeta un coup d'œil par la vitre du toit ouvrant à l'étanchéité douteuse ; dans le ciel sombre, des nuages d'orage se bousculaient comme des couvertures de laine grise dans un sèche-linge.

— Cette fois, je vais être forte, s'exhorta-t-elle. *Comme Katharine Hepburn. Comme Ingrid Bergman.* Alors, va torturer quelqu'un d'autre et fiche-moi la paix.

Un éclair l'aveugla soudain, suivi d'un coup de tonnerre qui la fit bondir au plafond.

— OK, je voulais dire : fiche-moi la paix, s'il te plaît.

La route qui se déroulait devant elle passait au pied d'une falaise ; Maddie préférait ne pas penser à la flopée d'animaux sauvages qui devaient vivre dans les parages – certainement beaucoup trop pour ses goûts de citadine invétérée. Sur sa gauche, en contrebas, l'océan Pacifique se déchaînait, et la brume persistante dépliait ses longs doigts argentés au-dessus des eaux écumantes.

Certes, tout cela était magnifique, mais ce qui frappait Maddie plus que tout, c'était le silence. Finis les concerts de klaxons au moment de changer de file sur le périphérique embouteillé, adieu l'atmosphère survoltée des bureaux où producteurs et réalisateurs passaient leur temps à s'attraper. Et au diable les ex qui passaient leurs nerfs en vous hurlant à la figure. Ou pire.

En résumé, adieu la colère.

Juste le bruit de la radio et de son propre souffle. Un silence délicieux, merveilleux.

Aussi incroyable que cela puisse paraître, Maddie n'avait jamais conduit sur une route de montagne. Et encore, elle n'était là que parce que le testament de sa mère mentionnait, à sa grande surprise, une propriété dans l'État de Washington… Elle avait été encore plus estomaquée d'apprendre qu'elle en héritait d'un tiers, un endroit appelé *L'Auberge de Lucky Harbor.*

Maddie avait été élevée par son père, décorateur de plateaux à Los Angeles ; il avait obtenu la garde de sa fille quand elle avait cinq ans, et celle-ci n'avait pas vu sa mère plus d'une dizaine de fois depuis lors. Ce testament constituait donc un véritable coup de théâtre, non seulement pour elle, mais aussi pour son père et ses deux demi-sœurs, Tara et Chloe. Comme elles n'avaient pas pu se voir aux obsèques – Phoebe avait clairement refusé tout service funèbre –, les trois sœurs s'étaient entendues pour se retrouver à la propriété.

Ce serait la première fois en cinq ans qu'elles se réuniraient.

Contre toute attente, la route se rétrécit encore. À peine sortie d'un tournant un peu serré à gauche, Maddie dut braquer vivement à droite pour négocier le virage suivant, qu'elle n'avait pas vu venir. Un panneau attira son attention sur la présence possible de loutres, de balbuzards – *c'est quoi, un balbuzard, d'abord?* – et d'aigles chauves. Cette année-là, l'automne avait été très tardif sur toute la côte Ouest, et les feuilles mortes habillaient les routes d'un long manteau doré. C'était magnifique, et elle ne se priva pas d'admirer le spectacle. Un peu trop, peut-être – une nouvelle épingle à cheveux se présentait. Maddie prit un peu large et… *oh, merde…*

… elle faillit renverser un motard.

—Oh, mon Dieu!

Le cœur battant la chamade, elle tendit le cou et vit le type sortir de la route pour finir en glissade sur le bas-côté, où il s'immobilisa. Avec une grimace d'horreur, elle s'apprêtait à le dépasser quand elle fut prise d'une hésitation.

La femme qui fuyait comme la peste toutes les situations conflictuelles susceptibles de la mettre dans l'embarras, c'était l'ancienne Maddie. La nouvelle Maddie, elle, coupa le contact – non sans avoir, cependant, pris le temps d'inspirer une grande goulée d'air en tremblant. Qu'était-elle censée dire? « Désolée, j'ai failli vous tuer, voici mon permis, ma carte d'assurance et vingt-sept dollars » Non, pitoyable. « Les motos sont des engins de mort, espèce d'imbécile, vous avez failli vous faire tuer! » Mouais. Peut-être un peu trop agressif.

Autrement dit, il devrait se contenter d'un simple mot d'excuse venu du fond du cœur.

Prenant son courage à deux mains, elle sortit de la voiture, son BlackBerry au poing, prête à demander du secours si les choses tournaient mal. Surprise par l'humidité de l'air marin, elle frissonna et se frictionna les bras, parée à faire front.

Pitié, pourvu que ce type ne soit pas un sale con…

L'homme se tenait encore en selle, une jambe tendue pour garder l'équilibre, sa chaussure de chantier éraflée fermement plantée dans le sol. Ses yeux étaient cachés derrière les verres réfléchissants de ses lunettes de soleil, et Maddie n'aurait pas pu dire s'il était ou non en colère. À la fois mince et musclé, il était large d'épaules ; son jean et son blouson de cuir lui seyaient à merveille. Il y avait fort à parier qu'il ne venait pas de s'enfiler un sachet entier de chips au vinaigre, lui.

— Vous n'avez rien ? demanda-t-elle, agacée par la nervosité qu'elle percevait dans sa propre voix.

L'homme ôta son casque, révélant une masse de cheveux bruns ondulés et une mâchoire carrée ornée d'une barbe de trois jours.

— Rien du tout. Et vous ?

Cheveux au vent, il parlait d'une voix calme et grave.

Irrité, ça oui. Mais pas furieux.

Elle poussa un soupir de soulagement.

— Ça va, répondit-elle, mais ce n'est pas moi qui ai failli me faire écraser par une folle de Los Angeles. Je suis désolée, je roulais trop vite.

— Ce n'est peut-être pas très judicieux de l'admettre.

Pas faux. Mais elle était désarçonnée par sa voix rauque et par sa taille impressionnante. Et, qui sait, il était peut-être dangereux… et elle se trouvait seule avec lui sur une route déserte en plein brouillard.

Les ingrédients parfaits pour un film d'horreur.

— Vous êtes perdue ? demanda-t-il.

Maddie réfléchit à la question. Sans doute, en effet, était-elle un peu perdue dans sa tête. Et aussi dans ses émotions. Mais pas question de l'admettre devant lui.

— Je vais à l'*Auberge de Lucky Harbor*.

Il repoussa ses lunettes de soleil sur le sommet de son crâne, et là – *oh, mon Dieu!* –, elle vit que ses yeux avaient la couleur exacte du caramel de la barre chocolatée qu'elle avait mangée à midi.

— L'*Auberge de Lucky Harbor*, répéta-t-il.

— Oui.

Il semblait surpris. Au moment où elle allait lui demander ce que cela avait d'étonnant, elle le vit baisser les yeux sur le tee-shirt à manches longues qu'elle avait mis ce matin-là – son préféré. Puis il tendit le bras pour enlever quelque chose de son épaule.

Un bout de chips.

Quand il en retira un autre à la base de son décolleté, elle fut parcourue d'un frisson qui ne devait rien à la peur.

— Nature?

— Vinaigre, rétorqua-t-elle, tout en s'époussetant pour se débarrasser des miettes.

Elle aurait dû être mortifiée – seulement, elle avait épuisé tout son stock de honte en manquant de l'aplatir comme une crêpe. De plus, elle se fichait bien de ce qu'il pensait, lui, ou n'importe lequel de ses semblables, vu qu'elle avait fait une croix sur cette sale engeance.

Même les hommes grands, bien bâtis, incroyablement séduisants, aux cheveux en bataille, à la voix rauque et au regard pénétrant.

Surtout ceux-là.

À présent, il lui fallait trouver un prétexte pour prendre rapidement congé. Feignant de sentir son téléphone vibrer, elle le colla contre son oreille.

— Salut, dit-elle dans le vide. Oui, j'arrive tout de suite.

Elle fit un sourire d'excuse qui voulait dire : « Vous avez vu, je suis super occupée ; là, il faut vraiment que j'y aille. » Puis, elle le salua de la main, tourna les talons et commença à s'éloigner tout en poursuivant sa conversation téléphonique imaginaire pour s'épargner des adieux maladroits.

C'est alors que son téléphone sonna. *Aïe !* Elle se tourna à demi, risquant un regard en direction du bel inconnu à la moto ; sourcils arqués, il l'examinait d'un air amusé.

— Je crois que vous avez un appel. Un vrai, cette fois.

Elle décela quelque chose de nouveau dans sa voix. Une nuance d'humour, sans doute, mais plus probablement une franche incrédulité à l'idée qu'il avait failli être tué par une fille de Los Angeles souffrant d'une lourde inadaptation sociale.

Le visage empourpré, Maddie prit l'appel. Et le regretta aussitôt : la direction des ressources humaines de la société de production qui venait de la mettre à la porte lui demandait à quelle adresse elle souhaitait qu'on lui envoie son dernier salaire.

— Faites-moi un virement, vous avez mes coordonnées bancaires, murmura-t-elle.

Après avoir écouté l'employé qui s'occupait du dossier lui servir son boniment, elle confirma d'une voix plus forte que, oui, elle avait tout à fait conscience que, du fait de son licenciement, elle ne pourrait obtenir de références de leur part pour d'éventuels futurs employeurs. Elle raccrocha avec un soupir.

L'inconnu ne l'avait pas quittée des yeux.

— On vous a virée, hein ?

— Je n'ai pas envie d'en parler.

S'il se le tint pour dit, il ne bougea pas pour autant. Il se contenta de rester là, immobile sur sa moto, irradiant la testostérone. Elle s'aperçut qu'il attendait qu'elle parte la première. Soit c'était un vrai gentleman, soit il préférait ne pas risquer sa vie une seconde fois en la précédant sur la route.

— Encore désolée. Et je suis bien contente de ne pas vous avoir tué…

Elle s'éloigna en reculant et se cogna dans sa voiture. Bien joué. Prenant soin de ne pas le regarder, elle s'engouffra dans le véhicule. « Bien contente de ne pas vous avoir tué ? » se répéta-t-elle à voix haute. *Sans rire ?* Bon, tant pis, le mal était fait. *Surtout ne te retourne pas. Ne te…*

Elle se retourna.

Il la regardait partir, et, même si elle ne pouvait pas en être certaine, elle crut discerner sur son visage une expression vaguement perplexe.

Elle déclenchait souvent ce genre de réaction.

Une minute plus tard, elle traversait Lucky Harbor. C'était, exactement comme Google Earth l'avait promis, une pittoresque petite station balnéaire de l'État de Washington, nichée dans une anse rocheuse, et qui présentait un mélange aussi excentrique qu'éclectique d'ancien et de neuf. La rue principale était bordée de constructions victoriennes peintes de couleurs vives, abritant les commerces de base – épicerie, bureau de poste, station-service et quincaillerie. Une impasse d'où partait une longue jetée bordée de boutiques et de terrasses de cafés menait à la plage.

Il y avait aussi une grande roue.

Maddie se sentit étrangement tentée. Si seulement elle pouvait aller y faire un tour, ne serait-ce que pour oublier, pendant quelques minutes, qu'à vingt-neuf ans, elle était complètement fauchée et quasiment à la rue.

Ah, et aussi qu'elle avait le vertige.

Elle poursuivit sa route. Deux minutes plus tard, elle parvint à un embranchement. Comme elle n'avait aucune idée de la direction à prendre, elle se rangea sur le bas-côté pour étudier la carte. Au même moment, le bel inconnu à la moto la dépassa, lui offrant une vue imprenable sur des fesses parfaitement moulées dans ce vieux jean délavé qui lui allait si bien.

Quand cette vision de rêve eut disparu au loin, elle se replongea dans l'examen de la carte : l'*Auberge de Lucky Harbor* était censée se trouver juste en bordure d'océan. Maddie n'en revenait toujours pas : en effet, à sa connaissance, les seules choses que sa mère ait jamais possédées se limitaient à un vieux break bois de 1971 et à l'intégrale des albums du Grateful Dead.

À en croire les documents que lui avait remis l'avocat, le domaine était composé d'une petite marina, d'une auberge et d'une maisonnette pour les propriétaires. Pressée de voir ce qu'il en était, Maddie appuya sur l'accélérateur... quand, soudain, la route s'interrompit.

Allons bon.

Elle jeta un coup d'œil au dernier bâtiment sur sa gauche. Une galerie d'art. À l'entrée se tenait une femme en survêtement rose ; elle portait des baskets, et un bandeau en éponge retenait sa chevelure d'un blanc de neige. Elle pouvait avoir cinquante ans comme quatre-vingts, c'était difficile à dire. Contrastant avec sa tenue de sport, une cigarette pendait au coin de sa bouche, et sa peau était tellement bronzée qu'on aurait dit qu'elle prenait le soleil sans interruption depuis dix ans.

— Bonjour, ma belle, dit-elle d'une voix rocailleuse en voyant Maddie sortir de sa voiture. Si vous n'êtes pas perdue, c'est que vous venez m'acheter un tableau.

— Je suis un peu perdue, admit Maddie.

— C'est assez fréquent par ici. Les routes qui ne mènent nulle part, c'est un peu une spécialité locale.

Génial. Elle était en route vers nulle part. L'histoire de sa vie.

— Je cherche l'*Auberge de Lucky Harbor*.

La femme haussa les sourcils de manière presque comique.

— Oh ! Oh, enfin !

Avec un sourire qui fit naître une multitude de rides autour de ses yeux, elle battit des mains, ravie.

— Laquelle es-tu, trésor ? La Sauvageonne, la Dame de fer ou la Souris ?

Maddie eut un instant d'hésitation.

— Euh…

— Phoebe adorait parler de ses filles ! Elle disait toujours que comme mère elle avait été au-dessous de tout, mais qu'un jour elle arriverait à vous réunir ici pour que vous teniez cette auberge toutes les trois, en famille.

— Vous voulez dire toutes les quatre.

— Négatif. Elle était certaine que ce serait seulement vous trois.

Elle tira sur sa cigarette et faillit cracher ses poumons.

— Elle voulait d'abord faire rénover l'auberge, mais elle n'a pas eu le temps. Cette pneumonie l'a emportée si vite. (Son sourire s'atténua.) Je suppose que Dieu lui-même ne pouvait pas se passer de la compagnie de Phoebe. Cette femme était un sacré numéro !

Elle inclina la tête pour détailler Maddie de la tête aux pieds.

Mal à l'aise, celle-ci entreprit de nouveau de s'épousseter en souhaitant que toutes les miettes de chips soient parties depuis longtemps, tout en priant pour que ses cheveux ne soient pas aussi ébouriffés que ce qu'elle craignait.

La femme prit un air amusé.

— La Souris…

Génial… Maddie respira un grand coup en se disant qu'elle serait bien bête de se sentir insultée – après tout, ce n'était que la vérité.

— Oui, confirma-t-elle.

— Du coup, c'est toi le cerveau de la famille. Celle qui dirige cette grosse société de production à Los Angeles.

— Oh non ! rétorqua Maddie en secouant la tête avec véhémence. Moi, j'étais juste assistante.

Assistante d'une assistante. La fille dont le rôle consistait parfois à acheter les sous-vêtements de son patron et les cadeaux pour sa fiancée, mais aussi, effectivement, à produire des films et des émissions de télévision.

— Ta mère affirmait que tu prétendrais cela, mais elle n'était pas dupe, elle connaissait ta mentalité. Elle disait que tu travaillais comme une folle.

C'était bel et bien le cas : Maddie avait bossé dur. Et elle avait plus ou moins dirigé cette saleté de boîte.

— Comment savez-vous tout ça ?

— Je suis Lucille.

L'information laissa Maddie de marbre, et Lucille se mit à glousser :

— En fait, je travaille pour vous. À l'auberge. Lorsqu'il y a des clients, je viens faire le ménage.

— Toute seule ?

— Eh bien, les affaires ne sont plus tout à fait ce qu'elles étaient, si tu vois ce que je veux dire. Oh ! Attends une seconde, j'ai quelque chose à te montrer…

— C'est-à-dire que je suis un peu pressée…

Mais Lucille avait déjà disparu.

— Bon, ben d'accord.

Deux minutes plus tard, Lucille émergeait de la galerie tenant à la main un petit coffret de bois sculpté qui portait une étiquette « Recettes » – le genre de boîte où l'on range des fiches bristol de taille standard.

— Tiens, c'est pour vous trois.

La cuisine ne faisait pas partie des hobbies de Maddie, mais il aurait été impoli de refuser.

— Phoebe cuisinait ?

— Oh, bon Dieu, non ! répondit Lucille avec un petit rire. Elle ne savait même pas faire bouillir de l'eau.

Maddie accepta la boîte avec un remerciement embarrassé.

— Maintenant, tu n'as plus qu'à suivre ce chemin, là-bas, sur un peu plus d'un kilomètre, et tu es arrivée. Appelle si tu as besoin de moi pour quoi que ce soit : ménage, rangement, évacuation d'araignées…

À ces mots, Maddie dressa l'oreille.

— Évacuation d'araignées ?

— Ta mère n'était pas très copine avec ces petites bêtes.

Tiens donc. Voilà qui leur faisait un point commun.

— Et il y en a beaucoup ?

— Eh bien, tout dépend de ce que tu appelles « beaucoup ».

Oh, bon sang! Pour elle, au-delà d'une, c'était déjà une invasion. Maddie s'efforça d'adresser à la vieille dame un sourire, qui tenait plutôt du rictus. Prenant congé avec un petit signe de la main, elle retourna à sa voiture et se remit en route.

— La Souris, lâcha-t-elle avec un soupir.

Voilà déjà une chose qui allait changer.

Chapitre 2

Ne prenez pas la vie trop au sérieux.
Après tout, personne n'en sort vivant, de toute façon.
Phoebe Traeger

Il s'avéra que Lucille savait de quoi elle parlait, et, exactement un kilomètre plus loin, Maddie aperçut l'océan Pacifique – une étendue sombre et profonde parsemée de moutons d'écume à perte de vue, rejointe à l'horizon par un ciel gris métallique, et encadrée de falaises rocheuses où s'accrochaient des pans de brume. La vue était à couper le souffle.

Elle avait trouvé « l'hôtel ». Une fois de plus, Lucille n'avait pas menti : on ne pouvait pas dire que l'endroit soit très vivant.

C'était même plutôt mort.

Manifestement, l'*Auberge de Lucky Harbor* avait connu des jours meilleurs. Une femme était assise sur les marches de l'entrée principale, non loin d'une Vespa. S'apercevant de la présence de Maddie, elle se mit debout. Elle était vêtue d'un joli petit pantalon cargo taille basse, d'un tee-shirt rouge vif très ajusté et de baskets assorties. Ses cheveux roux foncé, épais et lustrés, tombaient en cascade sur ses épaules, dans un agencement savant qui impressionna Maddie : aucun coiffeur au monde n'aurait pu obtenir le même résultat avec ses boucles indisciplinées.

Chloe, vingt-quatre ans. La Sauvageonne en personne.

Maddie tenta d'aplatir sa propre chevelure, une masse blond foncé qui semblait douée d'une vie propre, mais en pure perte. Elle y parvenait à peine les bons jours, et ce n'en était clairement pas un. Avant qu'elle ait pu dire un mot, un taxi vint se garer à côté de sa Honda, et il en émergea une grande femme mince et très belle. Avec ses cheveux bruns coupés en un carré court et dégradé, elle était naturellement sexy. Elle portait un élégant tailleur qui mettait en valeur son corps musclé et son sourire plein d'assurance.

Tara, la Dame de fer.

Pendant que son chauffeur déposait les nombreux bagages à l'entrée de la véranda, les trois jeunes femmes se dévisagèrent en silence ; cela faisait cinq ans qu'elles ne s'étaient pas vues, et les retrouvailles étaient malaisées. La dernière fois qu'elles s'étaient réunies, Tara et Maddie avaient payé la caution de leur jeune sœur, arrêtée pour avoir illégalement pratiqué le saut à l'élastique du haut d'un pont dans le Montana. Chloe les avait remerciées, promettant de les rembourser, et chacune était repartie de son côté.

C'était toujours comme ça entre elles. Trois pères différents, trois personnalités extrêmement dissemblables, et un seul point commun : une mère adorable et candide aux allures de hippie, toujours par monts et par vaux.

— Alors, dit enfin Maddie en rompant le silence pesant avec un sourire forcé, ça roule ?

— Difficile à dire pour l'instant, murmura Tara en jetant un regard en coin à la benjamine.

Chloe leva les mains, sur la défensive.

— Eh, je n'ai rien à voir avec tout ça !

— Ce serait bien la première fois.

Tara s'exprimait avec un léger accent du sud qu'elle se défendait d'avoir et qu'elle avait attrapé au Texas, dans le ranch de son grand-père, là où elle avait grandi.

Chloe roula des yeux exaspérés et sortit de sa poche son éternel inhalateur, avant d'examiner les alentours d'un œil morne.

—Alors, c'est ça, la grande révélation ?

—Je suppose, dit Maddie en considérant les lieux à son tour. J'ai l'impression qu'il n'y a pas trop de clients en ce moment.

—Ça va être difficile de revendre dans ces conditions, remarqua Tara.

—Revendre ? répéta Maddie.

—C'est le moyen le plus simple de se débarrasser de tout ça au plus vite.

Maddie sentit son estomac se nouer. Elle ne voulait pas repartir. Elle voulait un endroit à elle pour respirer, panser ses plaies et se ressaisir.

—Pourquoi tant d'empressement ?

—Soyons réalistes. Il y a un gros crédit sur la propriété, et pas de trésorerie.

Chloe hocha la tête d'un air entendu.

—C'est bien maman, ça.

—Ses parents lui avaient laissé un important fonds de placement, intervint Maddie. Dans le testament, il est indépendant de la propriété immobilière, et je n'ai donc aucune idée de l'identité de son bénéficiaire. Je pensais que c'était l'une de vous deux.

Chloe fit signe que non.

Maddie et elle se tournèrent alors vers Tara.

—Mes chéries, je n'en sais pas plus que vous. Ce dont je suis sûre, en revanche, c'est qu'il serait plus que judicieux de revendre, de rembourser le crédit de l'hôtel et de diviser en trois ce qui restera de l'argent, avant de retourner à nos vies. Si on se débrouille bien, je pense qu'on peut mettre l'auberge en vente et régler cette histoire en trois jours.

Cette fois, Maddie en eut le souffle coupé.

—Si vite ?

— Tu tiens vraiment à te morfondre longtemps à Lucky Harbor ? demanda Tara. Même maman n'est pas restée, et Dieu sait qu'elle avait de drôles d'idées.

Chloe agita son inhalateur et en aspira une bouffée.

— Je vote pour la vente. J'ai une amie qui a un centre de remise en forme au Nouveau-Mexique, elle m'y attend la semaine prochaine.

— Tu as de l'argent pour te payer ça, mais pas pour rembourser ce que tu me dois ? s'indigna Tara.

— J'y vais pour le boulot. Je suis en train de créer une ligne de cosmétiques naturels et je vais présenter mes produits en espérant qu'on me les achètera, expliqua Chloe, l'œil rivé sur la route. À votre avis, il y a un bar, en ville ? Je boirais bien un verre.

— Il est à peine 16 heures, objecta Tara.

— Oui, mais il est 19 heures quelque part dans le monde.

Tara émit un petit rire méprisant, et Chloe plissa les yeux.

— Quoi ?

— Tu as très bien compris.

— Dis quand même.

Et c'est reparti, pensa Maddie en sentant l'angoisse lui nouer la gorge.

— Euh, peut-être qu'on devrait discuter de tout ça au calme…

— Non, je veux qu'elle me dise ce qu'elle a voulu insinuer, insista Chloe.

L'air se chargea soudain d'électricité, laissant augurer une double tempête : mère nature n'allait pas tarder à se déchaîner, et les deux sœurs ennemies à se disputer.

— Peu importe ce que je pense, dit froidement Tara.

— Arrête ton char, ma vieille, s'obstina Chloe. Balance ce que tu as à dire. Je sais que tu en brûles d'envie.

Maddie s'interposa. C'était plus fort qu'elle. Elle était la sœur du milieu, ce qui faisait d'elle une diplomate toujours prête à essayer d'arrondir les angles.

— Regardez ! s'écria-t-elle. Un petit chien !

Chloe lui lança un regard amusé.

— Non, sans rire ?

— Ça valait le coup d'essayer, dit Maddie en haussant les épaules.

— La prochaine fois, arrange-toi pour avoir l'air plus convaincue et moins paniquée. Ça pourrait marcher.

— Eh bien, moi, les chiens, je m'en fiche ; et même si le père Noël fait une apparition, je m'en bats l'œil, dit Tara. Ce n'est peut-être pas marrant, mais il faut régler cette histoire une bonne fois pour toutes.

Maddie considéra Chloe ; elle avait pâli et tripotait de nouveau son inhalateur.

— Ça va ?

— Génial.

Maddie s'efforça de ne pas se sentir visée par le ton sarcastique de sa sœur. Chloe était aussi éprise de liberté que leur mère Phoebe, mais souffrait d'asthme chronique ; elle vouait une haine farouche à ce handicap qui la gênait dans sa quête d'aventures autant que dans ses velléités querelleuses.

Ensemble, les trois sœurs pénétrèrent dans l'hôtel par la véranda dont le plancher grinça sous leur poids. Comme la plupart des constructions de Lucky Harbor, l'édifice était de style victorien. La peinture de ses murs bleu et blanc était défraîchie depuis longtemps, et presque tous les volets étaient cassés ou absents. Pour autant, Maddie n'avait aucun mal à se représenter l'auberge du temps de sa splendeur : neuve et pimpante, pleine de charme et de caractère.

Chacune des sœurs avait reçu par courrier un jeu de clés. Tara utilisa les siennes pour déverrouiller la porte d'entrée et laissa aussitôt échapper un long soupir dépité.

Le décor de la réception, résolument rustique, remontait aux années 1980. Presque tout était bleu et blanc, depuis les rideaux à carreaux jusqu'au papier peint couvert de motifs en forme de vaches et de canards, et qui se décollait. La peinture était écaillée, et les meubles, pas assez vieux pour faire la joie d'un antiquaire, avaient au moins trente ans de trop pour pouvoir être qualifiés de neufs.

— Quelle horreur ! s'exclama Chloe en fronçant le nez de dégoût. Je ne peux pas rester là. Avec toute cette poussière, je vais mourir asphyxiée.

Tara secoua la tête, partagée entre l'effroi et l'amusement.

— On dirait la maison de Laura Ingalls, en pire.

— Tu sais que ton accent ne s'arrange pas ? dit Chloe.

— Je n'ai pas d'accent.

— Ben voyons !

— Ce n'est pas si terrible, intervint Maddie avant que Tara ait pu riposter.

— Tu parles, rétorqua Chloe. On dirait Susan Sarandon dans *Duo à trois*.

— L'auberge, la corrigea Maddie. Je parlais de l'auberge : je m'attendais à pire.

— J'ai connu des hôtels en Bolivie qui avaient l'air du Ritz, en comparaison, dit Chloe.

— C'étaient la mère de maman et son troisième mari qui tenaient cet endroit, intervint Tara. (Elle passa un doigt sur la balustrade avant d'examiner d'un œil critique son index couvert de poussière.) Il y a des lustres de ça.

— Alors, comme ça, grand-mère passait d'un mari à l'autre, elle aussi ? demanda Chloe. Bon sang, on dirait que nous sommes condamnées à être des mangeuses d'hommes.

— Parle pour toi, murmura Tara.

C'est vrai qu'on aurait juré entendre Susan Sarandon.

Chloe lui adressa un large sourire.

— Il faut bien avouer que notre patrimoine génétique n'est pas des plus reluisants.

Maddie éclata de rire.

— Comme je le disais à l'instant, reprit Tara, grand-mère travaillait ici et, après son décès, maman a essayé de reprendre l'affaire, mais elle s'est complètement laissé déborder.

Maddie était fascinée de découvrir cet aspect de son passé. Elle n'avait jamais entendu parler de cet endroit auparavant. À sa connaissance, aucune d'entre elles n'avait eu de contacts réguliers avec Phoebe, sans doute parce que celle-ci n'entretenait de relations suivies qu'avec ses propres idées, farfelues pour la plupart.

Leur mère n'en était pas moins quelqu'un de bien. Tout le monde s'accordait à dire que c'était une adorable hippie à l'esprit libéral. En revanche, elle n'avait jamais été très douée pour s'occuper de certaines choses, comme les voitures, l'argent ou… ses filles.

— Je ne savais même pas que maman était proche de ses parents.

— Ils sont morts voilà longtemps, dit Tara. (Elle se retourna pour suivre du regard Chloe qui grimpait l'escalier.) Ne monte pas là-haut, trésor. Ça m'a tout l'air d'être un nid à poussière, tu risques d'avoir une crise d'asthme.

— Trop tard, je crise déjà, rétorqua Chloe, et ça n'a rien à voir avec mon asthme.

Pourtant, elle tira sur le col de son tee-shirt pour s'en couvrir le nez avant de poursuivre son ascension. Tara haussa les épaules.

— À quoi bon ? soupira-t-elle.

Elle passa dans la cuisine et se figea en avisant l'état de la pièce.

— Des plans de travail en Formica, murmura-t-elle sur le même ton que si elle venait de découvrir de l'amiante.

D'accord, ce n'était pas terrible, mais le carrelage en damier bleu et blanc était assez mignon avec son petit côté rétro. Certes, l'électroménager datait un peu, mais l'ensemble dégageait d'emblée une impression accueillante et confortable, qu'accentuait la frise imprimée de coqs. Maddie imaginait très bien des clients assis autour de la grande table de bois massif, près de l'immense baie vitrée qui offrait une vue magnifique sur… la marina délabrée.

Très bien : on allait dire que cet héritage était un cadeau que leur offrait le passé. Il devait bien exister des gens qui rêvaient d'une escapade dans une petite auberge vieillotte mais charmante, et qui étaient prêts à payer pour cela.

— On va avoir besoin d'huile de coude, et pas qu'un peu, annonça Chloe en entrant dans la cuisine, le bas du visage toujours couvert de son tee-shirt.

Les gros travaux ne faisaient pas peur à Maddie. Elle ne connaissait que ça. Rien que de se représenter l'endroit remis à neuf, avec un feu ronflant dans le four à bois et un petit plat mijotant sur la cuisinière, elle se mit à sourire. Sans réfléchir, elle sortit de sa poche le BlackBerry qu'elle n'avait plus les moyens de garder et, les pouces volant de touche en touche, entreprit d'établir une liste.

— Peinture, plans de travail, électroménager...

Quoi d'autre ? Elle appuya sur l'interrupteur situé près de la porte afin de mieux voir la pièce et... rien ne se passa.

Tara poussa un nouveau soupir.

Maddie ajouta un élément sur sa liste :

— Électricité...

— Et le toit fuit, ajouta Tara en désignant le plafond.

— Il y a une salle de bains juste au-dessus, leur annonça Chloe. La plomberie est dans un sale état. Mais il est probable que le problème se situe aussi au niveau du toit.

Tara s'approcha de Maddie et se pencha pour lire par-dessus son épaule.

— Tu ne serais pas une maniaque de l'organisation ?

Quand Maddie travaillait dans les studios de production, elle y était obligée. Il y avait cinq producteurs – plus elle. Les autres récoltaient les lauriers, tandis qu'elle faisait le boulot.

Tout le boulot.

Jusqu'à la semaine précédente, cela lui avait plutôt bien réussi.

— Eh oui, répondit-elle. Bonjour, je m'appelle Maddie, et je suis accro à mon BlackBerry, aux fournitures de bureau et à l'organisation.

Elle s'attendait à une repartie mordante, mais Tara se contenta de hausser les épaules.

— Ça va nous être très utile.

Elle s'apprêtait à quitter la cuisine quand Maddie retrouva sa voix.

— Tu savais que maman ne voulait pas vendre ? demanda-t-elle dans le dos de sa sœur. Qu'elle avait prévu qu'on gère l'*Auberge de Lucky Harbor* en famille ?

Tara se retourna.

— Tu plaisantes ?

— Non, je t'assure. Elle voulait se servir de l'hôtel pour nous rapprocher.

— J'adorais maman, intervint Chloe. Mais elle ignorait le sens du mot « proche ».

— C'est vrai, admit Maddie. Mais on pourrait y arriver. Avec un peu de bonne volonté.

Ses deux sœurs la considérèrent bouche bée.

— Tu déraillles complètement, ma pauvre, finit par dire Tara. On vend : un point, c'est tout.

Je ne suis plus une souris, pensa Maddie. *Je suis une battante, maintenant, comme... Rachel* de *Friends*. Sans son côté superficiel. Et sans Ross. Elle n'aimait pas Ross.

— Et si je ne veux pas vendre, moi ?

— Que tu le veuilles ou non, je m'en tamponne le coquillard. Ça n'a aucune importance, dit Tara. On n'a pas le choix.

— Le coquillard ! répéta Chloe, hilare. C'est nouveau, ça ! Et d'abord, qu'est-ce que ça veut dire ?

Tara l'ignora et se mit à énumérer sur ses doigts les raisons de vendre.

— On n'a pas d'argent. On a une échéance de remboursement dans deux semaines. Sans compter que j'ai une vie qui m'attend à Dallas, moi. J'ai pris une semaine pour m'occuper de ça, point barre.

Maddie savait que Tara était mariée avec un pilote de course très sexy prénommé Logan et qu'elle occupait un poste à responsabilité dans une grande entreprise. Elle concevait très bien que sa sœur souhaite retrouver rapidement l'un comme l'autre.

— Et si ça se trouve, moi, j'ai rendez-vous avec un prince arabe, railla Chloe. Nous avons, toutes les trois une vie, Tara.

Si tu savais, pensa Maddie.

Dans un silence pesant, elles passèrent en revue le reste de l'auberge. La cuisine donnait sur un bureau et sur une petite chambre avec salle d'eau, et l'étage était occupé par quatre chambres et deux salles de bains communes, le tout dans un style qu'on aurait pu qualifier de « bobo chic »..., le chic en moins.

Ensuite, elles se rendirent à la marina. Le petit bâtiment de tôle faisait communément office d'entrepôt et de bureau – un véritable capharnaüm. Kayaks, outils variés, rames et fournitures diverses se disputaient l'espace. Au chapitre des bonnes nouvelles, quatre des huit cales étaient occupées.

— Des bateaux à louer ! dit Maddie tout en prenant frénétiquement de nouvelles notes.

— Mouais, dit sobrement Tara.

Chloe s'était mise à examiner l'unique bateau à moteur.

— Dites, on devrait prendre celui-ci pour se faire une petite virée et...

— Non ! s'écrièrent Maddie et Tara en même temps.

Chloe leva les yeux au ciel.

— Je n'y crois pas ! Je me suis fait arrêter une fois, on ne va quand même pas passer le réveillon là-dessus !

— Deux fois, rappela Tara. Et tu me dois toujours l'argent de la caution pour cette histoire de jet-ski à San Diego.

Maddie n'avait pas la moindre idée de ce qui s'était passé à San Diego, et elle n'était pas certaine d'avoir envie de le savoir.

En ressortant de l'abri à bateaux, les trois sœurs se trouvèrent face à la dernière partie de leur « propriété » : la petite maison destinée aux gérants de l'auberge. À vrai dire, « petite » était encore un bien grand mot pour cette bicoque de la taille d'un timbre-poste. Le minuscule salon-cuisine était assorti d'une chambre unique et d'une salle de bains.

En revanche, la poussière ne manquait pas.

— Franchement, ce n'est pas si mal, dit Maddie pour briser le silence atterré des deux autres.

Elles prirent un instant pour mieux contempler les lieux qui – surprise ! – étaient décorés en bleu et blanc. Le summum, c'étaient les vaches, canards et coqs peints au pochoir sur les murs et sur les meubles.

— Il faut juste un coup de peinture. Je pense que…, commença Maddie.

— Non, dit fermement Tara. Je t'adore, trésor, mais, je t'en supplie, ne pense pas !

Chloe étouffa un petit rire.

— J'adore ta façon de dire à quelqu'un que tu l'aimes avant de l'insulter. Super classe.

Tara ignora superbement sa sœur ; d'un ton calme et froid comme l'acier, elle reprit :

— Ici, c'est la majorité qui l'emporte. Et la majorité affirme que nous devons vendre aussi vite que possible, en espérant que, vu le contexte économique actuel, nous ne serons pas carrément obligées de payer quelqu'un pour nous débarrasser de cet endroit.

Maddie jaugea Chloe du regard.

— Tu tiens vraiment à vendre, toi aussi ?

Chloe hésita.

— Sois honnête avec elle, lui intima Tara.

— Je ne peux pas, s'écria Chloe en enfouissant son visage dans les mains. Elle a les mêmes yeux que Bambi ! (Elle se dirigea vers la porte.) Vous savez quoi ? Je ne suis pas d'humeur à jouer le rôle d'arbitre. Trouvez-vous quelqu'un d'autre.

— Où vas-tu ? demanda Tara.

— Me promener.

— Mais on a besoin de ta voix…

La porte claqua à en faire trembler les murs.

Tara leva les bras au ciel, exaspérée.

— Toujours aussi égoïste, celle-là, lança-t-elle en jetant autour d'elle un regard dégoûté. Je vais en ville faire des courses pour les quelques jours qui viennent. Il nous faut à manger, de quoi faire le ménage… et un bidon d'essence avec des allumettes.

Sa sœur lui adressa un regard horrifié.

— Je plaisante ! Tu me prêtes ta voiture ?

Maddie lui tendit ses clés.

— Prends aussi des chips, recommanda-t-elle. Plein.

Une fois seule, elle s'assit sur les marches et sortit de son sac la boîte que lui avait confiée Lucille. Pour tromper son ennui, elle souleva le couvercle, s'attendant à trouver des centaines de recettes dont elle ne se servirait jamais.

Elle tomba des nues en découvrant le contenu du coffret. Les fiches bristol n'étaient pas vierges, mais, au lieu de recettes de cuisine, elles proposaient des recettes… de vie.

Toutes étaient écrites de la main de Phoebe et intitulées « Conseils à l'usage de mes filles ». Sur la première, elle lut :

« Soyez toujours amoureuses. »

Maddie examina la fiche pendant un bon moment avant de lâcher un sourire. Des années plus tôt, elle avait eu droit, de la part de son père, au fameux discours sur la « petite graine ». Il lui avait exposé rapidement les faits, évitant de croiser le regard de sa fille, faisant de son mieux pour s'acquitter auprès d'elle de ce devoir embarrassant. Jamais elle ne l'avait vu aussi mal à l'aise, et tout ça parce qu'un garçon lui avait téléphoné !

« Les garçons, c'est comme la drogue, avait-il asséné. Il faut leur dire "non". »

Manifestement, Phoebe et lui ne partageaient pas le même état d'esprit à ce sujet. Ne se sentant pas tout à fait prête à passer en revue les autres conseils que sa mère avait jugé bon de leur transmettre, Maddie rangea le coffret dans son sac. Elle remonta la fermeture Éclair de son sweat-shirt et fit quelques pas ; elle avait besoin de marcher. Le vent s'était levé, et les nuages, qui s'étaient encore assombris, défilaient lentement juste au-dessus de sa tête.

Arrivée sur la route, elle s'arrêta et se retourna pour contempler le bâtiment à l'abandon. Ce n'était pas ce qu'elle avait espéré. Elle n'était jamais venue là avec sa mère. Elle n'y était pas chez elle, en aucune façon. Et pourtant… pourtant, elle ne voulait pas laisser tomber. Elle avait envie de rester.

Et pas seulement parce qu'elle n'avait nulle part où aller.

Enfin si, un peu, quand même.

Avec un soupir, elle se remit en marche. À un peu plus d'un kilomètre, elle passa devant la galerie d'art. Lucille pointa aussitôt son nez par la porte entrouverte, et Maddie salua la vieille femme d'un geste de la main. Quelques rares flocons de neige flottaient lentement autour d'elle, fondant dès qu'ils touchaient le sol. Elle observa leur valse paresseuse sans penser à rien d'autre, et, quand elle atteignit la ville, il faisait presque nuit.

Elle prit soudain conscience qu'elle était plantée devant un bar. En reculant d'un pas pour déchiffrer l'enseigne, elle trébucha sur le bord du trottoir et partit à la renverse, entraînant dans sa chute un objet non identifié de taille imposante, qui se trouvait derrière elle.

Une moto.

— Et merde ! murmura-t-elle, étalée sur la grosse cylindrée, les quatre fers en l'air. Merde, merde, merde !

Le cœur battant à tout rompre, elle bondit sur ses pieds en se frottant les fesses et les côtes endolories. Mentalement, elle calcula combien allaient lui coûter les dégâts, et se rappela le peu qu'elle avait sur son compte en banque.

Ce n'était même pas envisageable. Pourvu que la moto soit intacte. Maddie se pencha et tenta de redresser l'énorme engin, mais il devait bien faire deux fois son poids. Elle en était encore à s'escrimer pour le relever quand la porte du bar s'ouvrit à la volée sur deux hommes.

Le premier, vêtu d'un costume marron, la cravate au vent, criait à tue-tête :

— Attends, protestait-il, elle l'avait bien cherché…

Le second se taisait, mais Maddie le reconnut aussitôt. C'était le bel inconnu à la moto, celui qu'elle avait failli renverser tout à l'heure. Ce qui signifiait que… *Oh, mon Dieu !* Cette fois, c'était sa moto qu'elle avait fichue par terre.

Saleté de karma.

Au moins, il ne l'avait pas encore repérée. Il était trop occupé à jouer les videurs auprès de M. Costume-Cravate qu'il poussait fermement vers la rue en le tenant par le col de sa veste.

Soudain, Costume-Cravate se dégagea et fit volte-face, les poings levés.

Le bel inconnu ne bougea pas d'un millimètre, l'air détendu et nonchalant, mais néanmoins paré à l'affrontement.

— Rentre chez toi, Parker.

— Tu ne peux pas me foutre dehors.

— La preuve que si. Ne remets pas les pieds ici avant d'avoir compris que quand on te dit « non » c'est « non ».

— Mais, je te l'ai dit, elle n'attendait que ça !

Le bel inconnu fit « non » de la tête.

Costume-Cravate prit soin de mettre quelques mètres de distance entre eux avant de hurler :

— Alors, va te faire foutre !

Puis il disparut dans la nuit.

Maddie avait contemplé la scène sans rien dire, pétrifiée. Son cœur battait la chamade ; elle n'aurait su dire si la cause en était la situation explosive qui lui rappelait de mauvais souvenirs ou le fait que, d'un instant à l'autre, le propriétaire de la moto allait remarquer sa présence et le désastre qu'elle venait de provoquer. Dans un nouvel élan de panique, elle recommença à s'escrimer sur l'engin toujours par terre.

C'est alors que deux grandes mains se refermèrent sur son bras et l'éloignèrent de l'engin.

Avec un tressaillement, elle se retourna. L'homme était plus grand qu'elle ne l'avait cru, et elle recula d'un pas pour se mettre hors de sa portée.

Ses cheveux étaient un peu décoiffés, et une boucle brune tombait sur son front. Il avait la mâchoire carrée, des pommettes à se damner, et dans ses yeux caramel dansait une lueur incrédule.

— Vous avez une dent contre ma moto, ou quoi ?

— Je sais, les apparences sont contre moi, admit-elle, mais je vous jure que ce n'est absolument pas le cas.

— Mouais. Prouvez-le.

Elle sentit son estomac se contracter.

— Je…

— Devant un verre, dit-il en désignant le bar du menton.

— Avec vous ?

— Ou toute seule, si vous préférez. En tout cas, j'ai l'impression que vous avez besoin d'un petit remontant.

Il ne croyait pas si bien dire.

Avec une aisance horripilante, il redressa sa moto puis tendit la main à Maddie.

Elle la regarda sans la saisir.

— Écoutez, dit-elle, ne prenez pas ça pour vous, mais j'ai vu comment vous réagissez avec les gens qui vous agacent, alors…

Il regarda dans la direction qu'avait prise Costume-Cravate.

— Parker faisait du plat à une bonne copine à moi, et ça commençait à dégénérer. Oui, il m'a agacé. Ce n'est pas votre cas. Pas pour l'instant.

— Même si j'ai essayé de tuer votre moto à deux reprises ?

— Même.

Les coins de sa bouche se relevèrent légèrement en un petit sourire amusé que Maddie trouva encourageant. Au moins, il prenait ça bien.

— Quoi qu'il en soit, la moto survivra, dit-il en l'accompagnant à la porte du bar, sur laquelle était inscrit *Love Shack*.

— Ce n'est pas une bonne idée, dit Maddie.

Il lui décocha un sourire ravageur – bon sang qu'il était sexy ! Elle aurait même pu le trouver sympathique si elle n'avait pas craint qu'à tout instant il ne se transforme en avocat de Los Angeles, plein de morgue, d'agressivité et de colère, et incapable en outre de contrôler ses accès d'humeur.

Non, du calme. Ça, c'était Alex, son ex.

— Honnêtement, insista-t-elle.

— Comment ça, honnêtement ?

— Pourquoi, les gens ne sont pas honnêtes, par ici ?

— Oh, les gens du cru, oui. D'ailleurs, l'ennui, c'est qu'ils disent tous la vérité, même quand il vaudrait mieux se taire. On appelle ça des ragots. C'est une spécialité du coin. Vous pouvez laisser sans crainte votre voiture ouverte avec une liasse de billets sur le siège arrière, mais vos secrets ne seront jamais à l'abri.

— Ça tombe bien, je n'en ai pas.

— Ça m'étonnerait, dit-il en souriant. Allez, venez, je connais le barman. Un verre vous détendra, faites-moi confiance.

L'ennui, c'était que Maddie avait trop donné dans ce domaine et qu'elle était largement dans le rouge. Pour tout dire, la banque de la Confiance avait fait faillite.

— Je ne sais pas, murmura-t-elle.

Sauf qu'il l'avait déjà poussée gentiment à l'intérieur, et que ses pieds avaient suivi le mouvement sans broncher. L'endroit retint immédiatement son attention. Elle avait l'impression d'être entrée dans un vieux saloon de western, aux poutres apparentes et aux murs d'un rouge profond, ornés de vieux outils de mineurs. Des lanternes étaient accrochées au-dessus des tables de bois brut patinées par l'âge ; quant au bar, il était composé d'une série de vieilles portes assemblées bout à bout. Les décorations de Noël étaient déjà en place, et d'énormes boules argentées pendaient dans tous les coins, côtoyant d'immenses cheveux d'ange.

Le bel inconnu avait refermé sa grande main chaude sur celle de Maddie et l'entraînait au-delà des tables où la foule se pressait pour dîner. Le brouhaha des conversations envahissait l'espace, ponctué d'éclats de rire et soutenu par la musique tonitruante qui s'échappait du jukebox à l'autre bout de la salle. Maddie ne connaissait pas ce morceau : c'était de la country, un genre musical dont elle ignorait tout. En revanche, elle distinguait les paroles du chanteur qui racontait comment le père Noël se tapait sa mère derrière le sapin.

Un peu étourdie, Maddie se laissa conduire jusqu'au bar ; là, elle prit conscience que personne autour d'elle ne semblait venu noyer ses problèmes dans l'alcool.

Tout le monde avait l'air… heureux.

Espérant que ce serait contagieux, elle prit place sur le tabouret que l'inconnu lui désignait, juste à côté d'une femme vêtue d'un jean ultra-moulant et d'un débardeur qui révélait soit qu'elle avait très froid, soit qu'elle prenait vraiment du bon temps. Son visage était maquillé à outrance mais, bizarrement, cela lui allait bien. Elle flirtait allégrement avec une montagne de muscles debout de l'autre côté du zinc ; l'homme souriait jusqu'aux oreilles, l'air aussi ravi que s'il venait de gagner au loto.

Le bel inconnu à la moto les salua tous les deux comme des amis de longue date avant de se glisser derrière le bar. Au passage, il effleura Maddie de son corps élancé et musclé.

Elle tressaillit.

— Vous avez froid ? demanda-t-il.

Maddie secoua la tête, et il lui décocha un sourire dont la sensualité l'électrisa, déclenchant en elle une nouvelle vague de frissons.

Il fallait vraiment qu'il arrête de faire ça.

Des clients commencèrent à lui passer commande, mais il refusa d'un geste, les yeux rivés sur Maddie.

— J'ai fini mon service pour ce soir, les gars. Je sers juste un verre à la demoiselle.

L'autre barman était tout aussi costaud et charmant que le bel inconnu – *Dis donc, on dirait que l'air de Lucky Harbor est plutôt propice à l'élevage des beaux mecs.* Il demanda :

— Alors, comme ça, tu laisses tomber les potes sans prévenir, toi ? Bon, ça passera pour cette fois.

Puis il balança un recueil de sudoku grand ouvert devant le bel inconnu.

— Pour la peine, tu n'as qu'à me faire cette grille en moins de trois minutes.

— Pourquoi ?

— Tu vois cette fille au bout du bar, celle avec les talons de folie – bon sang, non, ne regarde pas ! Tu es un amateur ou quoi ? Elle m'a promis que si je finissais cette grille en moins de cinq minutes, elle me ferait des trucs qui sont interdits dans treize États. Alors, au nom de notre amitié, dépêche-toi, putain ! Débrouille-toi juste pour qu'elle ne te voie pas.

Le compagnon de Maddie se tourna vers elle et sourit.

— J'étais moi-même en train d'essayer d'impressionner une femme, Ford.

Celui-ci jaugea Maddie du regard.

— J'imagine que vous savez déjà que ce type, là, n'est pas dénué d'un certain charme. Mais vous a-t-il dit que, quand nous étions en seconde, il avait un stock de magazines pornos tellement énorme que tout le monde l'appelait Hugh, comme Hugh Hefner ? Je vous assure, même sur eBay ils ne font pas le poids. Et il vous a peut-être confié qu'il n'arrive plus à écrire son nom en pissant dans la neige parce que, la dernière fois qu'il a essayé, il a attrapé une hernie en loupant le X à la fin ? (Ford se retourna vers le bel inconnu et lui décocha une bourrade amicale.) Voilà. Maintenant, tu n'as plus aucun espoir de l'impressionner, alors va me remplir cette grille. Tu me dois bien ça.

Le compagnon de Maddie grimaça, et celle-ci fit une chose qui ne lui était pas arrivée depuis des semaines.

Elle éclata de rire.

Chapitre 3

Un bon verre de vin est la solution à tout.
Même si on n'a pas de problème.
Phoebe Traeger

— Alors, comme ça, vous collectionnez les magazines pornos ?

En voyant la mine sincèrement amusée de la jeune femme, Jax Cullen secoua la tête. Quel salaud, ce Ford !

— Collectionnais, corrigea-t-il. J'ai tout revendu à un élève de seconde quand je suis entré en fac.

— Bien sûr. C'est ce qu'on dit toujours.

L'inquiétude dans le regard de la jeune femme s'était effacée, et il aimait la façon dont l'humour faisait pétiller ses prunelles. Il se pencha et murmura, tout près de son oreille :

— Vous avez aussi des histoires à me raconter, Mademoiselle Fangio ?

Elle se rembrunit légèrement et grimaça.

— Je suis contente de voir que vous prenez les choses avec bonne humeur.

— Pourquoi pas ?

— Je ne sais pas, moi, vous auriez pu faire toute une histoire.

Jax la dévisagea, jusqu'à ce que, gênée, elle détourne le regard, examinant ostensiblement les bouteilles d'alcool alignées derrière le bar pour essayer de masquer son embarras.

— Les histoires, ce n'est pas trop mon truc, souffla-t-il en tendant le bras pour attraper sur l'épaule de la jeune femme une boucle blonde avec laquelle il se mit à jouer. Il ne pouvait pas s'en empêcher – ses cheveux étaient irrésistibles.

Tout comme elle.

— J'ai entendu dire que les femmes de L.A. avaient des techniques de drague assez agressives. Celle-là mérite de figurer dans les annales. Sauf que vous auriez pu m'inviter directement à dîner, ça nous aurait épargné pas mal de tracas à tous les deux.

— Dites donc, je n'ai pas fait exprès de vous foncer dessus. Et, si j'ai fait tomber la moto, c'est parce que je me suis pris les pieds dedans en essayant de lire l'enseigne du bar.

— Ah, ah ! Mais, au sujet des techniques de drague, vous ne niez pas, dit Jax avec un hochement de tête entendu. Vous craquez complètement pour moi.

Elle se mit à rire avant de hausser les épaules d'un air incrédule, comme si elle se surprenait elle-même.

— Si vous avez l'intention de continuer à me harceler, on pourrait peut-être échanger nos prénoms et se tutoyer. Je m'appelle Jax. (Il lui tendit la main.) Jax Cullen.

Elle glissa sa petite main frigorifiée dans la sienne.

— Maddie Moore.

Il se figea en entendant ce nom qu'il ne connaissait que trop. Ainsi, c'était la deuxième des trois filles de Phoebe. Le temps de se ressaisir, il frictionna doucement la main de la jeune femme pour essayer de la réchauffer. Plus tôt dans la journée, lorsqu'elle avait manqué de l'expédier *ad patres* en jouant les pilotes de rallye, il l'avait trouvée douce, chaleureuse et extrêmement stressée. C'était encore le cas. Il était fou de sa chevelure bouclée, des mèches rebelles qui s'échappaient de l'élastique censé les retenir. En revanche, la longue frange de Maddie lui masquait un œil et une partie de la joue, cachant presque la moitié de son visage. En outre, elle portait des vêtements dissimulant les courbes de son corps.

Tandis qu'elle se trémoussait sur son tabouret de bar, gênée par son examen, il s'interrogeait sur elle.

— Qu'est-ce que tu bois ? demanda-t-il.

— Une bière, s'il te plaît.

Jax attrapa deux Corona et releva le panneau du comptoir pour rejoindre la jeune femme. Il s'installa sur le tabouret juste à côté d'elle. Ford, l'autre copropriétaire des lieux – et il y avait deux minutes encore, également l'un de ses meilleurs amis – revint pointer un doigt accusateur vers la grille de sudoku posée sur le bar.

— Tu n'as pas encore commencé ? Tu me déçois beaucoup, Clark.

— Je croyais que tu t'appelais Jax, dit Maddie en fronçant les sourcils.

— Tout à fait, mais l'apprenti comique ici présent trouve particulièrement drôle de m'appeler Clark. Comme Superman, expliqua-t-il.

— Comme Clark Kent, corrigea Ford. Tu vois la façon dont il louche sur les chiffres du sudoku ? C'est parce qu'il a besoin de lunettes pour lire et qu'il refuse d'en porter. Il pense qu'avec des binocles sur le nez il ne pourra plus jamais mettre une femme dans son lit. Apparemment, mieux vaut se tuer les yeux qu'admettre qu'on est myope comme une taupe ; loucher, c'est plus sexy.

— Je te remercie, mon pote.

— Je t'en prie, j'essaie juste de m'en tenir aux faits, dit Ford en le gratifiant d'une tape sur l'épaule.

Jax s'aperçut alors que Maddie l'observait.

— C'est vrai que tu ressembles un peu à Clark Kent, dit-elle. En plus costaud. Et en plus nerveux. C'est quoi, ton super pouvoir ?

Ford adressa à la jeune femme un sourire approbateur. Il s'apprêtait à répondre quand Jax le repoussa en lui plaquant la main sur la bouche.

— J'essaie de ne pas trop parler de mes super pouvoirs, dit-il. À cause de ces fameux « ragots ».

Ford parvint à émettre un hoquet de dédain à travers la main de Jax et il tapota de nouveau le sudoku sur le bar.

— Si c'est un super-héros, demande-lui pourquoi il n'a toujours pas rempli cette grille. Le compte à rebours a commencé, mec.

— Laisse tomber, rétorqua Jax. Si je me rappelle bien, c'est toi qui tiens le bar, ici, non ? Ça te dérangerait de nous servir ?

Il se tourna vers Maddie et lui demanda :

— Tu veux manger ?

Trop tendue pour avaler quoi que ce soit, elle secoua la tête.

— Pas de problème, dit Ford. Ce type a un tel appétit qu'il est capable de descendre mes réserves à lui tout seul.

Il se pencha au-dessus du bar, souriant de toutes ses dents, débordant de ce charme qui lui attirait les faveurs de plus d'une femme.

— Eh ! lança Jax.

Le sourire de Ford s'élargit.

— Il n'est pas partageur, souffla-t-il à Maddie. Parce que je suis plus sexy que lui.

Maddie éclata franchement de rire.

— Tu te fiches toujours de tes amis de cette façon ?

— Attends, si on ne peut même plus se moquer de son propre frère, où va-t-on ?

Maddie prit une gorgée de bière, reposa la bouteille puis se retourna vers Jax, qu'elle dévisagea longuement.

— Vous êtes frères ?

Jax comprenait qu'elle se pose la question. Ford avait les cheveux et les yeux plus clairs que lui, et son corps musclé était plus massif, comme celui d'un joueur de foot. Ces derniers temps, il consacrait la plus grande partie de son temps à la voile et participait à un grand nombre de courses internationales. Quand il naviguait, il bougeait avec une aisance et une grâce naturelles, que son impressionnante carrure ne laissait pas soupçonner.

— Pas du même sang, dit Jax.

— Bien sûr que si ! protesta Ford. Tu n'as quand même pas oublié qu'en CE2 on s'est entaillé la paume pour mélanger notre sang, non ? C'était nous, la ligue des rebelles !

Le regard de Maddie n'avait pas cessé d'aller de l'un à l'autre.

— Vous n'avez pas du tout l'air de rebelles.

— C'est parce que tu ne nous as pas connus du temps de notre folle jeunesse, dit Ford. On était tout maigrichons, on n'avait que la peau sur les os. S'il y a un truc qu'on ne peut pas nous enlever, c'est qu'on savait prendre une raclée comme personne.

— Et on courait vite, aussi, lui rappela Jax.

— Mais c'est affreux ! dit Maddie d'un air consterné.

— À vrai dire, ce n'était pas si terrible, rétorqua Ford avec un mouvement d'épaules nonchalant. Parce qu'on avait Sawyer.

— Sawyer ?

— Notre arme secrète. Il se battait avec ses grands frères avant de savoir marcher. Du coup, on l'a intégré dans la ligue.

Maddie finit sa bière et reposa la bouteille vide sur le zinc. À présent, elle semblait infiniment plus détendue.

— Une autre, s'il te plaît, demanda-t-elle.

Ford s'exécuta.

— Cette deuxième tournée, c'est pour faire connaissance ou pour se mettre minable ? demanda le barman.

La jeune femme considéra la question avec une attention non feinte.

— C'est important ?

— Seulement si je suis obligé de te porter jusqu'à un taxi.

— Ce ne sera pas nécessaire, promis, le rassura-t-elle.

Ford approuva et sourit avant de pivoter vers Jax et de désigner une fois de plus le sudoku ; puis il s'éloigna afin de servir ses autres clients.

Maddie commença à siroter sa seconde bière.

— Alors, comme ça, toi et Ford, vous êtes très proches.

— On peut dire ça.

— Vous vous disputez souvent ?

— Ça arrive.

— Et comment réglez-vous vos désaccords ?

— Ça dépend. Une bonne baston de nuit dans le parc municipal, ça le fait, en général.

Elle lui adressa un regard inquisiteur auquel il répondit par un sourire railleur ; elle hocha la tête, comme pour se moquer d'elle-même.

— Tu dois me trouver bien naïve, pour une fille de L.A., murmura-t-elle.

— Non... J'aime bien charrier les gens, c'est tout.

— Et quels sont vos sujets de dispute, avec Ford ? Les femmes ?

— On essaie d'éviter.

— D'accord, pas les femmes. Quoi d'autre, alors ? Quelque chose qui peut se résoudre de façon diplomatique ? Disons, en tirant à pile ou face ?

— Pas vraiment, non, reconnut-il. En général, c'est plutôt celui qui crie le plus fort qui l'emporte. Avec une bonne droite en plus, ça met tout le monde d'accord.

Ces paroles lui valurent une moue franchement incrédule de la part de Maddie, et il sourit de nouveau.

— Tu vois, ça commence à venir, tu as compris que je plaisantais.

— En fait, dit-elle, ce n'est pas une si mauvaise idée. Sauf que moi, si je devais me battre avec ma sœur aînée, je serais sûre de perdre. Tara a un vrai problème d'agressivité refoulée.

Pendant quelques instants, elle considéra sa bière ; Jax ne parvenait pas à détacher son regard des doigts de la jeune femme qui allaient et venaient le long du goulot.

— Je suppose que je ferais mieux de taper sur Chloe, vu qu'elle est asthmatique, reprit-elle. Mais ce serait mesquin. En plus, physiquement, je n'ai plus trop la forme, alors...

Jax ne put s'empêcher de la détailler longuement, prenant le temps d'apprécier les courbes pleines de son corps ; il secoua la tête.

— Vu d'ici, ce n'est pas l'impression que ça donne.

Elle s'empourpra. Manifestement, elle n'était pas habituée aux compliments, et cela ne fit qu'exciter davantage la curiosité de Jax.

— Tu pourrais défier tes sœurs au volant de ta Honda, proposa-t-il. Je miserais tout sur toi.

Maddie étouffa un petit rire, posa sa bière et désigna la grille de sudoku.

— Quatre.

— Je te demande pardon ?

— Dans cette case, c'est un quatre. Et là, un six.

Elle se pencha pour s'emparer du crayon et remplir les deux cases. La bouche de Jax était si proche de son oreille qu'il aurait pu la mordiller. À la place, il respira profondément son odeur. Douce. Subtile. Carrément excitante.

Fronçant les sourcils pour mieux se concentrer, elle inclina la tête, et Jax en profita pour s'emplir les poumons de son parfum, les yeux fermés. Quand il les rouvrit, il s'aperçut qu'elle avait achevé de remplir la grille.

— Je n'y crois pas ! s'exclama-t-il.

— Il n'y a pas de quoi être impressionné, dit-elle. Je suis un peu obsessionnelle, comme fille, et, quand je commence quelque chose, je me sens obligée de finir, c'est une vraie maladie. (Elle sauta à bas du tabouret et fit mine de s'éloigner.) Malheureusement, il n'existe aucune thérapie, je suis un cas désespéré.

— Ford va te devoir une fière chandelle, lança Jax en lui attrapant le poignet pour la retenir.

— Si tu avais porté tes lunettes, tu t'en serais tiré aussi bien que moi, rétorqua-t-elle en libérant son bras. C'était une grille assez simple. Au fait, pour ta gouverne, sache que les femmes considèrent que les lunettes sont un signe d'intelligence, et qu'en plus elles trouvent ça sexy.

De nouveau, elle rougit légèrement, mais cette fois ses yeux pétillaient d'humour, et il sentit un trouble inhabituel s'emparer de lui. En dépit des démons contre lesquels elle semblait lutter, Maddie était attachante et incroyablement futée. Une vraie bouffée d'air frais.

— Tu es en train de me draguer ?

— Non. Depuis l'histoire des magazines pornos, c'est mort.

À ces mots, il éclata de rire. Mieux encore, elle l'imita, et quelque chose d'intense se produisit entre eux.

Le courant passait.

Et pas qu'un peu. De toute évidence, Maddie l'avait également senti car, tout à coup, elle se mit à s'agiter dans tous les sens ; extirpant de la monnaie du fond de ses poches, elle la déposa sur le bar à l'intention de Ford avant de se diriger vers la sortie comme s'il y avait le feu.

— Maddie !

Quand elle se retourna, elle affichait la même expression un peu paniquée que la première fois au bord de la route. Quelle mouche l'avait donc piquée ?

— Il faut que j'y aille.

— Le devoir t'appelle ?

— Quelque chose dans le genre.

— Cette soirée n'est pas du tout placée sous le signe du devoir, dit-il.

Il ramassa les pièces sur le comptoir pour les glisser dans la poche avant du jean de la jeune femme. Au passage, ses doigts effleurèrent le ventre de Maddie, qui se figea, tandis qu'il sortait son argent personnel pour payer les consommations.

— Elle est plutôt placée sous celui de l'amitié, ajouta-t-il. Et Ford a sorti les cacahouètes, on va pouvoir lui en balancer. Il déteste ça.

Un instant, elle ferma les yeux. Quand elle les rouvrit, ils brillaient d'émotion contenue.

— J'aurais adoré, mais, ce soir, j'ai prévu de me disputer avec mes sœurs.

Elle était terriblement vulnérable, cela crevait les yeux. Il fallait qu'il s'éloigne avant de tirer profit de la situation. Mais, quand Jax vit le regard bleu de Maddie s'attarder sur sa bouche, toutes ses bonnes intentions s'envolèrent.

— J'essaie de prendre un nouveau départ, ces temps-ci, tu sais.

— C'est une super idée.

— Ouais.

Elle s'humecta les lèvres du bout de la langue, en un geste inconscient qui laissait supposer qu'elle s'imaginait peut-être en train d'embrasser Jax. Ce qui ne le dérangeait pas le moins du monde, vu que lui-même songeait à lui voler un baiser depuis qu'il l'avait vue devant le bar.

Cela faisait tellement longtemps qu'il ne s'était pas autorisé à ressentir pareilles émotions. Le fait qu'elles resurgissent en cet instant et qu'elles soient suscitées par cette jeune femme précisément n'allait pas lui faciliter la tâche, mais il ne reculait pas devant la difficulté et il n'était pas du genre à baisser les bras.

Il lui saisit la main et l'attira à lui. Sa mâchoire effleura les cheveux de Maddie, et une mèche se prit dans sa barbe de trois jours. Il était si près d'elle qu'il voyait les pupilles de la jeune femme se dilater. Fasciné, il la regarda entrouvrir la bouche, et…

— Je vous réserve une chambre d'hôtel ?

Ford, l'enquiquineur de service.

Maddie sursauta et se dégagea.

— Il faut vraiment que j'y aille. Merci pour la bière.

Elle pivota brusquement sur ses talons et heurta une table, renversant les verres qui y étaient posés. Elle étouffa une exclamation et les redressa en se confondant en excuses, puis elle se dirigea d'un pas décidé vers la porte, sans même se retourner.

— Espèce d'enflure, dit Jax à Ford tout en suivant Maddie du regard.

— Merci. Alors, tu vas la prendre sous ton aile, elle aussi ?

Sans répondre, Jax lui glissa un regard en coin.

— Ne fais pas semblant de ne pas comprendre, insista Ford. Tu te sens tellement coupable que tu passes ton temps à jouer les bons samaritains, ne le nie pas. Tu recueilles les chiens errants, les amis sans le sou, les filles aux jolis yeux et au cul à l'avenant...

— Tu sais très bien que je ne cours pas après les relations durables, rétorqua Jax.

Oh, dans l'absolu, il n'avait rien contre la notion d'engagement. Certes, ses parents avaient divorcé, et sa relation avec son ex avait tourné au fiasco ; pourtant, il comprenait très bien qu'on puisse vouloir passer toute sa vie avec la même personne – la bonne. Mais il n'était pas sûr de se faire confiance. Son passé était jonché d'erreurs, et il en payait le prix.

— Qui dit relation ne dit pas forcément engagement, souligna Ford. Pas quand il s'agit juste de s'éclater au lit, en tout cas. Mais, vu la vitesse à laquelle Maddie a décampé, je suppose que, même ça, elle ne devait pas le sentir.

Ford se trompait : là n'était pas le problème. Avec le courant qu'il avait senti passer entre eux, ils auraient pu éclairer toute la ville. Et cela avait effrayé Maddie. La jeune femme avait souffert, c'était évident. L'idée qu'on ait pu la blesser déclencha chez Jax une vague de colère, et il se dirigea vers la sortie. Mauvaise idée ou pas, il se sentait obligé d'en apprendre plus sur elle.

— Dis donc, et mon pourboire ? lança Ford dans son dos.

— Trop tard, tu n'avais qu'à fermer ta grande gueule.

Et Jax s'enfonça dans la nuit.

— Règle numéro un, se tança Maddie à voix haute, tandis qu'elle s'éloignait du *Love Shack* : quand tu sors boire un verre sans tes copines, évite de faire des trucs idiots.

Pressant le pas, elle se retrouva bientôt au bord de la jetée où un vent glacé vint la gifler. Elle n'y prêta pas attention. En réalité, elle avait même plutôt chaud ; sans doute à cause d'un certain inconnu aux yeux malicieux, au sourire de voyou et au corps de rêve…

Mais tu as fait une croix sur les hommes !

Pourquoi l'oubliait-elle sans cesse ? Elle n'était pas prête à en laisser un s'approcher d'elle. Pas après avoir quitté Alex six mois plus tôt. Dieu sait qu'elle avait eu raison de tirer un trait sur lui. Normal qu'elle n'ait pas été tentée de remettre ça.

Et pourtant, elle avait laissé Jax la toucher.

Il faisait nuit noire, à présent. La rue principale était illuminée comme un sapin de Noël, et elle se laissa distraire avec soulagement par les bizarreries de l'architecture locale.

Elle passa devant un salon de coiffure. Il était ouvert, et une cliente occupait le siège le plus proche de l'entrée. Derrière elle, la coiffeuse s'affairait, et toutes deux riaient et papotaient comme de vieilles amies. Au coin de la rue, là où la jetée rejoignait l'avenue, une délicieuse odeur de viande rissolée provenant d'un restaurant chatouilla les narines de Maddie, lui mettant l'eau à la bouche.

Le *Lucky Harbor Diner.*

Son estomac se mit à gargouiller. Il avait ses raisons, vu que, dernièrement, elle n'avait avalé en tout et pour tout qu'un paquet de chips et deux bières. Elle se serait bien attablée devant un double hamburger, des frites, et peut-être même un gâteau…

Mais le devoir l'appelait : il fallait qu'elle affronte ses sœurs.

Au-delà des lumières de la ville s'élevaient une série de reliefs accidentés dont elle ne distinguait que la ligne sombre se découpant sur le ciel nocturne et qui abritaient sans nul doute des hordes de coyotes et d'ours. Réprimant un frisson, elle se retourna et se mit à contempler la côte bordée de récifs impressionnants et d'affleurements rocheux.

Pourvu que les coyotes et les ours se cantonnent dans leur territoire et ne s'approchent pas de la plage ! Une série de guirlandes lumineuses clignotantes éclairaient la jetée. À intervalles réguliers, on y avait ajouté de gros rubans rouges et du gui.

Si le vent n'avait pas été aussi glacial, on se serait cru au milieu d'un décor de cinéma. Mais, aux pieds de Maddie, les vagues s'écrasaient lourdement contre le quai dans un fracas particulièrement réaliste. La jeune femme frissonna : elle n'était pas assez couverte. Pourtant, elle enfonça les mains dans les poches de son sweat-shirt et continua à avancer. Elle avait encore besoin de quelques minutes à elle avant de rentrer à l'auberge. Peut-être même de quelques heures.

Elle s'arrêta juste sous la grande roue et leva la tête. C'était saisissant. Rien que d'imaginer qu'elle pourrait y monter et contempler la ville de là-haut, elle en eut la nausée.

Maudit vertige.

Un jour, elle parviendrait à surmonter cette peur idiote, mais, avant cela, il lui faudrait en maîtriser bien d'autres, toutes celles qui lui gâchaient l'existence – comme sa crainte de rester une souris toute sa vie.

Poursuivant son chemin, elle traversa une galerie marchande et arriva à la hauteur d'un marchand de glaces. Exactement ce qu'il lui fallait, décida-t-elle alors. Ignorant la température, elle commanda un milk-shake au chocolat.

— Vous ne préférez pas vanille-chocolat ? proposa le jeune homme derrière son comptoir. C'est notre spécialité.

Il devait avoir à peine plus de vingt ans, et, au sourire plein d'assurance qu'il affichait, on voyait bien qu'il était conscient de son charme.

— D'accord, répondit Maddie sans réfléchir.

Mais à peine s'était-il retourné pour préparer sa commande qu'elle se frappa le front du plat de la main.

Ne laisse pas les gens prendre les décisions à ta place ! Fais un effort. Tu es… Thelma.

Non, attends. Louise. Je suis Louise.

Et merde. Lequel des deux personnages Susan Sarandon avait-elle incarné ? Elle ne s'en souvenait pas. Était-ce important, d'ailleurs ? Si elle ne parvenait pas à montrer une volonté de fer, elle ferait semblant jusqu'à ce que ça rentre.

— Je suis Louise, décida-t-elle en posant quelques pièces sur le comptoir avant de prendre son milk-shake.

— Ah, un fantasme. J'adore les fantasmes.

Avec un sursaut, elle pivota pour se trouver nez à nez avec Jax, plus ténébreux et séduisant que jamais. Étrangement, au lieu d'avoir peur, elle fut envahie par une sensation des plus délicieuses.

— Cela dit, pour les jeux de rôle, je pense qu'on devrait attendre notre premier rendez-vous, ajouta-t-il.

Entendre le mot « fantasme » dans la bouche de Jax avait fait frissonner Maddie. Il retira son blouson pour le lui offrir ; en dessous, il ne portait qu'un tee-shirt noir à manches longues. Elle s'apprêtait à lui dire qu'elle n'avait pas froid, mais quand il resserra son blouson autour d'elle, Maddie sentit ses tétons se durcir comme s'il les avait touchés, et sa tête se vida d'un coup.

Le cuir avait gardé la chaleur du corps de Jax, et elle s'y sentit aussitôt comme dans un cocon. D'un murmure, elle le remercia.

— Quand j'ai entendu des pas derrière moi, expliqua-t-elle, je me suis imaginé que c'était une bête sauvage descendue des montagnes pour venir m'emporter dans son antre et me dévorer. Du coup, je suis contente que ce soit toi.

— Qu'est-ce qui te fait penser que tu es plus en sécurité avec moi ?

Maddie laissa échapper un rire.

— J'avoue que, comme ça, dans le noir, tu ressembles beaucoup moins à Clark Kent.

Alors qu'il la dominait de toute sa taille et qu'il se penchait sur elle en la dévisageant avec intensité, il avait tout d'un super-héros à présent. Au point qu'elle en avait le souffle court.

— J'ai besoin de marcher un peu, dit-elle.

D'un signe de tête, Jax approuva.

Sans lui demander son accord, il avança d'un pas décidé à ses côtés. En dehors de quelques bancs disposés de loin en loin, le bout de la jetée était vide. Les nuages épais masquaient les étoiles, et seuls le ressac et le sifflement du vent troublaient le silence de la nuit. Maddie aspira une gorgée de milk-shake avant de tendre le gobelet à Jax.

Calme et pensif, il scruta un instant le regard de Maddie. Puis, au lieu de s'emparer du gobelet, il posa la main sur celle de la jeune femme, tandis qu'il se penchait pour boire à la paille. Maddie sentit ses doigts la démanger : elle avait envie de caresser la barbe de Jax pour en éprouver la rudesse ou, au contraire, la douceur. Elle était tout aussi fascinée par ses cils sombres, incroyablement longs et fournis pour un homme. *Je veux les mêmes*. Finalement, son regard s'arrêta sur ses lèvres pleines, et elle sentit une douleur exquise lui tirailler le bas-ventre. Avait-elle gémi sans s'en apercevoir ? Jax la questionna du regard.

— Ce n'est rien, le rassura-t-elle.

Rien du tout. Sauf qu'elle se trouvait seule en compagnie d'un parfait inconnu à l'extrémité d'une jetée obscure et quasi déserte. Sans personne pour la sauver d'elle-même.

— Tout est calme, ici, tu ne trouves pas ? demanda-t-il posément.

— Par rapport à L.A., tu veux dire ? C'est clair, on se croirait sur une autre planète.

Les trajets de Maddie pour se rendre au travail ressemblaient à un parcours en auto tamponneuse. Étrangement, elle n'y avait jamais vraiment prêté attention tant sa vie, dans son ensemble, s'apparentait à un tour de manège dans une fête foraine – la vitesse, l'impression de ne rien maîtriser, que ce soit au volant de sa voiture, au bureau ou avec son fiancé…

Surtout avec son fiancé.

Vu de l'extérieur, Alex n'était que charme et raffinement. En couple, c'était une tout autre histoire.

Maddie sentit une honte secrète la submerger d'un coup, et sa respiration s'accéléra. Elle s'en voulait d'avoir mis si longtemps à prendre conscience qu'elle ne pourrait pas changer Alex ; au lieu de cela, elle l'avait laissé faire d'elle une personne qu'elle avait fini par ne plus reconnaître.

Quand il avait commencé à la frapper et qu'elle lui avait tenu tête, elle s'était sentie investie d'un véritable pouvoir. Malheureusement, il n'avait pas vu la chose du même œil et, deux semaines auparavant, après des mois interminables où il avait vainement tenté de se réconcilier avec elle, il l'avait coincée contre un mur au bureau. Elle s'était défendue, mais il s'était avéré que la Direction n'appréciait guère qu'une subalterne se permette de balancer du café bouillant sur le pantalon d'un de ses juristes. Surtout quand, comme Alex, c'était un spécialiste du droit du spectacle, payé une fortune.

Inutile de dire que, désormais, Maddie n'avait plus à se soucier des embouteillages pour se rendre au travail.

Et sa mère était morte la même semaine.

Maddie comptait bien se remettre au plus vite de tous ces coups du sort, mais, à ce stade, on ne pouvait pas dire que ce soit une réussite. Peut-être aurait-elle dû planifier sa guérison dans son BlackBerry ?

Jax la dévisageait comme s'il cherchait à comprendre quelque chose. La jeune femme aurait pu lui dire de ne pas se tracasser à essayer de voir clair en elle. Personne n'y était parvenu, à commencer par elle.

— Ça va ? demanda-t-il enfin.

— Plus ou moins, répondit-elle bravement.

Lui souriant, il se rapprocha un peu. C'est alors qu'elle fit plusieurs découvertes. La première, c'est que son envie instinctive de s'enfuir à toutes jambes était encore vivace ; pourtant, elle s'efforça de ne pas s'éloigner d'un millimètre. *Tous les hommes ne sont pas des monstres prêts à te taper dessus après t'avoir fait la conversation*, se répéta-t-elle. Or, si son cerveau en était convaincu, son cœur, lui, en doutait encore largement.

La seconde chose dont elle s'aperçut, et qui la déstabilisa encore plus, c'est que Jax sentait bon. Il dégageait un parfum sensuel et attirant. Fermant les yeux un instant, la jeune femme sentit un picotement lui parcourir tout le corps ; jamais elle ne s'était sentie aussi réceptive, et une sensation nouvelle l'assaillit d'un coup.

Du désir. Un désir à lui faire tourner la tête.

Il avança encore. Ses yeux n'étaient pas seulement de cette teinte caramel qui l'avait frappée dès leur première rencontre ; il y flottait aussi des reflets plus clairs, comme des pépites d'or. Elle aurait pu se noyer dans ce regard.

Mourir de désir. Plutôt une belle mort, tout compte fait.

Jax lui prit le gobelet des mains et le posa sur la rambarde.

— Maddie, dit-il.

Il ne prononça que ce mot – son prénom – d'une voix grave pleine de promesses auxquelles elle ne voulait plus croire. Alors, soudain, la partie de son cerveau qui avait décidé de renoncer aux hommes migra dans une dimension parallèle, sans doute la même que celle qui était tentée de remettre l'*Auberge de Lucky Harbor* à flot. Au lieu de reculer d'un pas, elle en fit deux en avant et, les jambes flageolantes, se retrouva tout contre Jax.

Ce qui advint ensuite relevait du plus grand des mystères. Un mystère aussi terrifiant que merveilleux.

Jax enveloppa Maddie de ses bras, et elle sentit un soupir plus léger que l'air affleurer entre ses lèvres. Il posa alors sa bouche sur la sienne ; elle était chaude et elle avait un goût de chocolat, d'espoirs et de rêves perdus. Et…

Et elle cessa de penser.

Chapitre 4

Ne vous prenez pas la tête pour des broutilles.
Rien n'a vraiment d'importance.
Phoebe Traeger

Dès qu'il avait vu Maddie, Jax avait été frappé par ses yeux, mais c'était surtout sa bouche qui l'avait attiré… *mon Dieu, cette bouche!* Leur baiser fut d'abord très tendre, comme il le souhaitait, mais, soudain, avec l'air d'une biche effarouchée et les joues empourprées, Maddie se détacha de lui, juste assez pour croiser son regard.

Il posa ses lèvres dans le creux de sa nuque. Il sentit le pouls de la jeune femme s'accélérer lorsqu'il effleura ce point précis de la langue. Elle laissa échapper un gémissement de plaisir, et il fit courir un baiser jusqu'à son oreille, goûtant la chair douce et tiède. Quand il se redressa enfin, il croisa les yeux immenses de Maddie et se perdit dans son regard brûlant. Elle l'observait d'un air d'attente fascinée, s'interrogeant sans doute sur les intentions de Jax.

Celles-ci étant sans équivoque, il ne la laissa pas plus longtemps dans l'expectative.

Il se pencha pour l'embrasser de plus belle, et le gémissement qu'elle poussa pour en demander plus le galvanisa. Un petit bruit étouffé l'avertit que Maddie venait de laisser tomber son sac à main ; l'instant d'après, les bras de la jeune femme vinrent s'enrouler autour de son cou et, alors, ce fut elle qui l'embrassa. C'était un baiser avide, dévorant et décidé, et Jax sentit qu'il perdait pied. Excité par le contact de ses lèvres, il laissa échapper un grognement sourd ; une chaleur intense l'envahit, et l'excitation de leur étreinte submergea le peu de bon sens qui lui restait.

De nouveau, Maddie se dégagea, et il distingua dans ses yeux une lueur sauvage. Sa bouche était humide, et elle respirait par saccades. Il ignorait ce qu'elle cherchait, mais il n'eut pas à se poser longtemps la question, car, sans plus attendre, elle l'étreignit de nouveau, enfonçant ses doigts dans ses biceps.

Lui aussi en voulait plus.

Il fit courir ses lèvres le long du cou de la jeune femme et, quand il atteignit le bord de son épaule, elle émit un petit halètement sensuel, ferma les yeux et tressaillit sous son baiser.

— J'adore le goût de ta peau, murmura-t-il.

— Elle a le goût de quoi ? De chocolat ?

Ses yeux, qu'elle venait de rouvrir, étaient brillants de convoitise et de désir.

— De femme.

Les cheveux de Maddie voletaient autour de son visage ; quelques boucles venaient s'y plaquer, soulevées par le vent, et il avait envie de les toucher. Il leva la main pour caresser les mèches qui lui barraient les joues, mais, à sa grande surprise, elle s'écarta de lui.

Il s'immobilisa, les doigts suspendus au-dessus du front de la jeune femme. Elle était pétrifiée. Lentement, Jax baissa la main.

— Maddie…

Elle recula d'un grand pas, évitant son regard.

— Il faut que j'y aille.

— D'accord, dit-il.

Les pensées se bousculaient dans le cerveau de Jax ; il ne comprenait pas ce qui s'était passé. Elle avait réagi comme s'il avait eu l'intention de la frapper, ce qui était absurde – jamais il ne ferait une chose pareille.

Jamais.

Mais, à l'évidence, c'était déjà arrivé.

D'ailleurs, elle avait rougi, comme si elle venait de se rendre compte que son mouvement de recul involontaire l'avait trahie.

À son tour, Jax fit un pas en arrière. Imaginer ce qu'elle avait pu endurer le rendait malade, et son malaise grandissait encore à l'idée de lui avoir rappelé ce drame, ne fût-ce qu'une seconde.

—Maddie…

Les lèvres pincées, elle se pencha pour ramasser son sac à main avant de se diriger vers le début de la jetée.

—Cette fois, il faut absolument que j'y aille.

S'efforçant de respirer calmement, Jax la laissa prendre un peu d'avance. Il était convaincu que Maddie aurait voulu qu'il disparaisse de sa vue, mais ce n'était pas possible. Il était obligé d'emprunter le même chemin qu'elle pour retourner en ville. Alors, il la suivit, faisant de son mieux pour garder ses distances.

Maddie remonta la jetée d'un pas vif, ne ralentissant qu'à la hauteur de la grande roue. Dommage que la vie ne puisse pas être aussi simple qu'un manège de foire en perpétuel mouvement…

—Ça va?

Elle se retourna pour faire face à Jax qui se tenait à quelques mètres d'elle, les mains enfoncées dans les poches.

—Oui, ça va.

C'était un mensonge excusable, parce qu'elle aurait vraiment voulu aller bien.

—Au sujet de ce baiser, reprit-elle, je n'aurais pas dû… On ne peut pas…

Elle s'interrompit pour inspirer profondément puis poursuivit, d'une voix vibrante de sincérité:

—Je ne suis pas prête à démarrer une relation.

— Je comprends. Ce n'est pas grave, Maddie. Moi aussi, je suis passé par là.

Elle doutait fort qu'il ait jamais laissé quiconque abuser de lui ou le blesser, mais elle n'avait pas envie de parler de cela. Elle fit volte-face et se remit en route. Il venait de lui offrir une porte de sortie dont elle comptait bien profiter. Elle ne fut pas surprise quand il la rattrapa pour marcher à ses côtés.

— Je retourne à l'auberge, dit-elle. Seule.

Elle lui jeta un regard en coin, ignorant comment il allait réagir. Elle ne s'attendait certainement pas à l'intérêt qu'elle lut alors sur son visage. Ni à ce que son propre cœur se mette à battre la chamade.

Quand ils passèrent devant le marchand de glaces, le jeune homme qui avait servi Maddie adressa un signe de la main à Jax.

— Salut, mec. Chocolat chaud, ce soir ?

— Et comment ! Un grand, à emporter, Lance. Merci.

Il paya puis, prenant le gobelet vide des mains de Maddie, il le remplaça par celui que Lance venait de remplir de chocolat brûlant.

— Pour te réchauffer les mains, dit-il avant de la raccompagner au bas de la jetée, puis dans la rue, juste en face du *Love Shack*.

Au moment où ils arrivaient, une jolie blonde sortit en trombe du bar, titubant légèrement sur ses talons hauts. Elle était suivie d'une belle femme brune, et toutes deux riaient aux éclats.

— … et il m'a dit qu'il voulait me reconduire chez moi ! s'exclama la blonde.

— Et alors ? Tu avais bien dit que ce soir tu ne rentrerais pas seule, non ? rétorqua la brune.

— Je sais, mais regarde-moi ce corps de rêve : ce soir, je suis au top ! Il est hors de question qu'un mâle lambda me ramène à la maison !

S'apercevant soudain de la présence de Jax, elle vint se prendre à son cou.

— Salut, beau gosse ! Je ne t'ai pas vu de toute la semaine. Tu bosses dur, ou tu roules ta bosse ?

— Un peu des deux, répondit Jax en la tenant aux épaules pour l'empêcher de vaciller.

— Tu viens boire un dernier verre avec nous ? demanda-t-elle, les bras noués autour de son cou.

Maddie baissa la tête, considérant sa propre tenue. D'accord, elle n'était peut-être pas au top, elle, mais ça ne la rendait pas invisible pour autant.

Un taxi s'arrêta le long du trottoir, et la blonde sourit.

— C'est pour nous. Tu viens, Jax ? demanda-t-elle d'une voix grave et sensuelle en lui attrapant la main.

Il fit « non » de la tête. Blonde et brune émirent en même temps un soupir de déception avant de pénétrer dans le taxi et de disparaître dans la nuit.

— Tu aurais pu y aller, dit Maddie après quelques instants. Je ne veux pas te retenir.

— Tu crois qu'elles me proposaient quoi ?

— Un plan à trois.

— Parce que j'ai envie de ça, d'après toi ? demanda-t-il, curieux.

— Il paraît que c'est le fantasme numéro un chez les hommes.

— Peut-être que je préfère ta compagnie.

Malgré toutes ses résolutions, Maddie se sentit fondre. Elle décida de mettre ce revirement sur le compte de toutes les émotions du jour. À présent, le vent soufflait en rafales, mais, au chaud dans le blouson de Jax, elle se sentait bien.

— Tu n'as pas froid ? s'enquit-elle en espérant qu'il répondrait par la négative.

— Ça va. Laisse-moi te reconduire à l'auberge, dit-il en désignant une Jeep rouge.

— Et la moto ?

— Elle est aussi à moi. Mais tu seras plus au chaud dans la Jeep.

— Je ne sais pas…

Il la regarda posément, une lueur chaleureuse dans les yeux, l'air pensif.

— Ça fait une bonne trotte, d'ici.

— Oui, admit-elle. Mais rentrer en voiture avec un inconnu peut s'avérer encore plus idiot que d'en embrasser un.

— Je peux te fournir des références, si ça te rassure.

— De la part de qui ? De tes deux copines de tout à l'heure ?

Il éclata de rire, et elle sentit une onde de chaleur la parcourir. Posant sa main dans le bas du dos de la jeune femme, Jax la conduisit jusqu'à la Jeep.

— Je crois que, pour toi, je peux faire l'effort de trouver de meilleures recommandations.

Il lui ouvrit la portière du côté passager, et Maddie hésita. Jax était-il un super-héros super galant ou juste un gentil voyou qui tentait de la convaincre de le suivre dans sa tanière ?

Difficile à dire.

Elle entra dans le véhicule et boucla sa ceinture. L'habitacle était sombre, et elle ne distinguait pas ses traits tandis qu'il manœuvrait pour sortir de sa place de parking. À quoi pensait-il ?

Elle se concentra sur le paysage devant elle, songeant qu'il était difficile de départager le super-héros et le gentil voyou. De toute façon, maintenant, elle se fichait de savoir lequel des deux allait l'emporter, vu que, tout au fond d'elle, elle avait envie des deux.

Chapitre 5

Au moment où vous penserez avoir touché le fond, quelqu'un vous balancera une pelle pour que vous continuiez à creuser.

Phoebe Traeger

Jax arrêta la Jeep face à l'auberge ; Maddie et lui scrutèrent un instant les bâtiments plongés dans l'obscurité.

— Vous avez un problème d'électricité ? demanda-t-il en mettant le moteur au point mort.

— Je ne sais pas, dit-elle.

Elle espérait bien que non.

— Tes sœurs sont là ?

— Aucune idée.

Jax repassa en première et contourna l'hôtel. Agrippée au tableau de bord, Maddie déglutit, la gorge serrée.

— Rassure-moi : je ne vais tout de même pas me faire dévorer par le grand méchant loup ?

Jax lui adressa un regard plein de malice.

— Décidément, tu fais une fixette sur les animaux sauvages !

Elle éclata d'un rire nerveux, et il esquissa un sourire qui contenait exactement ce qu'il fallait de cruauté pour faire battre son cœur de désir et de crainte mêlés.

— Je vais te dire une chose, reprit-il d'une voix suave. Si jamais j'ai l'occasion de te dévorer, je te promets que tu aimeras ça.

L'estomac de Maddie se contracta. D'autres réactions parcoururent son corps, mais elle préféra les ignorer, tandis que Jax entrait dans la cour pour se garer devant la petite maison, dont les fenêtres étaient éclairées.

— Comment se fait-il que tu connaisses si bien cet endroit ? s'enquit Maddie.

— Je venais jouer ici quand j'étais gosse. Une fois, avec Ford et Sawyer, j'ai tapissé tout le bâtiment de papier-toilette.

Elle n'était pas surprise d'apprendre qu'il avait eu une jeunesse agitée. Elle soupçonnait la folie de refaire partie intégrante de sa personnalité.

— Tu as vraiment fait cela ? demanda-t-elle pour la forme.

— Ouais, et le père de Sawyer nous a fichu la raclée de notre vie quand il l'a découvert. Ensuite, il nous a dénoncés à ton grand-père qui, au lieu de nous botter le cul à son tour, nous a fait nettoyer et repeindre tout l'hôtel. C'était un brave type.

Il tourna la tête vers la maisonnette, et elle l'imita : de l'intérieur, Chloe et Tara regardaient toutes deux par la fenêtre.

— Elles n'ont pas l'air dans leur assiette, commenta-t-il.

— J'ai tendance à avoir cet effet-là sur les gens, soupira Maddie.

Jax lui caressa doucement le dos d'une main calleuse. Ce contact la fit sursauter : occupée à observer ses sœurs par la vitre de la Jeep, elle ne s'attendait pas à ce qu'il la touche. Avec mille précautions, Jax lui effleura la nuque. Une vague de chaleur envahit la jeune femme.

— Tu crois ? murmura Jax avec douceur. Pas sur moi, en tout cas.

Du pouce, il releva le menton de la jeune femme, l'incitant à lui faire face.

Elle n'aurait su dire qui, de lui ou d'elle, prit l'initiative, mais, l'instant d'après, elle avait posé ses mains sur le torse de Jax, et celui-ci l'attirait aussi près de lui que le permettait la console centrale qui séparait leur siège.

— Mes sœurs…

— Il fait trop sombre pour qu'elles nous voient.

Il l'embrassa une première fois, puis une autre – des baisers légers qui ne la comblaient pas, loin s'en fallait. Un gémissement léger troubla le silence, et, en s'apercevant que c'était le sien, Maddie s'écarta.

— Voilà, dit Jax en la contemplant avec attention. Je te préfère comme ça.

— Comment, « comme ça » ?

— Pleine de désir. Pas de peur.

Il fallut un instant à Maddie avant de saisir la portée de ces mots. Elle se tourna pour ouvrir la portière, mais il la retint et l'embrassa de nouveau, avec fougue cette fois. Elle ferma les yeux pour mieux se laisser aller, toute à l'ardeur du moment et aux sensations qu'il éveillait en elle. Il embrassait merveilleusement bien, et le goût de sa bouche, la douceur un peu rude de sa peau, son odeur, la chaleur de son corps…, tout cela se mêlait, et elle ne pouvait se résoudre à mettre fin à cette étreinte. Elle en avait besoin. *Après tout, je l'ai bien mérité*, pensa-t-elle. Alors, s'autorisant enfin à profiter de la magie de l'instant, elle fit glisser ses mains sur toutes les parties du corps de Jax qui lui étaient accessibles, lui arrachant un grognement approbateur.

— Ça fait un bail que je n'avais pas embrassé une femme dans une voiture, dit-il d'une voix rauque, quand ils s'écartèrent enfin l'un de l'autre.

— Moi aussi, répondit Maddie. Enfin, un homme, je veux dire.

En réalité, elle ne s'était jamais livrée à ce genre de pratiques dans une voiture.

— Les vitres sont tout embuées, dit-elle en levant la tête. On a fait monter la température de la voiture.

Jax effleura l'épaule de Maddie, remonta le long de son cou et posa son pouce à l'endroit où battait son pouls.

— Pas seulement celle de la voiture, souffla-t-il.

Maddie caressa des yeux la silhouette de Jax : son torse large, ses abdominaux saillants où elle avait envie de passer la langue, jusqu'aux boutons de son Levi's, tendus sur un renflement des plus imposants. Quand elle leva la tête, les yeux de Jax brillaient d'une lueur où un désir violent se confondait à l'amusement.

— Il faut que je rentre, dit-elle.

Pourtant, elle ne bougea pas. Ou plutôt, si ; mais ce fut pour mieux offrir son cou à l'homme qui, sans se faire prier, continua à promener ses lèvres sur la peau de Maddie.

— Arrête… arrête… Oh, mon Dieu ! souffla-t-elle. Elles ne vont pas tarder à se pointer !

Sans l'écouter, Jax glissa la main sous le sweat-shirt de Maddie, à hauteur de la taille. Ses doigts coururent sur la peau nue de son ventre, et elle fut agitée d'un long frisson.

— Il va falloir que tu enlèves ta main de là, sinon…

Les yeux de Jax, sombres et avides, croisèrent ceux de Maddie.

— Sinon, quoi ?

Sinon, elle allait enjamber la console centrale avant de l'enjamber, lui.

— Tu n'es pas très fair-play, lui reprocha-t-elle.

— C'est vrai. Il faudra que tu t'en souviennes, pour la prochaine fois.

Intimant à son corps de se calmer, elle s'arracha aux mains de Jax et sortit de la Jeep.

— Merci de m'avoir ramenée.

Et pour tout le reste, aussi…

Il ouvrit sa portière.

— Je te raccompagne jusqu'à l'entrée.

— Non, je t'en prie.

Elle n'avait pas envie d'expliquer la situation à ses sœurs. Elle referma la portière puis pénétra dans la véranda. La porte de la maison s'ouvrit avant même qu'elle ait pu poser la main sur la poignée.

Chloe se tenait dans l'embrasure, un petit sourire aux lèvres, observant avec curiosité la voiture derrière Maddie.

— Qui est-ce ?

Maddie regarda les feux arrière de la Jeep disparaître dans l'obscurité.

— Jax Cullen. C'est tout ce que je sais, dit-elle avant que Chloe ait pu la questionner plus avant.

Sauf qu'elle savait aussi qu'il avait la voix aussi envoûtante qu'un whisky pur malt, une façon de la regarder qui avait tendance à lui en faire dire plus qu'elle n'aurait dû et, ah oui, qu'il embrassait comme un dieu.

— Je veux un Jax, dit Chloe.

— Tu ne sais même pas à quoi il ressemble.

— Non, mais il me suffit de voir ta tête. Chouette blouson, au fait.

— Zut, j'ai oublié de le lui rendre.

Maddie, Maddie, Maddie, se morigéna-t-elle, *c'est un énorme mensonge. Tu n'as pas oublié. Tu cherches juste un prétexte pour le revoir.*

— J'ai traversé trois fois la ville sur mon scooter, dit Chloe. Et pas le moindre Jax dans les parages.

Maddie la dévisagea du coin de l'œil. Sa sœur était dotée d'une splendide chevelure roux foncé de toute beauté ; son corps longiligne et tonique était mis en valeur par une tenue sexy, et son regard vert et incisif annonçait d'emblée qu'elle était dangereuse, mais qu'elle en valait la peine.

— Je ne vois pas comment tu pourrais avoir la moindre difficulté à attirer les hommes.

— Ce n'est pas ça, le problème, ce n'est pas de les attirer. C'est plutôt de faire l'amour avec un troisième larron dans le lit. Tu as déjà essayé ?

— Euh, non, admit Maddie. Je n'ai jamais…

— Je parlais de mon asthme, dit sèchement Chloe. Je ne pensais pas que tu avais l'esprit aussi mal tourné. Mon asthme, je te dis ! En général, il déchire.

— Tu veux dire que tu ne peux pas…

— Pas si je suis en compagnie, non. Ou alors, je suis sûre de finir aux urgences, soupira-t-elle. J'en ai vraiment ma claque des plaisirs solitaires.

— Oh, mon Dieu, tu ne vas pas recommencer, avec tes histoires d'orgasmes ! intervint alors Tara qui avait surgi derrière elle. Je te rappelle que certaines, ici, n'en ont carrément jamais.

— Jamais ? Mais tu es mariée !

— D'accord. J'ai peut-être un peu exagéré. Ce que je voulais dire, c'est qu'il y a des choses plus importantes que le sexe, dans la vie.

— Nommes-en une seule, rétorqua Chloe.

Pour toute réponse, Tara leva la bouteille de vin qu'elle tenait.

— Pas loin, admit Chloe.

Les trois sœurs refermèrent la porte derrière elles. Le vent venait gifler les fenêtres du petit salon. Sous leurs pieds s'étalait un grand tapis à longs poils, qui avait dû être bleu autrefois, mais dont les couleurs s'étaient tellement fanées qu'il avait pris une teinte gris sale qui le faisait ressembler à un vieux gazon que personne n'aurait arrosé depuis des années.

— Ça manque de décorations de Noël, dit Chloe. Et il nous faut un sapin, aussi.

Maddie se laissa tomber sur le canapé, lui aussi d'un bleu fané, soulevant un énorme nuage de poussière. Chloe l'imita, mais prit soin, au préalable, de remonter le col de son tee-shirt devant son nez.

— Ainsi que des masques à gaz, ajouta-t-elle.

Tara secoua la tête et obligea Chloe à se lever.

— On passe à la cuisine. Avec toute la poussière qu'il y a ici, tu vas mourir, trésor.

Maddie suivit ses deux sœurs, songeant à l'étrange relation qu'elles entretenaient : Tara se faisait du souci pour les autres, tout en feignant l'indifférence. Quant à Chloe, elle absorbait l'affection de son aînée comme une enfant en mal d'amour, tout en faisant semblant de ne rien remarquer. Maddie, elle, ignorait quelle place elle tenait dans ce drôle de ballet, ou même si elle en avait une.

Une brusque rafale de vent envoya un volet mal fermé frapper un pan de mur à l'extérieur, la faisant sursauter. Les lumières clignotèrent durant quelques instants comme si elles allaient s'éteindre, avant de se rallumer tout à fait.

Les trois sœurs en profitèrent pour examiner la cuisine. Elle ressemblait à celle de l'hôtel, la table et quelques dizaines de mètres carrés en moins, et elles durent se serrer pour s'asseoir toutes les trois sur le plan de travail en Formica. Tara déboucha le vin et en tendit un verre à Maddie avant de se servir.

— Et moi ? lança Chloe en avançant la main. Je compte pour du beurre, ou quoi ?

— Tu es trop jeune, dit Tara.

— Ça fait trois ans que j'ai l'âge légal pour boire de l'alcool !

— Est-ce que tu as besoin d'un soutien-gorge pour empêcher tes seins de tomber ? demanda Tara. Ou de collants ventre plat pour masquer tes bourrelets ?

— Quels bourrelets ?

— Ceux qui ne partent jamais, même quand on fait deux heures d'abdominaux par jour.

Tara désigna son propre ventre, lequel semblait pourtant parfaitement plat. Maddie pensa qu'elle aurait bien aimé avoir le même.

D'ailleurs, c'était sûrement faisable, si elle arrêtait les chips.

— Tu as des bouffées de chaleur qui t'empêchent de dormir la nuit ? Non, rien de tout ça ? Alors, tu es trop jeune pour boire de l'alcool.

Roulant des yeux exaspérés, Chloe alla se servir elle-même.

— Tu sais, Tara, tu as un vrai problème d'agressivité. En plus, tu es aigrie. Et tu souffres d'un complexe de supériorité.

Maddie se prépara intérieurement aux cris qui n'allaient pas manquer de s'ensuivre.

— Je te demande pardon ? s'exclama Tara.

Elle avala son vin cul sec, s'en resservit un verre, compléta celui de Maddie pendant qu'elle y était, puis affronta Chloe.

— Un complexe de supériorité ?

— Il n'y a que la vérité qui blesse, « trésor », rétorqua Chloe.

— Laisse tomber, Mademoiselle Seins-Qui-Tiennent-Tout-Seuls. Je te parlerai quand tu auras cuvé.

— Et moi, quand tu ne joueras plus les garces.

— Eh ben, ça risque d'être long ! dit Tara.

Avec une moue dépitée, Chloe lança :

— Et pour ta gouverne, Tara, tu as trente-quatre ans, pas soixante-douze.

Maddie s'empara du vin. La soirée s'annonçait rude.

— Une dernière chose, reprit Chloe en arrachant la bouteille des mains de sa sœur. Je te signale que Maddie non plus n'a pas besoin de soutif.

Tous les yeux se rivèrent sur le buste de Maddie. Elle faisait un bon 95 C, et, si ses seins paraissaient un tant soit peu fermes, c'était justement grâce au *push-up* qu'elle avait acheté en solde. Elle poussa un soupir et baissa les yeux sur son verre vide.

— Je devrais arrêter de boire pour ce soir. La bière et le vin ne font pas bon ménage.

Tara avisa son propre verre puis jeta un coup d'œil en direction de la poubelle, déconcertée.

— C'est quoi, cette histoire de bière ?

— Elle a bu des coups avec M. Muscles, dit Chloe.

— Eh ! Il a un nom ! protesta Maddie.

Elle essayait de paraître indignée, mais, les effets de l'alcool commençant à se faire sentir, ce n'était guère convaincant.

— Et c'est quoi, son nom ? voulut savoir Tara.

— Un truc vraiment super sympa, dit Maddie.

— Tu es sûre que tu t'en souviens ? ironisa Tara. Il t'a peut-être aspiré la cervelle en même temps que la langue ?

Non, mais c'est vrai qu'il avait aussi une langue très sympa.

— Il s'appelle Jax. Jax Cullen.

Tara avala son vin de travers.

— Tu le connais ? demanda Maddie.

Tara posa son verre et but une gorgée au goulot avant de répondre.

— Et comment je le connaîtrais ? dit-elle en s'essuyant délicatement le coin des lèvres. Qu'est-ce que tu lui trouves à ce type, d'abord ?

Chloe écarta ses mains l'une de l'autre d'une trentaine de centimètres.

Ce fut au tour de Maddie de s'étouffer.

— Je n'ai pas couché avec lui ! Je te répète que j'ai fait une croix sur les hommes, ajouta-t-elle d'une voix moins convaincue. De toute façon, les pénis de cette taille, ça n'existe pas.

— Alors, explique-nous pourquoi tu souriais jusqu'aux oreilles en rentrant ?

Maddie soupira :

— On t'a déjà dit que ce n'était pas bien de rapporter ?

— On lui a dit mille fois, intervint Tara. Un jour, quand j'avais quinze ans, j'ai fait le mur, et Chloe m'a dénoncée à maman. J'ai été privée de sorties jusqu'à la fin des vacances.

— C'était le bon temps, dit Chloe avec un sourire narquois.

Maddie avait seulement vécu avec Phoebe avant qu'elle tombe enceinte de Chloe. Ensuite, son père avait pris le relais. Maddie était revenue pendant les vacances ou durant les rares périodes où le travail de son père l'empêchait de la garder avec lui. Elle conservait donc peu de souvenirs de la vie avec ses sœurs. En revanche, Tara avait passé presque tous ses étés en compagnie de Phoebe et de Chloe.

— Où étions-nous, cette année-là ? demanda Chloe. Quelque part en Californie du Nord, non ? Dans le mobile home au bord de la rivière, celui que maman louait avec des amis ?

— Je crois bien, oui, dit Tara avec un hochement de tête.

— Tu ne voulais jamais m'emmener quand tu sortais sans permission. C'est pour ça que je t'ai balancée.

— Tu n'étais qu'un bébé !

— J'avais cinq ans. Et j'aurais voulu en avoir quinze, comme toi.

Maddie, elle, aurait aimé partager des souvenirs communs avec ses sœurs.

Avec un soupir, Tara s'adossa au mur.

— J'ai complètement raté mes quinze ans. La jeunesse, ce n'est pas fait pour les ados, ils la gâchent complètement.

Cette réflexion lui attira un reniflement de mépris de la part de Chloe.

— Je ne plaisante pas, insista Tara. Si c'était à refaire, je saurais exactement comment m'y prendre.

— Vraiment ? s'esclaffa Chloe d'une voix incrédule.

— Oui, vraiment.

Dehors, la tempête battait son plein, ébranlant les vitres de la maison. Les trois sœurs se turent et lancèrent des coups d'œil inquiets aux fenêtres obscures.

— J'ai détesté mon adolescence, dit enfin Maddie, la langue déliée par l'alcool. Les doutes, le manque d'assurance, le désespoir...

En fait, rien n'avait vraiment changé depuis. Elle soupira et tendit son verre, que Tara remplit une nouvelle fois.

— Si tu as des regrets, intervint Chloe, c'est que tu es encore en train de te gâcher la vie.

— Faux, dit Maddie en secouant énergiquement la tête. Je ne me gâche rien, plus jamais ; j'ai arrêté. J'entame une nouvelle vie. Je repars de zéro.

Pour souligner ses propos, elle fit un grand geste avec son verre. Un peu de vin se répandit sur sa main, et elle le lécha.

— Je ne laisserai plus personne décider à ma place, me marcher sur les pieds ou me frapper.

Un silence proprement assourdissant suivit ses paroles, ce qui contribua quelque peu à dessoûler Maddie.

— Vous voyez, dit-elle, je ne devrais pas boire, je raconte n'importe quoi.

Ignorant les regards abasourdis qu'échangeaient ses sœurs, elle tendit son verre. Il lui fallait encore un peu de vin, elle en avait besoin.

Mais Tara le lui prit calmement des mains.

— Quelqu'un t'a frappée ? demanda-t-elle d'une voix douce.

— Giflée.

C'était déjà moins grave. Une gifle, ça faisait mal et c'était humiliant, mais ça ne portait pas physiquement à conséquence comme un coup de poing. Sauf la dernière fois, quand la baffe qu'il lui avait assenée l'avait envoyée heurter un coin de table, ce qui lui avait valu cinq points de suture près de l'œil. Mais qu'importe ? À présent, elle était débarrassée de lui. Célibataire. Tout allait pour le mieux. Ou presque.

— Maddie…

— C'est du passé.

Baissant la tête, elle s'absorba dans la contemplation de ses chaussures. De vieilles baskets tout éraflées, qui avaient vécu. Il devait y avoir un symbole là-dedans, pensa-t-elle tristement.

Chloe portait de jolies bottines qui paraissaient flambant neuves.

Tara était chaussée d'élégants escarpins à talons, si bien cirés qu'on aurait pu se voir dedans.

— J'ai besoin de nouvelles chaussures, dit Maddie tout haut.

Chloe lui attrapa la main et l'étreignit.

— Les nouvelles chaussures, c'est le pied, murmura-t-elle d'une voix un peu étranglée.

Maddie pressa la main de sa sœur en retour ; dans son cerveau embrumé par l'alcool, les pensées se bousculaient, trop vite pour qu'elle parvienne à les exprimer.

— Oh, il y a un truc que j'ai oublié de vous montrer, les filles !

Sortant la boîte de recettes de son sac, elle leur parla de sa rencontre avec Lucille, tout en piochant une fiche au hasard dans le coffret.

— « Les mauvaises décisions font de bonnes histoires », lut-elle.

— Doux Jésus…, dit Tara.

— « Doux Jésus » ? répéta Chloe avec un sourire. Vraiment ?

C'est alors qu'une rafale de vent s'abattit sur la maison avec tant de violence qu'elle en trembla. Aussitôt après, un énorme choc retentit. Le sol vibra, les lumières vacillèrent, et les trois sœurs bondirent.

— Putain ! s'écria Chloe.

Elle se rapprocha de Tara en se tortillant jusqu'à se retrouver quasiment sur ses genoux.

Maddie sauta de son perchoir et partit ouvrir la porte de derrière, brandissant une petite lampe torche dont le faible halo peinait à percer l'obscurité profonde qui régnait au-dehors.

— D'où tu sors ça ? demanda Chloe.

— De mon sac.

— Elle a une lampe torche dans son sac, dit Chloe à Tara.

— En cas d'urgence, expliqua Maddie en essayant de regarder dans la cour.

— Tu n'aurais pas du chocolat, par hasard ? demanda Chloe d'une voix pleine d'espoir. En cas d'urgence ?

— Bien sûr que si. Dans la poche latérale, avec la fourchette.

— Tu es géniale, murmura Tara en tendant la main.

— Tu es sûre que tu as l'âge légal ? demanda Chloe, perfide.

Tara poussa un grognement féroce, et Chloe s'empressa de lui tendre un carré de chocolat.

— Tu nous sauves la vie, dit Tara à Maddie, qui lui sourit.

Au travail, elle avait appris à être prête à toute éventualité. Elle avait toujours trouvé cela naturel, mais, à présent, elle appréciait de sentir le soulagement de ses sœurs et peut-être aussi un rien d'admiration.

Même si elles s'enfilaient en ce moment même sa réserve secrète de chocolat.

Elle avait toujours voulu avoir une vraie famille et s'y sentir à sa place. Certes, elle aimait son père, et il le lui rendait bien, mais elle avait toujours rêvé de plus.

Qu'après si longtemps sa famille soit réunie, maintenant, juste devant elle, lui faisait chaud au cœur en dépit de la température glaciale et du vent qui lui giflait le visage. Promenant sa lampe de gauche à droite, Maddie trébucha sur un arbre qui venait de s'abattre en travers de la cour.

— On a perdu un arbre, cria-t-elle à ses sœurs. Un gros.

— Reviens avant que tous te tombent sur la tête, répondit Tara.

Maddie continua à avancer jusqu'à l'endroit où le faîte du pin avait atterri, emprisonnant un tout petit arbre sous sa masse. Cette vue lui fendit le cœur. Il lui fallut un moment pour libérer le jeune pin, et, quand elle y fut parvenue, elle le prit dans ses bras et retourna vers la porte où ses deux sœurs l'attendaient.

— Je nous ai trouvé un sapin de Noël, dit-elle.

Chapitre 6

S'il est sage de se conformer aux règles,
il est beaucoup plus drôle de les contourner.
Phoebe Traeger

Les trois sœurs décorèrent le sapin avec ce qu'elles avaient sous la main, c'est-à-dire essentiellement des ustensiles de cuisine et une guirlande lumineuse aux ampoules en forme de piments, que Chloe affirmait avoir déjà vue lors d'une mémorable fête de quartier dans les années 1990.

Tara dénicha une pile d'exemplaires du *National Enquirer*, vieux de vingt ans.

— La bible de Phoebe, dit-elle avec un sourire plein d'affection en brandissant un numéro qui affichait Mel Gibson en couverture.

Elle découpa la photo et l'accrocha à une branche.

— Ben, quoi ? demanda-t-elle en s'apercevant que Chloe et Maddie la dévisageaient bouche bée. Il est potable.

— Tu es consciente qu'il ne ressemble plus du tout à ça, hein ? dit Chloe.

— Eh, j'ai le droit de fantasmer !

Elles passèrent la demi-heure suivante à siroter une autre bouteille de vin et à découper des photos de tous les hommes « potables » qu'elles trouvèrent dans les magazines. Maddie s'attribua Luke Perry et Jason Priestley – avant leur affreuse période de téléfilms à gogo. Chloe opta pour les *boy bands*. Tous, sans exception.

— On ne va quand même pas accrocher que des photos de beaux mecs ? demanda Tara.

Lui donnant raison, Chloe suspendit une cuillère à soupe à une branche, puis elle inclina la tête pour observer le résultat d'un œil critique avant de la déplacer de quelques centimètres, aussi concentrée que si elle créait un tableau de maître.

— Je suis sortie avec un type qui avait la même tête que cette cuillère. Il était moche comme un pou, mais bon sang, qu'est-ce qu'il embrassait bien ! J'en avais une crise d'asthme, chaque fois. Ça a duré une semaine. (Elle soupira d'un air rêveur.) Les hommes laids font de bons amants.

— Logan est à tomber et, en plus, il est doué au lit, dit Tara. Ça veut dire quoi, à votre avis ?

— Euh, que tu as de la chance de l'avoir épousé ? proposa Chloe.

— Tu parles ! répondit Tara en secouant la tête avec force. Les mecs à tomber ont tous des problèmes. De sérieux problèmes.

— Pas tous, dit Chloe.

— Oh, que si !

Entre-temps, Maddie avait mis la main sur un napperon.

— Mon ex est mignon, intervint-elle. Et doué au lit. Et…

Une nouvelle vague de honte s'empara d'elle, tandis qu'elle pliait soigneusement le napperon en forme d'étoile.

— Et il se trouve aussi qu'il est violent, poursuivit-elle.

Avec un hochement de tête approbateur, elle plaça l'étoile improvisée au sommet du sapin. Parfait. Surtout de loin.

— Je crois qu'on peut dire qu'il a de sérieux problèmes, conclut-elle.

Son aveu fut suivi d'un lourd silence. Quand Maddie trouva le courage de se retourner vers ses sœurs, toutes deux avaient le regard rivé sur elle, le visage empreint d'une expression de stupeur mêlée de colère et de compassion.

— C'est lui qui te frappait ? demanda enfin Tara d'un ton mesuré. Ton ex ?

Maddie hocha la tête, et Chloe laissa échapper un soupir.

— Tu lui as rendu ses coups, j'espère ?

— Et tu as appelé la police ? ajouta Tara. Dis-moi que tu as appelé la police pour le dénoncer, trésor. Tu l'as fait mettre sous les verrous pour qu'un gros dur tatoué lui apprenne la vie ?

Non, elle n'avait rien fait de tel. Et elle avait du mal à expliquer pourquoi ; même pour elle, cela restait obscur. À sa décharge, tout était arrivé petit à petit ; elle avait perdu peu à peu toute estime d'elle-même jusqu'à ce qu'un jour elle ne sache plus qui elle était. Maddie Moore avait laissé place à une personne maladroite, stupide et mal dans sa peau.

Tout ça par la faute d'Alex.

Non, faux. C'était elle qui, de commentaires cruels en remarques dévastatrices, avait permis à Alex de la démolir, jusqu'à ce qu'elle finisse par le quitter. Elle avait tout laissé derrière elle : sa confiance en elle, ses économies, tout.

C'était pathétique, et elle détestait cela.

— J'ai renversé du café sur ses bijoux de famille, expliqua-t-elle. Je lui ai massacré son nouveau costume Hugo Boss, et ça m'a fait beaucoup de bien. On aurait dit qu'il s'était pissé dessus.

Dommage que ses patrons n'aient pas apprécié cette démonstration de féminisme et qu'ils l'aient virée.

C'étaient des détails. Pour la première fois, Maddie les partageait avec quelqu'un. Elles avaient ouvert une troisième bouteille de vin et, jusque tard dans la nuit, elles nettoyèrent et décorèrent la petite maison.

Beaucoup plus tard, allongées sous le sapin, les yeux rivés sur la guirlande, elles souriaient toutes les trois comme des imbéciles heureuses.

À moins que ce ne soit juste Maddie.

Elle ne pouvait pas s'en empêcher. La tête appuyée sur le tronc rachitique de l'arbre, elle respirait sa bonne odeur de résine. Au-dessus d'elle, une paire de pinces à barbecue pendait d'une branche, côtoyant un portrait de Bon Jovi, un fouet à pâtisserie, un couvercle de Tupperware et une photo de jeunesse de Johnny Depp où il apparaissait presque nu.

— C'est le plus beau sapin de Noël que j'aie jamais eu, murmura-t-elle avec recueillement.

— Tu dis ça parce que tu es soûle, trésor. Beurrée comme un Petit Lu.

Chloe poussa un soupir rêveur.

— Ça fait des années que je n'avais pas décoré de sapin. La dernière fois, c'était juste avant que je quitte maman, j'avais seize ans.

Maddie soupira elle aussi. En fait, ses sœurs lui étaient aussi étrangères que Jax, et, pourtant, jamais elle ne s'était sentie moins seule que depuis qu'elle était arrivée à Lucky Harbor.

— Je sais que vous voulez partir d'ici le plus vite possible, les filles, mais…

— Maddie chérie, chuchota Tara, il n'y a pas de « mais ».

— Laissez-moi finir, d'accord ? Si on renégociait l'hypothèque de la propriété ? On pourrait embaucher quelqu'un pour retaper l'hôtel, et ensuite le remettre à flot. Sans compter qu'avec Lucille on a déjà une employée à mi-temps ! Je sais bien qu'elle est vieille, mais maman avait confiance en elle.

— Maman faisait confiance à tout le monde.

— Ce que je veux dire, c'est qu'en s'y prenant bien on pourrait même gagner de l'argent.

— As-tu la moindre idée de ce que ça coûte de renégocier un emprunt, ces temps-ci ? demanda Tara. Il nous faudrait un miracle.

Comme toujours, c'était la voix de la raison. Mais Maddie refusait de se laisser abattre.

— Dans ce cas, il faut qu'on essaie de savoir à qui maman a laissé l'argent du fonds de placement. De toute évidence, c'est une personne qui comptait pour elle, et donc quelqu'un qui devait l'apprécier. Et que ça pourrait intéresser d'investir dans l'hôtel. Peut-être que…

— Non, fit sèchement Tara.

Maddie et Chloe la regardèrent, déconcertées, et elle leur adressa un coup d'œil sévère.

— Essayez d'être logiques, OK ? Gérer un hôtel est un boulot énorme. (Elle fit un grand geste et faillit renverser le sapin.) Et cette marina, Dieu du ciel ! Vous connaissez quelque chose aux bateaux, à l'océan, ou… aïe !

Une cuillère venait de se décrocher d'une branche et de lui tomber sur le nez.

— En tout cas, c'est ce que voulait maman, dit Maddie.

Elle tendit le bras pour ôter une fourchette du sapin avant qu'elle se détache elle aussi et crève un œil à quelqu'un.

— C'est ce qu'elle voulait pour nous trois, répéta-t-elle.

Tara et Chloe demeurèrent silencieuses. Elles réfléchissaient sans doute, ou du moins Maddie l'espérait-elle. Épuisée, elle laissa ses paupières se fermer et ses pensées partir à la dérive. Elle voulait tellement que cela marche. Sa mère n'avait sans doute jamais rien fait pour se rapprocher d'elle, et ses sœurs non plus. Peut-être Maddie avait-elle aussi donné elle-même à sa mère des raisons de s'éloigner, parce qu'au fond c'était plus simple. Mais, à présent, juste au moment où elle avait besoin d'une échappatoire, voilà qu'il s'en présentait une.

— C'est un signe, chuchota-t-elle avec ferveur.

Pendant un long moment, personne ne dit rien.

— J'ai une vie de dingue, lança enfin Chloe. Et j'aime ça. Les responsabilités n'en font pas partie, et je suis désolée, Maddie, tu peux me croire, mais, là, c'est une sacrée responsabilité que tu voudrais nous mettre sur le dos.

— Quant à moi, ma vie est à Dallas, pas ici, ajouta Tara. Je ne suis pas une fille de la campagne, ça n'a jamais été mon truc.

— Je comprends bien, dit Maddie. Mais on pourrait peut-être mettre les choses en route ensemble, et ensuite je prendrais l'affaire en main. Si ça se trouve, je finirai par vous envoyer un gros chèque tous les mois. Et peut-être que, d'ici à un an, on se retrouverait toutes pour fêter ça.

— Ça fait beaucoup de « peut-être ».

— Ça pourrait marcher, insista Maddie. Il suffit d'y croire un peu.

— Et de s'endetter jusqu'au cou.

Maddie se redressa, balaya de la main les aiguilles de pin tombées dans ses cheveux et partit chercher dans la cuisine l'annuaire téléphonique de Lucky Harbor.

— J'ai vu une banque juste à côté du *Love Shack*, en ville. Je m'y rendrai demain pour voir si on peut faire réviser l'hypothèque.

— Et c'est quoi, ce *Love Shack* ? voulut savoir Chloe. Un sex-shop ?

— Mais non, un bar !

— Encore mieux, approuva Chloe.

— Je m'en vais à la fin de la semaine, avertit Tara. Plus tôt même, si c'est possible. Avec ou sans révision.

— Ce genre d'endroit te donne vraiment de l'urticaire, hein ? demanda Chloe.

— Trésor, tu n'as pas idée.

Entre-temps, Maddie avait trouvé une liste d'entrepreneurs en bâtiment.

— Deux d'entre eux affirment être spécialisés dans la rénovation, dit-elle en s'emparant de son BlackBerry.

— Maddie, lança Tara d'un ton menaçant.

— Je passe juste un coup de fil, c'est tout, répondit-elle en composant le numéro du premier.

— Tu vas l'appeler en plein milieu de la nuit ? interrogea Chloe avec un regard vers la fenêtre.

— Pas grave…, dit Maddie avec un sourire, un peu grisée. Je vais laisser un message.

Malheureusement, le numéro qu'elle avait composé n'était plus attribué, à moins qu'il ne soit hors service. Elle tapa donc le numéro de J.C. Builders, le deuxième de la liste.

— Dites donc, lança-t-elle à ses sœurs, je suis tombée sur un répondeur, et ils disent qu'ils ont un maître charpentier dans leur équipe. Un maître !

— Elle est soûle et elle appelle n'importe qui au téléphone, dit Chloe. Il faut qu'on l'arrête.

— Chut, souffla Maddie.

Les yeux fermés, elle écoutait la voix d'un homme, grave et profonde, qui lui demandait de laisser un message.

— Bonjour, dit-elle après le bip, je suis une cliente potentielle et je cherche un maître… euh, un spécialiste de la rénovation. Nous nous trouvons à l'*Auberge de Lucky Harbor*, tout au bout de la route de Lucky Harbor, vous ne pouvez pas nous manquer. Oh, et nous sommes désespérées, nous avons absolument besoin d'un maître d'œuvre. Vous n'êtes sans doute pas disponible, vu que vous êtes le seul maître dans toute la ville, mais nous sommes un peu pressées par le temps. En fait, on est carrément désespérées…

Elle s'interrompit et couvrit l'émetteur de la main en voyant Tara lui faire de grands signes.

— Quoi ?

— Tu as dit « désespérées » deux fois ! Tu es folle, il va doubler ses prix ! Et c'est quoi cette fixation que tu fais sur les maîtres ?

Pour toute réponse, Maddie leva les yeux au plafond – ce qui lui donna le vertige – avant d'ôter la main du micro.

— Attendez… Je n'ai pas dit « désespérées ». Nous ne sommes pas du tout désespérées. En fait, si on voulait, on pourrait faire le boulot nous-mêmes. Alors, que vous veniez ou non, ce n'est pas un problème.

Elle se tourna brièvement vers ses sœurs puis, après une pause, elle ajouta tout près du micro, presque à voix basse :

— S'il vous plaît, venez demain matin à la première heure !

Puis elle raccrocha très vite et adressa un sourire innocent à Tara.

— Génial, dit Chloe en levant le pouce, tu as vraiment été parfaite.

Comme à l'accoutumée, Jax se leva à l'aube. Il n'était pas facile de se défaire de ses vieilles habitudes. Quelque temps auparavant, il se serait rué à la salle de gym avant de passer chez Starbucks commander un café qu'il aurait bu au volant de sa Porsche lancée sur l'autoroute pour rejoindre le troupeau des autres travailleurs dans le tourbillon de la ville. À l'époque, il exerçait comme avocat dans un énorme cabinet juridique aux pratiques agressives, où le mot d'ordre était d'emporter les procès à tout prix. Payé une fortune, il était alors connu sous le nom de Jackson Cullen III.

Dans la mesure où il avait été élevé par un père adepte de la même philosophie, Jax n'avait pas eu de mal à adopter l'esprit de son cabinet. Il avait passé le plus clair de son temps à pratiquer son métier dans les prétoires, à entretenir de bonnes relations avec les autres associés du cabinet et, de façon générale, à damner son âme en même temps que celle des autres. Jour après jour, il effectuait la même routine de A à Z.

Aujourd'hui, il s'était débarrassé de l'appartement prétentieux et de la Porsche de luxe qu'il possédait alors, ainsi que de tous ses costumes, d'ailleurs. Quant au relationnel, cela faisait cinq ans qu'il n'avait plus essayé de s'attirer les faveurs professionnelles de quiconque.

En revanche, il travaillait dur pour racheter son âme.

Le seul fait d'être de retour à Lucky Harbor lui était d'une grande aide. La vie s'y révélait plus calme, plus simple, et c'était ce qu'il cherchait. Il était revenu à ses premières amours, la construction et la rénovation, s'apercevant qu'il préférait aider les gens plutôt que de les faire acquitter à tout prix.

Jusqu'à la veille en tout cas où, pour la première fois depuis trop longtemps, il avait éprouvé de véritables émotions, brutales et profondes, déclenchées par une adorable jeune femme à la maladresse attachante. Inconsciente de son charme, dotée d'une sensualité innée et d'un regard tourmenté, Maddie l'avait bouleversé.

Jax enfila sa tenue de jogging et bouscula gentiment Izzy, sa chienne labrador de deux ans. Il prétendait toujours qu'elle était croisée avec un loir, ce qu'elle confirma obligeamment en ne daignant ouvrir qu'un seul œil, l'air de dire : « On se calme, mec. »

— Tu viens avec moi, dit-il.

Elle referma l'œil.

— Allez, bouge-toi, tu fais du lard.

La chienne émit un pet bruyant.

Jax se pencha pour la faire basculer hors de son panier ; avec les trente-cinq kilos que pesait l'animal, ce n'était pas chose aisée.

Ils couvrirent leurs cinq kilomètres habituels le long de la plage. Jax courut d'un bout à l'autre, tandis qu'Izzy trottait nonchalamment à ses côtés. Au bout d'une centaine de mètres, décidant qu'elle en avait assez, elle ralentit et se mit à traîner la patte jusqu'à ce qu'elle trouve un pélican à harceler. Puis, manifestement épuisée par tous ces efforts, elle se laissa choir sur la grève et refusa de faire un pas de plus. Jax poursuivit son jogging et la réveilla sur le chemin du retour.

Rentrant chez lui par la porte de derrière, il pénétra dans son bureau et fut surpris de voir clignoter son répondeur alors qu'il n'était que 7 heures du matin. En appuyant sur le bouton « play », il constata que l'appel datait de la veille au soir. Éberlué, il se figea en reconnaissant la voix mélodieuse de Maddie.

« Bonjour, je suis une cliente potentielle et je cherche un maître… »

Des coups sourds frappés à la porte tirèrent Maddie d'un sommeil de plomb. Désorientée, elle battit des paupières et referma les yeux, pour les ouvrir de nouveau ; tout ce qu'elle parvenait à distinguer, c'était un fond vert sombre avec des touches rouge vif, qui lui faisaient mal à la tête. Avec un grognement, elle porta les mains à son crâne douloureux.

Quand elle eut fait le point, elle s'aperçut qu'elle était allongée sur le dos, en dessous du sapin, les yeux rivés sur une affreuse guirlande lumineuse aux ampoules en forme de piments.

Ou alors, pensa-t-elle, c'était juste sa gueule de bois qui était affreuse.

Maddie s'assit avec peine et faillit se crever un œil sur l'une des branches basses du sapin. Écartant l'arbre d'une main, elle s'examina en détail. Ce n'était pas beau à voir. Elle était complètement emberlificotée dans une pelote de laine à tricoter rouge. Et elle était presque certaine d'avoir de la résine dans les cheveux.

Plus étrange encore, la maison semblait immaculée. Elle se souvenait vaguement d'avoir vu une Tara titubante quadriller les lieux, un balai dans une main et un chiffon dans l'autre, lançant des ordres à Maddie qui l'aidait à nettoyer.

Ce qui n'expliquait pas la laine à tricoter. Alors, elle se rappela également avoir passé en revue avec ses sœurs la petite chambre à coucher où elles étaient tombées sur certains des effets personnels de leur mère. Elles avaient trouvé un panier plein de photos en désordre, un album que Phoebe avait sans doute eu l'intention d'utiliser sans en avoir le temps, ainsi qu'un livre, *Le Tricot pour les Nuls.* En regardant l'ouvrage et l'écharpe tout juste commencée qui se trouvait dessous, Maddie avait senti son cœur se serrer ; elle se revoyait assise avec sa mère, en train d'essayer d'apprendre à tricoter.

Le mot « essayer » était primordial.

Phoebe avait ri devant leurs efforts conjugués, prétendant que l'important n'était pas le résultat, mais le plaisir qu'il y avait à tenter d'y parvenir. À l'époque, Maddie n'en avait retiré que de la frustration.

Mais pas la nuit dernière. La nuit dernière, elle avait chéri ce souvenir, l'un des rares qu'elle conservait de sa mère, et elle s'était attribué le livre, les aiguilles et le tricot à peine entamé, qui lui rappelaient son enfance. Pendant que Chloe triait les photos et que Tara nettoyait la maison, Maddie avait réappris à tricoter.

Façon de parler.

Ses sœurs dormaient toujours à plat ventre sous le sapin, complètement assommées. Chloe ronflait, et Tara… Tara souriait ? Voilà qui était plutôt rare. En fait, aucune d'entre elles n'avait le sourire facile, avait-elle remarqué. Maddie hocha la tête, ce qui lui arracha une plainte étouffée.

Note pour plus tard : plus jamais d'alcool.

Vers le milieu de la soirée, les trois sœurs avaient décidé qu'il était temps de se mettre à l'aise. Maddie avait enfilé son pyjama préféré, un pantalon de flanelle sur lequel figurait un portrait de Bob l'éponge, et un large tee-shirt arborant l'inscription « Mords-moi » sur la poitrine. Chloe portait un pyjama de chez Victoria's Secret ; de toute façon, avec son physique, même affublée d'un sac à patates elle aurait été à tomber. Sur le devant de son petit haut, les mots « Sonne-moi les cloches » étaient délicatement brodés. Quant à Tara, elle était vêtue d'un caleçon d'homme, d'un vieux débardeur, d'un peignoir de soie et d'une paire de mi-bas.

Maddie chatouilla le pied de Chloe pour la réveiller.

— Arrête, Juan, marmonna Chloe, mon inhalateur est presque vide.

À cet instant, les coups à la porte reprirent de plus belle. Dans un bel ensemble, Chloe et Tara bondirent, se cognant la tête l'une contre l'autre, et poussèrent un gémissement à fendre l'âme.

Maddie se décida à tituber vers la porte. Au passage, elle lança un regard atterré à leur sapin de Noël. Cette nuit, elle avait trouvé que c'était le plus beau du monde. À présent, elle voyait qu'il faisait à peine un mètre de hauteur. On aurait dit…

— Le pauvre petit sapin du *Noël de Charlie Brown*, murmura-t-elle en enjambant ses sœurs.

Croisant son reflet dans le petit miroir accroché dans l'entrée, elle se retint à grand-peine de hurler.

Ses cheveux partaient dans tous les sens. Le peu de mascara qu'elle avait appliqué la veille sur ses cils lui maculait à présent le dessous des yeux, sa joue était couverte d'une marque provenant sans nul doute de ce qui lui avait servi d'oreiller, probablement une cuillère, et à l'ensemble s'ajoutait la laine à tricoter dans lequel elle était emmêlée.

— Plus jamais, j'ai dit, lança-t-elle à l'image pathétique que lui renvoyait la glace.

Pour appuyer ses paroles, elle pointa l'index vers son image, qui lui tira la langue en retour.

Avec un soupir, elle ouvrit cependant la porte d'entrée. Ce qu'elle découvrit la paralysa. Planté sous la véranda, vêtu d'un jean délavé, d'un pull et d'un tee-shirt noirs, et de ses lunettes de soleil, Jax Cullen lui souriait d'un air railleur.

Chapitre 7

L'expérience est quelque chose que l'on acquiert…
quand on n'en a plus besoin.
Phoebe Traeger

Maddie resta muette à la vue de Jax qui, lui, n'avait ni la gueule de bois ni le visage strié de marques. Il lui parut immense, et son allure de voyou, sexy à tomber. Impulsivement, elle lui referma la porte au nez.

Tara poussa un cri étouffé.

Chloe éclata de rire.

Et Maddie enfouit son visage dans ses mains.

— Tuez-moi tout de suite !

— Ma chérie, dit Tara en lui posant la main sur l'épaule, vu que je ne connais pas L.A. et ses coutumes, peut-être que je me trompe, mais claquer la porte au nez d'un visiteur est considéré comme grossier dans la plupart des cinquante États.

— Tu ne comprends pas. C'est lui. C'est Jax !

Était-ce le fait que son cerveau fonctionnait au ralenti ? Rien qu'à le regarder, elle s'était sentie troublée. Excitée, même. Elle, Maddie, la femme qui avait décrété que tous les hommes étaient bons à jeter !

— Qu'est-ce que je dois faire ?

— Eh bien, pour commencer, dit Chloe, arrête de claquer des portes au nez de mecs aussi mignons.

— Il a des super pouvoirs, dit Maddie en se rongeant l'ongle du pouce.

— Ah oui ? fit Chloe avec une fascination non feinte. (Elle jeta un nouveau coup d'œil par la fenêtre de l'entrée.) Être beau comme un dieu, ça en fait partie ?

D'une pichenette, Tara éloigna la main de Maddie de sa bouche.

— Que cherche-t-il ?

— Je parierais sur Bob l'éponge, ici présent, murmura Chloe sans quitter le visiteur des yeux.

Maddie poussa sa sœur pour pouvoir regarder à son tour par la fenêtre.

— Oh, mon Dieu ! chuchota-t-elle.

De la véranda, Jax tourna la tête et lui adressa un clin d'œil espiègle. Elle bondit en arrière comme s'il l'avait mordue.

— Oh, mon Dieu ! s'écria-t-elle.

— Elle commence à se répéter, tu ne trouves pas ? lança Chloe à Tara.

Celle-ci vint à son tour se poster devant la fenêtre. Elle prit son temps, évaluant leur visiteur de la tête aux pieds.

— Oh, trésor… Tu n'es pas prête pour cette catégorie de mâles.

— Ça me fait mal de le reconnaître, dit Chloe à Maddie, mais, pour une fois, je crois qu'elle a raison.

Prenant une longue inspiration, Maddie posa la main sur la poignée de la porte. Encadrée de ses deux sœurs, et ignorant si elles étaient là pour la soutenir moralement ou pour l'empêcher de sauter sur Jax, elle ouvrit la porte.

Cet homme avait du mérite. Les trois femmes ressemblaient à des créatures sauvages et imprévisibles en provenance directe de la planète Œstrogène, mais il ne broncha pas – un peu comme lors de sa confrontation de la veille avec Costume-Cravate. Il esquissa même un sourire.

— Salut, dit Maddie en avançant d'un pas pour se ménager avec lui un semblant d'intimité.

Ce faisant, elle se prit les pieds dans la laine à tricoter et faillit s'affaler. Il lui fallut quelques secondes pour se dépêtrer, ce qui lui fit perdre le peu de dignité qui lui restait.

Jax ôta ses lunettes de soleil pour mieux l'observer, et elle lut dans son regard caramel un mélange d'amusement et d'excitation. Pour l'amusement, rien d'étonnant à cela : le coup de la laine à tricoter, c'était tordant, sans compter qu'elle devait avoir une tête de déterrée et que Bob l'éponge ne faisait rien pour arranger les choses. Pour le reste… il devait repenser à leur soirée de la veille.

Il n'était pas le seul. Soudain, elle n'avait plus en tête que leurs baisers. *Oh, mon Dieu, ces baisers!* Le souvenir de sa bouche brûlante sur la sienne et de leurs langues mêlées l'avait tenue éveillée presque toute la nuit. Et il y avait aussi ses mains, la façon dont elles s'étaient promenées sur son corps. Rien que d'évoquer cette image, la jeune femme sentit quelque chose la tirailler au-dessous du nombril.

—Tu vas bien ? demanda-t-il.

Bien sûr qu'elle allait bien ! Du tonnerre. En tout cas, ce serait le cas dès qu'elle aurait mis certaines choses au point. Parce que, même si la vue de Jax suffisait à lui plaquer un grand sourire idiot sur le visage, Maddie se devait d'être sincère avec lui. Ou, du moins, aussi honnête que possible.

—À propos d'hier soir… Je suis désolée si je t'ai laissé penser certaines choses, mais je ne suis vraiment pas prête pour ce genre de relations.

À cela, il ne répondit rien, et ce silence fit plus mal à Maddie que sa gueule de bois.

—Ça n'a rien de personnel, bien entendu. Mais je ne peux vraiment pas…

Pourquoi ne réagissait-il pas ?

—Je ne suis pas… intéressée, reprit-elle.

Bon, d'accord, elle mentait d'un bout à l'autre, mais c'était sa faute, aussi : pourquoi ne disait-il rien ?

— Je veux dire, je comprends qu'hier soir j'aie pu paraître intéressée, mais j'avais des circonstances atténuantes.

En l'occurrence, le fait que Jax était trop beau pour être vrai et que ses lèvres avaient un goût de chocolat – un mélange fatal.

Réprimant un sourire, il tendit la main et commença à dérouler un peu de la laine encore accrochée aux épaules de Maddie. Ses doigts frôlèrent la clavicule de la jeune femme, déclenchant une série de frissons qui firent dresser la pointe de ses seins.

Elle lui arracha la laine des mains.

— Quant à ce qui s'est passé sur la jetée et devant l'auberge, eh bien, en général, je ne cède pas si facilement aux avances. D'ailleurs, il faut que je te dise… (Elle prit une profonde inspiration.) J'ai fait une croix sur les hommes.

Jax haussa légèrement les sourcils.

*Sois forte. Sois déterminée. Tu es… Neytiri d'*Avatar. *D'accord, Neytiri est une créature mythique, sortie d'un film d'animation en plus, mais quand même. Elle sait ce qu'elle veut, et c'est tout ce qui compte en ce moment.*

— C'est vrai, reprit Maddie. Au début, je voulais juste faire une croix sur les avocats, mais ça m'a paru puéril. Et bien trop sélectif. Je préfère donc mettre toutes les chances de mon côté en laissant tomber la totalité des humains porteurs de pénis.

Parce que ça, c'est tellement plus adulte.

Tara pointa le nez par l'embrasure de la porte en adressant à Jax un clin d'œil contrit.

— Il est possible qu'elle soit encore un peu pompette, expliqua-t-elle.

— Mais pas du tout ! s'offusqua Maddie avec des accents de sincérité dans la voix. Alors, si tu as fait tout ce chemin pour qu'on se rejoue la scène d'hier soir, je suis désolée, mais ça ne va pas être possible. Tu ne m'intéresses pas.

Puis, elle retint son souffle, au cas où son karma l'aurait entendue et s'apprêterait à punir son mensonge en la foudroyant sur place.

Mais rien ne se passa. Silence total. Cette fois, plutôt que de raconter n'importe quoi qui risquerait d'aggraver son cas, elle préféra se mordre la langue.

— D'accord, dit enfin Jax avec un hochement de tête. C'est très… intéressant, tout ça. Mais je ne suis pas venu rejouer une scène.

Un mauvais pressentiment assaillit soudain Maddie.

— Ah non ?

— Non. C'est toi qui m'as appelé.

La jeune femme le considéra un instant, plus attentivement que la première fois, s'attardant en particulier sur sa tenue : le pull noir était en réalité un sweat à capuche arborant au niveau des pectoraux l'inscription « J.C. Builders » ; le jean, sans être trop ajusté, mettait en valeur son corps musculeux ; l'état d'usure de ses chaussures de chantier suggérait qu'il ne les portait pas pour la frime. Mais, ce qui aurait dû mettre immédiatement la puce à l'oreille de Maddie, c'était le mètre à ruban dépassant de sa poche et le bloc-notes qui reposait contre sa cuisse.

Derrière lui, sa Jeep était garée dans la cour ; un gros chien brun était assis à la place du mort.

— Alors, c'est toi, l'entrepreneur en bâtiment ? dit-elle d'une voix quasi inaudible.

— Oui, répondit-il, presque hilare à présent. Je suis là si tu as toujours besoin d'un… maître.

Maddie eut envie de disparaître sous terre.

— Après tout, ajouta Jax, je ne suis qu'un vulgaire porteur de pénis.

Chloe éclata de rire.

Avec une grimace, Tara tira Maddie dans la maison en faisant un petit signe à l'adresse de Jax :

— Un petit instant, trésor, dit-elle avant de lui fermer, une nouvelle fois, la porte au nez.

Dame de fer un jour, Dame de fer toujours.

— Punaise ! dit Chloe d'un air dégoûté. Comment se fait-il que je sois la seule dans cette famille à savoir qu'on ne claque pas la porte au nez d'une bombe sexuelle comme ce type ? C'est du sacrilège !

— Je l'ai appelé, grogna Maddie. Nom d'un chien, je l'ai appelé, lui ! Mais quelle idiote je fais !

— Arrête, ma chérie, dit Chloe.

Elle passa la main dans la chevelure hirsute de Maddie et se prit les doigts dans ses boucles emmêlées et poisseuses de sève de pin.

— Tu n'es pas une idiote. Pas tout à fait.

— Tout ça pour trois baisers ! C'est complètement stupide ! Comme si, en m'embrassant, il m'avait aspiré les neurones !

— En même temps, rien de tel qu'un baiser pour se faire une idée sur un homme, dit Chloe.

Les deux sœurs la dévisagèrent, interloquées. Elle haussa les épaules.

— Eh, ne me regardez pas comme ça, c'était sur l'une des fiches de maman !

— Mais qu'est-ce que je vais faire ? gémit Maddie.

— Tu t'en tiens à ta décision : tu as fait une croix sur les hommes, lui rappela Tara. Maintenant, revenons au problème du jour : nous allons vendre cette propriété. Il va falloir le dire au beau mec derrière la porte avant de lui faire perdre davantage de temps.

Maddie en eut un coup au cœur – ce qui n'arrangea pas son mal de tête. Nom d'un chien, elle aurait tué pour une aspirine…

— Hier soir, on a dit qu'on essaierait d'abord de tirer quelque chose de cet endroit !

— Ce n'était pas nous, c'étaient les trois bouteilles de vin qu'on s'était enfilées, dit Tara.

— Donnez-moi un mois. Jusqu'à Noël, supplia Maddie. On va retaper un peu l'hôtel, et, si vous n'êtes toujours pas décidées à le faire tourner, on vendra. En plus, avec les travaux, on pourra en tirer un meilleur prix. Vous n'aurez rien perdu.

Chloe consulta Tara du regard. Celle-ci soupira. Elles étaient sur le point de capituler, Maddie le sentait. Elle était sur la bonne voie. Il fallait les convaincre : elle voulait absolument obtenir ce mois de délai, elle en avait besoin.

— Vous savez que j'ai raison, reprit-elle. Tout le monde en sortira gagnant, je vous le promets.

— Mais avec quoi allons-nous financer la rénovation ? objecta Chloe. Tout ce que j'ai, c'est une carte de crédit, et, après mon voyage du mois dernier au Belize, je n'ai plus grand-chose sur mon compte.

— J'ai un peu d'argent de côté, annonça posément Tara.

— Moi aussi, dit Maddie.

En réalité, elle avait encore récemment disposé d'un petit bas de laine en cas de coup dur, mais Alex l'avait utilisé pour faire des placements qui s'étaient révélés désastreux, et il n'en restait presque plus rien.

— C'est un début, et nous devrions réussir à renégocier l'hypothèque en quelques semaines. En outre, je tiens à trouver le titulaire du fonds de placement et à lui parler…

— Oublie cet argent, dit Tara avec fermeté. Maman s'est mise en quatre pour le séparer du reste de son patrimoine et le protéger. Par conséquent, ça ne nous regarde pas. Sans compter que le problème n'est pas là.

— Et où est-il, alors ? demanda Maddie.

— Le problème, c'est que je n'ai aucune envie de rester ici, répondit Tara.

— Tu n'y es pas obligée. Une fois qu'on aura lancé les travaux, vous pourrez partir toutes les deux, et moi je m'occuperai du reste.

— Jusqu'à Noël alors, concéda Tara. Ensuite, on vend.

Je ne suis pas une souris, pensa Maddie. Il fallait qu'elle fasse preuve d'assurance.

— Si c'est le souhait de la majorité, dit-elle en s'efforçant de camper sur ses positions.

— Et ça ne te dérange vraiment pas de gérer ça toute seule ? demanda Chloe.

— Non.

Elle jeta un coup d'œil à la porte close, prit une profonde inspiration et ajouta :

— Enfin, peut-être pas complètement toute seule.

— Ce serait une bonne idée de te faire prêter main-forte, approuva Chloe. Et j'ai le pressentiment qu'en termes de partenaire cet homme se montrerait particulièrement efficace.

Au souvenir de ce qu'elle avait ressenti entre les bras de Jax, Maddie fut assaillie par une brusque bouffée de chaleur. Indiscutablement, cet homme savait s'y prendre… Mais ce n'était pas le propos.

— Ma chérie, comment comptes-tu obtenir son aide alors que tu viens juste de lui balancer en travers de la figure qu'il ne t'intéressait pas ?

Oui, c'est vrai qu'elle avait dit cela.

— Je vais improviser.

Aspirant une grande goulée d'air pour reprendre ses esprits, elle ouvrit la porte tout en essayant de remettre de l'ordre dans ses cheveux – une cause perdue d'avance.

Jax s'était avancé sur la véranda et se tenait accroupi, les coudes posés sur les cuisses, examinant des traces de moisissure sur un poteau. Quand il vit sortir Maddie, il se redressa de toute sa hauteur et la considéra d'un air interrogateur.

— Tout va bien ?

— Nickel. Nous étions juste en train de discuter de, euh… de ce qu'on allait prendre au petit déjeuner.

— Vraiment ?

— Ouais. On hésitait entre pancakes et cornflakes.

— Cornflakes, sans hésiter. Cela dit, pour ce qui est des mensonges, tu n'es pas très au point, ajouta-t-il en se penchant pour jouer avec une boucle blonde. La porte n'est pas très épaisse, tu sais.

Et dire qu'elle pensait avoir déjà atteint les sommets du ridicule pour la journée. Elle jeta un coup d'œil par-dessus son épaule, espérant un peu de soutien de la part de ses sœurs, mais elles avaient disparu, les traîtresses.

— Bon, d'accord. Écoute, je suis désolée.

— À propos de quoi ?

— Pour ce coup de fil que je t'ai passé. J'étais soûle. Pardon aussi de t'avoir claqué deux fois la porte au nez ce matin. Et pour tout le mélodrame que tu viens d'entendre.

Jax balaya des yeux la cour ensoleillée où la gelée blanche n'avait pas encore fondu, puis reporta son regard sur Maddie.

— Et les baisers ? Tu les regrettes aussi ?

Ç'avait bien failli être le cas, en effet. Après tout, elle s'était laissé prendre tout aussi facilement au charme d'Alex. Résultat : elle avait fini par vivre un cauchemar.

Mais tous deux connaissaient la vraie réponse à la question de Jax : en fait, Maddie aurait difficilement pu se montrer plus « intéressée ».

Comme elle gardait le silence, il se rapprocha d'elle, assez pour que le corps de la jeune femme se tende et qu'elle fasse mine de reculer. C'est alors que l'odeur de Jax lui parvint soudain aux narines. Celle de son savon, ou de son déodorant peut-être – une odeur virile, en tout cas. Elle inspira longuement pour mieux en profiter.

— Je ne veux pas discuter de ça, murmura-t-elle.

— Ça fait beaucoup de choses dont tu ne souhaites pas parler.

La veille, il avait fait preuve de suffisamment de tact pour ne pas poser de questions. Elle espérait qu'il était dans les mêmes dispositions.

— Je sais.

Elle se prépara mentalement à l'interrogatoire, mais, là encore, il choisit de ne pas s'engager dans cette voie. Il sut rester léger.

Et sexy. *Mon Dieu, qu'il était sexy!*

— Je comprends, dit-il en hochant la tête. Tous ces baisers, c'était… maladroit. Vraiment n'importe quoi. Complètement déplacé.

Cela avait été profond, érotique et sensuel, et, rien qu'au souvenir de la sensation de la bouche de Jax sur la sienne, Maddie avait toujours l'estomac qui faisait des huit.

Non. Non, elle ne regrettait pas qu'ils se soient embrassés.

Manifestement, il lisait dans ses pensées, car il esquissa un sourire en coin.

— Donc, je ne t'intéresse pas. Et aucun courant ne passe, aucune alchimie, aucun magnétisme entre nous, murmura-t-il, la tête penchée pour mieux apprécier le spectacle qu'offraient les tétons de Maddie en se pressant impudiquement contre l'inscription « Mords-moi » qui s'étirait sur son tee-shirt.

— V… Voilà, parvint-elle à articuler. Absolument rien de tout ça.

C'est alors qu'au lieu de s'éloigner il fit un pas de plus vers elle, et, soudain, sa bouche fut là, tout près de la sienne, et les mains de Maddie se retrouvèrent comme par magie contre la poitrine de Jax.

Comment était-ce arrivé ?

À présent, les yeux à demi fermés, il avait le regard rivé sur la bouche de Maddie. Elle sentait son corps dur et chaud sous ses mains, la force qu'il dégageait, et elle appuya plus fort. *Pour l'empêcher de se rapprocher davantage*, se jura-t-elle.

— De toute façon, je ne suis pas la personne qu'il te faut, dit-elle. J'ai trop de… défauts.

— Comme le fait de ne pas tenir l'alcool ?

— Ha, ha. Très drôle. Non. Enfin, je veux dire…

Sourcils froncés, elle chercha des arguments à la fois polis et suffisamment décourageants.

— J'ai vingt-neuf ans, reprit-elle, et j'ai toujours une lampe de poche sur moi au cas où je devrais éloigner les monstres. Dans mon assiette, tous les aliments doivent être séparés et disposés chacun dans leur quart respectif. Mon film préféré, c'est *La Mélodie du bonheur*. Je connais toutes les chansons par cœur.

Voilà, c'était dit. Pas de quoi en faire une montagne. Pourtant, juste au cas où cela n'aurait pas suffi, elle en rajouta une couche :

— Je sais aussi réciter l'alphabet en rotant. Quand j'étais en fac, j'ai gagné un concours et, parfois, quand je suis seule, je m'entraîne devant mon miroir.

— Tout l'alphabet ?

— Oui. Alors, tu vois, c'est mieux qu'on ne… Enfin, tu sais quoi.

— Tu as raison. *La Mélodie du bonheur*, franchement, c'est un tue-l'amour. Heureusement que le courant ne passe pas entre nous.

Il se moquait d'elle. Pourtant, quand leurs yeux se rencontrèrent, il ne souriait pas. Pas du tout. La lueur qui éclairait son regard n'avait rien à voir avec de l'humour. Absolument rien.

Chapitre 8

La voie de la facilité étant toujours en travaux,
prévoyez un itinéraire bis.
Phoebe Traeger

Maddie ne s'attarda pas sous la douche : l'eau restait obstinément tiède, et, pire encore, elle trouvait sa couleur rouille plutôt suspecte. Heureusement, l'année précédente, elle avait été vaccinée contre le tétanos après avoir marché sur un clou lors d'un tournage à Burbank, et elle ne s'inquiéta donc pas. De toute façon, son corps était parcouru de sensations si délicieuses qu'elle n'arrivait pas à se faire du souci pour quoi que ce soit.

Et encore, cette fois, il ne l'avait même pas embrassée.

Nom d'un chien, comment osait-il réveiller ainsi sa sensualité par sa simple présence, alors qu'elle avait décidé de rayer de sa liste tous les hommes de la création ?

C'était grossier de la part de Jax. Quel manque de savoir-vivre !

Sauf que ce n'était pas sa faute.

En sortant de la douche, Maddie fourragea quelques instants dans son sac de voyage. Elle n'avait emporté que le strict minimum ; le reste, elle l'avait entreposé chez son père à Los Angeles.

Elle enfila un jean en bataillant pour fermer le bouton du haut. Saletés de chips ! Puis elle passa un débardeur sur lequel elle enfila un pull informe, en essayant de ne pas écouter la petite voix dans sa tête qui lui susurrait qu'elle ferait bien de se remettre au sport. De même, elle s'efforça de ne pas accorder trop d'attention à son reflet dans le miroir. Moins on en sait, mieux on se porte, non ? Peut-être devrait-elle ajouter cette maxime à celles qui figuraient sur les fiches de sa mère...

Comme toujours, ses cheveux avaient décidé de vivre leur vie. Armée du sèche-cheveux, elle mena un bref combat contre eux, avant de renoncer à les coiffer. Puis elle appliqua un peu de mascara sur ses cils avant de se déclarer parée pour la journée.

Jax avait proposé de l'attendre, pendant qu'elle se préparait rapidement, pour lui faire découvrir la propriété. Elle le trouva dans la petite cuisine. La taille de l'homme faisait paraître la pièce encore plus exiguë. Une tasse à la main, il était en grande discussion avec Tara, mais, quand Maddie entra, tous deux se turent brusquement comme deux comploteurs.

— Qu'est-ce qu'il y a ? demanda-t-elle en vérifiant sa tenue.

Tout allait bien, elle était habillée, rien ne semblait clocher.

— Ce n'est rien, trésor, dit Tara en lui tendant une tasse fumante. Désolée, c'est de l'instantané, je n'ai rien pu trouver d'autre à l'épicerie, et, crois-moi, il n'est pas terrible. (Elle lança à Jax un coup d'œil en biais, comme si c'était sa faute.) Je l'ai acheté hier soir en allant chercher de quoi nettoyer l'hôtel.

— Moi, je le trouve parfait, dit Jax. Merci.

Maddie s'enjoignit de ne pas lever les yeux sur lui ; c'était aussi dangereux que de regarder le soleil en face. Malheureusement, elle n'avait jamais été très à l'écoute de ses propres conseils. En outre, elle s'aperçut qu'elle ne pouvait s'empêcher d'observer sa bouche. C'était une très belle bouche, qui la faisait penser à des choses complètement déplacées.

— Donc, pour en revenir à ce message qu'on t'a laissé...

— Tu avais besoin d'un « maître », dit-il en esquissant un sourire.

— En tout cas, sur l'annuaire, tu te présentes comme un spécialiste.

Maddie se rengorgea intérieurement : elle parlait de façon détendue, peut-être même sarcastique. Elle avait toujours rêvé d'être sarcastique. *Bon début, continue sur ta lancée. Ne lui laisse pas voir que tu es morte de trouille.*

Et surtout, quoi qu'il arrive, ne regarde pas sa bouche.

Ni la façon dont son jean délavé moulait à ravir… tout ce qu'il y avait à mouler.

— Es-tu aussi spécialisé dans les hôtels poussiéreux vieux de cent ans, décorés de coqs et de canards ?

— Pour les coqs et les canards, ça devrait aller. En ce qui concerne les vaches, en revanche, je découvre, ajouta-t-il en désignant le papier peint. Mais ça tombe bien, ma spécialité, c'est de réparer et de restaurer les bâtiments pour leur redonner leur splendeur passée.

Maddie se demanda si ce talent s'appliquait également aux êtres humains, peut-être même à ceux qui n'avaient jamais vraiment eu de splendeur passée.

— Alors, reprit-elle, quelle est l'ampleur des travaux réalisables d'ici à Noël ?

— Pas de folies, intervint Tara. On veut juste donner un coup de jeune à l'auberge pour pouvoir revendre.

— Nous avons hérité de l'hôtel, mais pas de la trésorerie pour le faire tourner, expliqua Maddie. En revanche, il y a un gros emprunt à rembourser, alors on n'est pas très solvables.

Le regard de Jax passa vivement de Maddie à Tara, et celle-là se demanda une nouvelle fois si quelque chose lui avait échappé.

— Alors, vous allez vendre ? demanda-t-il.

— J'espère, dit Tara.

— Moi pas, lança Maddie.

Jax hocha la tête, comme si tout cela était parfaitement logique.

— Je vais faire le tour et préparer un devis.

— Et moi, je vais me doucher, dit Tara en se dirigeant vers la porte. Trésor, dis-moi que tu m'as laissé un peu d'eau chaude et que je ne vais pas être obligée d'aller à Alpine me laver en plein air comme une idiote.

— Alpine ? demanda Maddie. Qu'est-ce que c'est que ça ?

— Une source d'eau chaude à cinq kilomètres d'ici, expliqua Jax. Les gens du coin la considèrent comme leur baignoire privée.

Maddie considéra Tara d'un œil inquisiteur.

— Comment tu savais ça, toi ?

— Tout le monde est au courant, ici.

— La preuve que non, rétorqua Maddie.

Mais Tara était déjà sortie. Restée seule avec Jax, la jeune femme désigna son bloc-notes.

— Mets déjà sur ton devis qu'il faut un nouveau ballon d'eau chaude.

— C'est noté.

À présent qu'ils étaient seuls, la cuisine semblait avoir encore rétréci. Maddie passa dans le salon, qui était à peine plus grand, consciente que Jax lui emboîtait le pas.

— Je ne pense pas qu'on investira dans cette maison, dit-elle. On s'en tiendra à l'hôtel.

Quand elle balaya de la main les longues mèches qui lui couvraient le visage, elle s'aperçut qu'elle avait commis une erreur : Jax avait le regard rivé sur son œil droit, ou plus précisément sur la cicatrice au coin de sa paupière – visiblement toute récente. Avant qu'elle ait pu se détourner, il s'était approché, la frôlant presque. Alors, il écarta ses cheveux pour examiner la marque, avec une telle douceur qu'elle sentit quelque chose se briser en elle.

Pendant la seconde la plus longue de l'histoire, il garda le silence, mais les muscles de sa mâchoire se crispèrent. Bien que les doigts de Jax soient posés avec douceur sur le visage de Maddie, elle sentit une tension se propager dans tout le corps de l'homme.

— Qu'est-ce qui t'est arrivé ? demanda-t-il.

— Rien. Je n'ai pas envie d'en parler.

De nouveau, un silence pesant s'installa, avant qu'il relâche les cheveux de la jeune femme, qui retombèrent le long de son visage.

Jax poussa un long soupir et se tourna vers leur sapin de Noël. Quand il parla enfin, sa voix était grave mais normale.

— Il y a une pince à épiler accrochée à votre arbre.

Incroyablement soulagée qu'il ne cherche pas à la questionner davantage, Maddie souffla :

— On a improvisé.

Il contempla les photos de leurs amours de jeunesse sans sourire, mais l'air plus détendu.

— Tu n'aimes pas ?

— Si, beaucoup, dit-il.

Levant la tête, elle s'aperçut alors que c'était elle qu'il regardait.

— Le sapin, je veux dire.

Sans répondre, il attrapa sur le portemanteau près de la porte le blouson de cuir qu'il lui avait prêté la veille. De nouveau, il l'aida à l'enfiler avant de l'entraîner dehors.

C'était une matinée claire et fraîche ; le givre faisait scintiller les arbres et le sol. La lumière du soleil était vive, et Maddie cligna des yeux, car elle lui donnait mal à la tête. Ainsi qu'aux dents, ce qui était plutôt bizarre.

— C'est l'horreur, d'avoir la gueule de bois, commenta Jax en lui posant ses lunettes de soleil sur le nez.

Avant qu'elle ait pu le remercier, il s'était éloigné. Elle referma donc la bouche et remonta légèrement les lunettes sur son nez. Les verres fumés atténuaient sa migraine. Elle tenta de se rappeler la dernière fois que quelqu'un s'était montré si attentionné envers elle sans rien attendre en retour. En vain.

— Autre chose à ajouter sur la liste, dit Jax, tandis qu'elle pressait le pas pour s'adapter à ses longues enjambées. S'assurer que vous ne risquez plus d'être tuées par un arbre lors de la prochaine tempête. Celui-ci, on le débitera pour en faire du bois de chauffage.

Elle considéra le tronc massif qui séparait la cour en deux.

— Là d'où je viens, on trouve le bois de chauffage en petits fagots dans les rayons des grands magasins, et on l'utilise pour faire joli dans une cheminée, pas pour chauffer une maison.

— Fais-moi confiance, les bûches de cet arbre te seront bien plus utiles. Elles te tiendront les mains et les pieds au chaud.

Maddie resserra le blouson autour de son corps, et pas seulement à cause de l'odeur merveilleuse que dégageait le vêtement. Jax n'avait-il donc jamais froid ? Elle l'observa un instant, avec son sweat légèrement trop grand, son jean sexy, ses chaussures de chantier et son bloc-notes. Juste le genre d'accessoires qui lui manquait, à elle. À la place, elle sortit son BlackBerry pour faire sa propre liste.

— Tu crois que je devrais contacter quelqu'un pour débiter l'arbre ?

— Pas la peine, je m'en charge. Quant à ces deux-là… (Il désigna le fond de la cour, à gauche de la marina.) Il va falloir les élaguer sérieusement. Et je suis sûr qu'il y en a d'autres.

Ils parcoururent le reste de la propriété en notant les problèmes les plus manifestes, qui, hélas, ne manquaient pas. Après les avoir étudiés en détail au cours de la demi-heure qui suivit, ils revinrent au milieu de la cour, près de l'arbre tombé la veille.

— Alors, comme ça, dit-il, tes sœurs veulent se retirer de l'affaire.

— Oui, confirma-t-elle. Et hier plutôt que demain.

— Je crois que ta mère espérait que vous resteriez dans la région pour vous occuper de cet endroit comme elle aurait souhaité le faire. Tu sais comment elle était.

— En fait, non, je ne sais pas, dit Maddie. Je ne la connaissais pas très bien. J'ai été élevée par mon père à Los Angeles. Elle m'envoyait des cartes postales des villes où jouait le Grateful Dead et, de temps à autre, elle passait nous voir en coup de vent. Mais jamais elle n'a fait allusion à cet endroit, pas une seule fois.

Tout d'un coup, Maddie se rendit compte qu'elle devait sembler peu émue par l'absence de relations avec sa mère. Cela l'attrista et l'embarrassa tout à la fois. S'étant suffisamment mise à nue pour la journée, elle se détourna.

— Dans une situation pareille, beaucoup de gens en auraient voulu à leurs parents, commenta sobrement Jax.

— J'imagine qu'il y a un peu de ça.

Il posa une grande main chaude dans son dos pour la guider jusqu'à la Jeep. L'énorme labrador assis sur le siège passager se redressa et les accueillit d'un aboiement joyeux.

Jax ouvrit la portière, et la chienne jaillit de la voiture, queue frétillante et langue pendante. Elle bondit, et deux gigantesques pattes atterrirent sur la poitrine de Maddie, qui faillit en tomber à la renverse.

Jax l'aida à garder son équilibre en l'attrapant par les bras avant de se pencher par-dessus son épaule pour repousser gentiment la chienne.

— Bas les pattes, ma grosse !

Il fit pivoter Maddie pour examiner les deux traces poussiéreuses sur son buste.

— Pas de mal ? lui demanda-t-il.

Elle recula et s'épousseta avant que vienne à Jax l'idée de le faire.

— Elle est très belle.

— Je ne sais pas si « belle » est le mot, mais elle a quelque chose, oui, dit-il en décochant à la chienne un coup d'œil affectueux. Sauf que je n'ai pas encore réussi à déterminer quoi. Izzy, assise ! ordonna-t-il.

Aussitôt, la chienne se laissa tomber sur le pied de Jax, levant vers son maître un regard éperdu d'admiration.

Maddie se pencha pour ramasser un bout de bois et le lança. Izzy tendit le cou, observa la course du bâton dans les airs, et bâilla.

— Le sport, ce n'est pas trop son truc, commenta Jax. En revanche, elle est capable de passer des journées entières à faire la sieste. C'est un chien abandonné que j'ai recueilli. Personne ne lui a expliqué comment se comporter en vrai labrador.

Izzy donna un petit coup de tête à Jax, qui s'accroupit pour la serrer dans ses bras et la gratifier de caresses vigoureuses. Maddie sentit une pointe de jalousie la tarauder en contemplant Izzy étalée de tout son long sur le sol dans une attitude proche de l'extase, grognant bruyamment de plaisir.

— Elle a l'air d'aimer ça, parvint-elle à dire.

— Je suis assez doué de mes mains.

Prouve-le, faillit répondre Maddie. Elle se mordit les lèvres pour s'empêcher de parler.

De nouveau, Jax éclata d'un rire grave et sensuel, comme s'il avait lu dans les pensées de la jeune femme.

— Pas d'alchimie entre nous, rappelle-toi, dit-il en se redressant.

Maddie ferma les yeux.

— D'accord, disons qu'il y en a juste un peu, concéda-t-elle.

— Juste un peu ? Ou énormément ?

— Énormément. Sauf que…, dit-elle en le voyant sourire d'un air entendu. *Bon sang, il fallait vraiment qu'il arrête avec ça.* Sauf que j'ai vraiment fait une croix sur les hommes.

— Pour toujours ?

— Quelque chose dans mon ventre me dit que oui, mais c'est peut-être juste que je vais avoir mes règles. En tout cas, je ne veux plus avoir affaire aux hommes pendant très longtemps.

— Tu vas essayer les femmes, alors ?

Il la taquinait. Elle le repoussa légèrement, tout en étant bien consciente qu'il aurait pu résister s'il l'avait voulu. Il n'était certainement pas du genre à se laisser dicter sa conduite – et elle aurait bien aimé pouvoir en dire autant d'elle-même.

— J'essaie seulement de te dire que le sexe pour le sexe, ce n'est pas mon truc.

— Mais si tu as fait une croix sur les hommes, objecta-t-il malicieusement, ça revient à prôner l'abstinence.

— Exactement.

— Et ça ne va pas te manquer ? demanda-t-il, sourcils froncés.

— Non.

— Pas du tout ?

— Même pas un peu.

Il lui adressa un regard incrédule.

— Comment peut-on vivre sans ? Ce n'est pas possible ! C'est comme si tu prétendais pouvoir te passer d'une bière fraîche par une chaude soirée d'été, ou du bruit des vagues quand tu cours au bord de l'océan, ou... de l'air que tu respires.

Il semblait tellement convaincu qu'elle ne put s'empêcher de rire.

— Peut-être que le sexe n'est pas très important pour moi.

— Ça veut dire qu'on ne s'y est pas bien pris avec toi.

Une foule de sous-entendus affleuraient dans sa voix, et le corps de Maddie se tendit involontairement tandis que les propos de Jax faisaient leur chemin dans sa tête. Il était évident que cet homme savait mettre à profit son corps musclé et ses mains adroites pour gagner sa vie. De là à imaginer qu'il s'en servait avec autant de talent pour satisfaire une femme, il n'y avait qu'un pas...

— Tu es toujours avec moi ? murmura-t-il.

Une vague de chaleur la submergea, et elle demeura muette.

Il la dévisagea un instant, l'expression grave mais les yeux rieurs. Après avoir joué avec une mèche des cheveux indomptables de la jeune femme, il se dirigea vers l'auberge de ce pas ample et plein d'assurance qu'elle admirait chez lui.

Elle le suivit des yeux, un peu déstabilisée par cette étrange sensation qui continuait à lui tirailler le bas-ventre – une sensation qui l'informait à coup sûr que son corps, lui, n'était pas du tout au courant qu'elle avait fait une croix sur les hommes.

Loin de là.

Chapitre 9

Si ta vie est un enfer…
Croque-la à pleines dents.
Phoebe Trager

Quand Maddie eut suffisamment repris ses esprits pour suivre Jax jusqu'à l'auberge, il en avait déjà ouvert la porte.

— Est-ce que ta mère avait des plans de la propriété ? demanda-t-il.

— Aucune idée. Mais il me semble qu'elle rangeait tous ses papiers dans le bureau de la marina. On devrait aller y jeter un coup d'œil.

— Vous en aurez besoin pour établir l'acte de vente, parce que ceux qui achèteront l'hôtel voudront s'assurer qu'il est aux normes. Dans l'état actuel, ce n'est manifestement pas le cas, et il faudra voir ça avec les services concernés. Il me semble que Phoebe est sortie quelque temps avec Ed, un type qui travaille à la mairie. Il vous aidera à monter le dossier.

Maddie s'arrêta de marcher, impressionnée par les connaissances de Jax et la façon professionnelle et cultivée dont il s'exprimait. La première fois qu'elle l'avait vu, elle l'avait classé dans la catégorie des « Beaux Inconnus ». La deuxième fois, dans celle des « Beaux Inconnus qui embrassaient bien ».

À présent, elle le découvrait sous un nouveau jour. Elle lui posa la question qui lui brûlait les lèvres :

— Ma mère… Tu l'aimais bien ?

— Beaucoup. Tu lui ressembles, tu sais ?

Il laissa son regard traîner sur elle, longuement, au point qu'elle en eut le souffle coupé.

— Tu as ses yeux, reprit-il. Phoebe lisait dans les gens comme dans un livre ouvert, et elle savait.

— Elle savait quoi ?

— Ce qu'ils avaient dans le ventre.

Depuis la mort de Phoebe, chagrin et remords avaient formé dans la poitrine de Maddie une boule qu'elle sentit soudain grossir.

— Je n'ai pas ce talent. En réalité, je ne sais pas juger les gens.

Pendant un long moment, Jax garda le silence.

— Ta mère était drôle et un peu volage, dit-il enfin, mais, quand il le fallait, elle faisait preuve d'une véritable profondeur. Elle avait du cœur.

— Son côté volage, elle le cultivait.

— C'est clair, dit-il avec un petit sourire.

Au ton affectueux de Jax, Maddie devina qu'il avait très bien connu Phoebe. Certainement mieux qu'elle, ce qui fit grossir la boule dans sa poitrine.

— Et toi, alors ? demanda-t-elle.

— Quoi, moi ?

— Je ne sais quasiment rien de toi. Donne-moi des détails.

— Il n'y a pas grand-chose à raconter, répondit-il avec un haussement d'épaules. Je suis né et j'ai grandi ici. Ma mère est décédée d'une attaque l'année dernière. Je n'ai pas de frères ni de sœurs.

— À part Ford et Sawyer, dit-elle.

— À part eux.

— Et ton père ?

— Il vit à Seattle.

Maddie décela quelque chose dans sa voix, quelque chose qui l'incita à le regarder avec plus d'attention, mais le visage de Jax demeurait impassible.

— Tu as toujours été charpentier ?

— Non. Je suis allé en fac et, ensuite, j'ai travaillé loin d'ici. Ça fait cinq ans que je suis revenu à Lucky Harbor. C'est une histoire sans intérêt.

Maddie en doutait fortement, mais elle s'abstint de tout commentaire et, quand Jax pénétra dans l'hôtel, son bloc-notes à la main, elle lui emboîta le pas, Izzy sur leurs talons. Le museau au ras du sol, la chienne flaira tous les recoins tandis que Maddie et Jax allaient de pièce en pièce. Il montra à la jeune femme les travaux à entreprendre pour remettre les lieux aux normes et les moderniser, s'arrêtant parfois pour tracer un schéma en même temps qu'il parlait. Le défi que représentait la tâche à accomplir semblait le galvaniser.

La plupart du temps, Maddie avait apprécié son travail, et elle l'avait trouvé plutôt épanouissant. À présent, elle se rendait compte que son métier ne l'avait jamais vraiment passionnée. Pas comme Jax. Cet homme était vraiment fascinant, et elle adorait le regarder.

Quand ils eurent terminé avec le rez-de-chaussée, ils se rendirent à l'étage, abandonnant Izzy qui s'était endormie dans une tache de soleil au milieu de la cuisine et qui ronflait comme un sonneur. Jax fit quelques suggestions pour les chambres et les salles de bains. À un moment donné, il sortit pour aller chercher sa ceinture à outils. La sensualité avec laquelle il la portait maintenant était dérangeante ; elle reposait bas sur ses hanches, les mettant en valeur. Sans parler du reste… Maddie fit de son mieux pour ne pas s'appesantir sur le spectacle, mais, indéniablement, Jax avait un corps troublant.

Ensemble, ils montèrent au grenier, à la recherche d'une fuite dans le toit, qui serait à l'origine des dégâts dans la dernière salle de bains qu'ils avaient visitée. Jax précédait Maddie, bravant les toiles d'araignée. Derrière lui, la jeune femme s'efforçait de détacher le regard de ses fesses.

En pure perte.

Aussi, quand Jax se retourna vers elle sans crier gare, tendant la main pour lui prendre le bloc-notes, il la prit en flagrant délit.

— Euh, tu as une tache, là, dit-elle embarrassée.

— Une tache ?

— Oui, dit-elle en désignant la fesse gauche de Jax, parfaitement moulée dans son jean. Juste là.

Pendant une seconde, il se tut, médusé. Normal : après avoir traîné dans le grenier crasseux, tous deux étaient couverts de poussière de la tête aux pieds.

— Merci, dit-il enfin. C'est important de savoir repérer les taches.

— C'est vrai, dit-elle en hochant bêtement la tête. Tu devrais peut-être y mettre du détachant tout de suite. J'en ai dans mon sac.

— Tu me proposes de me frotter les fesses ?

Maddie piqua un fard, et il sourit.

— Tu es un paradoxe vivant, Maddie Moore. C'est un trait qui me plaît chez toi.

— C'est parce que j'ai dit qu'il ne pouvait rien se passer entre nous, et qu'après j'ai…

— Voulu me mettre la main au cul ? acheva-t-il à sa place. Sûrement. D'ailleurs, ne te gêne surtout pas. C'est quand tu veux.

Plus gênée que jamais, elle étouffa un petit cri et plaqua ses paumes sur ses joues enflammées.

— Tu vois ? Un vrai paradoxe, répéta-t-il.

— Tu sais, tu ne parles pas comme un artisan du bâtiment. On dirait plutôt…

— Plutôt quoi ?

— Eh bien, avant ce couplet sur ton cul, j'allais dire que tu t'exprimais comme un médecin ou un avocat. Quelqu'un de très cultivé.

— Peut-être que je suis tout cela à la fois.

Elle continua à le suivre, avançant à petits pas derrière lui, le regard aimanté par les muscles qu'elle voyait bouger sous l'étoffe tendue de son jean. En fait, ce n'était pas vraiment la faute de Maddie. C'était celle de Jax. La sienne et celle de son magnifique…

— Je suis presque certain, murmura-t-il sans se retourner, que tu aurais beaucoup moins de mal à renoncer au sexe si tu arrêtais d'y penser.

— Qu'est-ce qui te fait croire que j'y pense ?

Il ne daigna pas lui répondre.

— Parce que c'est faux, reprit-elle, je ne suis pas en train d'y penser, pas du tout. Je pensais à… (Elle réfléchit.) Je pensais que ton jean allait être difficile à ravoir. À cause de cette tache.

Jax eut un rire étouffé.

— On en reparle plus tard. Je crois que j'ai trouvé la fuite. C'est réparable.

— Bonne nouvelle.

— Mais, l'année prochaine, il va falloir refaire le toit.

Mauvaise nouvelle.

— Quoi d'autre ? demanda-t-elle.

— En dehors du fait que, moi aussi, j'aime bien regarder tes fesses ?

Avec un gémissement qui n'était pas dû qu'à l'embarras, elle secoua la tête.

— Arrête.

— Il faut que j'arrête de regarder, ou de dire que je regarde ?

Mon Dieu.

— J'ai dit que les hommes, c'était fini. Tu sais que tu ne m'aides pas, là ?

— Tant mieux, ce n'était nullement mon intention.

Dans la pénombre poussiéreuse du grenier, elle le dévisagea.

— Tu as ta part dans tout cela, dit-elle. Tu as dit que, toi non plus, tu n'étais pas intéressé.

— Non, j'ai dit que j'étais passé par là. En d'autres termes, moi aussi j'ai vécu une rupture en me jurant sur le moment que c'était la dernière fois que je m'engageais dans une relation avec une femme.

Retenant son souffle, elle envisagea un instant de clore le sujet, mais au bout du compte la curiosité l'emporta.

— Que s'est-il passé ?

— Je me suis laissé dépasser par les événements. Et, pour ta gouverne, sache que je suis intéressé. Très.

Voilà qu'il remettait ça.

— Et si on parlait plutôt de l'auberge ? suggéra-t-elle d'une voix tremblante.

— C'est un terrain plus sûr ?

— Beaucoup plus sûr.

Une lueur amusée passa dans les yeux de Jax.

— Toutes ces fenêtres sont vieilles. Si tu les remplaces par du double vitrage, l'isolation sera plus efficace et le bâtiment plus facile à chauffer, sans compter l'aspect esthétique. Certaines parties de la véranda doivent être réparées. Elle n'est pas aux normes et, si on ne fait rien, vous n'obtiendrez jamais l'agrément pour la vente. Il faut absolument s'occuper de la fuite du toit. Les murs intérieurs et extérieurs ont besoin d'être repeints, et la moquette est dans un sale état. Je serais d'avis de l'enlever et de restaurer le parquet qui se trouve en dessous. Il faut aussi remplacer les ballons d'eau chaude. Et on peut facilement donner un coup de jeune aux salles de bains en changeant les meubles après avoir remis la tuyauterie en état.

— Ça fait beaucoup.

— Non. « Beaucoup », ce serait si on refaisait la cuisine et le toit.

Pas faux.

Une fois de retour dehors, ils se rendirent à la marina, Izzy sur leurs talons. Le soleil hivernal ne contribuait guère à réchauffer l'air, et leur souffle formait de petits nuages de condensation qui les précédaient. Un long sifflement aigu leur parvint depuis l'océan.

— Qu'est-ce que c'est ? s'enquit Maddie.

— Un bateau de pêche qui sonde les eaux profondes pour trouver des crabes.

Comme à son habitude, Maddie marchait à un rythme soutenu, courant presque. Les longues enjambées de Jax, pleines d'assurance mais sans précipitation, étaient à l'image de sa personne. Il aimait prendre son temps, avait fini par conclure Maddie à force d'observation. Il avait pris tout son temps pour mesurer, pour discuter, pour boire l'eau de la bouteille qu'il avait sortie du coffre de sa Jeep avant de la lui proposer, et il fit de même lorsqu'il s'agit de serrer Izzy contre lui et de la rassurer après qu'elle eut dérangé un écureuil mal luné qui lui causa la peur de sa vie en s'enfuyant.

Maddie ne put s'empêcher de se demander s'il prenait également son temps au lit, et cette seule pensée enflamma des parties de son corps qui n'avaient pas lieu de s'échauffer ainsi.

Il la regarda à la dérobée, et les coins de sa bouche frémirent.

— Encore ? demanda-t-il.

— Alors, c'est ça, ton super pouvoir ? Tu lis dans les pensées ?

— N'importe qui peut lire dans tes pensées, Maddie. Ou dans ton cœur.

— Il va falloir que ça cesse, dit-elle avec un soupir agacé. Reste à trouver comment.

— Pour commencer, tu pourrais lâcher certaines choses enfouies en toi.

— Je n'ai rien d'enfoui en moi.

— Tu veux qu'on revienne sur la longue liste de tous les sujets à ne pas aborder ? Par exemple, ton aversion pour tous les gens cultivés, les professions libérales… ou plus précisément pour les avocats ?

— Les avocats ? Pourquoi penses-tu que j'ai quelque chose contre les avocats ? demanda Maddie, les mains sur les hanches.

De nouveau, il eut un froncement de sourcils amusé.

— Bien répondu. Je trouve que tu fais des progrès.

— Considère ça comme une façon de t'empêcher de lire dans mes pensées.

Jax eut un léger rire et tira doucement sur une boucle blonde.

— Si tu n'es pas prête à me livrer quelques-uns de tes plus noirs secrets, finissons-en avec cette visite.

La marina, décidèrent-ils, n'avait besoin d'aucune intervention urgente. En revanche, à la vue de la quantité de matériel qu'elle abritait – kayaks, canoës, pagaies, etc. –, Maddie ressentit la brusque envie de tout cataloguer sur son BlackBerry. Elle avait un mois pour prouver à ses sœurs que l'hôtel et ses dépendances pouvaient être rentables, et elle n'avait pas l'intention d'échouer dans cette entreprise.

— Tu parais plutôt à ton aise, ici, dit-elle à Jax. Même pour quelqu'un qui a bien connu l'auberge.

— Tu vois ce voilier de quatre mètres, sur la rampe trois ? Et celui de six, rampe quatre ? Ils appartiennent tous deux à Ford. Il les loue à l'année et, de temps à autre, il me traîne ici pour partir en virée sur l'océan. Mais, même avant ça, on avait l'habitude de venir dans le coin tard le soir.

— Pour tapisser les murs de papier-toilette.

— C'est arrivé juste une fois. Crois-moi, on a pris une bonne leçon ce jour-là. Tiens, regarde là-bas, les bois derrière la marina. Il y a un sentier qui mène à la falaise. Ça grimpe sec, et les ronces ont presque tout envahi. Personne n'ose s'y aventurer en dehors de quelques adolescents qui cherchent un endroit tranquille pour se peloter. On y est allés plus souvent qu'à notre tour.

L'image d'un Jax adolescent, débordant d'hormones et crapahutant à flanc de falaise, aurait dû faire rire Maddie. Au lieu de cela, elle se dit qu'elle aurait aimé, elle aussi, grandir à Lucky Harbor ; peut-être aurait-elle pu être l'une des filles que Jax emmenait sur ce sentier.

— Même en hiver ? demanda-t-elle.

— C'est encore mieux qu'en été parce qu'il n'y a pas de sumac vénéneux. Pas facile de convaincre une fille que tu es le coup du siècle quand tu n'arrêtes pas de te gratter les fesses à cause de l'urticaire.

Cette fois, elle éclata de rire. Cela lui était arrivé plusieurs fois depuis qu'elle avait rencontré Jax, alors que, jusqu'à la veille, elle avait eu du mal à simplement sourire. Comment était-il possible qu'en une journée un seul homme – certes grand, ténébreux et énigmatique – l'ait amenée à opérer ce revirement ? Elle n'en avait pas la moindre idée.

Le bureau de la marina était minuscule. Il abritait un vieux canapé, une énorme table déglinguée couverte de piles de papiers, et un classeur métallique aux tiroirs bâillants remplis de dossiers se bousculant dans un désordre indescriptible.

Jax secoua la tête.

— Tu vas avoir du pain sur la planche pour reclasser tout ça.

— J'ai vu pire, dit Maddie avec un haussement d'épaules.

De toute façon, elle n'avait pas le choix. C'était ça ou rentrer à L.A. la queue entre les jambes. Et ça, il n'en était pas question. À cette pensée, elle se sentit ragaillardie. Il y avait si longtemps qu'elle faisait semblant d'être forte qu'elle commençait à sentir une véritable énergie l'envahir. Pas trop tôt.

Par la fenêtre, Jax désigna les épais taillis derrière la marina.

— Le raccourci vers la falaise commence juste à côté de cette petite crique de galets. Si tu veux tout savoir, elle sert également de lieu de rendez-vous pour les amoureux. Surtout quand tu as seize ans et que tes parents t'ont confisqué ta voiture.

— Tu étais souvent puni, à l'époque ? demanda Maddie avec un sourire.

— En gros, vingt-quatre heures sur vingt-quatre et sept jours sur sept jusqu'à ce que j'entre à l'université.

— Et la vie à Lucky Harbor t'a manqué quand tu es parti ?

— Pas le moins du monde. Je ne suis pas seulement parti de Lucky Harbor ; je m'en suis enfui comme si j'avais le diable aux trousses.

Jax eut une expression énigmatique, identique à celle qu'il avait affichée quand Maddie avait évoqué son père. Lui aussi avait de lourds secrets.

— Et pourtant, tu es revenu.

Le regard de Jax se posa sur elle, de nouveau transparent. Détendu.

— Et pourtant, oui, je suis revenu.

— Pour quelle raison ?

— C'est marrant comme deux ans d'éloignement peuvent t'aider à prendre du recul par rapport à certaines choses.

Maddie avait grandi dans des décors de cinéma, et presque tout dans sa vie n'avait été qu'illusion. L'illusion d'avoir des amis, ou un foyer. La question, à présent, était la suivante : Lucky Harbor ne serait-il qu'un mirage de plus, ou allait-elle enfin prendre pied dans la réalité ?

Ils étaient arrivés à la voiture de Jax. Celui-ci ouvrit la portière du côté conducteur, posa son bloc-notes sur le tableau de bord et fit signe à Izzy de s'installer.

La chienne bondit à l'intérieur avec enthousiasme et s'installa derrière le volant.

— Pousse-toi, lui ordonna Jax.

Izzy lui fit une grimace qui ressemblait indubitablement à un sourire.

L'air dépité, Jax s'appuya contre la Jeep et regarda Maddie.

— Je vais établir un devis et je te l'enverrai par e-mail.

— Merci.

Il regarda derrière elle, en direction de l'auberge.

— Phoebe vous a laissé la propriété parce qu'elle lui tenait à cœur. Si tu ne veux vraiment pas la vendre, ne lâche pas l'affaire. Sois Louise.

Il décocha à Maddie un sourire à la fois bouleversant et contagieux. Intérieurement, elle le maudit.

— J'essaie, dit-elle. Mais il reste pas mal d'obstacles à affronter.

— Ouais. C'est ce qu'on appelle la vie.

— Nous sommes en retard dans les remboursements de l'emprunt. Il me semble d'ailleurs que l'hypothèque plombe complètement les comptes de l'auberge. Et ça me surprend beaucoup parce que, comme toi, je sais que cet endroit était cher à Phoebe. Mais, si elle tenait à ce que mes sœurs et moi le gardions, pourquoi avoir placé tout l'argent qu'elle avait dans un fonds légué à quelqu'un d'autre ?

Jax hésita avant de répondre, comme s'il cherchait soigneusement ses mots.

— Il y a certaines démarches que tu peux faire. Aller voir la banque qui a émis le prêt hypothécaire, pour commencer. Demander une expertise et obtenir une révision de ce prêt. As-tu vérifié qu'il n'existe pas d'autres ressources financières que ce fonds de placement ? Tu as parlé au notaire qui a homologué le testament ? Il t'a donné une liste des biens et des comptes de Phoebe ? Parce que ça pourrait t'ouvrir de nouvelles perspectives.

— Ça recommence, murmura Maddie, un peu surprise de constater que le cerveau de Jax la branchait encore plus que ses fesses. Ton discours ne ressemble pas à celui d'un simple charpentier. On dirait plutôt… celui d'un avocat.

— Et c'est mal ?

Elle ne sut que répondre. Sa crainte des avocats n'était guère rationnelle, et elle le savait.

— Laisse-moi deviner, dit-il. Ça fait partie des choses dont tu ne veux pas parler.

— Absolument.

Leurs regards se croisèrent, presque accidentellement. Ils ne détournèrent les yeux ni l'un ni l'autre.

Le temps semblait s'être arrêté, ce qui était non seulement bizarre, mais aussi complètement idiot. Ça ne se passe pas comme ça dans la vie, même pour les super-héros super sexy.

Quand Jax s'écarta de la Jeep et s'approcha d'elle, le cœur de Maddie s'emballa aussitôt.

— Merci d'être venu, souffla-t-elle. Je…

Avec une lenteur calculée, son regard toujours rivé au sien, Jax fit encore un pas vers la jeune femme.

Un tourbillon de chaleur l'envahit, et elle retint sa respiration.

— Tu disais…, reprit-il pour l'aider à poursuivre.

— Je ne sais plus. J'ai perdu mes mots.

Elle sentit deux mains se poser avec douceur mais fermeté sur ses hanches, et il l'entraîna vers la Jeep.

— Qu'est-ce que tu fais ? demanda-t-elle, le souffle court.

— Je t'aide à retrouver la parole.

Il se pencha, posa ses lèvres sur celles de Maddie et l'embrassa. De la langue, il taquina sa bouche, doucement, jusqu'à ce que la jeune femme se mette à gémir. Alors, son baiser se fit plus intense, plus ardent, et Maddie s'accrocha à lui, prise d'un puissant vertige qui lui faisait tourner la tête, le cœur battant à tout rompre. Elle avait la sensation que leurs deux corps ne faisaient plus qu'un. Bien différent des baisers emplis de tendresse échangés la veille, celui-ci était plein de désir, et beaucoup plus torride. Quand le genou de Jax se glissa entre ses cuisses, elle cessa tout à fait de penser.

La veille au soir, il l'avait laissée mener le jeu, attentif à ne pas la brusquer. Plus maintenant. Cette fois, il enfouit les doigts dans ses boucles blondes et prit sa bouche avec force, l'attirant encore plus près de lui ; de l'autre main, il caressait le dos de la jeune femme, comme pour l'apaiser et la stimuler tout à la fois. Elle se sentait totalement incapable de lui résister.

Sale tricheur.

Voilà ce qu'elle aurait voulu lui dire, mais sa langue était un peu trop occupée. Ainsi que ses doigts, d'ailleurs. Pour commencer, elle savoura le jeu des muscles du dos de Jax, puis elle s'agrippa fermement à lui, au cas où il lui viendrait l'idée saugrenue d'essayer de s'enfuir. Elle n'en avait pas fini avec lui et, même quand Izzy, jalouse de devoir partager son homme, lança un petit jappement mécontent, la jeune femme ne lâcha pas prise.

S'efforçant de reprendre ses esprits, Maddie fit remonter ses mains sur les épaules de Jax. Pourtant, quand, sous ses caresses, il poussa un grognement sourd, elle resserra son étreinte au lieu de le relâcher. Quand ils s'écartèrent enfin l'un de l'autre, elle était complètement hors d'haleine. Sans la Jeep derrière eux et sa cuisse, qu'il avait calée entre celles de Maddie, elle se serait écroulée par terre dans un tourbillon de poussière.

— Maddie.

La voix de Jax était profonde, rauque et sexy en diable.

— Oui ?

— Je vais te toucher le visage, maintenant.

Étant donné l'incident de la veille et la réaction pour le moins blessante qu'elle avait eue, Maddie aurait dû lui être reconnaissante de la prévenir, mais, encore sous le coup du vertige du baiser qu'ils venaient d'échanger, elle répondit :

— Oh. Très bien, je…

Jax lui caressa le bras, remontant jusqu'à son épaule, et lui effleura le cou, si lentement que c'en était presque douloureux ; quand enfin il prit le menton de Maddie entre ses doigts, elle tremblait, mais, cette fois, ce n'était pas d'appréhension. De l'autre main, il souleva une mèche qui masquait la tempe de la jeune femme et il la repoussa derrière son oreille. Le cœur près d'exploser, elle ferma les yeux pour mieux s'imprégner de son contact. Les doigts de Jax étaient chauds et calleux. Ils étaient forts, aussi ; pourtant, ils ne représentaient pas une menace. Malgré la peur irrationnelle que Maddie éprouvait pour les hommes, son corps et son cœur avaient envie de Jax.

Très envie.

— Maddie ?

— Oui ?

— Les hommes, c'est toujours fini, pour toi ? demanda-t-il, une note d'amusement dans la voix.

Il était plaqué contre elle, délicieusement chaud et dur. Partout. Elle aurait bien voulu lui laisser sa chance, mais, quand elle avait affirmé qu'elle n'était pas prête, ce n'étaient pas des paroles en l'air. Elle avait d'abord besoin de mettre de l'ordre dans ses pensées et dans sa vie. Avant cela, s'engager dans une relation n'aurait aucun sens.

— Oui, répondit-elle d'une voix mal assurée.

Elle s'éclaircit la voix et répéta :

— Oui, les hommes, c'est toujours fini.

Il la dévisagea avec attention puis esquissa un sourire avant de reculer.

— On reste en contact, dit-il en sortant ses clés de sa poche.

— Un minimum, lui rappela-t-elle. C'est tout ce dont j'ai besoin pour l'instant.

Il acquiesça puis monta dans la Jeep, poussant Izzy pour qu'elle passe à l'arrière. Il ouvrit la vitre afin que la chienne puisse sortir la tête, et Maddie tendit la main pour caresser l'épaisse fourrure soyeuse.

— Un minimum, c'est tout, répéta-t-elle à voix basse.

Quand les grands yeux rieurs d'Izzy croisèrent les siens, Maddie battit en retraite. *Menteuse !* semblait dire la chienne.

Chapitre 10

Souriez… Ça force les gens à se demander quelle idée vous avez derrière la tête.
Phoebe Traeger

Deux jours plus tard, Jax avait établi le devis pour la réfection de l'hôtel et l'avait envoyé à Maddie par e-mail. Assis à son bureau, il acheva le reste de ses corvées administratives, essentiellement liées à ses activités au conseil municipal. Il ne lui fallut que quelques minutes pour s'acquitter de cette tâche : c'était son second mandat en tant que maire de Lucky Harbor, mais ce n'était pas une charge très lourde à porter, et elle ne requérait pas trop de son temps. À ce moment précis, il signait les chèques que Jeanne, sa secrétaire à temps partiel, lui tendait les uns après les autres.

— Facture d'électricité, dit-elle.

Bien qu'ils soient du même âge, elle avait envers lui l'attitude d'une mère poule. Elle était coiffée d'un serre-tête surmonté de bois de rennes où étaient accrochées des clochettes qui tintinnabulaient à chacune des demandes qu'elle proférait d'une voix autoritaire.

— Facture de gaz, dit-elle dans un nouveau tintement mélodieux. Dépenses du mois. Et mon salaire. Merci pour l'augmentation.

Il la regarda en biais, et elle éclata de rire.

— Je plaisantais. Alors…, c'est qui, cette femme ?

Jax lui fourra la pile de chèques signés dans les mains.

— Quelle femme ?

— Celle que tu as embrassée l'autre soir sur la jetée.

Étonné, il leva un sourcil, et elle sourit.

— Arrête, Jax. Tu n'es quand même pas surpris que je sois au courant ?

— Je suis peut-être naïf, mais si, ça me surprend.

Jeanne prit une mine apitoyée, avec l'air de dire « pauvre petit, tu as encore beaucoup de choses à apprendre ». C'était une expression qu'elle affichait souvent face à lui. Il l'acceptait, parce qu'elle assurait son secrétariat avec un calme et une efficacité qui le soulageaient d'un grand poids. Il détestait la partie administrative de son travail.

À présent, Jeanne triait les chèques pour les classer dans un ordre mystérieux qu'elle était la seule à comprendre.

— Jake en a parlé à sa sœur qui en a parlé à Carrie, à l'épicerie. Aujourd'hui, quand j'y suis passée pour remplir ton frigo, je suis tombée sur ma sœur qui m'en a parlé à son tour. Au fait, il ne te restait plus qu'une pomme et une demi-pizza. J'ai aussi trouvé un truc qui ressemblait à un végétal mutant en train de pousser dans un Tupperware. J'ai pris la décision unilatérale de le balancer à la poubelle. Comment fais-tu pour vivre comme ça ?

— On appelle ça des plats à emporter. Qu'as-tu mis dans mon frigo ?

— Des fruits, du fromage, de la bière, et une maxi-pizza.

— Je t'aime.

— Si c'était vrai, dit-elle en riant, tu me dirais qui est cette femme.

Il se contenta de répondre par un sourire. D'abord parce qu'il savait que son silence allait faire tourner Jeanne en bourrique, mais aussi parce qu'il n'avait pas envie d'évoquer le sujet. En vérité, voilà deux jours qu'il ne cessait de penser à Maddie, et pas du tout en tant que future cliente. Il lui venait des envies de meurtre envers celui qui l'avait frappée. Il pensait qu'en dépit de son passé douloureux elle semblait foncièrement honnête et naturelle – rien à voir avec les femmes qu'il avait fréquentées jusqu'alors. De toute évidence, elle était craintive, mais elle se démenait pour passer outre ses appréhensions. C'était quelque chose qu'il admirait.

Il avait également beaucoup pensé – énormément, à vrai dire – à l'apparence de Maddie après qu'il l'avait embrassée : décoiffée, déconcertée, excitée. Cela lui allait bien. Il avait bien aimé aussi son allure quand elle lui avait ouvert la porte : ensommeillée, avec la gueule de bois, sans soutien-gorge sous ce tee-shirt très fin qui invitait son interlocuteur à la mordre...

Bon sang, c'était exactement ce qu'il avait envie de faire.

— À ce qu'on raconte, dit Jeanne en lui mettant un nouveau chèque sous le nez, c'est la deuxième des trois filles de Phoebe. Elle était à la quincaillerie, aujourd'hui, c'est Anderson qui tenait la caisse. Il a dit qu'elle était jolie et gentille, et, même si elle lui a renversé toute sa pyramide de seaux de peinture, il lui a donné dix sur dix. Oh, et il l'a invitée à sortir avec lui, aussi, parce qu'elle a de beaux seins.

Jax s'immobilisa, le stylo en l'air.

— Quoi ?

— Attends, je ne les ai pas vus personnellement, ses seins, je me contente de te faire passer l'info. Je parie que tu aimerais savoir si elle a accepté, dit-elle avec un sourire perfide.

Il ne répondit pas, et Jeanne ne put s'empêcher d'enfoncer le clou.

— Bien sûr que tu as envie de savoir, dit-elle.

— Je ne donne pas dans les commérages. Je suis un homme.

— Tu as trop envie de savoir !

— Pas du tout.

— Si !

— Non, je...

Et merde. Se pinçant l'arête du nez, Jax respira un grand coup. Difficile de le nier : il voulait savoir ce que Maddie avait répondu.

— Avant, tu étais douce et serviable, se plaignit-il.

— C'était à l'époque où ton sourire de voyou me faisait encore craquer.

Ce qu'elle décela sur le visage de Jax sembla la ravir, et elle afficha une expression de défi.

— D'accord, je vais te le dire, mais, d'abord, il va falloir que tu me racontes comment tu l'as rencontrée et comment il se fait que tu l'aies embrassée le soir où elle a débarqué en ville, et aussi si tu as l'intention de te battre avec Anderson pour savoir lequel des deux aura le droit de toucher les seins de cette fille en premier.

— Jeanne, dit-il d'un ton menaçant.

— Vas-y, joue les durs tant que tu veux, ça ne m'impressionne pas. On n'est pas mariés. Je ne suis pas obligée de m'écraser pour être sûre que tu me réchauffes les pieds – ou autre chose – la nuit.

Sur ces mots, elle rassembla tous les chèques que Jax avait signés et quitta le bureau d'un air dégagé en fredonnant *Mon beau sapin*.

— Si tu me cherches, lança-t-elle sans se retourner, je serai assise à mon bureau à trimer comme une folle. Oh, et c'est moi qui décore ta maison pour Noël, alors, à ta place, je craindrais le pire. En tout cas, si tu as des réponses à m'apporter, je serai ravie de faire de même pour toi.

Et merde. Jax fit la grimace et se remit au travail. Il devait dessiner des plans pour un nouveau client de Portland qui désirait une porte d'entrée sur mesure avec placage en merisier et vitrail incorporé. Il lui faudrait des semaines pour la fabriquer – ce qui tombait à pic, car le début du mois de janvier était souvent marqué par les intempéries. Il tenait à remplir son carnet de commandes durant la basse saison, non pour alimenter son compte en banque – qui n'en avait pas besoin –, mais pour s'occuper les mains et l'esprit.

Lequel, en ce moment, était taraudé par la pensée qu'Anderson avait invité Maddie à sortir avec lui.

Dans la pièce contiguë, il entendait Jeanne parler à son ordinateur. Sa secrétaire et lui étaient allés au lycée ensemble et ils avaient même eu une brève histoire d'amour – si on pouvait appeler ainsi une relation qui avait consisté, pour l'essentiel, à grimper le sentier derrière la marina pour s'embrasser au sommet de la falaise. Quand il était parti à l'université, elle avait épousé le quarterback du lycée de Lucky Harbor, avec qui elle avait eu trois enfants. Son mariage la satisfaisait pleinement…, mais elle s'ennuyait par ailleurs. Alors, quand Jax, cinq ans plus tôt, était revenu au pays, elle avait sonné à sa porte en lui annonçant qu'elle était sa nouvelle assistante à temps partiel. Elle avait également ajouté qu'elle était parfaite pour le poste parce qu'elle n'était sensible ni à l'argent de Jax ni à son sex-appeal.

Ce qui était faux. Depuis qu'elle travaillait pour lui, elle le harcelait moralement, persuadée de pouvoir sauver son cœur et son âme. Même si l'un comme l'autre avaient définitivement sombré durant les années où il avait exercé ses activités d'avocat. Il s'était forcé à adopter le mode de vie inhérent à cette profession : un gros salaire, un grand bureau, un immense appartement, et une fiancée que lui enviaient tous les hommes. Il en avait tiré son lot de bénéfices.

Le cabinet qui l'employait était renommé pour acquitter les hommes d'affaires coupables de crimes liés à leurs activités. C'était un secteur où l'on pouvait empocher des milliards de dollars, et Jax avait accompli sa part de miracles. Il était doué pour travestir les faits, orienter l'accusation sur de fausses pistes, et blanchir ses clients des délits qu'ils avaient commis – même si cela impliquait que des innocents paient à leur place.

Le malaise que Jax ressentait vis-à-vis de tout cela avait crû petit à petit. Pour parvenir à son apogée le jour où la femme d'un de ses clients avait dû payer le prix fort.

Elle avait perdu la vie.

Son mari était coupable au dernier degré, et Jax le savait, comme tout le monde. Pourtant, Jax avait fait acquitter l'homme, accusé de détourner l'argent de sa belle-famille ; les accointances de celle-ci avec la Mafia étaient de notoriété publique, ce qui expliquait qu'aucune des parties en présence n'avait suscité beaucoup de compassion lors du procès.

Sauf la femme de son client. Depuis sa naissance, elle était un pion sur l'échiquier, et elle n'avait pas demandé à épouser cet homme. Toute sa vie, on s'était servi d'elle. Jax, de plus en plus désenchanté, en avait appris suffisamment sur elle pour comprendre qu'au terme du procès tous ses biens lui seraient confisqués et qu'elle finirait seule et sans le moindre sou vaillant. Incapable d'accepter cette idée, il avait violé le secret professionnel en la prévenant de ce qui l'attendait. Hélas, au lieu de suivre ses conseils et de s'enfuir à l'étranger, elle s'était suicidée.

Confronté au rôle qu'il avait joué dans ce drame et au profond manque d'éthique de ses actes, Jax avait démissionné. Sa fiancée l'avait quitté peu après. Fin de l'histoire. Il était parti de Seattle sans se retourner. Seul, désemparé, et même furieux, il avait fini, sans trop savoir comment, par atterrir à Lucky Harbor.

Le dernier endroit où il ait été heureux.

Cela remontait à cinq ans. Sawyer, lui aussi revenu dans leur ville natale, y était devenu shérif – contre toute attente pour qui connaissait sa folle jeunesse. Ford traînait lui aussi dans les parages, entre deux courses transatlantiques. Tous trois avaient aussitôt retrouvé leur complicité d'antan.

La première année de son retour à Lucky Harbor, Jax avait établi ses quartiers dans l'un des deux bateaux que Ford laissait à la marina. Il avait offert ses compétences juridiques ici et là, uniquement à des amis, mais il avait détesté cela. Alors, il était retourné à ses premières amours : le bâtiment. Tentant de juguler la dépression qui le menaçait, il avait construit lui-même la maison de ses rêves. Il s'était également démené pour témoigner sa reconnaissance à cette communauté qui l'avait accueilli sans poser de questions, au point qu'il avait été élu maire à deux reprises, sans trop savoir comment.

Jax fut brusquement tiré de ses rêveries par l'apparition de son père. La seule vue de sa démarche arrogante et de son costume ridiculement coûteux suffit à le mettre sur les nerfs. Depuis que Jax avait quitté Seattle, les deux hommes s'étaient très peu fréquentés, essentiellement parce que Jackson Cullen ne décolérait pas de l'échec retentissant de son fils – du moins était-ce ainsi qu'il considérait sa démission.

— J'ai une affaire pour toi, annonça le nouveau venu en jetant un dossier sur sa table de travail.

Cette visite n'avait rien de surprenant. Le père de Jax ressentait souvent la tentation de manipuler les sentiments de son fils. Pourtant, ironie de la chose, c'est lui qui lui avait appris à ne jamais mettre d'affectif dans le travail. D'ailleurs, au sein de leur petit duo familial, les émotions n'avaient absolument pas droit de cité.

— Tu ne m'as pas adressé la parole depuis que j'ai refusé de défendre ce charmant délinquant sexuel richissime que tu m'as présenté la dernière fois, lança Jax. C'était il y a trois mois. À présent, tu entres ici comme dans un moulin et tu me balances une nouvelle affaire dont je ne veux pas. Je n'ai pas le temps de m'occuper de ça, papa. Jeanne et moi avons des factures à…

— Il m'a dit de rentrer chez moi, dit Jeanne d'une voix calme depuis la porte du bureau. De toute façon, je crois que j'en ai fini pour aujourd'hui.

Elle lui adressa un regard d'excuse en désignant du menton le père de Jax, comme pour lui signifier qu'ils feraient bien de discuter, tous les deux.

Aucune chance que cela arrive.

Il était rare que Jax perde son sang-froid. Il lui en fallait beaucoup pour ça, surtout ces derniers temps, mais son père avait le chic pour le mettre en rage.

— Je vois que tu ne peux pas t'empêcher de mettre ton nez dans les affaires des autres, dit-il quand Jeanne eut quitté les lieux.

— Reprends-toi. Ce dossier est un jeu d'enfant, il sera réglé en un clin d'œil.

Dans le monde de Jackson Cullen, rien n'était jamais bien compliqué – du moment qu'il pouvait tout diriger.

— Si c'est aussi simple que ça, tu n'as qu'à t'en charger.

— Non, ils veulent quelqu'un de jeune, une étoile montante.

— Mon étoile s'est éteinte dans ce domaine, lui rappela Jax. Elle a disparu. Maintenant, si tu voulais bien faire pareil…

D'un geste, il désigna la porte.

— Dieu du ciel, Jax ! Ça fait cinq ans que tu as laissé tomber ton boulot d'avocat. Tu as aussi laissé tomber ta fiancée, d'ailleurs. Il est temps de cesser de t'apitoyer sur ton sort et de te remettre en selle.

Jax balança le dossier à travers la table et se leva.

— Sors d'ici.

— Tu ne m'as pas écouté. Elizabeth Weston a trente ans, elle est belle, pleine aux as, et son père sera bientôt élu gouverneur.

— Quel rapport avec moi ?

— Elle cherche à se caser, et tu ferais très bien l'affaire.

Jax faillit s'étrangler.

— Tu joues les rabatteurs pour moi, maintenant ? Remarque, ça ne me surprend pas.

— Et alors, tu n'as personne dans ta vie, non ?

Jax aurait aimé répondre que si, il avait quelqu'un, et envoyer son père au diable, mais il fallait regarder la réalité en face : selon toute vraisemblance, l'ex de Maddie était un avocat doublé d'un parfait salaud. Quand elle apprendrait les antécédents de Jax, elle partirait en courant. Même s'il parvenait à la convaincre qu'il avait changé, il doutait qu'elle comprenne sa faillite morale et sentimentale. D'ailleurs, il ne lui en demandait pas tant.

Le simple fait d'être un homme jouait déjà en sa défaveur. Dans son état d'esprit actuel, Maddie se méfiait de tous les porteurs du chromosome Y.

—Une épouse comme Elizabeth sera un atout pour toi quand tu auras repris ma clientèle, reprit le père de Jax.

—Je t'ai déjà dit que je ne reprendrai pas ta clientèle.

—Tu es un Cullen. Tu es mon fils unique. Il faut que tu reprennes l'affaire, ça fait trente-cinq ans que je la fais prospérer pour toi.

—Ne raconte pas d'histoires. C'est pour toi que tu as fait tout ça, corrigea Jax. Franchement, Papa, tu n'en as pas marre de répéter toujours le même vieux scénario ? Toi qui essaies de m'intimider, moi qui refuse de me laisser faire… Trouve-toi un associé et fiche-moi la paix.

—Tu es complètement borné.

Mâchoire serrée, Jackson Cullen ramassa le dossier et se dirigea vers la porte d'une démarche raide.

—Personne ne m'a jamais déçu autant que toi, dit-il.

J'en ai autant à ton service.

—Ne t'avise pas de donner de nouveau des ordres à Jeanne ou de m'interrompre dans mon travail, ou je t'assure que tu seras mal reçu.

Quand la porte d'entrée claqua, Jax empoigna un presse-papiers de verre sur son bureau et le lança de toutes ses forces contre le mur, où il vola en éclats. Cela l'aida à se sentir un peu mieux, même s'il semblait qu'après tout son père et lui étaient tombés d'accord sur un point : il n'était pas spécialement content de lui.

Il en était encore à ruminer sa colère quand Ford fit irruption dans son bureau. Jax avait posé les pieds sur sa table de travail. D'un geste brusque, son ami les repoussa.

—Debout ! s'écria-t-il. La mer est calme, le vent s'est levé. On va faire un tour en bateau.

—Je ne suis pas d'humeur.

— Je cherche un coéquipier, pas un partenaire sexuel. En plus, tu as besoin d'un peu de sérénité.

— De sérénité ? demanda Jax en lui glissant un regard en coin. Tu connais ce mot, toi ?

— Quoi ? C'est plutôt calme, au bar, en ce moment. J'ai le temps de lire.

— Ce n'est pas le genre de mot que tu as dû voir dans *Penthouse.*

— Dis donc, je lis d'autres trucs aussi ! Des fois. Allez, debout ! Jeanne a pris son après-midi, et tu vas en faire autant.

Jax considéra un instant son ami. C'était la seule personne qui connaissait par le menu sa sordide histoire sans le considérer pour autant comme un salaud.

— Comment sais-tu que Jeanne a pris son après-midi ?

Ford ne répondit pas.

— Merde, dit Jax. Elle t'a appelé.

— C'est possible, admit Ford. Elle voulait que je vienne te faire un câlin.

— Va te faire voir.

— Je me doutais que tu répondrais ça. Je me disais aussi que tu aurais besoin de prendre l'air.

C'est ainsi que Jax se retrouva en mer sur le Bénéteau de Ford, un voilier de dix mètres. L'année était déjà bien avancée, beaucoup trop pour une sortie de plaisance. La plupart des accros de la voile avaient remisé leur bateau pour l'hiver, mais, Ford, égal à lui-même, ne se laissait jamais arrêter par des détails aussi triviaux qu'une mauvaise météo. Il adorait flirter avec le risque, et pas seulement en mer.

Au milieu de leur périple, ils furent pris de court par un vent inattendu, glacial et si vif qu'il leur coupa la respiration et mit à mal leurs compétences de marin. La houle avait enflé jusqu'à atteindre presque trois mètres, et la partie de plaisir des premières minutes se transforma en lutte féroce contre les éléments déchaînés, à tel point qu'ils se demandèrent s'ils allaient s'en sortir vivants.

— Dieu du ciel, lança Ford, soulagé, quand ils accostèrent enfin à la marina. (Se laissant tomber contre la cabine du bateau, il glissa lentement au sol.) J'ai failli mourir trois fois en naviguant dans les Antilles mais, comparé à ça, ce n'était rien. Qu'est-ce qui t'a pris de me laisser nous embarquer dans cette galère ?

Jax n'avait plus la force de botter les fesses de Ford. À la place, il imita son ami et s'assit par terre, épuisé et endolori. Chacun des muscles qu'il avait sollicités protestait ; même réfléchir lui faisait mal.

— J'avais oublié ton côté diva, articula-t-il avec peine.

Ford étouffa un petit rire.

— Si je pouvais bouger, je te ferais ravaler ces mots.

— À toi tout seul ? Dans tes rêves.

— Va te faire foutre, dit aimablement Ford. Sinon, tu comptais me parler de Maddie, un jour ? Si j'ai eu vent de ce baiser torride échangé sur la jetée, c'est parce que Jeanne m'en a parlé, et qu'elle-même le tenait de...

— Je connais l'histoire, je te remercie.

En entendant le petit rire de Ford, Jax ferma les yeux et laissa retomber sa tête en arrière. Maddie... Que faisait-elle en ce moment ? Travaillait-elle à l'auberge ? Tout le monde, y compris lui-même, avait considéré Phoebe comme une personne un peu excentrique mais plutôt sympa. Pourtant, maintenant qu'il avait rencontré ses trois filles, Jax éprouvait une certaine colère à l'idée qu'elle les avait traitées avec une telle négligence.

Maddie méritait mieux. Ses sœurs aussi.

— Tu savais qu'Anderson avait invité Maddie à sortir avec lui ? demanda Ford.

— Oui ! aboya Jax.

— Dis donc, mon pote, cette sortie en mer était censée te détendre.

Détendu, Jax l'était parfaitement. Il se sentait serein et décontracté. Il lui avait fallu cinq ans pour y parvenir. Il avait cessé de laisser les problèmes s'accumuler sur ses épaules au point d'être près de s'effondrer. Son métier ne consistait plus à garder des secrets, que ce soit les siens ou ceux de ses clients, des secrets qui, à force, finissaient par lui trouer l'estomac.

Alors, pourquoi ne pas avoir avoué à Maddie son passé d'avocat ?

Parce que tu es un con.

Et un trouillard, qui plus est.

Et parce que tu sais qu'après elle ne te prendra plus pour un super-héros…

Ah oui, ça aussi.

Maddie et ses sœurs passaient leur temps à s'affairer entre l'auberge et la marina, chacune pour des raisons différentes. Chloe s'ennuyait ; Tara voulait faire un état des lieux complet afin d'estimer au mieux la valeur de revente de la propriété ; quant à Maddie, ses raisons étaient plus sentimentales. Elle tenait également à apprendre le fonctionnement d'un hôtel. La jeune femme avait cru que quelques jours suffiraient pour tout saisir sur son BlackBerry, mais elle était loin du compte.

Le deuxième jour, elle partit en ville munie d'une liste de courses. Quand elle aperçut Lucille devant la galerie d'art, elle s'arrêta. Ravie d'avoir de la compagnie, la vieille dame salua Maddie en la serrant dans ses bras.

— J'ai entendu dire que tu avais embrassé Jax sur la jetée ?

— Oh. Eh bien, j'ai…

— Tu as fait un excellent choix, ma chérie, cet homme est une crème. Savais-tu qu'il m'avait prêté de l'argent pour que ma petite-fille puisse aller à l'université ? Ne te laisse pas abuser par sa moto, ses tatouages et son côté distant. C'est un jeune homme absolument charmant.

Maddie n'avait pas trouvé Jax spécialement distant. Grand, un peu voyou, intimidant, peut-être. Sexy en diable, de toute évidence. Mais… *Attends. Des tatouages ? Il a des tatouages ?*

Où ça ? Rien que d'y penser, Maddie sentit une vague de chaleur monter en elle.

— Entre, entre, dit Lucille. Je viens juste d'accrocher mes décorations de Noël. J'ai du thé. Et aussi du brandy.

Maddie se demanda s'il était normal qu'elle se sente tentée.

— Je suis en mission pour Tara, il faut que je fasse des courses. Mais merci quand même.

— Tu vas retourner à la quincaillerie ? demanda Lucille d'un air inquisiteur. Il paraît qu'Anderson t'a invitée à sortir avec lui.

La veille, Maddie s'était rendue au magasin pour y acheter de quoi classer les papiers de l'auberge. Le type qui se trouvait à la caisse portait un bonnet de père Noël. Il était extrêmement mignon et tout aussi drôle, mais elle était repartie avec ses courses sans donner suite à sa proposition.

Après tout, elle avait fait une croix sur les hommes.

Du moins essayait-elle de s'en persuader.

— Ma parole, tout le monde est au courant de tout, par ici !

— En fait, on ne sait pas encore qui tu vas choisir, d'Anderson ou de Jax. Mais, si tu pouvais me le dire, j'aurais un succès fou ce soir au loto, dit Lucille d'une voix pleine d'espoir.

Cet intermède ayant donné à Maddie une furieuse envie de milk-shake, la jeune femme fit étape sur la jetée. Reconnaissant le jeune homme derrière le comptoir, elle lui sourit.

— Lance, c'est bien ça ? Aujourd'hui, ce sera juste chocolat.

Il lui retourna son sourire et acquiesça. Malgré son jeune âge, il parlait d'une voix rocailleuse qui contrastait avec son allure fragile.

Il lui expliqua qu'il souffrait de mucoviscidose. Sa famille habitait Portland, mais lui vivait ici, à Lucky Harbor, en compagnie de son frère jumeau. Il semblait être fier de cette autonomie acquise en dépit de la maladie qui ravageait lentement son corps.

En l'écoutant, Maddie se dit que, décidément, elle n'avait aucune raison de se plaindre. En retournant à sa voiture, elle jeta un coup d'œil à la grande roue qui la dominait, menaçante.

Sa mère y était-elle déjà montée ? D'après ce qu'elle avait lu des « recettes de vie » de Phoebe, Maddie était convaincue que cette dernière avait vécu à cent à l'heure, et pas toujours de façon prudente.

Chloe avait hérité de ce trait de caractère.

Tara cachait bien son côté aventureux, mais elle avait beaucoup voyagé et connu son lot d'expériences en tout genre.

Ce qui n'était guère le cas de Maddie. Certes, elle avait passé sa vie à Los Angeles, mais uniquement parce que son père l'y avait fait venir. C'était grâce à lui qu'elle avait fréquenté le milieu du cinéma, et non par passion pour la profession.

Tout ce qu'elle avait fait jusque-là, c'était parce qu'on l'y avait amenée ou poussée.

Y compris s'intéresser à l'auberge.

Non, décida-t-elle. Cette fois, ce serait différent. Cette aventure-là serait la sienne, elle allait prendre les choses en main. D'un pas décidé, elle reprit sa marche le long de la jetée, écoutant le bruit du ressac contre les piliers. Les lattes de bois sous ses pieds étaient disjointes, et, à la lumière du jour, ces espaces ouverts sur le vide lui donnaient le vertige ; elle craignait de passer à travers les planches.

— Le truc, c'est de ne pas regarder ses pieds, dit une voix derrière elle.

Maddie se retourna pour se trouver face à une femme occupée à fixer un panneau à un poteau. De l'âge de Maddie, elle était petite et jolie, avec de longs cheveux qui retombaient en vagues souples sur ses épaules. Son pantalon rayé taille basse et sa veste cintrée mettaient en valeur sa silhouette mince, lui donnant une allure à la fois détendue et apprêtée qui contrastait fortement avec le marteau et les clous qu'elle tenait entre ses doigts manucurés.

— Si vous regardez droit vers l'horizon, ajouta-t-elle, vous n'aurez pas l'impression que vous risquez de tomber à chaque pas.

En dépit de sa tenue, l'inconnue semblait très à l'aise avec son marteau. Elle enfonça un dernier clou dans le panneau où était inscrit :

Fête annuelle de la crevette à Lucky Harbor
Samedi à 18 heures
La plus grande et la plus fameuse de l'État
Dîner, bal, et un événement à ne pas manquer :
Le baiser du maire !

— Vous devez être Maddie, dit-elle en tendant la main à la jeune femme. Je m'appelle Sandy. Je travaille à la mairie. Vous savez que vous ressemblez à votre mère ? demanda-t-elle en souriant.

— Vous la connaissiez ?

— Tout le monde la connaissait. N'oubliez pas d'inviter vos sœurs à la fête. Tenez.

Elle fouilla dans son sac et en sortit une liasse de tickets qui ressemblaient à des billets de tombola. Elle en déchira quelques-uns et les lui tendit.

— Cadeau de la maison. En signe de bienvenue.

— À quoi ça sert ?

— Vous essayez de deviner combien de crevettes seront pêchées par les bateaux du défilé le soir de la fête ; vous inscrivez le chiffre sur ces billets, et vous les glissez dans l'urne. Le gagnant aura le droit d'embrasser Jax quand il reviendra sur son jet-ski en tête du défilé.

Maddie cilla.

— Jax ? Jax Cullen ?

— Eh oui, le seul et l'unique.

— Pourquoi le gagnant doit-il embrasser Jax ?

— En dehors du fait que c'est un très bel homme, vous voulez dire ? demanda Sandy avec un sourire amusé. Parce que c'est la tradition, d'embrasser le maire. On aime bien torturer les gens, ici. Surtout quand il s'agit de quelqu'un d'aussi populaire que Jax. Avant lui, c'était moi qui m'y collais, en fait. Une année, j'ai eu de la chance : c'est un membre du conseil municipal qui a gagné à la tombola, et il était plutôt beau gosse. En revanche, il embrassait très mal. Les autres années, je suis tombée sur des crapauds.

— Mais qu'est-ce que Jax a à voir avec le maire ? demanda Maddie sans dissimuler son étonnement. Il est entrepreneur. Il fait de la rénovation.

— Oui, mais il a de nombreuses cordes à son arc, répondit Sandy avec un petit sourire entendu qui plongea Maddie dans l'horreur.

Oh non, ce n'est pas vrai.

— C'est votre petit ami, murmura-t-elle, catastrophée.

Elle avait embrassé le petit ami d'une autre !

— Non, soupira Sandy. À mon grand désespoir… Et ce n'est pas faute d'avoir essayé. Jax et moi sommes juste de bons copains. (Elle laissa tomber le marteau dans son sac et sourit.) On se voit à la fête, alors ? Oh, et vous allez distribuer des bons de réduction pour l'auberge ? Phoebe l'a fait l'année dernière, ça a eu du succès.

— Vraiment ?

Comment était-ce possible ? L'hôtel tombait en ruine.

Devant l'expression de Maddie, Sandy sourit de nouveau.

— Ouais, peut-être que Phoebe a un peu oublié de faire payer les clients, mais, l'important, c'est que ça aurait pu marcher. Votre maman était une femme merveilleuse, mais elle n'avait pas trop le sens du commerce. Elle ne vous l'a peut-être pas précisé.

Non, Phoebe n'en avait rien dit. Elle n'avait pas dit grand-chose, d'ailleurs.

— Je vais en parler à mes sœurs, mais l'auberge ne rouvrira pas avant…

La nuit des temps sans doute. Pourtant, comme Maddie avait décidé d'être désormais positive, elle dit :

— Juste après le Nouvel An, j'espère.

Sandy approuva d'un signe de tête.

— J'ai hâte de voir ce que ça donnera, une fois l'ensemble mis aux normes et modernisé. Toute la ville ne parle que de ça.

— Mais comment êtes-vous au courant de ce que nous faisons ?

— Eh bien, vous avez demandé à Jax de vous établir un devis. Jeanne, sa secrétaire, a déjeuné avec Tracy, sa meilleure amie, qui en a parlé à Carla, ma belle-sœur, qui se trouve être la correspondante locale du journal. Lucky Harbor se targue d'être toujours à la page, et, à vous trois, vous êtes le scoop de l'année.

Maddie essaya de se faire à cette idée. Moi, Maddie Moore, assistante d'assistantes, je suis un scoop.

— Je ne crois pas qu'on soit intéressantes à ce point, finit-elle par dire.

— Vous plaisantez ? Trois nouvelles venues en ville, prêtes à reprendre l'*Auberge de Lucky Harbor* ? C'est l'événement du mois ! Enfin, peut-être pas autant que la Fête de la crevette de samedi, ou le plaisir de regarder Jax se geler les fesses en ouvrant le défilé, mais ce n'est quand même pas rien. Allez, je vais continuer à accrocher mes panneaux, dit-elle en souriant. À bientôt !

— À bientôt, dit Maddie.

Elle avala une gorgée de son milk-shake en réfléchissant à tout ce que lui avait confié Sandy. Il fallait qu'elle s'habitue au fait que Lucky Harbor était une ville où tout se savait, à la possibilité que les habitants soient emballés par sa présence, à l'idée même de l'auberge…, mais ses pensées la ramenaient toujours au même point.

Jax – le maire ! – et ses fesses de rêve.

Chapitre 11

Une sœur, c'est une amie pour la vie.
Phoebe Traeger

— Tiens, pour une fois, ça ne concerne ni les hommes ni le sexe, commenta Chloe en attrapant une autre part de pizza.

Elle portait un sweat-shirt à capuche noir dont elle avait remonté la fermeture juste au niveau de ses seins. Un seul mot se détachait en blanc sur le devant du vêtement : « Canaille ».

Assises dans la cuisine de la petite maison, les trois sœurs profitaient du dîner pour prendre des fiches au hasard dans la boîte de recettes de Phoebe et s'en faire la lecture. C'était le seul moyen qu'elles avaient trouvé pour ne pas se disputer. Sinon, tout était matière à querelles : la rénovation de l'hôtel, le choix de celle qui allait occuper l'unique lit de la maison ou faire la tambouille… Dans ce dernier cas, les dissensions étaient liées au fait que Tara était la seule à savoir cuisiner, mais qu'elle avait refusé de s'y mettre, arguant qu'elle était en vacances. Elles se disputaient également au sujet des souhaits ou des vêtements de Phoebe. Tout y passait.

Dans quelques jours, Chloe et Tara repartiraient chacune de son côté. Maddie, elle, resterait.

Ainsi, ces fiches et les maximes qu'elles contenaient constituaient leur seul terrain d'entente. Certaines d'entre elles étaient effarantes, d'autres carrément absurdes.

Pourtant, de temps à autre, elles tombaient sur une perle, des mots si vrais qu'ils faisaient à Maddie l'effet d'un coup de poing dans l'estomac. « Une sœur, c'est une amie pour la vie » en était l'exemple parfait.

— J'aime bien celle-là, dit-elle d'une voix douce. Elle me plaît vraiment beaucoup.

Manifestement embarrassée par la sincérité qu'elle percevait chez Maddie, Tara tapota sans rien dire ses ongles manucurés les uns contre les autres. Pour finir, elle poussa un soupir avant de prendre la parole, la voix chargée d'une émotion que Maddie ne lui connaissait pas :

— Je suis d'accord, on devrait garder cette phrase en tête.

— Oooh, regarde-la, minauda Chloe en poussant Tara de l'épaule. Elle nous la joue façon *Les Quatre Filles du docteur March*… sauf qu'on n'est que trois !

Maddie et Tara lui décochèrent un regard noir, et elle roula des yeux.

— Mince, j'essayais juste d'alléger l'atmosphère, histoire qu'on ait l'air d'autre chose que de mauvaises actrices de séries TV pour ménagères de moins de cinquante ans.

Maddie soupira avant de replacer soigneusement la fiche dans le coffret, espérant que la maxime ne mentait pas.

Le lendemain soir, Jax, derrière le comptoir du *Love Shack*, essuyait quelques verres en attendant que Ford achève son service. Ensuite, tous deux se rendraient en ville pour un dîner tardif. Jax avait passé la journée à finir une salle à manger en acajou pour l'un de ses clients et, bien qu'il se soit douché, il sentait encore le bois. Il avait aussi deux échardes plantées dans la main – il n'était pas parvenu à les ôter tout seul – et un mal de tête persistant. Ce dernier, il en était persuadé, était dû à l'e-mail cinglant qu'il avait reçu de son père après sa récente visite.

Il commençait à se dire qu'au lieu d'une bière il aurait dû se servir un verre de rhum.

Ford se tenait à l'autre bout du bar. Il se retourna et considéra Jax d'un air inquiet.

Celui-ci lui adressa un signe de tête rassurant.

Je vais très bien.

La porte s'ouvrit brusquement sur l'air frais du dehors, et sur une vision qui envoya un flux d'adrénaline dans ses veines.

C'était Maddie. Elle traversa la salle pour venir s'asseoir sur un tabouret, juste devant lui. Il prit le temps de la contempler, dans son jean et son sweat-shirt trop grand assorti à ses yeux, et il ne put s'empêcher de sourire.

— Salut.

— Salut, monsieur le maire.

Avec une grimace, il lui servit une bière.

— On dirait que tu as appris des choses sur moi.

— Je n'arrive pas à croire que tu ne me l'aies pas dit.

— Ce n'est pas venu dans la conversation, c'est tout.

— Ça aurait pu, répondit-elle. Peut-être entre le moment où je t'ai lancé « Je suis bien contente de ne pas t'avoir tué » et, disons, nos jeux de langues.

— Lesquels ?

Elle eut une moue faussement exaspérée.

— Tu sais très bien ce que je veux dire. Tu m'as poussée à parler de moi en long et en large, mais tu t'es arrangé pour tout me cacher sur toi.

Oui, il était fort à ce jeu. Il contourna le bar pour venir s'asseoir à côté d'elle.

— Dans une ville de cette taille, le titre de maire est un honneur de façade.

— Une façade plutôt chic, quand même.

Elle sirota sa bière tout en l'observant.

Lui-même la dévorait des yeux. Deux jours s'étaient écoulés depuis qu'il lui avait envoyé son devis. Trois depuis les susdits « jeux de langues ». Il avait pensé à elle beaucoup plus qu'il ne l'aurait voulu.

Il se demanda si elle en avait fait de même.

— Alors, quel est le protocole, maintenant ? voulut savoir Maddie. Il faut que je fasse la révérence quand je te vois ? Que j'embrasse ta bague ?

Jax sourit.

— J'aime bien l'idée de la révérence, mais ça n'a pas l'air d'être ton genre. Et je ne porte pas de bague, mais il y a autre chose que tu peux embrasser, dit-il en se tapotant la bouche.

Elle éclata de rire. Décidément, il n'avait rien entendu d'aussi agréable de toute la journée.

Elle lui tendit un dossier.

En l'ouvrant, il constata qu'elle avait imprimé son devis. Il l'examina. Elle avait cerclé de rouge certains points, mais il était signé. Jax releva les yeux d'un air interrogateur.

— J'ai obtenu l'accord de mes sœurs.

Malgré ses efforts pour masquer son émotion, Maddie ne pouvait empêcher sa voix de trembler. Elle avait tenu tête à ses sœurs et obtenu gain de cause.

— Je suis fier de toi, Maddie.

— Merci. Bien sûr, tu es embauché, dit-elle avec calme. Du moins, si ce chantier t'intéresse toujours.

S'il n'y avait que le chantier…

— J'ai entouré les travaux que nous n'avons pas les moyens de faire dans l'immédiat. Et il y en a quelques-uns, comme les peintures intérieures ou l'enlèvement des gravats, que je vais effectuer moi-même.

— Toi-même ?

— Tara et Chloe ne restent pas. Quand peux-tu commencer ?

Il y avait bien longtemps que Jax avait cessé de travailler vingt-quatre heures sur vingt-quatre et sept jours sur sept pour réunir un maximum de clients – souvent plus qu'il ne pouvait en gérer – et répondre à leurs demandes. C'était un temps révolu, et il ne le regrettait nullement. Actuellement, il avait un chantier en cours qui consistait à restaurer les huisseries d'une maison en ville, et les matériaux ne lui avaient pas encore été livrés. Il devait également finir de dessiner une porte d'entrée et achever les finitions de la salle à manger sur laquelle il avait travaillé ce jour-là.

— Je peux démarrer après-demain.

— Ça me va.

Quelque chose de nouveau était apparu dans la voix de Maddie, quelque chose qu'elle avait retenu jusqu'alors, et il s'aperçut que, depuis son entrée dans le bar, elle évitait son regard. Jax lui prit sa bière des mains et la posa sur le comptoir, puis il mit ses mains sur les hanches de la jeune femme. Avec douceur, il fit pivoter son tabouret pour la placer face à lui ; il la considéra sans rien dire jusqu'à ce qu'elle relève la tête et le regarde enfin dans les yeux.

C'était bien ce qu'il craignait. *Bon sang!* Elle était malheureuse.

— C'est ce que tu voulais, pourtant, dit-il à voix basse. Rénover l'auberge.

— Oui, ça me tient vraiment à cœur.

— Alors, qu'est-ce qui ne va pas ?

— Ça commence à être lourd, cette histoire de télépathie, monsieur le super-héros, dit-elle en détournant le regard.

Jax laissa ses doigts remonter le long du bras de Maddie, puis de son cou, assez lentement pour qu'elle ne soit pas surprise quand ils atteindraient son menton. Sans se presser, de l'autre main, il repoussa les longues mèches qui masquaient son œil droit.

Maddie retint sa respiration, mais ne se déroba pas. La cicatrice commençait à s'estomper, et il l'effleura légèrement du pouce. Il détestait ce que représentait cette marque. Il avait envie qu'elle lui raconte, il voulait connaître l'étendue de ses blessures et savoir si elle avait rendu les coups qu'on lui avait donnés.

Il s'aperçut qu'il s'était raidi et que Maddie avait complètement cessé de respirer. Il s'astreignit à se relaxer, et elle se détendit visiblement, les yeux mi-clos. À sa grande surprise, elle inclina un peu la tête pour la rapprocher de sa main, comme si elle cherchait sa caresse au lieu de la craindre. Le cœur de Jax se serra, et, plongeant la main dans ses cheveux, il attrapa doucement sa nuque.

Obéissant à la légère pression qu'il exerçait, elle glissa à bas de son tabouret et, de son propre chef, avança entre les jambes de Jax, posant une main sur sa cuisse. Quand sa poitrine frôla le torse de l'homme, elle laissa échapper un soupir.

— Tu n'arrêtes pas de me toucher, dit-elle.

— C'est parce que j'aime ça. Ce n'est pas ça qui te rend malheureuse, si ?

D'un signe de tête, elle indiqua que non.

— Mais c'est quand même une mauvaise idée, ajouta-t-elle en levant les yeux vers lui. Je veux juste que les choses soient claires entre nous. C'est le cas, j'espère ? Tout est clair ?

— Comme de l'eau de roche, répondit-il sans la quitter des yeux.

Hochant la tête, elle s'écarta de lui.

— Dans ce cas, on se voit après-demain.

— Sans faute, dit-il en l'attrapant par le poignet. Maddie…

— Écoute, je ne suis pas en train d'essayer de t'éviter, ni de jouer à t'aguicher, je te le jure. Tout ça n'a rien à voir avec toi… (Elle secoua la tête.) C'est moi, répéta-t-elle d'une voix faible. J'essaie seulement d'être celle que j'ai envie d'être, et ce n'est pas facile. Mais c'est tout. Et je vais bien, quoi qu'il en soit. Vraiment.

— Parfait.

Jax effleura doucement l'intérieur du poignet de Maddie.

— Juste une dernière chose, dit-il.

— Quoi ?

Il posa sa bouche sur celle de la jeune femme et l'embrassa jusqu'à ce que sa migraine et sa mauvaise humeur se dissipent. Il l'embrassa jusqu'à ce qu'il la sente s'abandonner contre lui, jusqu'à ce qu'elle s'accroche à sa chemise comme si sa vie en dépendait et qu'elle lui rende son baiser avec une telle passion que Jax en oublia ce que son geste pouvait avoir de déplacé.

Levant la tête, il fit courir son pouce sur la lèvre inférieure un peu enflée de Maddie, s'efforçant de reprendre ses esprits.

— Même si on ne va nulle part, ça ne change rien à notre problème d'alchimie. Je voulais juste que ça aussi, ce soit clair.

Ses grands yeux rivés sur ceux de Jax, Maddie se passa la langue sur les lèvres, et il étouffa un grognement.

— Ça l'est. Comme de l'eau de roche, murmura-t-elle, le souffle court.

Elle se dégagea et partit en direction de la sortie. Cette fois, elle ne se cogna pas à la table derrière elle. Pour changer, elle écrasa les pieds d'un pauvre type devant la porte. Se confondant en excuses, elle disparut dans la nuit.

— Toujours pressée, à ce que je vois, lança Ford sur le ton de la conversation, appuyé sur le bar.

— Toujours, murmura Jax.

— Je vois que tu as retrouvé ta langue. Pendant un instant, j'ai cru qu'elle l'avait avalée.

— Va te faire foutre, Ford.

— Arrête un peu de dire ça, tu n'es franchement pas mon genre. Au fait, tu comptes arrêter un jour de regarder cette porte ?

— C'est pour me rappeler que je dois garder mes distances, dit Jax. La distance a du bon.

— Ouais. C'était pas mal, en termes de distances, ce qui s'est passé tout à l'heure.

Jax ouvrit la bouche pour parler, mais Ford l'interrompit d'un geste.

— Je sais, tu vas m'inviter à aller me faire foutre, pas vrai ? Alors, dis-moi, c'est pour garder tes distances que tu as accepté de travailler sur ce chantier à l'auberge ? Ou que tu t'es arrêté cet après-midi à la quincaillerie pour… discuter avec Anderson ? Parce que j'ai entendu dire que tu lui as arrangé un rendez-vous avec la cousine de Jeanne. Du beau boulot, d'ailleurs. Très fin.

— D'accord, je veux bien admettre que, côté distances, c'est un peu raté, admit Jax. Je ne sais pas quand ou comment, mais c'est un fait.

Ford se mit à rire puis, se penchant au-dessus du bar, il empoigna l'épaule de Jax.

— Peut-être parce qu'elle est sexy et gentille ? Ou parce que, entre vous deux, il passe assez de courant pour éclairer toute la ville ? Ou que ton karma te joue des tours ?

D'un mouvement, Jax se dégagea.

— Ce n'est pas drôle.

— Moi, je trouve ça marrant. Allez, viens, je suis mort de faim. Tu pourras bouder devant ton hamburger.

Cinq minutes plus tard, ils entraient dans le *Lucky Harbor Diner*… où il aperçut Maddie, assise dans une alcôve en compagnie de ses sœurs. Toutes les trois étaient penchées sur une pile de papiers. À en juger par la mine préoccupée de Maddie, Jax supposa qu'elles passaient en revue les factures impayées de l'hôtel et les formulaires de révision du prêt hypothécaire.

Jax se figea, luttant une nouvelle fois contre le besoin de lui faire savoir, par des moyens détournés, qu'il était en mesure de discuter avec l'actuel bailleur du prêt ; mais elle ne lui avait pas demandé son avis et ne le ferait sans doute pas.

Tara était assise à gauche de Maddie, faisant face à Jax et à Ford. Lorsqu'elle aperçut ce dernier, ses yeux se mirent à lancer des éclairs. S'ils avaient été des pistolets, Ford serait mort sur le coup. Puis, sans le moindre effort apparent, toute animosité disparut de son visage, jusqu'à ce qu'elle devienne inexpressive. Alors, elle se leva de table comme si de rien n'était et partit se réfugier dans les toilettes.

Jax lança à Ford un regard interrogateur. Celui-ci regardait Tara s'éloigner, la bouche légèrement pincée, les yeux mi-clos.

Que se passait-il ?

Il ne put poser la question à Ford parce qu'ils étaient arrivés à la hauteur de la table de Maddie. Jax la salua avant de présenter Ford à Chloe.

Pendant que Maddie et Chloe échangeaient des banalités avec Ford, Jax jeta un coup d'œil discret sur les papiers étalés sur la table.

C'étaient bien des factures, et, d'après ce qu'il voyait, il y en avait un sacré paquet.

La serveuse se présenta pour placer Ford et Jax qui se retrouvèrent assis à l'autre bout du restaurant. Quand Tara réapparut, Ford la suivit du regard.

— C'est quoi, l'histoire ? demanda Jax.

— Hein ? Rien.

— Tu mates la sœur de Maddie.

— C'est peut-être Tara qui me regarde.

Jax s'appuya au dossier pour dévisager son plus vieil ami.

— D'abord, je n'ai pas dit de quelle sœur je parlais et, ensuite, je mettrais ma main au feu que je n'ai jamais prononcé son prénom. Je croyais que tu ne les connaissais ni l'une ni l'autre.

— Je suis barman. Je connais tout le monde.

— Tu es surtout un grand sportif qui, accessoirement, possède la moitié d'un bar. Alors, arrête tes conneries, Ford, et dis-moi ce qui se passe.

Ford se contenta de secouer la tête en silence. Depuis que Jax avait renoncé à exercer le métier d'avocat et, par extension, à ruiner la vie de dizaines d'êtres humains, il était, de l'avis général, beaucoup plus détendu et beaucoup plus serein. Pourtant, ce n'était rien à côté de Ford. Ford arrivait si bien à décompresser que Jax avait parfois envie de lui prendre le pouls pour vérifier qu'il n'était pas mort.

Pourtant, à cet instant précis, Ford n'avait plus rien de décontracté. Sa bouche avait adopté un pli amer, son regard était indéchiffrable, et il paraissait bouleversé.

Sauf que rien n'atteignait jamais Ford. Absolument rien.

— Nom d'un chien, mais c'est quoi, ton problème ? Tu n'as pas supporté qu'elle te fusille du regard, c'est ça ?

Au lieu de sourire, Ford resta de marbre. Jax savait que, quand son ami était dans cet état d'esprit, un bloc de pierre aurait été plus loquace que lui. Il reporta donc son attention sur la table où se trouvaient les trois sœurs. Assise à gauche de Maddie, Tara paraissait tendue comme un arc ; de l'autre côté, Chloe se tenait en retrait, un peu distante, le visage empreint d'ennui et de frustration mêlés.

Entre les deux, Maddie parlait. Sans doute, à son habitude, essayait-elle d'apaiser les tensions et de satisfaire tout le monde. Jax la vit dévisager Tara puis jeter un coup d'œil en direction de Ford.

Le malaise entre ces deux-là ne lui avait pas échappé.

Ford se tassa sur la banquette, la tête tournée vers la fenêtre.

— Ford ?

— Laisse tomber, Jax.

— Pas avant que tu aies lâché le morceau.

Pendant une longue minute, Ford ne réagit pas. Enfin, il parla :

— Imagine qu'un jour tu commettes une énorme erreur ; tu crois que tu vas pouvoir t'en tirer, mais, tu as beau détaler à toutes jambes, elle te poursuit et finit par te rattraper… Tu vois ce que je veux dire ?

— Tu sais bien que je connais tout ça par cœur.

Ford laissa échapper un long soupir.

— Bon, alors tu sais l'essentiel. Je n'ai pas envie d'entrer dans les détails maintenant. Peut-être jamais, d'ailleurs.

La porte du restaurant s'ouvrit, laissant le passage à un shérif en uniforme, de stature assez frêle. Jax savait que les apparences étaient trompeuses, étant donné que l'homme en question était capable de renverser tout ce qui se trouvait sur son passage. Pour tout dire, il l'avait vu mettre Ford au tapis.

D'ailleurs, Jax en avait aussi fait les frais. Si l'envie lui en prenait, ce type pouvait se transformer en bulldozer humain.

Tous trois avaient eu plus d'une occasion de se frotter les uns aux autres par le passé.

Sawyer, le troisième mousquetaire.

Il se dirigea droit vers la table de Jax et s'affala sur la chaise que Ford poussait du pied vers lui.

— Merde, quelle journée !

Il baissa le volume du récepteur radio accroché à sa hanche et balaya la salle du regard.

— Je meurs de faim.

Ce type était un affamé chronique, à croire qu'il était né avec un ver solitaire. Il jeta un coup d'œil avide aux hamburgers alignés sur le comptoir, prêts à être servis. D'un même mouvement, Jax et Ford s'écartèrent de lui. Quand Sawyer avait faim, il n'était guère prudent de laisser traîner une main entre la nourriture et lui.

Jax fit signe à la serveuse ; à eux trois, ils passèrent une commande susceptible de rassasier une petite armée. Sawyer n'articula pas un mot avant d'avoir englouti deux doubles cheeseburgers. Enfin repu, il soupira et se laissa aller contre le dossier.

— Alors… Qu'est-ce qu'elles ont, les trois sœurs, pour que vous les matiez comme ça ?

On ne pouvait rien cacher à Sawyer.

— Que sais-tu d'elles ? demanda Ford.

— En dehors du fait que Jax a fricoté avec celle du milieu l'autre nuit sur la jetée, tu veux dire ? D'ailleurs, je voulais te dire… joli coup, mec.

Jax soupira bruyamment, les muscles de la mâchoire agités d'un tic nerveux.

— Il serait temps que les gens s'occupent de ce qui les regarde.

Le visage de Sawyer s'éclaira d'un de ses rares sourires.

— Ça ne risque pas d'arriver par ici, dit-il en volant quelques frites dans l'assiette de Jax. Quant aux autres sœurs, je sais que l'aînée est super bien roulée et qu'elle a un accent d'enfer quand elle est en pétard, et je peux te dire qu'elle était furax, tout à l'heure, au bureau de poste, quand elle a découvert qu'ils ne faisaient pas les livraisons en vingt-quatre heures chrono. Pour ce qui est de la plus jeune, elle est peut-être canon, mais elle est surtout complètement folle. Je l'ai flashée à 120 kilomètres-heure sur sa putain de Vespa 250. Quand je l'ai obligée à se ranger sur le bord de la route pour lui coller une amende, elle m'a dit que c'était de l'escroquerie et elle a juré ses grands dieux qu'elle n'avait pas dépassé le cent à l'heure. Moi, mon radar, et ma mère, on en a pris pour notre grade, et je peux vous assurer que cette fille n'a pas sa langue dans sa poche. Oh, et elle m'a aussi recommandé de me tartiner la figure avec un soin à la goyave parce que, d'après elle, j'ai la zone P trop sèche ! Comme si j'avais une zone P ! Celle-là va nous causer des problèmes, je peux vous le dire.

— Je crois que c'est plutôt la zone T, dit Ford en traçant la lettre sur son visage.

Sawyer lui lança un regard en coin.

— Tu cherches à nous dire quelque chose ?

— Oui, que je suis gay, répondit Ford avec aplomb. Et aussi que les femmes sont synonymes de problème. Toutes les femmes.

À ces mots, Sawyer fronça les sourcils d'un air perplexe. Ford adorait les femmes. Depuis toujours, point barre. Le shérif se tourna vers Jax, quêtant une explication.

Celui-ci haussa les épaules.

— C'est juste une sale journée, voilà tout, dit-il en jetant un coup d'œil en direction de la table des trois jeunes femmes.

Tara, les lèvres pincées, murmurait quelque chose à ses sœurs. Chloe, qui venait de poser son verre, leva la main pour en commander un autre.

Repoussant la pile de papiers étalés devant elle, Maddie attrapa son sac et en sortit deux aiguilles à tricoter et une pelote de laine rouge vif. Jax se demanda si c'était la même que celle dans laquelle il l'avait trouvée empêtrée l'autre matin.

Avec une moue appliquée, elle se mit à tricoter maladroitement, remuant les lèvres en silence pour accompagner chaque point, l'image même de la concentration. Cette vision donna à Jax un coup au cœur.

— Allô la lune ? ici la terre ! Amoureux transi, vous me recevez ?

Jax posa sur Ford un regard appuyé.

— Amoureux transi ?

— Je pensais que tu avais laissé tomber ces conneries quand tu es parti en courant de Seattle.

Jax n'était pas parti en courant. Il avait juste marché un peu vite.

Soudain, le visage de Sawyer s'éclaira, comme s'il venait de découvrir un point positif à cette fichue journée.

— À ton avis, combien de femmes se sont jetées à tes pieds depuis que tu es rentré à Lucky Harbor ?

— Aucune idée.

— Toutes, dit Sawyer. Mais c'est la première à retenir ton attention, et ne va pas me dire que je me fais des idées. (Du menton, il désigna Maddie.) Si on se base sur la loi de Murphy, je dis qu'il y a toutes les chances pour que tu sois à deux doigts de te taper la honte.

À l'entendre, on aurait cru un gamin s'apprêtant à ouvrir ses cadeaux un matin de Noël.

— Et ça te réjouit ? demanda Jax d'un air incrédule.

— Oh, putain, oui !

Jax lança un nouveau regard en direction des sœurs. Elles étaient en pleine discussion, mais Tara consultait fréquemment sa montre. Chloe regardait les fesses du serveur à la dérobée. Maddie continuait, tout en parlant, à se concentrer sur son tricot, point après point.

— Bon sang, tu l'as vraiment dans la peau, dit Ford d'un air dégoûté.

Pour une fois, il était tout à fait possible qu'il ait raison.

Chapitre 12

Le bonheur, c'est une question d'état d'esprit.
Phoebe Traeger

En entendant le hurlement caractéristique de sa sœur aînée faire vibrer les murs de la petite chambre qu'elles partageaient, Maddie sut que, pour la troisième fois d'affilée, Chloe venait d'arracher la couette qui couvrait Tara.

Une chambre où ne se trouvait qu'un seul lit.

Heureusement, c'était un lit de cent soixante, et, comme il faisait froid, cela ne les embêtait pas de se serrer à trois sur le matelas comme une portée de chatons. En fait, ce qui les gênait, c'était plutôt que Chloe parle en dormant, parce qu'elle disait des choses du genre « plus fort, Zach, plus fort », que Maddie et Tara se seraient bien passées d'entendre.

Tara n'en finissait pas de se plaindre d'avoir été réveillée en sursaut. Son accent, à cette heure, était aussi sucré que de la mélasse, ce qui était en parfaite contradiction avec le vocabulaire acerbe qu'elle employait, où il était question du patrimoine génétique douteux de Chloe et de sa vie de bohème irresponsable.

Confortablement installée contre le mur avec son oreiller sur la tête, Maddie riait sous cape, bien au chaud sous la couette. Soudain, celle-ci vola, la découvrant à son tour.

— Nom d'un chien ! s'écria-t-elle.

Toute pimpante dans un pantalon de yoga noir moulant et une brassière de sport rose qui mettait en valeur son buste parfait, Chloe donna une tape sur les fesses de Maddie.

— Debout, lança-t-elle gaiement.

— Avise-toi de me toucher comme ça, dit Tara en pointant leur jeune sœur du doigt, et tu es morte.

— Vous avez deux minutes, répondit Chloe avec un sourire narquois.

Quand elle eut quitté la pièce, Tara s'extirpa du lit en maugréant. Bien que sa sœur ne soit vêtue que d'un vieux débardeur et d'un caleçon d'homme, Maddie constata avec ennui qu'elle était plus belle que jamais – et à peine décoiffée.

— Je la hais de tout mon cœur, dit Tara.

— On dirait que tu hais beaucoup de monde. Comme Ford, par exemple. D'ailleurs, j'ignorais que tu le connaissais.

— Mais je ne le connais pas, répondit Tara avec raideur.

— Ton accent est beaucoup plus marqué quand tu mens, la taquina Maddie. Tu devrais peut-être travailler là-dessus.

Tara émit un long soupir.

— Que penses-tu de lui ? demanda-t-elle.

— De Ford ?

Maddie se remémora le jeune homme derrière son bar, grand et sensuel, avec ce sourire facile qui charmait tout le monde autour de lui.

— Je l'aime bien. Que se passe-t-il, Tara ?

— Rien.

Maddie comprenait l'attitude de sa sœur. Il y avait beaucoup de choses dont elle n'avait pas envie de parler, elle non plus. Elle s'assit sur le lit et tenta de remettre de l'ordre dans sa chevelure, consciente qu'elle devait ressembler à un lion tout droit venu de la savane. Avec un soupir, elle sortit du lit. Dans la journée, chacune vaquait à ses propres tâches. Pour sa part, Maddie mettait de l'ordre dans le bureau de la marina, tentant d'y voir clair dans un système comptable qui tenait plus de l'empilement de factures dans une boîte à chaussures que d'une véritable gestion. Tara s'occupait du nettoyage. Chloe ne faisait ni l'un ni l'autre. Elle avait décidé de créer une ligne de produits cosmétiques au nom de l'*Auberge de Lucky Harbor*, afin de les proposer dans des paniers-cadeaux aux clients qui se présenteraient le moment venu. Et, quand elles revendraient l'hôtel, elle espérait que les nouveaux propriétaires prendraient ses produits par la même occasion.

C'était une idée géniale, originale et parfaitement adaptée à un petit hôtel familial en bord de mer – à condition, bien sûr, qu'elles aient un jour des clients.

Quand Chloe ne travaillait pas sur ce projet, elle passait son temps à s'attirer des ennuis ; et, vu les deux amendes qu'elle avait déjà récoltées pour excès de vitesse, elle excellait sans nul doute à ce petit jeu.

Le soir, elles dînaient en famille, ce qui signifiait qu'elles se disputaient. Maddie avait découvert que le sujet de conversation importait peu : Tara et Chloe étaient capables de se chamailler à propos de la couleur du ciel.

La plupart du temps, leurs querelles tournaient autour de la propriété. Tara voulait que ses sœurs promettent de vendre. Maddie voulait qu'elles s'engagent à donner sa chance à l'hôtel. Chloe voulait… en fait, personne ne savait ce qu'elle voulait. Mais une chose était certaine : elle refusait de prendre parti.

Alors, la tension montait, se manifestant dans de petits désaccords idiots. À propos du yoga, par exemple.

— Il vous reste une minute ! cria Chloe depuis le salon.

Maddie s'attacha les cheveux.

— J'arrive !

— Menteuse !

En dépit de ses allures fragiles, Chloe était un vrai pitbull. D'un pas traînant, Maddie rejoignit le salon où Tara était assise en tailleur, l'air soumise.

Comme ses deux aînées avaient pu le constater les trois matins précédents, Chloe ne prenait pas le yoga à la légère. Pendant quarante-cinq minutes, elle leur donna des ordres, les corrigea, les obligea à prendre des dizaines de postures bizarres, jusqu'à ce que Maddie, en nage, sente chacun de ses muscles prêt à exploser.

— Il faut que je mange, dit-elle, haletante.

— On va au *Diner*? proposa Chloe.

— Si je dois toucher encore une seule fois à leur bouffe grasse et dégoulinante de cholestérol, lança Tara, allongée sur le dos, je me fais sauter le caisson. Je vais faire la cuisine.

— Pas trop tôt, dit Chloe, soulagée. Pourquoi avoir attendu si longtemps?

— Je ne cuisine que pour les gens que j'aime.

— Mais tu n'aimes personne, trésor!

Maddie lança un regard menaçant à sa cadette avant de se tourner vers Tara.

— C'est plutôt que j'ai décidé de ne pas t'aimer, toi, dit Tara.

Même allongée par terre et trempée de sueur, Tara dégageait une incroyable assurance. Maddie s'affala sur le tapis avec un soupir. Elle avait beau travailler son propre manque de confiance en elle, avec ses sœurs elle avait du mal à se sentir à la hauteur.

Une demi-heure plus tard, en regardant Tara poser le petit déjeuner sur la table, Maddie sentit l'eau lui monter à la bouche: pancakes aux myrtilles, omelette, bacon de dinde et jus d'orange frais... un vrai festin!

— Pas un gramme de gras en vue, dit Tara. Chloe, arrête de froncer les sourcils ou tu vas rester coincée.

— Je n'aime pas les pancakes au blé complet. Ils ont un goût de papier mâché, se plaignit cette dernière.

Pourtant, elle en goûta un morceau, mastiqua un instant puis haussa les épaules.

— OK, je n'ai rien dit. Ceux-là n'ont pas du tout le goût de papier mâché.

— Rien à battre, dit Tara en mélangeant la pâte.

— Dans ce cas, va te faire voir ! lança Chloe en levant le majeur en direction de sa sœur aînée.

— Mais non, « rien à battre », c'est le titre de ma recette. Avec ces pancakes, je pourrais ramener la paix dans le monde.

— Tu devrais vraiment réfléchir à ce petit problème de narcissisme que tu as, commenta Chloe en remplissant un bol d'un mélange de son cru, composé de poudre d'amande et d'huile de jojoba. Aujourd'hui, je vais fabriquer une crème pour soigner les crevasses aux talons. Parce que les pieds de Maddie crient à l'aide.

— Eh, ça va ! protesta Maddie.

— Tu n'arrêtes pas de frotter tes petons contre mes jambes la nuit, et ça raie la carrosserie, rétorqua Chloe.

Son regard s'attarda sur l'assiette de Maddie, où celle-ci avait soigneusement disposé tous ses aliments de façon qu'ils ne se touchent pas entre eux.

— Tu sais que tu es vraiment tordue, comme fille ?

Considérant son assiette pleine, Maddie tenta de ne pas se justifier. Ce fut un échec.

— J'ai faim. Je viens de brûler un million de calories en faisant du yoga.

— Vu la façon dont tu t'y prends, ça m'étonnerait. Mais je parlais de ta manie de tout trier dans ton assiette, pas de la quantité de nourriture que tu ingurgites.

— Je n'aime pas que les aliments se touchent.

— C'est bien ce que je disais… tu es tordue.

— Eh, je ne te critique pas, moi !

— Et pourquoi tu me critiquerais ? Je suis normale.

Chloe entreprit de battre les ingrédients dans son bol afin d'obtenir un baume, ou quelque chose dans le genre.

— Au fait, je sais que je vous avais dit que je repartais demain, mais j'ai de bonnes nouvelles : je reste encore deux jours, parce que mon rendez-vous a été repoussé.

— Quelle chance on a, dit platement Tara.

Chloe fit comme si elle n'avait rien entendu.

— Je dois d'abord aller au Nouveau-Mexique, et ensuite je vais pousser jusqu'à Houston pour voir une amie qui est peut-être intéressée par mes produits de beauté.

Elle lança un regard furtif en direction de Maddie puis posa son fouet avant de se consacrer au contenu de son assiette ; elle prit un malin plaisir à bien mélanger les pancakes et les œufs avant d'arroser le tout de sirop d'érable. Après quoi, elle découpa un morceau de ce mélange pour le tremper dans son jus d'orange. Le regard rivé sur une Maddie aux yeux révulsés, elle avala le tout avec des bruits appréciateurs.

Maddie se détourna, dégoûtée.

— Tu es répugnante.

Chloe émit un petit « mmm… » satisfait.

— C'est drôlement bon. Carrément ahurissant.

— En quoi le fait que je cuisine bien est-il ahurissant ? demanda Tara sur un ton glacial.

— D'abord, tu ne cuisines pas « bien », tu cuisines « merveilleusement bien ». Et c'est ahurissant parce que je pensais être la seule à avoir hérité du talent créatif de maman. Sans compter que les personnes douées en cuisine sont généralement plus ouvertes et plus amicales que toi, et que…

— Et que, intervint Maddie pour désamorcer la dispute qui se profilait, parce qu'à première vue on n'a pas l'impression que la cuisine soit ton truc.

Sans prendre en compte cette remarque, Tara plissa les yeux et dévisagea Chloe.

— Finis ta phrase.

— Est-ce que ce sont des myrtilles fraîches ? tenta encore Maddie, une note de désespoir dans la voix. Elles ont vraiment bon goût…

— Tu crois vraiment être la seule à avoir hérité des talents de maman ? demanda Tara à Chloe.

— Ce dont je suis sûre, c'est que je suis la seule qui l'aimait.

— Tu ne la connaissais pas tant que ça !

— Et ce jus d'orange ! s'exclama Maddie.

L'atmosphère s'était tendue de façon perceptible. Instinctivement, elle avait envie de se faufiler dans un trou de souris pour disparaître. Au lieu de ça, elle attrapa son tricot qui, elle l'avait découvert, constituait non seulement un excellent moyen d'échapper à ses émotions, mais aussi un support de relaxation bien plus efficace que les chips. L'ennui, c'est qu'elle ne pouvait faire semblant de se soustraire à la prise de bec imminente.

— Ce jus d'orange est fantastique, Tara, reprit-elle. Comment as-tu réussi à enlever toute la pulpe ?

— Je la connaissais bien mieux que toi, lança Chloe à sa sœur aînée. Au moins, moi, je lui téléphonais.

— Moi aussi, figure-toi, dit Tara, avec un accent décuplé par la rage. Elle filtrait mes appels, c'est tout !

— Eh bien, il y avait peut-être une raison à ça.

— Comme quoi ?

— Comme le fait que tu sois une malade du contrôle, et une coincée, et une g…

Tara abattit brutalement le poing sur la table.

Maddie fit un tel bond que son coude heurta le bol où macérait le baume de Chloe, éjectant son contenu qui vint éclabousser le visage de Tara.

Après un silence terrifiant, Tara s'essuya la figure et lança son regard le plus noir à Chloe.

— C'est parce que je t'ai demandé de partir de chez moi quand tu es venue me voir à Pâques ?

— Eh, c'est à cause de Maddie que tu es couverte de baume, moi je n'y suis pour rien, rétorqua Chloe.

— Je ne l'ai pas fait exprès, dit Maddie en contemplant, les yeux écarquillés, la substance visqueuse qui coulait du nez de sa sœur.

Maddie en avait reçu un peu elle aussi, mais elle ne s'en préoccupa pas : une question lui brûlait les lèvres.

— Comment se fait-il que tu ne m'aies pas invitée à passer les fêtes de Pâques chez toi ? demanda-t-elle à Tara.

— Tu étais sur un tournage, je crois, répondit celle-ci. Mais, cette année, c'est toi qui viendras, tu peux me croire.

— Je te rappelle que tu ne m'as pas demandé de partir, intervint Chloe. Tu m'as carrément fichue à la porte. Tout ça parce que le copain de ton mari m'avait embrassée !

Tara s'était emparée d'une louche pleine de pâte à pancakes. Elle la brandit en direction de Chloe.

— C'était mon ami à moi aussi. Et c'est toi qui l'avais embrassé, pas le contraire !

Chloe bondit sur ses pieds.

— Je savais que tu ne me croirais pas !

Tara balança son assiette dans l'évier, assez violemment pour inonder Maddie d'eau de vaisselle.

— Génial ! s'écria celle-ci en tirant sur son tee-shirt.

Le vêtement se détacha de sa peau dans un bruit de succion.

— Fin de la conversation, les informa Tara en se drapant dans sa dignité.

Ce qui, étant donné l'emplâtre qui lui couvrait le visage, n'était pas chose aisée. Pourtant, elle y parvint.

— Excellente tactique, répliqua Chloe. Continue à faire semblant de ne pas voir ce qui cloche chez toi… ça a l'air de te réussir.

Maddie se leva. *La force tranquille*, se dit-elle. *Sois l'incarnation de la force tranquille, comme… Julia Roberts dans* Erin Brockovich. Bon, d'accord : il arrivait qu'Erin ne se montre ni forte ni tranquille, alors pourquoi ne pas l'imiter ? Du coup, après avoir pris une profonde inspiration, Maddie lança :

— La ferme, toutes les deux !

Ses sœurs la dévisagèrent, bouche bée.

— Tout ça n'a rien à voir avec les crèmes pour les pieds et les cloches de Pâques, ajouta-t-elle. On sait bien ce qui nous travaille toutes les trois.

Bien sûr qu'elles le savaient. Le problème, c'était l'hôtel, le vote qui déciderait de son sort et ce qui se passerait ensuite. Avec un soupir, Maddie attrapa son tricot au lieu de continuer à s'empiffrer et reprit son ouvrage là où elle l'avait laissé la veille.

— J'entre, je fais le tour, et je ramène…, dit-elle tout haut.

— Tu sais, dit Chloe en léchant une trace de pâte sur son pouce, je trouve tes commentaires un peu salaces. Je parie qu'en tricotant à haute voix à côté d'un mec tu pourrais le mettre dans ton lit à tous les coups.

Tara continuait de balancer les assiettes du petit déjeuner dans l'évier avec une violence croissante.

Ce à quoi répondit Chloe en montant d'un coup le volume de la musique que diffusait son iPod posé sur sa station d'accueil, sur le plan de travail de la cuisine. Les haut-parleurs se mirent à cracher du hip-hop. Tara détestait ce genre de musique, et Maddie la vit tourner brusquement la tête, à la manière de la fillette de *L'Exorciste*.

— J'entre, je fais le tour, et je ramène, répéta Maddie en essayant de retrouver son calme.

Soudain, la porte de derrière s'ouvrit. Les trois sœurs se retournèrent d'un bloc. Jax se tenait sur le seuil, plus envoûtant que jamais avec son Levi's délavé, son tee-shirt design à manches longues et – le cœur de Maddie fit un bond dans sa poitrine – cette satanée ceinture à outils lui tombant sur les hanches.

Izzy était à ses côtés, l'œil vif et la queue frétillante, jusqu'à ce qu'elle capte la tension qui régnait dans la pièce. Alors, avec un petit gémissement, elle s'assit sur le pied de Jax. Celui-ci posa une main apaisante sur la tête de la chienne, tandis que ses yeux allaient droit sur Maddie.

— Il y a un problème ? demanda-t-il en haussant la voix pour essayer de se faire entendre par-dessus les basses tonnantes de l'iPod.

Dans le mille, pensa Maddie qui avait lu la question sur ses lèvres. Un énorme problème, à vrai dire. Parce que, malgré l'ambiance survoltée, il lui suffisait d'un seul regard sur Jax pour se mettre à frémir. *Pourvu que ça ne se voie pas.*

— Aucun problème, trésor, dit Tara d'une voix traînante.

Un sourire poli plaqué sur le visage, elle écrasa le bouton « off » de la station d'accueil de l'iPod, leur imposant à tous un brusque silence.

— Pancakes aux myrtilles ? proposa-t-elle.

Avec un reniflement de mépris, Chloe se fraya un passage jusqu'à la porte.

— Elles sont folles, toutes les deux, prévint-elle en passant devant Jax. Complètement jetées. Je vais faire un tour.

Renonçant à prétendre que tout allait bien, Tara s'essuya les mains sur un torchon. L'expression digne de son visage était un peu mise à mal par la mixture qui lui collait les cheveux.

— Moi aussi, dit-elle. J'ai besoin de prendre l'air.

Maddie lui tendit les clés de sa voiture.

— Merci, trésor, dit Tara en disparaissant à son tour.

Toujours couverte de pâte et d'eau savonneuse, Maddie resta assise, tenant son tricot de façon à ne pas le salir. À sa gauche, l'eau continuait de couler dans l'évier, formant une masse mousseuse qui menaçait de déborder. Jax s'approcha de Maddie de sa démarche nonchalante et assurée. La lueur volontaire qui brillait dans ses yeux fit rater un point à la jeune femme, essentiellement parce qu'elle ne parvenait pas à le regarder et à tricoter en même temps. D'ailleurs, elle n'était même pas certaine d'arriver à respirer.

Jax s'empara des aiguilles et de la pelote de laine pour les poser sur le seul emplacement propre du plan de travail qu'il put trouver.

— Tu as besoin de parler ? demanda-t-il.

De quoi ? Du fait que ses sœurs étaient folles et qu'il y avait des risques pour qu'elle le soit aussi ? Ou du fait qu'elle ait rêvé de lui lors de fantasmes nocturnes impliquant une bonne dose de nudité ?

— Je… C'est… Non, bafouilla-t-elle enfin. Pas vraiment. Il faut que je prenne une douche.

Jax attrapa une chaise, la fit pivoter et s'y assit à califourchon, juste en face de Maddie. Il passa longuement en revue les taches dont était maculé son tee-shirt.

— Ford et Sawyer ne me pardonneront jamais d'avoir raté un combat de catch féminin. Est-ce qu'au moins je peux mentir et leur dire que j'en ai vu une partie ? Et que vous étiez toutes les trois en petite tenue ?

Maddie esquissa un sourire réticent. En voyant le visage de Jax s'éclairer, elle comprit qu'il n'avait eu d'autre intention que de la dérider.

— Les hommes sont tous des pervers, dit-elle.

— Hum, fit-il d'un air distrait.

Il était absorbé dans la contemplation d'une goutte de pâte qui coulait lentement entre ses seins et finit par disparaître dans le décolleté de son tee-shirt.

Maddie alla la repêcher d'un doigt, mais, avant qu'elle ait pu s'essuyer sur une serviette, Jax lui avait pris la main et, sans la quitter du regard, il lui lécha l'index.

Au contact de sa langue chaude et précise, un frisson parcourut Maddie.

— J'aime le goût de ta peau, dit-il, les yeux rivés sur les tétons de Maddie, qui pointaient à travers son tee-shirt.

— Douche ! s'exclama-t-elle en se ressaisissant. Il faut que je me douche !

Jax enfouit les mains dans les cheveux de la jeune femme, puis caressa sa joue du pouce.

— Les douches, c'est mon rayon, Maddie.

De nouveau, elle frissonna.

— Tu dis toujours tout ce qui te passe par la tête, sans te retenir ?

— En général, oui. Mais, en ce moment, je me retiens.

— Vraiment ?

Il acquiesça, le regard tellement ardent qu'elle en sentit la brûlure sur sa peau.

— Si je te dévoilais toutes mes pensées, reprit-il d'une voix rauque et charmeuse, tu partirais en courant.

S'efforçant de contenir une nouvelle palpitation dans son bas-ventre, elle dit :

— Dis-moi quand même.

— Maddie…

— Dis-moi.

Jax prit appui sur le dossier de sa chaise. Il était si près d'elle que, quand il parla, ses lèvres effleurèrent celles de Maddie.

— J'ai envie de poser mes mains partout sur toi. De…

Le souffle court, Maddie se sentit fondre.

— Quoi ? demanda-t-elle.

— Te caresser. Te lécher. Te mordiller. Et ensuite…

C'est alors que l'évier – où le robinet coulait toujours – finit par déborder et que de l'eau s'écoula en cascade sur le sol. En se relevant d'un bond, Maddie percuta violemment du front le menton de Jax. Un peu sonnée, elle recula en se tenant la tête.

— Aïe !

Jax alla fermer le robinet en pataugeant sur le sol mouillé. Il se retourna vers elle, la mâchoire déjà ornée d'une marbrure rouge.

Maddie contempla la marque avec horreur. Instinctivement, elle recula d'un pas.

— Je suis désolée, vraiment désolée… Ça va ?

— Tu n'as pas la tête si dure que ça.

Il traversa calmement la pièce pour la rejoindre, refusant de mettre de la distance entre eux.

— Tu as le choix, dit-il d'un ton léger en posant ses mains sur les hanches de Maddie. Ou tu me guéris d'un baiser ou tu vas te doucher.

Comme si son corps avait pris le dessus sur sa raison, Maddie se mit sur la pointe des pieds et posa ses lèvres à l'endroit où elle avait heurté Jax. Sa barbe de plusieurs jours était virile mais douce, et elle huma longuement son odeur intensément masculine.

Un grondement sourd monta de la poitrine de Jax, et il resserra son étreinte sur elle… juste au moment où Tara entrait dans la cuisine.

Elle considéra Jax d'un œil noir. Il soutint son regard sans broncher.

— Trésor, dit-elle enfin à Maddie tout en décrochant de la patère la veste qu'elle avait oublié de prendre. Tu peux coucher avec lui ou le recruter pour le chantier, mais tu devrais éviter de faire les deux. Ce gars-là, c'est du lourd, et tu n'es pas prête pour ça.

Elle ressortit de la maison, et, une minute plus tard, ils entendirent la voiture s'éloigner.

Maddie poussa un long soupir, toute tremblante. En général, Tara était la voix de la raison, mais, en l'occurrence, personne ne lui demandait son avis. C'était à Maddie seule de décider.

Jax ne s'était pas éloigné d'un pouce. Il était calme et attentif.

Sexy en diable.

Patient.

Il avait envie d'elle. Son corps était tendu de désir, mais la décision n'appartenait qu'à elle.

Dans sa précédente vie, c'était Alex qui avait fait la loi. Peut-être pas au début, mais Maddie s'était aperçue qu'avec le temps elle l'avait laissé lui voler son identité. Elle avait laissé faire. Voilà encore une chose qui allait changer. Si elle voulait quelque chose ou quelqu'un, dorénavant elle l'obtiendrait.

Et elle voulait Jax. Elle avait besoin d'oublier, de se sentir bien, elle voulait…

Elle voulait… être désirée. De l'affection. L'amour, c'était encore mieux, mais, comme l'avait mentionné Tara, elle n'était pas mûre pour ça. En revanche, elle était tout à fait prête à prendre le risque de vivre cet instant, au moins pour cette fois. Et même si elle ne l'était pas, peu importait. Elle avait envie de lui.

Attrapant Jax par la main, elle l'entraîna hors de la cuisine. Il se laissa faire et lui emboîta le pas, si près qu'elle sentit son souffle sur sa nuque.

Dans la salle de bains, elle fouilla dans la trousse de toilette de Chloe et en sortit un préservatif qu'elle tendit à Jax. Il s'en empara et ferma la porte à clé.

Elle ouvrit le robinet de la douche et commença à se déshabiller. Il l'aida à ôter lentement son tee-shirt avant de le laisser tomber à terre, puis il se mit lui-même torse nu.

Elle découvrit alors les fameux tatouages dont avait parlé Lucille ; à leur vue, elle sentit ses jambes flageoler. Un motif tribal encerclait l'un de ses biceps, et un autre descendait le long de ses côtes.

Elle avait envie d'y passer la langue.

— Maddie ?

Elle le dévorait des yeux. Il était si beau, tout en muscles, sculptural et tendu.

— Je n'ai pas envie de parler, dit-elle.

Dans le regard de Jax, l'amusement le disputait au désir.

— Qu'est-ce que tu veux, alors ?

— Toi. Maintenant. Vite. Et peut-être fort, aussi.

— Je suis ton homme. Mais pas trop vite, et pas trop fort, dit-il en faisant courir un doigt sur la bretelle de son soutien-gorge. Pas pour notre première fois.

— Notre seule et unique fois, corrigea-t-elle.

— Moui…, murmura-t-il, évasif.

L'instant d'après, d'un mouvement souple du poignet, il envoyait son soutien-gorge rejoindre leurs tee-shirts sur le sol de la salle de bains.

— Mon Dieu, Maddie, tu es d'une beauté à couper le souffle !

Il continua à la dévorer du regard tout en se débarrassant de ses bottes, de son jean et de son caleçon, révélant ainsi la totalité de son corps athlétique, y compris la partie de son anatomie qu'elle n'en pouvait plus d'attendre. Elle le voulait en elle, tout de suite.

Il se pencha pour vérifier la température de l'eau, et elle en profita pour se délecter du spectacle de ses fesses parfaites. Comme d'habitude, il la prit sur le fait et lui décocha un sourire enflammé qui la fit fondre, puis il l'entraîna sous la douche. Par contraste avec l'eau chaude, les mains de Jax étaient presque glacées, et, quand il les fit remonter le long des hanches à la taille de Maddie avant de lui caresser les seins, elle frissonna.

Ses yeux se fermèrent, et ses autres sens prirent la relève. Le corps de Jax était ferme, puissant, et son érection phénoménale.

Tout cela aurait dû la rendre nerveuse, mais, au contraire, cela ne faisait que l'exciter davantage. Elle se pressa contre lui, ce qui eut pour effet de lui tirer un grognement appréciateur.

— Tu es sûre de vouloir continuer, Maddie ?

Elle ouvrit les yeux. La minuscule salle de bains était envahie d'une buée rendant l'atmosphère chaude et humide.

— Si tu t'arrêtes maintenant, rétorqua-t-elle, je t'assure que tu vas le regretter.

Il détailla son corps avec gourmandise, puis murmura son nom avant de l'embrasser avec douceur et passion. Jamais elle ne s'était sentie aussi excitée, aussi désirée, et il lui en vint un frisson de bonheur.

Jax s'écarta et plongea les mains dans les cheveux de Maddie, son regard rivé au sien. Elle ignorait ce qu'il cherchait, mais ce qu'il lut sur son visage dut le rassurer car il posa de nouveau sa bouche sur la sienne et lui caressa la lèvre inférieure du bout de la langue. Lui empoignant les fesses, il la souleva pour mieux la plaquer contre son ventre, et elle sentit son sexe érigé. Il l'appuya contre le mur de la douche pour parcourir son corps de baisers fiévreux en commençant par son cou, puis sur ses seins. Attrapant un téton entre ses lèvres, il se mit à le taquiner de la langue tandis qu'elle s'emparait de son sexe frémissant. Quand elle commença à le caresser, il poussa un râle de plaisir et posa sa main par-dessus la sienne, accompagnant ses mouvements pour lui montrer ce qu'il aimait. Soudain, il l'arrêta.

— Ça ne te plaît pas ? demanda-t-elle.

— J'adore ça, dit-il d'une voix rauque et mal assurée. Mais ça fait tellement longtemps…

L'eau chaude ruisselait sur leurs corps. Tout en lui mordillant le cou, il lui prit un sein et fit jouer son pouce sur la pointe, ce qui ne l'empêcha pas de plonger sa main libre entre les cuisses de la jeune femme. Quand il sentit à quel point elle était prête, il plaqua son front contre celui de Maddie et prononça son nom à voix basse, tandis qu'elle s'accrochait à lui de plus belle.

— Maintenant, Jax. S'il te plaît, maintenant !

Du doigt, il la caressait, la provoquait.

— J'adore sentir comme tu es excitée, murmura-t-il, la bouche contre son oreille dont il mordilla le lobe tout en glissant un doigt en elle.

Étouffant un gémissement, elle se cambra pour mieux l'accueillir.

— Ça veut dire que je suis prête.

De la langue, il traça les contours de sa bouche.

— Je voulais juste vérifier.

— Je suis prête ! protesta-t-elle, suppliante.

Il introduisit un deuxième doigt et la pénétra profondément tout en la caressant du pouce, dans un rythme parfait, jusqu'à ce qu'elle explose. La laissant frissonner de plaisir, il déroula le préservatif sur son sexe. L'instant d'après, il lui attrapa les hanches et la pénétra d'une seule poussée.

Elle cria, se cambrant pour l'accompagner et prolonger son orgasme. Quand elle fut enfin capable d'ouvrir les yeux, elle trouva le regard ardent de Jax rivé sur le sien. Alors, il commença à bouger en elle ; elle sentait l'eau chaude ruisseler le long de son dos, tandis qu'il donnait de longs coups de reins, fermes et pleins d'assurance, et elle fut prise d'un vertige sans fin. Il jouit en même temps qu'elle, et, tanguant au rythme de leurs souffles mêlés, incapables de tenir debout, ils s'écroulèrent sur le carrelage, toujours enlacés.

Comblée, Maddie laissa tomber sa tête sur le torse de Jax, tout juste capable de sourire tandis qu'il l'attirait contre lui d'un geste protecteur, enfouissant son visage dans ses cheveux. Cette étreinte pleine de tendresse éveilla quelque chose en elle, un sentiment nouveau qui la réchauffa et l'émerveilla.

Et la terrifia également. Car il avait été parfait.

L'ennui, c'est qu'elle était déjà prête à en réclamer davantage.

Chapitre 13

Ma mère disait toujours que deux serpents vivant dans le même trou s'entendent mieux que deux sœurs. Alors, pour conjurer le sort, j'ai eu trois filles.
Phoebe Traeger

Le lendemain, Jax passa le plus clair de sa journée dans l'auberge à démonter les vieilles fenêtres et à arracher la moquette.

Ainsi qu'à regarder Maddie.

Après leur douche de la veille, elle l'avait plus ou moins jeté dehors. C'était une première pour Jax ; d'habitude, c'était lui qui avait vite besoin d'air. Aussi, ce matin-là, il n'était pas certain d'être le bienvenu.

Elle l'avait accueilli avec un sourire chaleureux ; comme elle n'était pas du genre à dissimuler ses sentiments, il en avait déduit que tout allait bien entre eux.

— Et si on dînait ensemble, ce soir ? lui demanda-t-il vers midi.

Maddie lui jeta un coup d'œil avant de retourner à sa tâche, qui consistait à rassembler et à jeter les gravats. Elle était un peu essoufflée et plus sexy que jamais avec ses cheveux défaits, son tee-shirt froissé et son jean sali aux fesses.

Il ne parvenait pas à la quitter du regard.

— Je ne peux pas, répondit-elle.

Jax balança les déchets qu'il avait dans les bras à l'arrière de la benne qu'ils avaient louée, puis s'essuya les mains sur son jean et l'attrapa par le bras avant qu'elle ait eu le temps de tourner les talons.

— Tu ne peux pas, ou tu ne veux pas ?

Elle commença par fermer les yeux avant de poser la tête sur la poitrine de Jax, à la grande surprise de ce dernier.

— Je suis toute sale et en sueur, Jax.

— Tout ce que j'aime, dit-il en l'enlaçant. Et c'est juste un dîner, je ne vais pas te faire une demande en mariage.

Avec un rire étouffé, elle se serra davantage contre lui ; le baiser qu'il déposa sur sa tempe lui arracha un soupir. Mais, après quelques instants, alors qu'il aurait voulu prolonger leur étreinte, elle s'écarta et le regarda droit dans les yeux.

— Un dîner, d'accord, mais c'est tout. Parce que…

— Parce que tu n'es pas prête.

— J'ai juste besoin d'un peu de recul… Je ne veux pas m'engager dans quoi que ce soit de sérieux.

Or, pour elle, le sexe, c'était sérieux. Dieu sait qu'il comprenait. Lui-même ne s'était toujours pas remis de ce qu'ils avaient vécu sous la douche.

— Prends autant de recul que tu le juges nécessaire. Tant que tu ne pars pas en courant.

Sa réflexion arracha un mince sourire à Maddie.

— J'ai arrêté de courir.

— Parfait, dit-il.

Il se remit au travail en pensant que, pour la première fois depuis cinq ans, ce qu'il cherchait à obtenir était hors de sa portée.

Maddie partageait son temps entre le bureau de la marina et les chambres de l'auberge, que Tara l'aidait à repeindre. À cause de son asthme, Chloe ne pouvait pas faire grand-chose. C'était bien compréhensible, et Maddie était plus inquiète qu'irritée par la façon dont leur jeune sœur se tenait à l'écart pour travailler sur ses produits de beauté plutôt que de les aider à rénover l'hôtel. À un moment ou à un autre,

Chloe allait devoir se prononcer sur le sort de l'auberge, et Maddie ignorait complètement quel serait son choix. Un peu dépitée, elle regarda Tara traverser la cour en transportant avec précaution son matériel de peinture. Au moins, elle avait daigné se salir les mains, au risque de gâcher sa manucure. Mais pas parce qu'elle avait rallié la cause de Maddie.

Non, ce qui la motivait, c'était l'argent, rien de plus.

Au cours des journées précédentes, Maddie avait bouclé le dossier de refinancement du prêt hypothécaire, puis elle l'avait déposé à la banque. Depuis, elle croisait les doigts. Tara et Chloe partaient le lendemain, et elle resterait seule. Elle décida de ne pas y penser pour l'instant, tant qu'elle était couverte de peinture des pieds à la tête.

Tara fit une pause à côté d'elle, épuisée mais presque impeccable.

— Je commence à changer d'avis, au sujet des économies, dit-elle. On aurait dû embaucher quelqu'un pour faire ça.

Maddie se demandait comment sa sœur s'était débrouillée pour rester aussi propre ; c'en était presque agaçant. Peut-être sa manie de la perfection l'entourait-elle d'une bulle protectrice à l'épreuve des taches de peinture ?

— On aurait dû embaucher quelqu'un ? J'ai bien entendu ?

— Je déteste les travaux manuels, soupira Tara.

Délicatement, elle s'épongea le front. Maddie n'y voyait pourtant pas perler la moindre goutte de sueur. Apparemment, Tara ne transpirait pas. Peut-être souffrait-elle d'un dérèglement des glandes sudoripares, ou de quelque chose comme ça. À cette pensée, Maddie esquissa un sourire. Seule Tara pouvait contracter une maladie susceptible de rehausser son image de beauté sudiste.

— Ça va ? demanda Tara.

— Oui, pourquoi ?

— Parce que, depuis quelques jours, tu es… différente.

Certes. Les orgasmes multiples ont souvent cet effet.

— Tu es sortie avec Jax, hier soir.

— Nous avons juste dîné.

Pas tout à fait. Ils s'étaient embrassés sauvagement, aussi. Finalement, elle n'avait pas eu envie de prendre trop de recul. Juste un peu. Un tout petit peu.

— Alors, tout va bien ?

— Oui, oui.

Avec un hochement de tête, Tara examina ses mains.

— Tu sais, en général, je ne suis pas du genre à ronchonner…

Maddie pouffa, et Tara la regarda de travers.

— Mais je voudrais officiellement m'élever contre une injustice flagrante : pourquoi Chloe a-t-elle de l'asthme et pas moi ?

Maddie dut reconnaître qu'elle n'avait pas tort. À une centaine de mètres de là, Chloe était assise sur l'appontement, à l'abri des produits susceptibles de lui provoquer une crise, entourée de bols et de boîtes, remplis d'œufs, de miel et d'amandes.

— Elle fabrique quoi, aujourd'hui ?

— Un masque pour déboucher les pores, dit Tara. Elle nous prépare aussi une tisane maison censée réduire le stress. Elle prétend que c'est plus efficace qu'une journée de thalasso.

Au ton de sa voix, Tara semblait aussi peu convaincue par les vertus des produits de Chloe que par ses capacités ainsi que celles de Maddie, à faire de l'auberge un site accueillant.

— Je n'ai jamais mis les pieds dans un institut de beauté, dit Maddie avec regret.

— À voir tes pores, je veux bien te croire.

— Quoi ? Qu'est-ce qu'ils ont, mes pores ?

Se dirigeant vers l'entrée de l'hôtel, elle s'arrêta pour examiner son visage dans le grand miroir, posé contre le mur, qu'elles avaient décroché de la porte d'une des chambres. Quel carnage ! Elle avait les cheveux tellement ébouriffés qu'on aurait juré qu'elle avait mis les doigts dans une prise électrique. Sa peau était luisante de transpiration… mais pas le moindre pore en vue. Sans doute parce qu'elle avait la figure couverte d'une fine couche de peinture. Elle réfléchit un instant : elle avait une question à poser à Tara, mais elle ne savait comment le faire sans être abrupte. Autant y aller direct.

— Pourquoi ça t'a mise en colère que Chloe embrasse le meilleur ami de Logan ?

— Parce qu'elle voulait garder Scott pour elle, dit une voix derrière elles.

Chloe les avait rejointes sans qu'elles s'en aperçoivent. Elle portait des leggings, une minijupe et un pull sur lequel était inscrit « Cher père Noël, je peux tout t'expliquer. » Une expression indéchiffrable dans le regard, elle leur tendit à chacune une petite fiole.

— Essayez ça, et dites-moi si vous constatez une différence dans les prochaines vingt-quatre heures.

— Mais vous partez toutes les deux demain, dit Maddie.

Chloe haussa les épaules.

Tara ne répondit pas. Elle avait fini de peindre et elle enfila son pull avant de nouer une écharpe rouge autour de son cou, celle que Maddie avait terminée la veille au soir. Trop occupée à se rappeler la sensation des mains de Jax sur son corps, elle avait été incapable de trouver le sommeil.

L'écharpe était pleine de trous, mais, en la regardant, Maddie ressentit un élan de fierté. Le nouveau tricot auquel elle s'était attelée ce matin même serait fait de laine verte ; elle avait trouvé la pelote dans les affaires de sa mère, ce qui rendait son projet cher à ses yeux. Pour le moment, l'écharpe avait moins de défauts que la précédente, mais ce n'était sans doute qu'une question de temps.

— Vous pourrez toujours m'envoyer des textos, dit Chloe, de marbre.

Tara poussa un soupir.

— Je ne voulais pas garder Scott pour moi, dit-elle.

Chloe resta imperturbable.

— Ce n'est pas vrai, insista Tara. J'étais juste jalouse parce que… eh bien, parce que tout est toujours facile pour toi.

Tu n'as qu'à claquer des doigts pour te faire des amis, et pas moi. Ça va peut-être vous surprendre, mais certaines personnes me jugent… inaccessible.

Pendant un long moment, Chloe ne réagit pas, et Maddie n'aurait su dire si sa sœur essayait de réprimer une grimace ou un sourire.

— Tu ne devrais pas être là, lui dit Tara. Tu vas faire une crise d'asthme.

— Je sais, mais la banque vient d'appeler. Toi et moi, on a oublié de signer un des documents pour le prêt. Je t'emmène en scooter.

— Tu promets de ne pas me tuer ?

— Seulement si tu promets de ne pas m'agacer.

Elles s'en allèrent, et Maddie estima qu'il y avait une chance sur deux qu'elles reviennent vivantes de leur bref périple. De nouveau, elle examina son reflet dans le miroir. Elle portait un pull et un jean, et elle s'aperçut que, pour la première fois depuis des mois, son pantalon ne la serrait pas à la taille. Elle souleva son pull pour examiner son ventre. C'était peut-être une illusion, mais il lui sembla plus plat.

— Je ferais peut-être bien d'oublier plus souvent de me gaver de chips.

C'est alors qu'elle sentit deux paumes calleuses se glisser contre sa peau. Dans le miroir, le regard de Maddie rencontra celui de Jax ; il avait les yeux pétillants de gaieté.

Depuis deux jours, il ne laissait pas passer une occasion de poser ses mains, ou sa bouche, sur elle. Le matin précédent, une énorme tronçonneuse à la main, il avait entrepris de débiter le pin tombé dans la cour pendant la tempête. C'était le bûcheron le plus sexy que Maddie ait jamais vu, et elle s'était attardée à admirer le spectacle. Quand il l'avait surprise à le regarder, Jax l'avait plaquée contre la pile de bois fraîchement coupée et il l'avait embrassée jusqu'à ce qu'elle soit hors d'haleine.

Toujours la veille, dans l'après-midi, il l'avait piégée dans le placard à linge de l'étage, et, pendant les cinq minutes les plus merveilleuses de sa vie, ils s'étaient pelotés comme des adolescents.

Sauf qu'elle était à peu près sûre qu'un adolescent aurait été incapable de l'amener à l'orgasme aussi vite, rien qu'avec ses mains.

— Hum, murmura Jax en faisant courir ses doigts magiques sur le ventre de Maddie. Il est doux et tiède.

— Mais pas aussi musclé et dur que le tien.

Elle aurait voulu paraître critique, mais elle avait du mal à trouver ses mots avec les mains de Jax sur sa peau nue, son torse collé dans son dos et ses hanches calées contre les siennes.

— Ça, pour être dur…

Les yeux toujours rivés à ceux de Maddie dans le miroir, il frotta sa joue contre la sienne tout en plaquant son bassin contre ses reins.

Pas de doute. Il savait de quoi il parlait. Elle se cambra contre son érection, poussant un gémissement de protestation quand il s'écarta. Alors, il la fit pivoter et la poussa doucement contre le mur.

— Tu as eu une matinée difficile, chuchota-t-il en l'embrassant dans le cou.

— Oui. Je suis toute sale, Jax.

— Ne dis pas ça, tu m'excites.

Cela la fit rire, et elle se rapprocha de lui. Contre sa peau, elle sentit les lèvres de Jax s'écarter en un sourire. À présent, elle n'avait plus envie qu'il s'arrête.

Lui non plus d'ailleurs. Il titilla son oreille de la bouche tout en continuant à la caresser.

— Tu es tendue.

— Un peu, admit-elle.

Les mains plongées dans les cheveux de Jax, elle constata qu'ils étaient doux, soyeux, bien plus que les siens. Ce n'était pas juste.

— Beaucoup, dit-il.

Il lui déposa une série de baisers sur le visage, puis lui mordilla doucement le cou.

Un petit cri échappa à Maddie, et, quand il la lécha pour apaiser la morsure, elle s'agrippa à lui de plus belle. Jax remonta les mains le long de ses hanches pour venir effleurer la base de ses seins.

— Je sais soulager le stress comme personne, dit-il.

Il fit glisser ses pouces sur les tétons de Maddie, lui arrachant une plainte avide qu'il étouffa d'un baiser passionné, jusqu'à ce qu'ils soient tous deux à bout de souffle.

— Tu as toujours besoin de prendre du recul ? demanda-t-il.

— Peut-être plus tard.

— On est tout seuls, ici ? demanda-t-il avec un sourire provocant.

— Oui, mais…

Elle balaya le hall d'entrée du regard.

— Ici ? demanda-t-elle. Tu veux qu'on le fasse ici ?

— Oui ou non, Maddie ?

— Oui.

Il l'embrassa de nouveau tout en glissant sa main entre les cuisses de la jeune femme ; il trouva aussitôt le point qui la rendait folle. La veille, il lui avait fallu moins de cinq minutes pour l'amener au bord de l'orgasme. À présent, Maddie était persuadée qu'il pouvait y parvenir en moitié moins de temps, ce qui ne laissait pas de l'embarrasser.

— Jax…

Il commença à la caresser, mais, très vite, un grognement de frustration lui échappa – le jean de la jeune femme le gênait. L'instant d'après, il l'avait déboutonné, et il put glisser sa main sous le tissu.

— Dieu du ciel ! murmura-t-il.

Folle de plaisir, elle colla ses hanches à celles de Jax et l'entendit pousser un chapelet de jurons dans son oreille. Pendant ce temps, il continuait à la caresser exactement comme elle en avait envie. Comme la veille, il lui fallut étonnamment peu de temps pour atteindre le point de non-retour. Elle jouit en poussant un gémissement interminable, secouée d'un long frisson, et elle se serait laissée glisser à terre si Jax ne l'avait pas soutenue.

Quand elle eut retrouvé son souffle et que sa vision se fut éclaircie, elle s'aperçut qu'elle s'accrochait à lui de toutes ses forces.

— Désolée, dit-elle d'une voix un peu rauque.

— Tu plaisantes ? Je vais y penser toute la journée.

Après avoir repoussé une mèche de cheveux derrière l'oreille de la jeune femme, il reboutonna son jean avant de la considérer avec attention.

— C'est beaucoup mieux. Tu as l'air moins tendue, maintenant.

— Ce n'est pas ton cas, rétorqua-t-elle en regardant la bosse que faisait son Levi's.

— Je survivrai.

— Ou alors… (L'attirant vers elle, elle posa sa bouche près de son oreille.) Je pourrais te rendre la pareille.

Il répondit par un grognement étouffé et l'étreignit avec force. Mais tous deux se figèrent en entendant une voiture entrer dans la cour.

Jax leva la tête, puis, avec un soupir, la reposa sur l'épaule de Maddie.

— Livraison de matériel.

Après le départ de Jax, Maddie resta un long moment assise par terre, encore étourdie par ce plaisir vertigineux qu'il avait le don de lui procurer. Elle aurait voulu s'abandonner complètement à ce sentiment de plénitude, mais elle ne le pouvait pas. C'était une erreur qu'elle avait déjà commise par le passé, et elle n'était pas encore assez sûre d'elle pour se laisser aller.

Un quart d'heure plus tard, Tara était de retour à l'auberge. En voyant Maddie assise sur le sol poussiéreux de la réception, elle marqua un temps d'arrêt.

— Qu'est-ce que tu fais ?

J'attends de retrouver l'usage de mes jambes.

— Rien.

— Alors, pourquoi cet air béat ? On dirait que tu t'es enfilé un paquet de chips, ou que tu viens de connaître le nirvana.

— Quoi ?

Maladroitement, Maddie se remit sur ses pieds et jeta un coup d'œil dans le miroir. Elle était écarlate, échevelée – et rayonnante.

Eh bien, tant pis.

— Ne dis pas à Chloe que tu continues de manger des chips, dit Tara avec un soupir. Sinon, elle va t'obliger à faire des heures de yoga.

— Pas de problème, acquiesça Maddie, je ne lui parlerai pas des chips.

Ni des orgasmes d'ailleurs, tu peux compter sur moi…

Chapitre 14

La vie est courte. Mangez des chips.
Phoebe Traeger

Pour leur dernière soirée ensemble, Maddie et ses sœurs se retrouvèrent au *Lucky Harbor Diner*. Des guirlandes argenté et bleu étaient accrochées à tous les murs, et des silhouettes de rennes découpées dans du carton pendaient des poutres du plafond. Tara, comme à l'accoutumée, était sur son trente et un, avec un jean et un blazer de grand couturier. Maddie portait un jean résolument sans marque, et, en raison de la température glaciale, son sweat-shirt le plus épais. Quant à Chloe, elle était vêtue de leggings en denim, de cuissardes et d'un tee-shirt à manches longues sur lequel on lisait « Je fonds sur la langue. »

— Maintenant, il faut qu'on trouve un terrain d'entente, dit Maddie à ses sœurs, tandis qu'elles traversaient le restaurant pour aller s'asseoir. Sinon, j'arrête de me soigner les pores et je me remets à manger des chips à tous les repas.

— C'est du pipeau, dit Tara avec une froideur d'iceberg. Je crois plutôt que tu vas aller au *Love Shack* te bourrer la gueule et faire des choses complètement déplacées avec notre maître de la rénovation.

Chloe leva la main.

— Je vote pour. Je trouve l'idée de se faire dominer par un charpentier sexy plutôt séduisante.

Maddie sentit certaines parties de son corps frémir à cette suggestion et voter pour, elles aussi.

Tara lui lança un regard d'avertissement.

— Mauvaise idée, trésor. Tu n'es toujours pas prête.

— Tu sous-entends qu'il ne joue pas dans la même catégorie qu'elle ? demanda Chloe.

— Tu ne crois pas si bien dire. C'est comme si Maddie et lui étaient de deux planètes différentes. Ne le prends pas mal, ajouta-t-elle à l'intention de celle-ci. Je ne veux pas dire qu'il est trop bien pour toi. Juste qu'il est trop…

— Chaud bouillant, proposa Chloe.

— Voilà, dit Tara. Un homme comme ça, ça se mérite. Tu devrais peut-être commencer par un modèle plus classique.

Elle balaya la salle des yeux, et son regard se posa sur un client. Plutôt bel homme, il avait sorti une poignée de feuilles de thé de la poche de sa veste écossaise et faisait signe à une serveuse de lui apporter une tasse d'eau bouillante.

— Quelqu'un comme lui, dit-elle. Une version bêta de Jax Cullen.

— Sujet suivant, s'il vous plaît, soupira Maddie. Si on portait plutôt un toast à maman, pour nous avoir réunies ?

Aussitôt, Tara et Chloe levèrent leur verre.

— À maman ! s'écrièrent-elles à l'unisson.

— Oh ! fit Maddie avec un sourire. Vous êtes tellement mignonnes, toutes les deux, quand vous êtes d'accord.

Se sentant investie d'une mission, elle brandit son verre à son tour.

— À nous trois et à notre nouvelle aventure !

Silence.

— À notre nouvelle aventure ! répéta Maddie en les fusillant du regard.

— À notre nouvelle aventure, marmonnèrent Tara et Chloe.

— Et à nous trois, j'ai dit ! lança fermement Maddie.

— À nous trois, murmurèrent-elles.

— N'empêche qu'on vend quand même, dit Tara.

— On vend peut-être, corrigea Maddie en se tournant vers Chloe. Au fait, tu comptes choisir ton camp bientôt ?

— Oui, bientôt, répondit-elle d'un air évasif.

— Tu adores être celle sur qui tout repose, intervint Tara. Avoue !

— J'avoue que j'aime bien vous embêter, oui.

Trente longues minutes de conversation maladroite s'écoulèrent sans que personne vienne les servir. La tension montait. La tolérance que Tara et Chloe avaient l'une envers l'autre était limitée à un certain laps de temps, et celui-ci était presque dépassé.

— Quel froid, hein ? demanda Maddie.

Ses sœurs la considérèrent d'un air désabusé.

Crotte. Elle se creusa la cervelle pour sortir une blague quelconque. En vain. Désespérée, elle fit signe à l'unique serveuse du restaurant.

— Désolée, lança celle-ci sans s'arrêter. Notre chef a démissionné, et on devient fous, en cuisine.

— Le chef? dit Tara à mi-voix. Ce type n'était pas un chef. Un équipier McDo, tout au plus.

— Eh, j'aime bien McDonald's ! protesta Maddie.

— Ça ne m'étonne pas de toi.

— Qu'est-ce que tu peux être snob avec la nourriture ! s'esclaffa Chloe.

— Je te demande pardon ? dit Tara.

Avec l'énervement, son accent du sud se faisait plus prononcé. *Sainte Scarlett nous vienne en aide !*

— Je pourrais postuler pour le job, reprit-elle.

— Je t'y vois bien, tiens, dit Chloe.

— Parfaitement.

— Sauf que tu ne voudras jamais t'abaisser à travailler dans un endroit pareil, avec de vrais clients et de la vraie nourriture !

Un tic nerveux se mit à agiter la mâchoire de Tara. Comme en réponse à ce spasme, le ventre de Maddie se contracta douloureusement. Au lieu d'avaler un comprimé contre les brûlures d'estomac, elle sortit de son sac ses aiguilles à tricoter et l'écharpe verte à moitié finie. Comme prévu, celle-ci comportait déjà son lot de trous.

— Espèce de snob ! répéta calmement Chloe à Tara.

D'un coup, celle-ci se leva, tirant sur les pans de son petit blazer chic pour le défroisser, et, ses talons claquant furieusement sur le linoléum usé, elle s'en fut d'un pas décidé vers la cuisine.

— Putain ! s'exclama Chloe en la suivant des yeux. Elle va le faire !

Avec un grand sourire, elle se laissa aller contre le dossier, l'air aussi satisfaite que si elle venait de battre un record.

— Bon sang, c'est trop facile avec elle, reprit-elle.

— Comment ça ? demanda Maddie, éberluée. Pourquoi la cherches-tu tout le temps ?

— Ben... Parce que c'est marrant ?

Plus loin, Tara était en grande discussion avec le propriétaire du restaurant. Puis elle disparut dans la cuisine, et, vingt minutes plus tard, la cloche commença à retentir, accompagnée de la voix de Tara qui exigeait que la serveuse se bouge parce que les plats allaient refroidir.

Une heure après, le propriétaire du *Diner* suppliait Tara de venir travailler pour lui. Maddie et Chloe avaient quitté leur table et, à présent, elles étaient dans la cuisine, constatant avec stupeur la façon rapide et efficace dont leur aînée avait pris les choses en main.

— J'imagine que je pourrais rester encore un peu, répondit Tara, si vous me donniez de l'ail, du vrai, et pas de ce machin déshydraté.

— Ça veut dire que tu ne pars pas demain matin ? demanda Maddie.

— Non, dit Tara en éminçant des oignons à la vitesse de la lumière. Je ne pars pas.

— Mais ton mari ? Ton super boulot ? Ta vie parfaite ?

Tara ne quitta pas un instant le couteau du regard. Ses mains bougeaient si vite que leur image se brouillait devant les yeux de Maddie.

— Tu veux la vérité ? demanda Tara.

— S'il te plaît, répondit Maddie, un peu perdue.

— Je n'ai pas de super boulot. Je dresse des inventaires pour les cafés et les restaurants d'une chaîne d'hôtels, et je déteste ça.

Maddie battit des paupières.

— Et Logan ?

Le regard de Tara se teinta de regret et de mélancolie.

— Avec son métier de pilote, il est sur les routes toute l'année. J'ai arrêté de l'accompagner il y a deux ans. J'étais jalouse de sa carrière et j'en avais assez de figurer en troisième position dans sa vie, juste derrière sa voiture et son équipe. J'ai demandé le divorce. Je vis seule depuis un an et demi.

— Et tu n'as rencontré personne ?

— En fait, pendant quelque temps, j'ai cru pouvoir démarrer quelque chose avec un ami proche, mais quelqu'un m'a fauché l'herbe sous le pied.

— C'est moi, dit Chloe d'une toute petite voix. C'est ma faute.

Tara poussa un soupir.

— Je ne t'en veux pas. Logan me manquait encore, à l'époque. Ça se serait mal passé avec Scott.

— Excusez-moi, les filles, dit une voix derrière elles.

Toutes trois se retournèrent. Lucille venait d'entrer, vêtue comme à son habitude, avec son survêtement rose vif, mais, le serre-tête en moins. À la place, elle portait un bonnet de laine aux couleurs de l'arc-en-ciel. Maddie fit les présentations.

— La Sauvageonne, dit Lucille en souriant à Chloe.

Celle-ci exécuta un salut presque militaire, mais son sourire était sincère.

— À votre service.

— Et toi, dit Lucille en pointant le doigt vers Tara, tu es la Dame de fer, celle qui oublie parfois de respirer. Je voulais juste te remercier pour ton sandwich à la dinde ; c'était un pur délice. Tu es douée. Oh, et j'ai entendu dire que les travaux de l'auberge sont en bonne voie ! J'ai hâte de travailler pour vous, les filles.

La vieille dame prit congé en souriant.

— Je n'oublie jamais de respirer, protesta Tara, sourcils froncés.

— Ça t'arrive, rétorqua Chloe. Dites, on peut revenir quelques minutes en arrière ? Au moment où tu disais que tu ne m'en voulais pas. Parce que, à vrai dire, ce n'est pas vraiment l'impression que j'ai.

Tara prit une profonde inspiration sans cesser un instant d'émincer ses légumes.

— Il est possible que j'aie du mal à gérer ma colère.

— Non ? s'exclama Chloe, simulant l'effarement.

— Et peut-être un peu de rancune mal placée.

— Tu comptes la remettre en place, un jour ?

Avec une grimace, Tara interrompit sa tâche.

— Je te tiendrai au courant. Mais, si ça peut t'aider, je suis désolée de me conduire comme une garce. Et je m'excuse d'avance pour mes « garceries » futures.

Une main en coupe derrière l'oreille, Chloe s'écria :

— Pardon, tu disais ?

— Je suis désolée, d'accord ? Je suis terriblement, affreusement désolée ! hurla Tara.

— J'avais entendu, dit Chloe avec un sourire narquois. C'est juste que j'aime bien t'entendre t'excuser.

Tara plissa les yeux et crispa les doigts sur le manche du couteau, mais Maddie s'interposa.

— On va te laisser travailler, maintenant, dit-elle précipitamment en attrapant Chloe par le dos de son tee-shirt.

En se retournant, elle se retrouva nez à nez avec Jax.

Ford le suivait de près, et tous deux contemplaient d'un œil intéressé la montagne de nourriture préparée par Tara.

— Il paraît qu'il y a un nouveau chef, dit Ford.

À cet instant, ses yeux croisèrent le regard abasourdi de Tara. Un silence embarrassé s'installa. Maddie décida qu'il ne revenait pas à la Souris de le briser, mais bien à la Maddie nouvelle version, plus forte, plus autoritaire. Alors, même s'il était évident que Tara et Ford s'étaient déjà rencontrés par le passé, elle décida de leur accorder le bénéfice du doute.

— Tara, je te présente…

— Ford, dit Tara avec un calme que démentait son regard furieux.

— Tara, dit Ford tout aussi posément.

— Alors comme ça, vous vous connaissez vraiment ? dit Chloe.

— Non, dit Tara.

— Oui, répondit Ford en même temps.

Il régnait à présent dans la cuisine une tension à couper au couteau – le genre de couteau que Tara tenait à la main, laquelle commençait à blanchir aux jointures. Maddie tendit le bras pour s'emparer de l'objet, mais, au même instant, Tara se remit à trancher une tomate.

En réalité, le mot « trancher » était trop faible pour décrire ce que Tara faisait subir avec une précision mortelle à ce malheureux fruit qui, ainsi maltraité, risquait de finir en ketchup.

— Que ceux qui tiennent à rentrer chez eux en un seul morceau se tirent d'ici, et vite, lança-t-elle d'une voix glaciale où affleurait nettement son accent du sud.

— Tara, dit Ford en prenant garde à ne pas élever la voix.

— Non. (Elle pointa son couteau vers lui, pas de manière menaçante, certes, mais pas non plus très gentiment.) On ne discute pas dans ma cuisine.

Ford serra les mâchoires et se tourna vers Jax. Après un échange muet, Jax ouvrit la porte de la cuisine et s'effaça devant Maddie et Chloe pour les laisser sortir.

Ford referma derrière eux.

Une fois dehors, Maddie interrogea Jax du regard. Il haussa les épaules.

— Ne me demande rien, lui dit-il. Je n'en sais pas plus que vous.

— En tout cas, j'espère que tu ne tenais pas trop à lui, ironisa Chloe.

Trois minutes plus tard, Ford réapparut, indemne. Physiquement, du moins.

— Tu vas nous expliquer ? demanda Maddie.

— Non, dit Ford en secouant la tête, l'air inhabituellement tendu.

Non. Bien sûr que non.

Le lendemain matin, Jax se trouvait au premier étage de l'hôtel, occupé à décaper le parquet récalcitrant, quand il entendit démarrer le moteur de la Vespa de Chloe.

Posant la sableuse, il enjamba une Izzy ensommeillée pour aller à la fenêtre. Dans la cour en contrebas, Chloe avait enfourché son scooter. Tara se tenait à ses côtés, les mains enfoncées dans les poches de son long manteau. Maddie, elle, s'était campée devant le deux-roues, les poings sur les hanches.

Chloe parla.

Puis ce fut au tour de Maddie.

Tara ne disait rien.

Puis Maddie ôta l'affreuse écharpe verte qu'elle portait – celle qu'elle avait tricotée ces derniers jours – et l'enroula autour du cou de Chloe.

Celle-ci la palpa un instant, un large sourire sur le visage. Elle prononça encore quelques mots, et Maddie se jeta sur elle, l'étreignant avec force. Après un bref instant d'hésitation, Chloe l'embrassa à son tour, tapotant maladroitement le dos de sa sœur.

Maddie se dévissa le cou pour faire à Tara un signe du menton qui signifiait « amène-toi ».

Jax regarda Tara mener une lutte intérieure au terme de laquelle elle capitula, s'inclinant devant la volonté de celle qui n'avait été « souris » que de nom. Elle avança d'un pas et poussa Chloe de l'épaule ; celle-ci fit de même, et Maddie, les tirant l'une vers l'autre, les força à s'embrasser.

Chloe s'en alla enfin, et Maddie la regarda partir en s'essuyant les yeux, comme une mère qui laisse son enfant pour la première fois à l'école.

Tara rentra dans la petite maison, mais Maddie demeura quelques instants dans l'allée, jusqu'à ce que la Vespa soit hors de vue.

Sans prendre le temps de détacher sa ceinture à outils, Jax se dirigea vers l'escalier, une Izzy encore somnolente sur ses talons. Il s'attendait à ce que, le temps qu'il arrive dehors, Maddie ait disparu. Pourtant, il la trouva debout au même endroit. Elle n'avait pas bougé d'un millimètre. Ses yeux étaient humides, mais, à l'immense soulagement de Jax, elle ne pleurait plus. Pourtant, son cœur se serra à la vue du chagrin de la jeune femme.

— Ça va ? demanda-t-il.

En entendant sa voix, Maddie s'essuya le nez du revers de la manche d'un geste furieux et décidé.

— Non, mais pas la peine d'être gentil, répondit-elle d'une voix tremblante avant de se détourner. Pas maintenant… Attends que j'ai réussi à me débarrasser de ce truc que j'ai dans l'œil.

— Maddie, viens ici.

Étouffant un sanglot, elle fit volte-face et se jeta dans les bras de Jax avec tant d'emportement que les outils de sa ceinture s'entrechoquèrent.

— Elle va me manquer, murmura-t-elle, la tête blottie dans le creux de son épaule. C'est ridicule, d'ailleurs. Nous nous connaissons à peine…

— Ça n'a rien de ridicule.

Saisissant d'une main la queue-de-cheval de la jeune femme, il la tira doucement pour lui faire lever la tête et la regarder droit dans les yeux.

— Tu aimes Chloe, ajouta-t-il.

— J'adore cette sale petite rosse, c'est vrai.

Posant le front sur le torse de Jax, elle se remit à renifler. Il la serra fort, lui laissant quelques minutes pour se remettre. Enfin, elle se détendit et releva les yeux.

— Elle va revenir, dit Jax.

— Oui, admit-elle. Elle va revenir.

Au grand soulagement de Jax, cette perspective semblait déjà lui remonter un peu le moral.

En se tournant dans ses bras, elle se cogna la hanche au manche d'un marteau et étouffa un petit cri de douleur.

— Pardon, je vais enlever cette ceinture, dit-il en faisant mine de s'écarter.

— Non, protesta-t-elle en le retenant. Garde-la. Je l'aime bien.

De nouveau, il imprima une légère secousse à sa queue-de-cheval. Il souriait.

— Je n'y crois pas… Cette ceinture t'excite !

— Pas du tout, dit-elle.

Les yeux fermés, elle appuya son front contre la poitrine de l'homme.

— Un petit peu, admit-elle enfin.

L'aveu de Maddie charma Jax autant qu'il l'émoustilla ; il éclata de rire, et elle ronchonna.

— Ne me juge pas. Apparemment, tout m'excite depuis que je suis arrivée à Lucky Harbor. Je pense que c'est l'air marin. Ou alors…

— Ou alors ? l'encouragea-t-il.

Du nez, Maddie effleura le téton de Jax, et il agrippa plus fort ses cheveux.

— Ou alors c'est le fait d'avoir appris à me défendre.

Se haussant sur la pointe des pieds, elle enfouit son visage dans le cou de Jax et s'emplit les poumons de son odeur, les hanches plaquées contre les siennes. Il ferma les yeux et resserra son étreinte.

— Pas d'autre idée ? murmura-t-il, sa bouche contre celle de la jeune femme.

Elle leva les yeux vers lui.

— Ou alors c'est toi, dit-elle.

— Nous, corrigea-t-il. C'est nous.

Il l'embrassa avec douceur et insistance. Elle répondit à son baiser par un petit gémissement impatient qui le combla. Il n'avait pas lâché la queue-de-cheval de Maddie, contrôlant ainsi les mouvements de sa tête, mais c'était devenu inutile, à présent : elle se laissait aller contre lui, ses formes épousant le corps de Jax comme si elle voulait qu'ils ne fassent plus qu'un. Leurs langues se mêlaient, avides, passionnées, et les mains de Maddie semblaient être partout à la fois, insatiables, glissant sous son tee-shirt, sur son dos, son torse.

Jax se montrait tout aussi empressé que Maddie, mais ils ne pouvaient pas faire l'amour au beau milieu de la cour. Maddie effleura le ventre musclé de Jax avant de glisser une main sous la ceinture de son jean ; là, elle insinua le bout de ses doigts entre son caleçon et sa peau. Jax retint son souffle, impatient qu'elle descende encore de quelques centimètres…

— Oh, pour l'amour de Dieu !

La voix de Tara mit brusquement fin à leurs ébats. Elle toisait Jax d'un œil furibond.

— Et le patin que tu viens de lui rouler, il était inclus dans le devis ?

Chapitre 15

Les hommes, c'est comme les emplacements de parking.
Tous les bons sont pris, et les autres sont inaccessibles.
Phoebe Traeger

— Je te demande pardon, dit vivement Maddie à Tara, mais où est-il écrit que tu as le droit de fourrer ton nez dans mes affaires ?

— Permets-moi de te rappeler que ce n'est pas par hasard que tu as choisi de faire une croix sur les hommes. Tu devrais prendre un peu de recul et réfléchir avant d'agir.

— J'ai passé ma vie à faire ça. On ne peut pas dire que ça m'ait réussi. J'ai décidé de changer de méthode.

— Et de draguer quelqu'un qui travaille pour nous, dit Tara.

— Oh, excuse-moi de ne pas avoir hérité du gène de la perfection de la famille Traeger !

À ces mots, Tara faillit s'étrangler.

— Trésor, si tu crois que je suis parfaite, il va falloir que tu cesses de voir la vie à travers des lunettes roses.

— Dis donc, jusqu'à hier soir, tu as tout fait pour qu'on y croie, à ta vie de rêve !

Une série d'expressions défila sur le visage de Tara, jusqu'à ce que, l'air profondément blessée, elle rétorque sèchement :

— Personne n'est parfait.

Puis, après avoir lancé à Jax un regard qui en disait long sur ce qu'elle pensait de sa conduite, elle s'éloigna d'un pas vif.

Laissant échapper un soupir, Maddie se tourna vers son compagnon.

— Dis-moi pourquoi j'ai l'impression d'avoir frappé un chaton.

Avec une légère grimace, il répondit :

— Un tigre féroce, peut-être. Pas un chaton.

Elle lui adressa un petit sourire triste, puis recula.

— Il faut que je m'occupe. Je vais travailler un peu.

— Tu peux m'aider à décaper le parquet.

— C'est tentant, mais j'ai besoin d'un travail plus physique. Comme arracher des trucs. Tu as quelque chose à me proposer ?

Tu pourrais m'arracher mes vêtements. Pendant un instant, il se représenta la scène et fut saisi d'un léger vertige. Puis, chassant l'image de ses pensées, il prit la main de Maddie.

— J'ai exactement ce qu'il te faut.

— C'est classé X ?

La note d'espoir qu'il perçut dans sa voix le fit sourire.

— On va attendre un peu pour ça.

Moins de cinq minutes plus tard, il l'avait équipée de pied en cap et armée d'une hache. Désignant l'énorme pile de rondins qu'il avait débitée dans le pin qui s'était abattu quelques jours plus tôt, il dit :

— Vas-y, lâche-toi.

Avec un sourire à la fois crispé et reconnaissant, elle agrippa le manche de la hache. Pourtant, au moment de se lancer, elle eut un instant d'hésitation.

— Il y a un problème ?

— Ça me fait bizarre que tu me regardes, dit-elle avec un air d'excuse.

— Je suis un voyeur.

Elle roula des yeux et écarta une mèche de cheveux de son visage.

— Je sais que c'est idiot, mais je crois que je préférerais faire ça en solo… J'ai l'habitude de me débrouiller toute seule, dit-elle après une pause.

— Le solo, c'est dépassé. Tu devrais peut-être changer de tactique.

Pas faux. Elle lui fit signe de reculer un peu.

— Vas-y, attaque !

Trinity dans Matrix, décida-t-elle. Tout à fait le genre de force qu'elle cherchait. Elle se balança un instant sur ses hanches pour se mettre en position, puis tenta de soulever la hache. Au lieu de voler dans les airs au ralenti comme dans *Matrix*, l'outil bougea à peine. Nom d'un chien, que ce truc était lourd !

— Mets-y tout ton poids.

Un peu agacée, elle se tourna vers Jax.

— Tu devrais peut-être me montrer comment on s'y prend.

— Bien sûr.

Il s'approcha, bougeant avec cette grâce innée et décontractée, dont il était coutumier, en dépit de la lourde ceinture qui lui ceignait les reins. Il portait un Levi's troué à la cuisse et au genou, ainsi qu'une chemise de flanelle ouverte sur un tee-shirt de la même couleur que ses yeux.

Leurs doigts entrèrent en contact quand il lui prit la hache des mains, et il posa sa paume ouverte sur le ventre de Maddie, l'écartant doucement pour qu'elle se mette hors de portée. Comme chaque fois qu'il la touchait, une vague de chaleur la submergea, et, pendant quelques secondes, elle ferma les yeux.

Elle aurait dû opter pour le sexe. *Note pour plus tard : toujours préférer le sexe au travail physique.*

— Il n'est pas trop tard, dit-il d'une voix presque inaudible.

Craignant de se trahir, Maddie ne répondit pas. À la place, elle désigna un rondin de bois. Avec un sourire complice, il souleva la hache et l'abattit. Il faisait jouer ses muscles avec une aisance qui confondit la jeune femme. Jax fendit le bois pendant cinq minutes sans discontinuer, avant de s'interrompre pour ôter sa chemise d'un rapide mouvement d'épaules et de remonter les manches de son tee-shirt au-dessus des coudes.

— Tu es prête à essayer ? demanda-t-il.

Ah, non ! Pas tant que je peux me délecter du spectacle. Elle lui adressa un petit signe encourageant.

— Ça m'aide beaucoup de te voir faire. Continue.

Il lui décocha un regard amusé et se retourna vers le tas de bois.

— Euh, Jax ?

Il la regarda par-dessus son épaule.

— Je te trouve… *(Super sexy.)* un peu rouge. Tu dois avoir chaud. Tu ferais mieux de retirer ton tee-shirt.

— Tu crois ?

Oh, oui. La gorge trop nouée pour parler, elle se contenta de hocher la tête.

Jax esquissa un sourire puis, sans rien dire, se débarrassa de son tee-shirt.

À présent, il se tenait devant elle, simplement vêtu de ce jean lui tombant sur les hanches et de sa ceinture à outils ; une sueur légère couvrait son torse nu.

— C'est beaucoup mieux, bredouilla-t-elle, l'œil rivé sur ses tatouages.

Grand Dieu, de quel droit était-il si beau ? C'était injuste envers tous les autres hommes de la planète.

Retournant à sa tâche, il fendit une bonne pile de bois. Les jambes flageolantes, Maddie s'écarta un peu pour aller s'asseoir sur un large rondin. Quelques minutes plus tard, Tara apparut, chargée d'un plateau sur lequel elle avait, en signe de paix, disposé des verres et du thé glacé.

— Doux Jésus, ayez pitié, souffla-t-elle, incapable de détacher son regard de Jax.

Elle se laissa tomber à côté de Maddie.

Toutes deux demeurèrent côte à côte en silence, contemplant Jax comme s'il s'agissait d'un héros de cinéma. Enfin, il s'arrêta et, après les avoir longuement dévisagées, il essuya du revers de la main la sueur qui lui coulait du front et annonça :

— À votre tour, mesdames.

Tara bondit sur ses pieds.

— Oh, non, pas moi, chéri. J'ai quelque chose sur le feu, dit-elle en faisant un geste vague de la main en direction de la maison. Finissez le thé, il y en a encore plein.

Puis elle disparut.

Maddie remplit un verre pour Jax. Il le vida en quelques secondes, tandis qu'elle suivait du regard le parcours d'une goutte de sueur sur son torse.

— Je crois que je ne vais pas y arriver, murmura-t-elle en désignant du menton le tas de bois.

— Ne t'inquiète pas. J'ai trouvé mieux pour toi.

Oh, mon Dieu.

— C'est classé X ? demanda-t-elle de nouveau.

Il lui décocha son sourire de mauvais garçon, ramassa ses vêtements et la conduisit au premier étage de l'auberge, dans l'une des chambres, qu'on avait utilisées comme débarras. D'un geste, il lui montra un tas de cagettes que quelqu'un avait empilées dans un coin de la pièce, sans doute dans l'intention d'en faire du petit bois pour allumer les feux de cheminée. Jax lui tendit une hache, beaucoup plus petite que celle qu'il avait utilisée à l'extérieur, et lui fit signe de se mettre au travail.

Elle obtempéra et fut ravie de découvrir que, cette fois, elle était à la hauteur de la tâche. Elle brandit la hache à tour de bras, réduisant les cagettes en morceaux jusqu'à ce que ses muscles crient grâce et qu'elle soit en nage. Elle se sentait beaucoup mieux à présent.

— Wouah, dit-elle en posant la hachette. Combien de temps j'ai tenu ?

— Deux minutes.

Devant la mine déconfite de Maddie, Jax éclata de rire et vint se positionner juste derrière elle, la bouche contre son oreille.

— Tu dois avoir chaud, murmura-t-il. Tu ferais mieux de retirer ton tee-shirt.

Il la provoquait, convaincu qu'elle n'oserait pas entrer dans son jeu. Un sentiment d'euphorie envahit alors la jeune femme – peut-être parce qu'elle s'apercevait qu'un homme pouvait la trouver désirable. Quoi qu'il en soit, elle prit une profonde inspiration et retira son sweat-shirt, révélant un adorable petit débardeur bleu layette qu'elle avait emprunté – ou plutôt volé – à Chloe.

Immobile, Jax la dévorait des yeux.

Avec un petit sourire, elle posa la main sur son torse et le poussa sur le côté, puis elle ramassa la hache.

Elle parvint à tenir une bonne minute avant de relâcher l'outil, à bout de souffle.

— Ça va mieux ?

Les yeux de Jax pétillaient de désir, d'amusement et, mieux encore, de fierté.

— Ça commence, murmura-t-elle.

Sans la quitter des yeux, il s'avança et essuya une trace noire sur sa joue.

— Qu'est-ce qui pourrait bien améliorer encore les choses ?

Maddie ferma brièvement les yeux et sentit son corps vaciller, attiré par celui de Jax comme par un aimant. *Toi*, pensa-t-elle. *En moi.* Voilà ce qui lui ferait vraiment, absolument, du bien.

Quelque part dans l'auberge, Izzy se mit à aboyer, sans doute à la recherche de son maître.

— Tu vas descendre ? demanda Maddie.

— Pas tout de suite, dit-il, le regard enflammé.

Sous ce regard, Maddie sentit ses tétons se durcir comme s'ils avaient une volonté propre. Elle détestait l'admettre, mais Tara avait raison : Jax était trop bien pour elle. Elle ramassa son sweat-shirt et s'éloigna en direction de l'escalier pour aller ouvrir elle-même la porte au chien, mais Jax la rattrapa et la plaqua contre sa poitrine.

— Grave cet endroit dans ta mémoire, dit-il d'une voix rauque. Souviens-toi de nous, à cet emplacement exact.

— Tu veux dire, ici, dans cette pièce ? Nous deux, tout transpirants ?

Il lui mordilla le lobe de l'oreille, et elle frémit.

— Chaque fois que tu fais un pas en avant, tu en fais deux en arrière, dit-il. C'est trop bête.

Il la fit pivoter entre ses bras et effleura ses lèvres avant de l'attirer contre lui et de planter son regard dans le sien.

— N'oublie pas cet endroit. Il est à nous.

Cette fois, il parlait sérieusement, sans la moindre trace de provocation.

Il lui était attaché, il l'aimait bien juste comme elle était. Maddie rattrapa Jax au moment où il allait partir, et elle se serra contre lui.

— Je n'oublierai pas.

Alors, elle l'embrassa, et le grognement que ce baiser arracha à Jax la combla. Elle se délecta de la façon dont il l'étreignit en retour, et du goût acidulé que le thé avait laissé sur sa langue brûlante. La masse solide de son corps plaqué au sien lui faisait tourner la tête. Elle avait envie de tout oublier : la liste des choses qu'elle avait à faire, la présence de Tara dans la petite maison, le chien qui voulait entrer, tout.

— Il faut qu'on y aille, dit-elle.

— Oui, répondit-il sans conviction.

Maddie lâcha son sweat-shirt et s'abandonna au moment présent, oubliant les dangers futurs. Elle enlaça Jax et s'abandonna à cette intimité partagée, à cet homme qui l'accueillait.

Jax prit les choses en main et, avec un léger râle d'impatience, il la fit reculer jusqu'au mur. Il passa son pouce sur les tétons érigés qui menaçaient de transpercer le tissu du débardeur.

— Mon dieu, que tu es douce, soupira-t-il. Douce, chaude et parfaite. J'ai envie de te caresser encore, Maddie, mieux que ça.

Glissant les mains sous le haut de la jeune femme, il le remonta sur son ventre, tandis que, des lèvres, il parcourait la ligne de son cou et le creux de ses épaules, avant de promener sa langue le long de la dentelle de son soutien-gorge jusqu'à la pointe de ses seins. Quand il vint plaquer son bassin contre celui de Maddie, elle sentit son érection, ce qui l'excita au-delà des mots.

— Jax.

— Je sais, j'ai trop envie de toi.

Dégageant les seins de Maddie des bonnets de son soutien-gorge, il en lécha la peau nue. La jeune femme s'agrippa à son biceps et cambra les reins.

— Et ce n'est rien de le dire, murmura-t-il en attrapant ses fesses à pleines mains.

Il s'apprêtait à déboutonner le jean de Maddie quand un nouvel aboiement retentit.

Leurs regards se croisèrent, et Jax poussa un soupir de frustration.

— On peut reconnaître qu'elle a un certain sens de l'à-propos.

Quand il s'écarta de Maddie, tous deux étaient hors d'haleine, les yeux brillants de désir inassouvi.

Il la voulait. Encore. Toujours. Rien n'y faisait.

— Notre endroit. N'oublie pas, répéta-t-il d'une voix douce mais ferme avant de s'en aller.

Les deux jours qui suivirent, Maddie et Tara firent un peu de yoga le matin, en souvenir de Chloe… avaient-elles décidé, et parce que c'est bon pour la ligne. Les séances se déroulaient en silence. Du moins, en ce qui concernait Tara. Maddie, elle, n'arrêtait pas de poser des questions du genre : « Pourquoi as-tu accepté de travailler au *Lucky Harbor Diner* alors que tu voulais partir ? » ou : « Est-ce qu'on passe Noël ensemble ? » ou encore : « Comment as-tu rencontré Ford ? »

Tara ne répondait à aucune d'entre elles. Pour finir, un matin, Maddie s'assit en tailleur sur son tapis de yoga et refusa de travailler la moindre posture tant que sa sœur n'aurait pas répondu à une question au moins.

Tara soupira.

— Très bien. Concernant Noël, vu qu'on est en train d'investir jusqu'au dernier centime dans cette auberge, je crois qu'on devrait éviter d'acheter des cadeaux.

— Je suis d'accord, répondit Maddie. Attends-toi tout de même à recevoir une écharpe, sûrement toute tordue. Mais ce n'était pas à cette question que j'aurais voulu que tu répondes, et tu le sais très bien.

Tara s'assit et lui fit face en étirant son long corps mince et ferme.

— Si je réponds à une autre question, je veux que tu en fasses autant de ton côté.

— Vendu. Pourquoi ne nous as-tu rien dit au sujet de Logan ?

— Je ne sais pas. Peut-être parce que je ne voulais pas passer pour une ringarde.

— On est sœurs. Et les sœurs sont censées tout se dire.

— Oui, mais je suis l'aînée.

Elle changea de position, adoptant une posture compliquée, la tête en bas.

— Les grandes sœurs sont censées être parfaites, reprit-elle.

— D'après qui ?

— Les grandes sœurs, dit Tara en soupirant avant de changer de nouveau de position avec aisance. Et ce n'est un secret pour personne qu'en arrivant ici ma seule envie était de repartir aussi sec. Je ne saurais vraiment pas t'expliquer pourquoi j'ai accepté de rester. C'est un mystère. Démence passagère, sans doute.

— Ou alors… tu ne peux plus te passer de nous.

— Ou alors, c'est le climat de Lucky Harbor.

Maddie soupira.

— Et à propos de Ford ?

— Ah, non ! Je viens de répondre à deux questions. Maintenant, c'est ton tour. Qu'est-ce que tu trafiques avec Jax ?

— Euh…, commença Maddie. Je saisis soudain pourquoi c'est plus marrant d'être celle qui pose les questions. Tu me croirais si je te disais que je n'en ai pas la moindre idée ? Je veux dire, tu m'as vue quand je suis arrivée ici. Je ne voulais plus entendre parler des hommes. L'ennui… c'est que c'est dur de ne pas penser à lui.

— Si je lui ressemblais, dit Tara, j'aurais envie de me faire l'amour tout le temps.

— Quand tu parles comme ça, on dirait Chloe ! dit Maddie en éclatant de rire.

— Tu n'es pas obligée de m'insulter.

— Elle aurait dû rester avec nous.

— Je vous ai manqué ! Je le savais !

Maddie et Tara se retournèrent d'un bond. Chloe se tenait devant elles.

— Salut, les filles, dit-elle en agitant la main, je suis rentrée.

— Déjà ? demanda Maddie. Et ton rendez-vous au Nouveau-Mexique ?

— Je ne suis pas arrivée tout à fait jusque-là, répondit Chloe en déroulant son tapis de yoga.

— Et le Texas ? dit Maddie en imitant de son mieux la posture de Tara pour faire croire à Chloe qu'elle avait travaillé dur toute la matinée.

— Pareil. Je me suis dit que vous alliez trop vous amuser sans moi. En plus, j'adore le sel de mer naturel qu'on récolte dans le coin. J'ai eu une idée pour une nouvelle lotion corporelle. Maddie, concentre-toi. Tiens la pause.

Non mais, tu plaisantes ou quoi ?

— Tu bouges trop vite, comme d'habitude. Tu es toujours pressée. Prends le temps de faire les choses.

Chloe commença à s'étirer et, d'un seul mouvement, se pencha en avant jambes tendues pour poser les mains à plat sur le sol.

— Je travaille à d'autres choses, dit Maddie.

— À quoi ?

— À mériter un nouveau sobriquet, par exemple. J'en ai marre d'être la Souris.

— Tu voudrais quoi, à la place ? demanda Tara.

— Un truc dans le genre du tien. Tu sais, la Dame de fer, le genre de nana qui ne s'en laisse pas conter.

Chloe se mit à glousser, mais un regard furibond de Tara la fit taire aussitôt. Celle-ci reporta alors son attention sur Maddie.

— Trésor, ne me prends pas comme modèle. Je traîne mon lot de casseroles, moi aussi.

— Oui, mais tu fais semblant de ne pas les voir. Et toi aussi, dit Maddie en s'adressant à Chloe. Ça me plaît. Et je commence à comprendre que tout est une question d'attitude. À force de faire semblant, on finit par entrer dans la peau de son personnage.

— Ce qui veut dire que tu comptes te transformer en garce ? demanda Chloe. Ou dire « je t'adore, trésor », et jouer les saintes-nitouches ?

— Elle pourrait aussi se mettre à pleurnicher tout le temps, rétorqua Tara d'un ton suave. Ou, mieux encore, enfourcher sa Vespa et se barrer à la première contrariété.

La tension était montée d'un cran.

— Je propose de mixer les deux, lança Maddie. Je serai garce et geignarde, avec juste un soupçon d'anxiété. On appellera ça : « la mixture », et on en fera une recette de vie, on la notera sur une fiche de bristol et on la léguera à nos enfants.

Pendant un bref instant, les deux sœurs considérèrent Maddie d'un air interloqué avant de se consulter du regard. Ce fut le seul avertissement que reçut Maddie. L'instant d'après, ses sœurs l'avaient plaquée sur le tapis et se jetaient sur elle pour faire claquer l'élastique de sa culotte.

On y est presque, pensa Maddie, allongée par terre, hilare, la culotte coincée entre les fesses, tandis que Chloe et Tara se relevaient et se tapaient dans la main. Elles commençaient à ressembler à une vraie famille.

Chapitre 16

Ne laissez jamais de trace écrite.
Phoebe Traeger

Un peu plus tard dans la matinée, Maddie se rendit au bureau de la marina pour continuer à trier des papiers. Elle commençait à comprendre pourquoi l'auberge n'avait pas marché. Phoebe pratiquait des prix beaucoup trop bas pour les services offerts et, parfois, quand elle connaissait les clients, elle ne les faisait même pas payer.

Tout cela allait devoir changer – en espérant qu'elles obtiennent leur refinancement, bien sûr. Et que la rénovation de l'hôtel attire les clients. Et que tout cela permette à Maddie de convaincre ses sœurs de ne pas vendre l'auberge. Et que… Stop ! Décidément, il y avait trop d'inconnues dans ce projet ! Maddie laissa tomber sa tête sur le bureau et l'y cogna légèrement à plusieurs reprises. Elle s'interrompit lorsqu'elle entendit arriver quelqu'un.

L'inconnu qui venait d'entrer était une véritable armoire à glace. Il devait mesurer un mètre quatre-vingt-quinze et peser au moins cent vingt kilos. On aurait dit Sully, de *Monstres et Cie*, le sourire et la fourrure bleue en moins.

— Je veux louer un bateau, signifia-t-il d'une voix aussi tonnante que s'il parlait dans un micro. Avec tout l'équipement.

Instinctivement, elle bondit sur ses pieds.

— Vous êtes déjà venu ?

— Oui.

Bien. Ça en ferait au moins un qui s'y connaissait.

— Je m'appelle Peter Jenkins, dit-il en martelant le bureau de l'index. Et j'ai droit à une ristourne. Avec Phoebe, j'en avais toujours une.

La veille, Maddie avait passé en revue tous les comptes clients, et c'est donc avec une certaine fierté qu'elle trouva sans hésiter la fiche de Jenkins dans le tiroir du classeur consacré aux locations de bateaux. *Pourvu que Phoebe y ait noté quelques indications...*

— Débrouillez-vous pour m'en donner un avec le plein de carburant, tonna-t-il. Et dépêchez-vous, je suis pressé.

Ça, elle s'en était aperçue. Elle se rendait également compte qu'il la rendait sacrément nerveuse. Jenkins ne parlait pas : il hurlait. Maddie en avait les doigts et le cerveau paralysés. Par ailleurs, elle n'avait pas encore eu le temps d'étudier les contrats de location et de s'informer sur les procédures.

— Bon sang, qu'est-ce qui vous prend si longtemps ?

— Je suis désolée.

Elle ouvrit le dossier contenant les formulaires de location vierges et chercha ceux du bateau de pêche.

— Je suis nouvelle dans le métier, alors...

— Putain, mais c'est pas vrai !

Jenkins claqua quelques billets sur le bureau, si fort que stylos et bibelots s'entrechoquèrent bruyamment. Maddie elle-même faillit sauter au plafond. Elle s'appliqua à respirer profondément, luttant pour retrouver son calme. Elle finit par y parvenir et mit enfin la main sur le bon formulaire.

— Je l'ai...

Pendant ce temps-là, Jenkins avait attrapé les clés sur le panneau accroché au mur et, déjà sur l'embarcadère, se dirigeait à grands pas vers le bateau.

— Eh là ! cria-t-elle.

Elle ramassa les billets et les fourra dans sa poche. Elle n'aurait aucun mal à leur trouver une place. Vu que la caisse était vide.

— Excusez-moi !

Le temps qu'elle le rattrape, il avait embarqué.

— Monsieur Jenkins, il faut que vous signiez…

Sans lui accorder la moindre attention, il dénoua l'amarre et fit signe à Maddie de dégager. Elle sauta à bord avant qu'il puisse appareiller, mais, quand elle atterrit, le bateau piqua brusquement du nez sous son poids.

— En poupe, hurla Jenkins, en poupe !

S'agrippant au bastingage, Maddie s'accroupit, le nez au ras de l'eau glaciale, tâchant de ne pas paniquer, tandis que le bateau continuait de tanguer. En toute logique, elle savait que la poupe désignait la droite ou la gauche, à moins que ce ne soit l'avant ou l'arrière. De toute façon, cela pouvait bien désigner ce que cela voulait, le résultat était le même : elle ne savait pas dans quel sens aller. Du coup, de peur de faire chavirer l'embarcation, Maddie préféra s'asseoir et ne plus bouger.

— Cassez-vous de ce foutu bateau, espèce d'idiote !

Dans tes rêves.

— Pas avant que vous ayez signé.

Jenkins lui lança un regard meurtrier, mais elle ne baissa pas les yeux. Ou si peu. Au lieu de cela, elle sortit un stylo de sa poche et le lui tendit. Jenkins lui arracha le papier des mains et y gribouilla son nom avant de le lui jeter sur les genoux. Bon sang, il était vraiment pressé de se débarrasser d'elle ! Avec mille précautions, elle descendit du bateau et resta sur l'embarcadère tandis qu'il prenait le large, marmonnant dans sa barbe quelque chose à propos du procès qu'il comptait lui intenter pour sa stupidité.

Grossier personnage. Elle retourna au bureau d'un pas décidé en se parlant tout haut.

— Tu as encore fait l'impasse sur la caféine ? demanda Jax.

Elle aperçut sa silhouette dans l'encadrement de la porte, bras levés, paumes sur le linteau. Elle ne s'attendait pas à sa venue, mais, rien que de le voir, elle se sentit mieux.

Beaucoup mieux. Il la regardait, un petit sourire aux lèvres, vêtu de son uniforme de travail habituel – jean et chaussures de chantier usées, accompagnés en l'occurrence d'un gros pull à col roulé.

Et sa ceinture à outils.

Sa fameuse ceinture à outils.

—J'ai pris ma dose de caféine, répondit-elle. Et, en prime, j'ai eu droit à une double dose de Jenkins pour me réveiller. Il m'a traitée d'idiote.

Le sourire de Jax s'évanouit.

—Quoi ?

—C'est parce que je ne sais pas faire la différence entre la proue et la poupe, ou un truc comme ça. Tu parles, je ne suis même pas sûre de comprendre ce que les chevaux ont à voir avec un moteur.

Elle souriait bravement, mais Jax gardait une mine sévère. Il s'approcha d'elle.

—Ce Jenkins est un con.

—Absolument. Mais c'est un con qui paie. Pourquoi ma mère faisait-elle des ristournes à ce type ?

—Je crois qu'elle est sortie quelque temps avec lui, mais, même avec sa nature enjouée, elle n'a pas réussi à venir à bout de son sale caractère. Dis-moi que tu l'as fichu dehors quand il t'a insultée.

—J'ai été tentée. Mais, en réalité, c'était ma faute.

Jax se figea

—Maddie.

Elle le dévisagea, un nœud au creux de l'estomac.

—Merde, chuchota-t-elle. Ce n'était pas du tout ma faute. J'ai recommencé.

Elle ferma les yeux. Puis, faisant brusquement volte-face, elle se précipita vers la porte de la marina, poings serrés, décidée à sauter de nouveau à bord de ce bateau et à...

—Maddie.

— Non, il faut que j'y aille. Que je lui dise ma façon de penser, et peut-être aussi que je lui balance mon pied dans les…

Avant qu'elle ait eu le temps de faire quoi que ce soit, elle se retrouva plaquée contre le torse de Jax, ceinturée de ses bras puissants.

— Je suis à fond avec toi, lui murmura-t-il à l'oreille. D'ailleurs, si tu veux, je pourrai même le tenir pendant que tu lui bottes les fesses. Cela dit, à moins d'avoir envie de faire un kilomètre à la nage pour le ramener, il va falloir que tu patientes quelques heures.

Elle se retourna pour lui faire face. Il ne s'était pas départi de son calme, mais dans ses yeux brillait une dangereuse lueur de colère, qui lui rappela celle entrevue lorsqu'il avait jeté ce client hors du *Love Shack* le soir de leur rencontre. De nouveau, elle sentit son estomac se contracter, bien qu'étant parfaitement consciente de n'être pour rien dans son exaspération.

— J'ai encore un peu de mal à tenir le premier rôle dans ma vie, avoua-t-elle.

— Tu t'en sors très bien. Vraiment.

Avec un long soupir, Maddie se détendit et leva la tête pour mieux regarder Jax.

— Ah oui ?

— Absolument, dit-il gentiment.

— Tu ferais vraiment ça pour moi, le tenir pendant que je le frappe ? demanda-t-elle avec un sourire un peu forcé.

— Sans hésiter.

À ces mots, elle sentit une douce chaleur monter en elle, et son visage s'éclaira.

— Ce ne serait pas politiquement correct.

Dans le regard de Jax, elle lut qu'il se fichait pas mal d'être politiquement correct. Seule la justice lui importait.

Mon Dieu, comme il sentait bon ! Comment se faisait-il qu'il sente toujours aussi bon ? Pourtant, au lieu de l'attraper par le pull et de l'attirer à elle, Maddie le contourna pour aller à son bureau.

— Il faut que je finisse de classer tout ça. Je ne veux pas perdre d'argent parce que je ne sais pas ce que je fais. Jenkins m'a menacée de m'intenter un procès pour ma stupidité, et ça, ce serait vraiment le comble.

— Dis-lui que tu l'attaqueras pour dommages émotionnels.

Cette idée la fit sourire.

— On peut vraiment faire ça ?

— Si tu peux prouver que tu as été victime d'une agression.

— Tu parles comme un avocat, dit-elle, hilare. Heureusement que tu n'en es pas un, sinon je ne t'aimerais sans doute pas autant.

— Viens ici, dit-il avec douceur en la prenant dans ses bras. Embrasse-moi, Maddie, dis-moi que tu n'as pas oublié notre endroit à nous.

Se haussant sur la pointe des pieds, elle l'embrassa jusqu'à plus soif, avant d'enfouir son visage au creux de l'épaule de Jax. Les battements de son cœur s'accélérèrent. Jax commençait à beaucoup compter pour elle.

— Maddie…

— J'aime ta façon de t'ouvrir à moi, l'interrompit-elle. Ton honnêteté. Comme toutes les femmes avec qui tu sors, j'imagine ?

— En ce moment, je ne sors avec personne d'autre que toi. Tu te doutes bien que, sinon, nous n'aurions pas couché ensemble, n'est-ce pas ?

— Eh bien, je suppose que oui, mais il m'est arrivé de faire des choix peu judicieux dans la vie, et je n'ai plus tellement confiance en mon propre jugement. C'est plus facile de te l'entendre dire, parce que je sais que je peux te croire.

Une ombre passa sur le visage de Jax, mais elle disparut si vite que Maddie eut à peine le temps de la remarquer. Il caressa longuement la joue de la jeune femme.

— Il y a des choses que je ne t'ai pas dites.

— Quoi ? demanda-t-elle.

— Je n'ai pas eu de vraie relation avec une femme depuis cinq ans. Depuis que je suis revenu à Lucky Harbor. M'ouvrir aux autres n'est pas vraiment dans ma nature, Maddie.

— Cinq ans sans sexe, ça fait long…

Il la regarda droit dans les yeux.

— Je n'ai pas dit qu'il n'y avait pas eu de sexe.

— Oh.

Oh.

— Mais, avant toi, ça faisait tout de même un moment, concéda-t-il.

— Il y a des tas de femmes à Lucky Harbor.

— Oui, et pour la plupart leur désir d'engagement est bien plus fort que le mien. Maddie, il y a quelque chose que tu dois savoir à mon sujet.

Mon Dieu.

— Tu es marié. Tu es un repris de justice. Tu es…

— Avocat. Avant de m'installer à Lucky Harbor, j'exerçais à Seattle.

Jax passa plusieurs jours à fabriquer de nouveaux meubles de salle de bains dans son atelier d'ébénisterie à l'autre bout de la ville. Maddie n'avait guère réagi à sa récente révélation, mais il faut dire qu'elle l'avait évité depuis.

Jax ne pouvait pas changer son passé, désormais gravé dans le marbre. Et il avait bien fait de tout lui dire. D'autant plus qu'il lui cachait d'autres choses – des secrets qu'il n'était pas à même de lui révéler.

Il espérait seulement que Maddie finirait par accepter tout cela. Il ne cessait de se répéter qu'elle allait comprendre, que les sentiments qu'ils commençaient à éprouver l'un pour l'autre seraient plus forts que ses craintes.

Ce soir-là, en rentrant chez lui afin de se préparer pour la Fête de la crevette, il eut une moue dépitée devant les décorations que Jeanne avait accrochées un peu partout ; il y avait même du gui au-dessus de la porte d'entrée. De toute évidence, elle était optimiste quant aux chances qu'avait Jax de ramener une femme chez lui.

Il prit sa voiture pour se rendre jusqu'à la jetée. Dans quelques heures, la quasi-totalité de la ville arriverait pour la fête annuelle. L'argent récolté reviendrait aux pompiers et à la police de Lucky Harbor, mais, même si ce détail avait son importance, ce n'était pas pour cela que les gens participaient en masse à la fête.

Non, ils payaient avant tout pour le spectacle. D'abord, il y aurait le défilé de bateaux de pêche, avec, à sa tête, le maire sur son jet-ski couvert de décorations bariolées. Ensuite, la personne qui aurait estimé au plus près le nombre de crevettes ramenées dans les filets aurait le droit d'embrasser le maire – que l'heureux gagnant soit un homme, une femme ou un enfant.

Jax se dit qu'avec sa veine habituelle le lauréat serait probablement Ford ou Sawyer. L'année précédente, c'était le facteur qui avait remporté la compétition, à la grande joie des spectateurs. Il espérait que, cette fois, la chance lui sourirait davantage.

Ensuite, ils iraient tous manger à s'en faire péter la panse avant d'aller danser sur la musique des Nitty Gritty, le groupe de pop-rock local. La fête battrait sans doute son plein jusqu'aux premières lueurs de l'aube.

Sawyer arriva juste après Jax. Il avait revêtu son uniforme, car il devait assurer la sécurité sur le site. Il comptait aussi se payer la tête de Jax, bien sûr. Ford apparut dans la foulée afin d'installer au *Love Shack* un bar où bière et vin chaud couleraient à flots.

Jax jeta un coup d'œil au jet-ski qui l'attendait, gracieusement prêté par Lance et par son frère. En effet, quand ils n'étaient pas occupés à vendre des glaces, les deux jeunes gens pratiquaient souvent ce sport. L'été, comme tous les gens normaux.

Il fallait être fou pour aller faire du jet-ski au beau milieu de l'hiver. Mais on ne peut rien contre la tradition.

Lance adressa à Jax un large sourire en lui tendant la clé de contact. En dépit de la menace que faisait planer sur lui la mucoviscidose, le jeune homme savait profiter de la vie. Aidé de Sawyer, il avait allégrement décoré le véhicule de guirlandes lumineuses. Les deux compères avaient juré que tous ces ornements fonctionnaient sur piles et qu'ils étaient parfaitement étanches, de sorte que Jax ne serait « probablement » pas électrocuté.

Comme c'est bon de pouvoir compter sur ses amis.

Sur l'eau, à environ deux cents mètres du rivage, trois crevettiers, eux aussi généreusement décorés – c'est-à-dire de façon passablement tapageuse –, attendaient l'arrivée de Jax. Ils étaient prêts à l'escorter pour le défilé.

— La météo est bonne, dit Lance avec un sourire.

Jax examina le ciel. Il était couvert, mais ni la pluie ni la neige ne menaçait. C'était une bonne chose. En revanche, il ne faisait que 9 °C. Jax enfila le lourd attirail de pêcheur qui lui permettrait de revenir de son équipée sans être complètement frigorifié.

La foule l'acclama, comme s'il se déshabillait au lieu de s'emmitoufler, et il leva les yeux au ciel. Quand il tourna la tête en direction des badauds, son regard croisa celui de Maddie.

Elle fit une petite grimace de dérision. Manifestement, elle n'avait toujours pas digéré cette histoire d'avocat – ce qu'il pouvait comprendre – et, de façon plus évidente encore, elle le prenait pour un fou.

Elle n'avait pas tort. Il lui décocha un sourire qu'elle ne lui rendit pas. Aïe. Ce n'était pas gagné, mais chaque chose en son temps. Entrant dans l'eau, il enfourcha le jet-ski et jeta un dernier coup d'œil en direction de la rive.

Ford et Sawyer paraissaient hilares. Tout comme Chloe.

Des amis, ça ? Des brutes assoiffées de sang, oui !

Maddie tenait la main plaquée sur sa bouche, ce qui empêchait Jax de déchiffrer son expression. De la compassion, espéra-t-il en se disant que cela jouerait peut-être un peu en sa faveur quand il aurait besoin qu'on le réchauffe à son retour.

Comme prévu, les dix minutes suivantes s'écoulèrent dans un brouillard glacé, tandis qu'il conduisait le jet-ski en tête du défilé. De retour sur le rivage, il fut chaleureusement applaudi par le comité d'accueil, tandis qu'on l'enveloppait dans des couvertures. Sandy lui fourra un micro et une feuille de papier entre les mains. Les spectateurs retinrent leur souffle dans l'attente du verdict.

— Huit cent cinquante-six crevettes, annonça Jax.

Personne n'avait deviné le chiffre exact, mais quelqu'un s'en était approché en proposant huit cent cinquante. Sandy lui tendit une autre fiche où figurait le nom du gagnant. Il lut en silence avant de lever les yeux vers Maddie. Elle le regarda, le visage presque impassible – il devinait un peu d'agacement dans son expression.

Avec un sourire d'excuse mêlé d'autodérision, Jax dévoila l'identité du vainqueur :

— Maddie Moore, annonça-t-il sous les acclamations des spectateurs.

L'intéressée en resta bouche bée.

Chloe se chargea de la pousser en avant.

— Mais je n'ai pas participé, protesta Maddie, tandis que Jax lui tendait la main pour l'aider à monter sur l'estrade improvisée.

Ford et Sawyer étaient tordus de rire, et Chloe n'était pas en reste. Maddie se tourna à demi et la fusilla du regard.

— Combien as-tu rempli de tickets à mon nom ?

— Cinquante !

— Moi aussi ! s'écria Ford.

— J'en ai acheté une centaine, ajouta Sawyer avec un large sourire. C'est pour la bonne cause, il paraît.

Jax se fit la réflexion que ses saletés de copains avaient peut-être leur utilité, après tout.

— J'avais pris cent billets, lança Lucille d'un ton déçu. Zut, alors. L'année prochaine, peut-être...

— Le baiser, le baiser, le baiser ! scanda la foule.

Jax avait cessé de trembler, mais son corps était loin d'être complètement réchauffé. Tout comme le regard de Maddie, toujours froid et distant.

Oui, il fallait réchauffer tout cela, sans conteste. Un baiser lui semblait une excellente manière d'y parvenir. Tout en soutenant le regard réticent de Maddie, il l'attira vers lui ; il en avait eu envie toute la journée.

— Tu es frigorifié, murmura Maddie.

— Oui.

Avec un soupir, elle l'enlaça et approcha son visage de celui de Jax.

— Je suis toujours en colère contre toi.

— Je sais.

Il planta son regard dans les magnifiques yeux bleus de la jeune femme et sentit son cœur s'emballer devant toutes les possibilités qu'il pensait y lire et devant les émotions qu'elles suscitaient en lui. L'espoir, en particulier, un sentiment tout nouveau pour lui.

— J'ai l'intention de te faire changer d'avis sur moi.

— Jax...

— Pardon, Maddie. Je suis désolé de ne pas te l'avoir dit plus tôt, mais il faut que tu saches que je ne suis plus avocat, maintenant. C'est du passé.

— Je sais.

— Le baiser ! hurla le public.

Entre les bras de Jax, Maddie s'agitait nerveusement. De toute évidence, l'idée d'embrasser Jax en public ne l'emballait pas. Il effleura son cou avant de prendre son menton en coupe. Il avait posé l'autre main dans le bas de son dos, espérant qu'elle y verrait un geste réconfortant.

— Tu veux bien m'embrasser, Maddie ?

À la grande surprise de Jax, elle saisit son visage entre ses mains et se mit sur la pointe des pieds, la tête levée vers lui. Il se pencha pour aller à sa rencontre et poser sa bouche sur celle de la jeune femme. Il l'entendit étouffer un petit cri de surprise quand leurs lèvres se rencontrèrent – les siennes devaient être glacées. Avec un murmure d'excuse, il tourna légèrement la tête pour mieux goûter sa bouche.

Là, elle le surprit de nouveau.

De tendre, son baiser devint sensuel et profond. Un brasier s'alluma dans le ventre de Jax et se répandit dans tout son corps ; soudain, il n'avait plus froid.

Autour d'eux, la foule lança des cris de joie, et Maddie fit mine de s'écarter, mais Jax la retint.

— Tu as besoin d'une petite minute pour te remettre ? murmura-t-elle, une lueur amusée dans les yeux, tandis que, du bassin, elle frôlait le jean de Jax, tendu à l'entrejambe.

— Disons deux…

Quand elle posa sa bouche contre son oreille, il étouffa un grognement.

— Maddie, tu sais que tu ne m'aides pas, là ?

C'est alors qu'elle lui murmura quelque chose qui, en revanche, le refroidit radicalement :

— Pense juste qu'à ma place cela aurait pu être Lucille.

Derrière son bar de fortune, Ford servait des bières à une file de clients, tandis que Jax, réchauffé à présent, lui passait les gobelets et l'aidait à renouveler les réserves d'alcool. Cette buvette constituait une aubaine pour Ford : en effet, elle faisait de la publicité au *Love Shack*, ce qui avait l'avantage de bénéficier aussi à Jax dans la mesure où il possédait la moitié de l'établissement.

En fait, Jax était copropriétaire de plusieurs entreprises de la ville dans lesquelles il avait investi son argent en rentrant à Lucky Harbor. Sur un marché où les affaires étaient loin d'être florissantes, il avait ainsi racheté quelques commerces afin de venir en aide à ces gens qui le connaissaient et l'aimaient depuis toujours.

Ceux-ci lui en étaient certes reconnaissants, mais il l'avait fait pour une bonne raison : pour les remercier de l'avoir accueilli à bras ouverts et de l'avoir aidé à se sentir chez lui au moment où il en avait le plus besoin.

— Réveille-toi, lança Tara en lui passant la main devant le visage.

Elle l'avait rejoint de l'autre côté du bar, là où il n'y avait pas la queue, et elle attendait, impatiente.

— Salut. J'ai besoin d'un verre.

— Il faut faire la queue là-bas. Je ne sers pas les boissons, je fais juste…

— Écoute, trésor, dit-elle en pianotant sur le bar. Lucille vient de me demander des nouvelles du balai que j'ai dans le cul, d'accord ? Alors il me faut un verre, et vite. Un grand, tant que tu y es.

Avec une grimace, il demanda :

— Bière ou vin chaud ?

— C'est tout ce que tu as ? Bon, du vin, alors.

Jax lui en remplit un verre à ras bord et le lui tendit, les yeux rivés sur elle, tandis qu'elle l'avalait cul sec comme un fond de whisky.

— Tara ?

— Ouais ?

— Il faut que tu lui dises.

Tara le considéra un instant puis s'assit, l'air complètement découragée.

— Si tu veux parler de ça, il faut me resservir. Quelque chose de costaud.

Jax se pencha pour attraper sous le bar un verre à whisky et une bouteille de Jack Daniel's que Ford avait planqués, au cas où.

—Je t'adore, trésor, dit Tara avec ferveur en le regardant lui verser deux doigts de liquide ambré.

—Tu ne peux pas cacher ça plus longtemps à Maddie.

—Tu veux parier ?

Jax secoua la tête.

—Quand Phoebe m'a demandé d'effectuer ce montage financier il y a cinq ans, elle m'a également fait promettre une chose : de te protéger à tout prix.

—Pas moi, dit Tara en fermant les yeux. Mon secret. C'est mon secret qu'elle voulait protéger. (Elle lança à Jax un regard acéré.) Ce qui signifie que toi, tu ne peux rien dire. Tu as donné ta parole…

Elle semblait soulagée.

—Oui, mais toi, intervint Jax, tu n'as rien promis.

—Voyons, Jax !

Qui aurait pu penser qu'une vieille promesse aboutirait à trahir la personne dont il se sentait tomber amoureux ?

—Je tiens mes promesses, Tara. Toujours.

Sans compter qu'il était tenu au secret professionnel.

—Seulement, quand Phoebe a placé tout son argent dans ce fonds…

—Elle s'est retrouvée en difficulté au moment où elle avait le plus besoin de liquidités, l'interrompit Tara d'une voix peinée. C'est là que tu lui as prêté de l'argent pour l'auberge. Et c'est précisément cet emprunt que Maddie cherche à renégocier. Si j'avais su que tout cela vous mettrait, elle et toi, dans une telle situation…

—Je sais, répondit-il avec calme. Le problème, c'est que je me retrouve dépositaire non pas d'un, mais de deux secrets confiés par une morte. Des secrets qui ne font de bien à aucune de tes sœurs.

—Tu t'es attaché à Maddie.

—Oui.

—Tu l'aimes vraiment, poursuivit Tara en le regardant droit dans les yeux. Ce n'est pas un simple plan cul, pour toi.

Cela faisait un bon moment qu'il avait dépassé ce stade avec Maddie.

— Il faut que tu trouves un moyen de lui parler, Tara, répéta-t-il doucement. Sinon, je le ferai à ta place.

Tara le dévisagea, avant de lui tendre son verre d'un geste brusque.

Il le remplit obligeamment, et elle l'avala avec un frisson.

— Je ne l'ai dit à personne, murmura-t-elle. À personne, jamais.

— Sans doute, mais là, il ne s'agit pas de n'importe qui. Maddie a le droit de savoir ce que tu caches, et pourquoi. Et elle mérite de connaître toutes les conséquences de ce secret en ce qui concerne l'auberge, l'hypothèque, et tout le reste.

Tara poussa un long soupir.

— C'est juste que… j'ai tellement honte.

C'était un sentiment que Jax ne connaissait que trop, et il posa la main sur celle de Tara.

— Tu n'étais qu'une gamine, Tara. Tu t'es laissé dépasser par les événements, et tu l'as payé cher. Il n'y a pas de honte à ça. En gardant le secret, tu te rends les choses encore plus difficiles.

— Je sais.

Elle resserra son écharpe autour de son cou. Elle était verte et scintillante, et vraiment toute tordue.

— Maddie t'en tricote une, tu sais, dit-elle en remarquant que Jax observait son écharpe. Elle est multicolore. Et laide à faire peur. Il me faut un autre verre, trésor.

Il la servit et la regarda engloutir son verre aussi vite que les précédents.

— Ça va ? demanda-t-il.

— Du tonnerre.

— Menteuse.

Tara soupira.

— Dire qu'elle m'a fait cette écharpe avec tellement d'amour, alors que je n'arrête pas de la stresser en me disputant avec Chloe.

— Tu n'as qu'à faire un effort, alors.

— Maddie veut qu'on reste ensemble, toutes les trois. (Elle poussa son verre vide en direction de Jax.) Ici, reprit-elle, dans cette ville où j'ai commis l'erreur de ma vie.

— Il est peut-être temps d'arrêter de considérer ça comme une erreur. Il doit bien y avoir quelque chose qui te plaît dans l'idée de vivre ici, ou bien tu serais partie à la première occasion.

Elle tripota le bout de son écharpe, les yeux dans le vague.

— J'aime bien cuisiner.

— Et tu es sacrément douée, en plus. Personnellement, je suis un inconditionnel de tes hamburgers bacon-roquefort.

— C'est vrai, c'est mon truc, approuva-t-elle avec un mélange de fierté et de surprise. J'ai accepté de travailler jusqu'à la fin du mois au restaurant, ce qui est complètement dingue étant donné mon envie d'être partout, sauf dans cette ville. Dieu du ciel, quand je pense que je bosse au *Lucky Harbor Diner*! Ça fait de moi une parfaite idiote, non ?

— Non, juste une sœur digne de ce nom, répondit-il. Dis-lui, Tara.

Elle ferma les yeux, pour les rouvrir presque aussitôt. Ils étaient brillants de larmes, et il craignit qu'elle ne se mette à pleurer. Mais c'était mal la connaître.

— Je ne peux pas, Jax, dit-elle. Pas encore. Je ne suis pas prête.

Il poussa un profond soupir. Ce n'était pas ce qu'il avait espéré entendre. Maintenant qu'il avait pris conscience des sentiments qu'il portait à Maddie, et sachant qu'il y avait tant de choses qu'on cachait à la jeune femme, il ressentait de la peine pour elle. Il débarrassa le verre de Tara et lui en servit un autre rempli d'eau.

— Elle veut des choses qu'on ne peut pas lui donner, Jax. Elle veut qu'on forme une famille. Je ne sais pas comment on s'y prend.

— Tu portes l'écharpe qu'elle t'a tricotée, remarqua-t-il. C'est une chose qui se fait entre sœurs, il me semble.

— Elle s'est sentie seule pendant tellement longtemps. Son père est un type bien, mais il est décorateur de cinéma. Elle a passé presque toute son enfance sur les plateaux, dans la caravane des maquilleurs ou dans les bureaux de la production. La nature même de son métier faisait qu'elle n'avait que des amis de passage, qui changeaient en même temps que les projets sur lesquels elle travaillait. D'après ce que je sais, aucun n'a essayé de la joindre. Son ami le plus proche était son patron, et il l'a laissée tomber comme une vieille chaussette quand elle a été virée à cause de… cet incident.

Elle posa la main sur celle de Jax, et il s'aperçut alors qu'il serrait le goulot de la bouteille de whisky comme si sa vie en dépendait.

— Ce n'est pas lui qui l'a frappée, dit-elle d'une voix douce.

— Mais quelqu'un l'a fait, dit-il d'un ton sans appel. Quelqu'un l'a bel et bien blessée. Et pas que physiquement.

Tara acquiesça et sirota son eau.

— C'est du passé, note bien. Elle prend de plus en plus d'assurance. Tu aurais dû la voir passer un savon à ce pauvre Jenkins quand il est revenu pour essayer de louer un autre bateau ce matin, expliqua-t-elle avec un sourire affectueux. Elle n'a pas lâché le morceau, elle lui a fait remplir et signer le formulaire dans son bureau. Et, crois-moi, il n'en menait pas large.

Jax aurait adoré voir la scène.

— En arrivant ici, elle avait perdu toute estime d'elle-même.

— C'est en train de changer, en grande partie grâce à toi, dit Tara en gardant les yeux baissés vers le fond de son verre. Elle veut donner sa chance à l'auberge. Ce serait dégueulasse de refuser de l'aider.

— Alors, ne refuse pas.

Chapitre 17

Tirez des leçons des erreurs des autres.
Vous n'aurez pas le temps de toutes les commettre vous-mêmes.
Phoebe Traeger

Quelques jours plus tard, Maddie se rendit à la minuscule buanderie de l'auberge, chargée de torchons et de serviettes de toilette. Après une hésitation, elle avait ajouté ses baskets sales.

— C'est un prétexte un peu léger pour une séance de sèche-linge - thérapie, dit Tara qui, sur les lieux, pliait ses vêtements propres en piles parfaites.

— Sèche-linge - thérapie ? s'étonna Maddie.

— Trésor, tout le monde connaît le coup des chaussures dans le sèche-linge. Mais, crois-moi, rien ne vaut la machine à laver sur essorage.

Elle lui décocha un sourire malicieux avant de quitter la buanderie.

Perplexe, Maddie ajouta de la lessive dans la machine et la mit en route. Ensuite, la jeune femme se dirigea vers l'armoire à linge pour continuer de répertorier draps et serviettes afin d'en établir un inventaire précis sur son ordinateur. Elle avait téléchargé une série de nouvelles applications spécialement conçues pour la gestion d'un petit hôtel, et elle s'amusait beaucoup plus qu'elle ne l'aurait cru à organiser et à moderniser l'auberge. Si Tara comme Chloe étaient épatées par ses capacités, en revanche, elles ne saisissaient pas en quoi ces activités semblaient combler Maddie.

Aucune importance. Elle-même ne comprenait pas qu'on puisse aimer cuisiner, faire du yoga ou élaborer des cosmétiques. D'ailleurs, rien que le fait d'utiliser des cosmétiques ne lui plaisait pas tant que ça.

Elle jeta un coup d'œil à sa montre. Ces deux derniers jours, Ford lui avait donné des cours de navigation. Il lui avait également montré tout ce qui avait trait aux équipements de la marina, à leur utilisation et à leur entretien. Elle avait été particulièrement heureuse d'apprendre la signification des mots « proue » et « poupe ».

Prends ça dans les dents, Jenkins.

Jax travaillait toujours à la construction des meubles de salle de bains dans son atelier, et elle ne l'avait pas vu de la journée. Elle savait qu'il lui laissait l'espace dont il pensait qu'elle avait besoin. Toutefois, en arrivant à Lucky Harbor, Maddie s'était juré de ne pas laisser son passé jouer en sa défaveur – ce qui signifiait qu'elle n'avait aucune raison de tenir rigueur à Jax du passé qu'il traînait derrière lui.

C'était tout à fait logique.

Son cœur, pourtant, n'arrivait pas à raisonner ainsi. Pourtant, elle savait bien que la profession d'Alex n'avait rien à voir avec le fait qu'il soit un salaud doublé d'un menteur.

Jax n'avait pas menti, sauf peut-être par omission. Or, Maddie elle-même aurait menti en affirmant que cela ne la dérangeait pas.

Le véritable problème était le suivant : était-elle prête à faire de nouveau confiance à un homme ? Avec un soupir, elle retourna dans la buanderie où la machine émettait des claquements sonores dus à ses baskets. Les paroles de Tara lui revinrent en tête : « Rien ne vaut la machine à laver sur essorage. »

Soudain, elle comprit ce qu'avait voulu dire sa sœur. Non, ce n'était pas possible… Si ? Maddie lança un bref coup d'œil par la fenêtre. Pas de voiture dans la cour. Elle était seule.

Comme d'habitude.

Son regard s'attarda sur le lave-linge vrombissant. Maddie se mordit la lèvre, puis sauta sur l'appareil pour s'y asseoir. Uniquement afin d'infirmer la théorie de Tara, bien sûr.

Wouah!

Tandis qu'elle s'agrippait fermement aux rebords de la machine à laver, elle dut admettre que Tara avait raison.

Ce truc avait du rythme!

Dix-huit minutes plus tard, un bref frisson d'extase la parcourut, et elle se laissa aller contre le mur derrière elle. Les yeux clos, elle demeura immobile, le temps de reprendre son souffle. Rien à voir avec les doigts de Jax – ou avec d'autres parties de son anatomie –, mais cela restait une excellente méthode pour évacuer le stress.

Tout à coup, la machine s'arrêta.

Dans un silence retentissant, Maddie ouvrit les yeux. Jax se tenait devant elle, sorti de nulle part, le doigt sur le bouton « arrêt ».

Mon Dieu! Malgré l'excitation et la gêne qui l'avaient assaillie d'un coup, elle parvint à faire bonne figure – c'était son côté « multitâche ».

— Tu es là depuis longtemps? demanda-t-elle avec aplomb.

Jax repoussa une mèche blonde sur son front perlant de sueur et déposa un léger baiser dans son cou, juste à l'endroit où son pouls battait encore follement.

— Je viens juste d'arriver. Ça va?

Seigneur, il parvenait à la mettre dans tous ses états rien qu'avec ses lèvres!

— Euh… oui, bredouilla-t-elle.

— Tu es sûre?

D'un air innocent, elle acquiesça vigoureusement. Comme s'il était absolument normal de s'asseoir dans la buanderie. Sur la machine à laver. Pendant l'essorage.

— Pourquoi me demandes-tu ça?

— Parce que tu es tout essoufflée et un peu en nage.

Une lueur s'était allumée dans les yeux de Jax, et sa voix s'était faite plus grave.

— Et aussi parce que tu es assise sur le lave-linge.

— On dirait bien, oui. En fait, j'ai une excellente raison pour ça.

— Ah oui ? demanda-t-il, la voix rauque.

— Oui, dit-elle en se mordillant la lèvre. Sauf que je ne veux pas te la dire.

Il la dévisagea un long moment, le regard si ardent qu'elle s'étonna de ne pas prendre feu sur place. Puis, attrapant la jeune femme par les hanches, il se pencha et parcourut l'ourlet de son oreille du bout de la langue.

— Tu t'es offert une petite escapade en solitaire, Maddie ? demanda-t-il d'une voix sourde.

— Pas du tout.

Elle ferma les yeux et tressaillit quand il lui mordit doucement le lobe de l'oreille.

Mon Dieu !

— Peut-être, dit-elle alors.

Son aveu arracha à Jax un grognement étouffé. Maddie prit une profonde inspiration et reprit :

— En dehors de ceux que j'ai faits avec toi, c'était mon plus beau voyage depuis longtemps.

Il émit un petit rire guttural et, du pouce, caressa la lèvre inférieure de Maddie jusqu'à ce qu'elle ouvre la bouche, frémissante de désir. Alors, il se pencha pour l'embrasser.

— Il n'y a rien de mal à voyager en solitaire, murmura-t-il. Mais c'est mieux à deux.

— Oh, soupira-t-elle.

Frissonnante, elle savoura le parcours des mains de Jax sur ses seins, ses hanches et ses cuisses.

— Tu réfléchis toujours, Maddie ? Tu penses à nous ? Tu continues de vouloir prendre du recul ?

Elle leva les yeux vers lui ; elle le voulait de tout son corps, certes, mais… il lui avait caché certaines choses, et elle avait le pressentiment que ce n'était pas tout.

— La balle est dans ton camp, dit-il.

Avant qu'elle ait pu reprendre son souffle, il remit la machine en route. Le claquement des chaussures dans le tambour retentit à nouveau, et Maddie émit un gémissement involontaire, s'accrochant de toutes ses forces aux rebords du lave-linge.

Après lui avoir décoché un sourire éblouissant et plein de convoitise, il la laissa seule.

Deux semaines. Cela faisait deux semaines que Maddie s'était installée à Lucky Harbor : les plus belles de sa vie. À présent, il lui en restait deux autres jusqu'à Noël pour achever sa tâche.

Durant tout ce temps, elle avait espéré être en mesure de convaincre ses sœurs de donner une véritable chance à son projet. Elle avait cru en être capable.

Mais cet espoir venait de partir en fumée à l'instant, lorsque le gestionnaire de crédit lui avait adressé un regard d'excuse.

Refusé.

Le cœur lourd, Maddie monta dans sa voiture et appuya son front sur le volant. Derrière son œil droit, la douleur montait, signe annonciateur de migraine ; son estomac était noué, et elle avait l'impression que l'habitacle de la voiture se refermait sur elle. Dans sa tête résonnaient encore les paroles de l'employé de banque : « Je suis désolée, mademoiselle Traeger, mais la révision du prêt a été refusée. Dans le contexte économique actuel, les règlements et les conditions de garantie ont été remaniés de façon radicale, et ni vous ni vos sœurs ne remplissez malheureusement ces conditions. »

« Vous ne remplissez pas ces conditions. »

Vous êtes nulle.

Certes, il n'avait pas prononcé ces derniers mots, mais Maddie s'était réellement sentie nulle. Bon sang, elle avait besoin de ce prêt, que ce soit pour rénover l'auberge ou pour la faire tourner ensuite.

Sans compter les dettes qui s'accumulaient sur son compte bancaire et sur ceux de ses sœurs.

Un sanglot la secoua, mais elle refusa de se mettre à pleurer. Elle ne pouvait pas. En effet, elle avait omis de dire à Chloe et à Tara qu'elle avait rendez-vous à la banque. Ses sœurs croyaient que la décision ne serait rendue qu'en fin de semaine suivante.

À présent, elle se félicitait de son silence. Surtout parce qu'elle n'était pas certaine que cette nouvelle les bouleverserait.

Sortant son téléphone de son sac, elle composa le numéro de son père sans trop savoir pourquoi, sinon qu'elle avait envie d'entendre la voix d'une personne qui l'aimait.

— Bonjour, ma chérie, hurla-t-il en décrochant. Comment vas-tu ?

Derrière lui, des sirènes et des cris couvraient presque sa voix.

— Papa ? dit-elle, le cœur battant. Que se passe-t-il, tu vas bien ?

— La grande forme. Je suis sur le tournage d'un film d'horreur à La Nouvelle-Orléans, expliqua-t-il.

— Ah bon !

Elle se mit à hocher la tête bêtement, comme s'il pouvait la voir. Cela lui faisait du bien d'entendre son père.

— Tu me manques, dit-elle.

— Dans ce cas, viens me rejoindre, on a toujours besoin d'un coup de main.

Curieusement, cette idée la tenta.

— Je viendrai peut-être, répondit-elle.

Vu que, bientôt, elle serait à la rue.

Ils discutèrent quelques minutes de plus, puis Maddie raccrocha sans lui avoir parlé de la pagaille qui régnait dans sa vie. Et dans son cœur…

Nom d'un chien, elle avait une de ces envies de chips ! Elle se sentait capable d'en avaler un paquet entier. La mort dans l'âme, elle rentra à l'auberge. Aucune trace de ses sœurs, et la Vespa de Chloe n'était pas là non plus. Faisant demi-tour dans la cour, Maddie prit la direction du *Lucky Harbor Diner*. Là, elle trouva Tara en plein travail.

— Va-t'en, lui lança Tara par l'ouverture du passe-plat. Je suis débordée.

Parfait. Voilà qui évitait à Maddie la corvée d'avoir à lui annoncer la nouvelle, ou tout du moins la retardait.

— Je veux quelque chose de bien chaud, et qui fait grossir. *(Pour évacuer la boule d'angoisse qui m'étouffe.)* Et ne me dis pas que c'est dommage parce que je commençais juste à pouvoir rentrer dans mes jeans sans forcer, sinon je te jure que je te tricote une autre écharpe.

Tara se contenta d'acquiescer.

— J'ai exactement ce qu'il te faut : le « ragoût de boulettes des jours sans ». Œufs, bacon, fromage, et un peu de légumes pour la note diététique.

— Un ragoût ? protesta Maddie, mais les ingrédients vont se toucher !

— Ne fais pas l'enfant.

— Ils vont se toucher, Tara !

— Oui, tous les ingrédients sont mélangés, Seigneur, évidemment ! Maintenant, assieds-toi, ferme-la, et je viens te servir.

— OK. Mais je veux aussi un chocolat chaud avec un supplément de chantilly. Un très gros supplément.

Rien de tel pour faire disparaître l'amertume et la frustration qui lui nouaient la gorge. En tout cas, Maddie comptait bien là-dessus.

Quelques minutes plus tard, Maddie était en train d'arroser son chocolat d'une énième dose de chantilly quand elle décela une présence familière. Un frisson lui parcourut l'échine.

Déjà dangereusement proche de craquer, elle n'osa pas relever la tête quand les chaussures et l'éternel Levi's de Jax entrèrent dans son champ de vision.

— Comment fais-tu ? demanda-t-elle, le nez dans sa tasse de chocolat. Comment fais-tu pour toujours savoir ?

— Tu parles de l'overdose de chantilly que tu te paies en ce moment ? Je ne savais pas. J'ai un déjeuner d'affaires avec un client potentiel.

Il s'assit à côté d'elle, la poussant doucement pour qu'elle lui fasse de la place sur la banquette. Elle sentit son regard inquisiteur se poser sur elle, tandis qu'il faisait remonter sa paume chaude le long de sa nuque en même temps qu'il pressait sa cuisse musclée contre la sienne. Elle eut envie de se réfugier dans ses bras, de se faufiler sous son blouson ouvert.

À la place, elle avala une énorme cuillère de chantilly, puis se lécha les lèvres. Alors, seulement, elle risqua un regard en direction de Jax.

Il avait les yeux rivés sur sa bouche.

C'était intéressant de l'observer en train de l'observer. La vie de Maddie ressemblait à un champ de bataille, Maddie elle-même tombait en morceaux, et, pourtant, Jax continuait de s'intéresser à elle. Elle n'aurait pas cru que cela ait une quelconque importance ni que cela puisse l'aider à se sentir mieux : pourtant, c'était le cas.

— Je croyais que tu avais un rendez-vous d'affaires.

— Mon client peut attendre une minute. Parle-moi, Maddie.

— De quoi ? demanda-t-elle en secouant la bombe de crème Chantilly presque vide. Du fait que je suis à court de ma drogue préférée ? Ou préfères-tu que je te raconte mon dernier échec en date ?

Elle mit ces derniers mots sur le compte du trop-plein de sucre. Scrutant l'étiquette, elle ne trouva écrit nulle part que l'usage abusif de cette substance était susceptible de provoquer baisses d'estime et diarrhées verbales.

Jax lui prit la bombe des mains.

— Qu'est-ce que tu considères comme un échec ?

Ma vie. Les yeux brûlants et la gorge serrée, Maddie cligna des paupières. La migraine s'était installée, et elle avait l'impression que tout un orchestre de percussions s'était installé dans l'hémisphère droit de son cerveau.

— Il me faut des chips, murmura-t-elle. Des chips bien grasses et bien salées. Ça aide toujours, quand on vient de se faire jeter.

Elle avala le reste de son chocolat et s'apprêta à se lever, mais Jax l'attrapa par le poignet.

— Tu t'es fait jeter ?

C'est ça. Marcher dessus. Laminer.

— Ton rendez-vous, insista-t-elle.

— Je sais, dit-il sans la lâcher pour autant.

Elle essaya de se libérer, mais Jax l'attira contre lui et posa un baiser léger sur le coin de ses lèvres.

— Tu avais un peu de chantilly, là, expliqua-t-il.

Maddie soupira. Elle avait vraiment envie de lui, de sa présence, mais tout cela ne changerait rien au fait que son rêve venait d'être piétiné et qu'elle en souffrait atrocement.

— Je crois que ton client te fait signe, murmura-t-elle.

Jax se tourna et regarda l'homme qui, deux rangées de tables plus loin, essayait d'attirer son attention. Il lui fit signe d'attendre une minute, avant de reporter son attention sur Maddie.

— Dis-moi ce qui se passe.

— La banque a refusé de réviser l'hypothèque.

Prononcer cette phrase à voix haute lui donna la nausée. Ou alors, c'étaient les cochonneries qu'elle venait d'ingurgiter. Elle lança un regard coupable en direction de la cuisine.

— Et il faut encore que je l'annonce à Tara et à Chloe. On va devoir annuler le remplacement des portes intérieures. Bien entendu, on installera quand même les nouvelles fenêtres quand elles arriveront, et il faudra réparer le toit pour pouvoir revendre l'auberge. Je vais aussi terminer la peinture, mais on ne fera pas grand-chose de plus. Dis donc, à force d'essayer d'entendre ce qu'on dit, ton client va finir par tomber de sa chaise. Il faut que tu y ailles.

— Maddie…

Seigneur, s'il continuait à lui parler de cette voix rauque et pleine d'empathie, elle allait s'effondrer, et il n'aurait plus qu'à ramasser les morceaux. *Pas ici*, se morigéna-t-elle. *Tu ne craqueras plus jamais devant tout le monde*. En outre, cette fois, elle n'avait personne sur qui renverser du café bouillant.

— J'y vais, dit-elle d'une voix étranglée.

Elle n'avait plus la force de faire semblant. Il fallait qu'elle refasse le plein, voilà tout. Se libérant de l'étreinte de Jax, elle s'en alla.

En arrivant à l'auberge, Maddie constata que la Vespa de Chloe n'était toujours pas là. Elle se dirigea donc aussitôt vers le bureau de la marina. Même si l'affaire coulait, il faudrait que les comptes soient à jour au moment de la faillite.

Moins d'une minute plus tard, elle entendit la porte de la marina s'ouvrir et se refermer, puis la clé tourner dans la serrure. L'instant d'après, Jax était là, ses yeux caramel rivés sur elle. Son cœur se mit à battre la chamade.

— Et ton rendez-vous ? demanda-t-elle.

— Annulé à la dernière minute.

Il avait laissé tomber son client. Seigneur, à cause d'elle, il perdait des commandes de tous les côtés.

— Jax…

Contournant le bureau, il vint s'asseoir sur le bord du plateau à côté d'elle, ses longues jambes étendues devant lui.

— Tu peux essayer d'obtenir un crédit pour financer un deuxième prêt hypothécaire. Ou contacter une autre banque. Ou votre bailleur actuel, qui est certainement le mieux à même de…

— Si nous allons voir notre bailleur, il saura qu'on est dans le rouge.

— Maddie, c'est la crise ! Tout le monde est dans le rouge, vous n'êtes pas les seules. Il ne faut pas que tu renonces, dit-il gravement. Je peux vous aider…

— Non.

Elle déglutit avec peine et fit un geste de dénégation.

— Merci. C'est incroyablement gentil de ta part de le proposer, mais…

— Bon sang, mais quand vas-tu arrêter de faire cavalier seul ? Tu n'es plus seule, c'est fini, à moins que ce ne soit ce que tu souhaites.

C'était la première fois que Jax manifestait un tant soit peu de colère envers elle, et Maddie, soudain mal à l'aise, le dévisagea sans rien dire.

Il soutint son regard sans faiblir.

— Maddie, tu te rappelles le jour où tu m'as fait la liste de tous tes défauts ?

— Jax…

— Tu te rappelles, oui ou non ?

— Oui, dit-elle sèchement.

Elle détestait sentir son estomac se contracter au premier mouvement d'humeur de Jax. Il ne lui ferait pas de mal, elle en était convaincue. Jamais.

— Je suppose que tu continues à garder une lampe de poche à portée de main pour éloigner les monstres. Et je sais que tu n'aimes pas que différents aliments se touchent dans ton assiette. (Il réfléchit un instant.) Quoi d'autre ?

— J'adore *La Mélodie du bonheur*, dit-elle en levant les yeux au ciel. Et je sais réciter l'alphabet en rotant.

— Tu as oublié un défaut.

Elle en avait omis beaucoup, exprès. Mais, après tout, s'il avait envie de croire qu'elle n'en n'avait qu'un seul autre en plus de ceux déjà cités, elle n'allait pas le détromper.

— Tu as oublié de préciser que tu étais la plus grosse tête de mule de toute la planète.

S'accroupissant à côté d'elle, il posa les mains sur les accoudoirs de son fauteuil et le fit pivoter pour lui faire face. Maddie vit alors que sa colère était liée à la situation, non à elle, et que son regard ne conterait qu'affection et chaleur.

— Je peux vous aider, répéta-t-il. En me portant garant pour un nouvel emprunt hypothécaire, ou en vous aidant à présenter un dossier à une autre banque.

En entendant cette proposition, Maddie sentit sa gorge se serrer au point d'avoir du mal à respirer.

— Je n'ai pas envie d'y penser maintenant.

— À quoi as-tu envie de penser ?

— Peut-être à une orgie de chips.

Il hocha la tête, heureux de voir qu'elle essayait de détendre l'atmosphère.

— Sauf que ça risque de ne pas faire bon ménage avec la chantilly.

— Pas faux, dit-elle. Sinon, je pourrais tricoter une nouvelle écharpe à trous.

Les mains fermement agrippées au fauteuil, plus sexy que jamais, Jax secoua la tête, et Maddie eut peur qu'il n'insiste pour poursuivre cette conversation alors qu'elle n'en avait aucune envie. Mais ses craintes étaient infondées.

— J'ai quelque chose de mieux à te proposer, dit-il à voix basse, une lueur ardente dans les yeux.

À ces mots, elle se sentit fondre. Il se tenait assez près d'elle pour que ses larges épaules s'interposent entre elle et la lumière crue du néon au-dessus d'eux. Des épaules assez massives pour écarter d'un seul mouvement les obstacles qui se mettraient en travers de son chemin. De leur chemin à tous les deux.

Cet homme était capable de chasser momentanément tous les tracas de Maddie, de l'aider à oublier tout ce qui n'allait pas et à accepter la seule chose dans sa vie qui la rende heureuse.

Et cette chose, c'était lui. Il a bien raison, pensa-t-elle en regardant son torse musclé. Elle savait qu'il était à la fois doux et solide et qu'en se réfugiant contre lui elle se sentirait bien et en sécurité tout en goûtant au plaisir d'être désirée.

Il caressa les jambes de Maddie avant de soulever son pull pour la prendre par la taille. Comme toujours, le contact de ses mains rudes et chaudes la fit frissonner de bien-être.

— Tu es de nouveau stressée.

— Oui.

Elle se mordit la lèvre, mais les mots lui échappèrent malgré tout.

— La dernière fois, tu m'as bien détendue. Tu es très doué pour ça.

— Oui. Tout ce que tu voudras, Maddie.

Voilà encore un trait qui le distinguait des autres hommes qu'elle avait connus : il n'hésitait pas à la faire passer avant tout le reste. Ils ne se connaissaient que depuis deux semaines et demie, et il était prêt à tout pour elle. À cette idée, une profonde émotion la submergea. De toutes ses forces, elle tenta de la tenir à distance… pour y céder totalement lorsque Jax entreprit de la débarrasser de son sweat-shirt.

Au-dessous, elle portait un soutien-gorge blanc sans grand charme, mais, quand elle s'était habillée ce matin-là, elle n'avait pas pensé le montrer à qui que ce soit.

Jax caressa son corps des yeux, dévorant du regard la courbe douce de ses seins ; apparemment, la sobriété de sa lingerie ne le dérangeait pas. Tant mieux. Maddie rentra le ventre au cas où, mais il ne semblait pas avoir l'intention de regarder plus bas.

En fait, il leva la tête et planta ses yeux dans les siens.

— Tu es tellement belle, Maddie…

Puis il l'embrassa.

Oui. Oh, oui, elle commençait déjà à se sentir beaucoup mieux. Quand leurs bouches s'ouvrirent et que leurs langues se touchèrent, elle glissa la main sous la chemise de Jax pour toucher sa peau brûlante.

— Ici ? demanda-t-elle.

— Non, répondit-il en la soulevant du fauteuil pour l'asseoir sur le bureau. Ici.

Le regard ardent, il posa les mains à l'intérieur de ses cuisses pour lui écarter les jambes, puis il vint tout contre elle. Quand il commença à frotter lentement son sexe en érection contre son ventre, elle faillit perdre la tête. Elle lui arracha le bouton de son jean et allait s'attaquer à sa fermeture Éclair quand il lui saisit les mains pour l'arrêter. Da sa bouche, il frôla la nuque de Maddie, remontant vers son oreille. Puis il l'attrapa fermement par les hanches.

— Doucement, cette fois, souffla-t-il dans son cou.

Il lâcha ses hanches pour la caresser, titiller la pointe de ses seins.

— On a tout le temps…

Oui, mais elle n'avait pas envie de réfléchir. Elle voulait tout oublier. Tout de suite. Sans doute n'avait-elle pas pensé y parvenir de cette façon, mais c'était lui qui avait commencé, et, à présent, elle était à fond dans l'action. Vraiment à fond. De nouveau, elle tendit la main ; cette fois, elle parvint à ouvrir son jean et… oh, oui, à enrouler ses doigts autour du sexe de Jax ! Il était dur et brûlant…

— Maddie.

Elle leva la tête pour lui dire qu'il était hors de question qu'il songe à s'arrêter maintenant, mais, au même instant, il leva la main vers son visage.

Elle eut un mouvement de recul involontaire.

Il s'immobilisa. Pendant quelques secondes atroces, elle fit de même. Puis elle ferma les yeux, débordée par un sentiment de gêne et de frustration mêlées, et se laissa aller en arrière, se cognant la tête sur le bureau.

— Je suis désolée, je ne sais pas ce qui m'a pris. Vraiment pas.

Calme et silencieux, il se pencha sur elle et lui saisit délicatement la nuque, sans doute pour vérifier qu'elle ne s'était pas fendu le crâne.

Elle aurait pu lui dire que seul son cœur était fendu en deux, son cœur stupide et buté. Horrifiée, elle n'ouvrit pas les yeux. Elle avait confiance en lui, plus qu'en aucun homme qu'elle avait connu, et elle ne parvenait réellement pas à s'expliquer son geste.

— Maddie, regarde-moi.

Quand elle se résolut enfin à le regarder, elle vit qu'il n'était pas en colère.

— Ne t'excuse pas, Maddie. Jamais.

Oui, mais comment faire autrement ? L'instant d'avant, elle était à deux doigts de le réduire à sa merci, et à présent… à présent, il se dégageait d'entre ses jambes et s'éloignait d'elle.

— On ne doit plus faire ça, dit-il d'une voix calme et affreusement douce. Pas comme ça, plus jamais.

— Jax, je sais que tu ne me feras jamais de mal.

— Non, tu n'en sais rien. Il est trop tôt pour ça. Mais ça viendra un jour. Ce n'est pas pour ça qu'on doit arrêter…

— Mais alors, pourquoi ? s'écria-t-elle.

La mâchoire de Jax était agitée d'un tic nerveux, comme s'il lui en coûtait de mettre fin à leurs ébats. En tout cas, elle, elle n'en pouvait plus ; tout son corps parcouru de frissons en voulait encore.

— Parce que je viens de m'apercevoir que je ne veux pas être une simple échappatoire pour toi. Je veux plus que ça. Oui, dit-il en la voyant bouche bée, je ne sais ni quand ni comment c'est arrivé, mais j'en suis là.

Il la regarda un long moment, s'attendant manifestement à ce qu'elle dise quelque chose, peut-être qu'elle partageait ses sentiments, mais Maddie avait la gorge tellement serrée qu'il lui était impossible de parler. Avec un petit signe de tête désabusé, il lui tendit son sweat-shirt avant de remonter la fermeture de son jean et de se diriger vers la porte. Là, il marqua une pause.

Maddie retint son souffle. Il n'allait quand même pas partir comme ça ? Il allait revenir vers elle, et tous deux riraient de la situation, s'accordant à dire que tout cela n'était que des taquineries…

Dans une seconde, il serait là…

— Prends soin de toi, Maddie.

Elle sursauta en entendant la porte se refermer avec un claquement qui lui sembla terriblement définitif.

De toute évidence, il prenait les choses très au sérieux.

Comment pouvait-il garder un calme olympien alors qu'elle tremblait encore de tout son corps ? Balayant le bureau de la main, elle attrapa le premier objet à sa portée – une chemise cartonnée – et la jeta en direction de la porte par où Jax avait disparu. Le dossier parcourut trois mètres avant de s'ouvrir et de s'écraser sans dommage sur le sol. *Qu'il aille au diable. Et Jax aussi.*

— Parfait, dit-elle tout haut.

Pourtant, les choses étaient loin d'être parfaites, comme en attestaient les tremblements qui continuaient à la secouer, sans compter le roulis de son estomac. Elle posa les yeux sur le bureau où s'alignaient les dossiers qu'elle avait eu tant de mal à classer. Elle avait besoin de faire quelque chose, et tout de suite. Quelque chose d'énorme. Quelque chose de nouveau.

Son regard s'arrêta sur les clés accrochées au tableau, et plus particulièrement sur celles des bateaux de pêche. Elle en arracha un jeu et sortit en trombe de la pièce pour se diriger vers l'embarcadère. Il était temps qu'elle s'offre un voyage en solitaire d'un tout autre genre.

La voix calme et patiente de Ford lui revint en mémoire, et elle appliqua ses conseils à la lettre pour sortir de la marina. Le vent était faible, et la mer relativement calme. Comme le ciel était très couvert et que, par ailleurs, elle n'était pas stupide, Maddie resta tout près des côtes. C'était une sortie agréable, et elle se sentit pleine de fierté de l'avoir entreprise par et pour elle-même.

Quand elle commença à avoir froid, elle prit le chemin du retour. Elle eut un peu de mal à accoster, mais elle finit par y arriver, même si la coque du bateau heurta accidentellement le bord de l'embarcadère. Elle grinça des dents mais ne s'appesantit pas sur l'incident : après tout, c'était à ça que servaient les assurances.

Elle amarra l'embarcation, puis retourna accrocher les clés au tableau. Là, elle hocha la tête d'un air satisfait. Elle avait réussi. Toute seule. Et si elle pouvait partir seule en bateau, elle était capable de tout. Peut-être même d'entretenir une relation avec un homme sans la saboter.

Chapitre 18

Attachez-vous d'abord aux faits.
Vous aurez tout le temps de les déformer ensuite.
Phoebe Traeger

— Aujourd'hui, ç'aurait été l'anniversaire de maman.

Quand Chloe prononça cette phrase d'un air détaché au petit déjeuner ce matin-là, Tara et Maddie la dévisagèrent, surprises.

— C'est vrai, ajouta Chloe en avalant une bouchée de pancake aux myrtilles, elle aurait eu cinquante-cinq ans aujourd'hui. Elle avait hâte d'atteindre cet âge, parce qu'il lui aurait permis de bénéficier des réductions dont elle parlait tout le temps.

Tara consulta Maddie du regard.

— Tu le savais, toi ?

Maddie fit un signe désapprobateur, l'air préoccupée. Elle n'arrivait pas à se sortir de la tête la scène de la veille, lorsque Jax l'avait plantée là, dans le bureau.

— Chaque fois que je lui demandais son âge, elle me répondait qu'elle n'en avait pas. Elle fêtait l'anniversaire de Jerry Garcia, le guitariste du Dead, comme si c'était le sien.

— C'est ce qu'elle m'a toujours dit, à moi aussi, dit Tara avec un sourire réticent.

— Grand-mère m'a montré le certificat de naissance de maman, expliqua Chloe. C'est comme ça que je le sais.

Maddie en resta bouche bée.

— Tu as son certificat de naissance ? Où est-elle née ?

— Ici, répondit Chloe avec un sourire. Enfin, à Seattle, mais c'est tout comme, pas vrai ? D'après ce que je sais, elle a grandi à Lucky Harbor.

L'idée que Phoebe était allée à l'école et avait eu une maison à Lucky Harbor rendit Maddie mélancolique. Elle souffrait d'en savoir si peu sur sa mère, et elle prenait beaucoup sur elle pour ne pas le montrer. Elle s'efforçait également de ne pas en vouloir à son père de ne l'avoir pas encouragée à passer outre cette distance physique et sentimentale. Elle préférait se concentrer sur ce que Phoebe lui avait réellement apporté.

Elle avait enfin avoué à ses sœurs le refus essuyé la veille, lors de son rendez-vous à la banque. À sa grande surprise, celles-ci avaient paru sincèrement déçues. Ou, du moins, elles avaient feint de l'être, ce qui était charitable de leur part. Toutes trois s'étaient mises d'accord pour s'adresser à un nouvel établissement bancaire, bien que, Maddie en fût relativement certaine, ni Tara ni Chloe ne s'attendait à ce que cette démarche donne de meilleurs résultats. Toutefois, elles avaient décidé de rester jusqu'à la fin du mois pour achever les rénovations, s'en tenant au strict minimum pour pouvoir mettre la propriété en vente. Maddie espérait pouvoir rouvrir l'hôtel et le faire tourner jusqu'à la vente. Et qui sait ? Peut-être que ça marcherait si bien qu'elles pourraient se passer de le vendre. On n'est jamais à l'abri d'un miracle !

Dans le pire des cas, Maddie rentrerait à L.A. et essaierait de retrouver du travail grâce au réseau de son père. Toutefois, elle espérait ne pas devoir en arriver là. Elle faisait de son mieux pour ne pas y penser, en tout cas, pas encore. L'image de Jax lui traversa l'esprit – encore un sujet auquel elle évitait de penser –, et son cœur se serra, mais elle n'en leva pas moins son verre de jus d'orange.

— À toi, maman.

Tara et Chloe la dévisagèrent comme si elle était devenue folle, mais Maddie leur enjoignit de l'imiter, et elles obéirent docilement.

— J'aimerais boire à la personne que tu étais, reprit Maddie, mais je ne te connaissais pas assez pour ça. Alors, à la place, je crois que je vais porter un toast à celles que nous sommes devenues grâce à toi.

— Ça me plaît, dit Tara. Buvons à la disparition des rancunes et des regrets. Buvons à ce qui aurait pu être et à ce qui sera.

— Joyeux anniversaire, maman, dit Chloe d'une voix douce.

Pour une fois, il n'y avait nulle trace de sarcasme ou d'ironie dans son regard.

— Joyeux anniversaire, répétèrent Tara et Maddie.

— Oh, et joyeux anniversaire à Jerry aussi, ajouta Chloe.

Toutes trois éclatèrent de rire. Elles trinquèrent, en un geste de paix et de solidarité comme elles en avaient peu connu depuis leurs retrouvailles.

Chloe avala d'un coup le reste de son jus d'orange avant de reposer son verre sur la table.

— Tara, Maddie voudrait te dire un truc. Tu ronfles.

— Je te demande pardon ? dit Tara en plissant les yeux. C'est faux.

— C'est vrai. Tu ronfles comme un sonneur. Ou comme un grizzly qui souffrirait d'apnée du sommeil. Dis-lui, Maddie.

Celle-ci eut une grimace.

— Alors, en fait..., commença-t-elle.

— Je n'arrive pas à croire que tu viens de me comparer à un grizzly ! dit Tara à Chloe.

— Et aussi à un sonneur.

Maddie soupira et s'empara de son tricot. Le cessez-le-feu venait officiellement de prendre fin.

Quand l'aube s'était levée, ce même jour, Jax avait renoncé à essayer de dormir et il était sorti du lit. Il y avait quelque chose d'absurde à se dire qu'il était revenu à Lucky Harbor pour vivre la vie de farniente à laquelle il avait toujours aspiré… tout cela pour découvrir qu'en réalité, il n'était pas fait pour l'inaction.

Au contraire d'Izzy, qui dormait comme un bébé.

— Debout, c'est l'heure !

Izzy serra plus fort les paupières.

— On va courir.

Jax aurait juré qu'elle avait levé les yeux au ciel. Avec un soupir, il sortit sans elle. Quand il rentra, Izzy l'attendait sur le porche.

— Tu as préparé le petit déjeuner ? lui demanda-t-il.

Elle le considéra d'un œil sceptique, comme pour lui dire : « Désolée, mec, mais je n'ai pas de pouces opposables, sinon je l'aurais fait avec plaisir. »

Après s'être douché et habillé, Jax se rendit dans son bureau, où Jeanne lui tendit un café et le laissa seul. Trois heures après, elle réapparut.

— Je suis à jour dans mon travail, annonça-t-elle. Je vais faire les boutiques, j'ai besoin de lingerie.

— Et en quel honneur me fais-tu part de ce détail ? demanda Jax avec une grimace.

— Je pensais que tu aurais peut-être envie que je choisisse un cadeau pour quelqu'un.

— Genre, qui ?

— Genre, une des sœurs Traeger, la jolie blonde ébouriffée. Celle avec qui tu es en froid.

— Quoi ? s'exclama Jax, incrédule. Comment peux-tu être au courant d'une chose pareille ?

Elle sourit.

— En fait, je ne sais rien, sinon que tu as l'air d'avoir le cafard. Qu'est-ce que tu as fait ? Non, ne me dis rien : je suis sûre que c'était complètement idiot, sûrement un truc de mec. Alors, je prends quoi ? Du noir avec de la dentelle ou du blanc transparent ?

Seigneur.

— Je crois que tu ferais mieux de t'occuper de tes affaires.

— Oui, mais ce serait moins drôle.

S'approchant de lui, elle lui adressa un regard plein de compassion et lui fit une bise sur la joue.

— Tu pourrais arranger ça comme le fait Steve quand on se dispute.

— Et comment procède-t-il ? demanda Jax avec un soupir.

— Facile. Tu n'as qu'à admettre que tu avais tort. Le fait que Steve ait systématiquement tort marche très bien pour notre couple.

Elle lui tapota gentiment le bras avant de prendre congé.

Resté seul, Jax réfléchit. Il ne pensait pas avoir tort en souhaitant que Maddie prenne leur relation au sérieux. En revanche, il se sentait… faible et vulnérable, et il détestait cela.

Non, il n'avait pas tort.

Arrête de penser, espèce d'idiot. Il sortit par la porte de derrière. La matinée était fraîche, et le froid mordant lui rappela que l'hiver était arrivé. Au lieu de se rendre dans son atelier, il s'engouffra dans sa Jeep en compagnie d'Izzy et partit faire un tour.

Pour se retrouver comme par hasard à l'auberge.

Les lieux semblaient déserts. Il entra dans l'hôtel en se faisant la réflexion qu'il faisait plus chaud dehors qu'à l'intérieur. Personne n'avait allumé le chauffage, ce jour-là. Il traversa le rez-de-chaussée, le parquet à moitié décapé craquant sous ses pieds. Il considéra les murs qui attendaient d'être peints, les salles de bains où manquaient les nouveaux meubles, et sentit un élan de frustration le traverser.

Les choses n'auraient pas dû se passer ainsi.

Soudain, il entendit un bruit sourd au-dessus de sa tête. Il monta l'escalier quatre à quatre mais, en trouvant le premier étage désert, il poussa l'ascension jusqu'au grenier. La pièce s'étendait sur toute la longueur de l'auberge. Pour l'heure, on y avait entreposé presque tous les meubles en attendant que le sol des autres étages soit refait. Il y avait des bâches partout, ainsi que des piles de cartons remplis de bric-à-brac datant de l'époque des grands-parents de Maddie.

Il régnait un froid polaire qu'il attribua à la fois aux courants d'air et au regard glacial que lui lança Maddie pour saluer son arrivée. Assise par terre, son BlackBerry à la main, elle répertoriait le contenu d'un carton posé devant elle.

— Salut, dit-il sans avancer davantage, de crainte qu'elle ne le réduise instantanément en statue de sel.

Elle ne répondit pas.

— Qu'est-ce que tu fais ?

— J'essaie de trouver ce qu'on peut revendre pour payer les factures de ce mois-ci.

— Maddie…, commença-t-il, l'air abattu.

— Ceci est une zone « non-parleur ».

Comme il ne faisait pas mine de s'en aller, elle soupira, libérant un petit nuage de condensation qui témoignait du froid qui régnait dans la pièce.

— D'accord, dit-elle.

Désignant du menton quelque chose derrière lui, elle demanda :

— Tu peux me dire si cette bâche, par hasard, ne dissimule pas un banc ancien en noyer ? Je sais qu'il y en a un ici. Quelqu'un sur eBay en possède un semblable, et il en cherche un deuxième pour faire la paire. Il est prêt à en donner 350 dollars. Si je pouvais tirer la moitié de cette somme du nôtre, je serais contente.

Il se dirigea dans la direction indiquée.

— Tu ne devrais pas travailler ici. Il fait trop froid.

— Il semblerait que le malaise financier soit un excellent moyen de se réchauffer.

Il détestait la manière dont ces problèmes d'argent la stressaient.

— Où sont tes sœurs ?

— Elles ont pris la voiture pour aller à Seattle. Elles doivent se rendre dans deux dépôts-ventes d'antiquités pour demander à leurs gérants si ça les intéresserait de nous racheter certains meubles.

— Si vous vendez tout, comment feras-tu quand tu rouvriras l'auberge ?

Elle le regarda comme si elle s'inquiétait du niveau de son QI, avant de se replonger dans son BlackBerry. Deux petites taches rouge vif rehaussaient ses pommettes. Ses yeux brillaient – un peu trop, à vrai dire. Et ses lèvres pulpeuses étaient pincées.

C'est alors qu'il comprit. Elle n'était pas en colère contre lui.

Elle était blessée.

— Maddie.

— Va-t'en. En ce moment, je déteste tout le monde, et je suis à peu près sûre que tu fais partie du lot.

— Je ne te crois pas.

— Si, je t'assure.

— Je pourrais te faire changer d'avis à mon sujet.

— Je n'en doute pas une seconde. Cela dit, je ne te conseille pas d'essayer. Tu risques de prendre un coup là où ça fait très mal.

À cette remarque, il ne put s'empêcher d'éclater de rire, et elle tourna vivement la tête vers lui.

— Ce n'est pas drôle ! J'avais envie de toi, et tu es parti !

— Justement. Je voulais que tu aies envie de moi, vraiment de moi, pas seulement de...

— Tu n'as rien d'une distraction pour moi. Je mets juste un peu plus de temps que toi à intégrer certaines choses.

Il la regarda dans les yeux et vit qu'elle disait la vérité. Se rappelant les conseils de Jeanne, il rendit les armes.

— J'ai eu tort d'aller aussi loin.

— Mazette. Un homme qui connaît le mot « tort ». Tu me réserves d'autres surprises de ce genre ?

— Je ne sais pas. Il va falloir que tu viennes vérifier toi-même.

Sourcils levés, elle le considéra un instant.

— Déshabille-toi.

Peu de choses surprenaient Jax, mais l'ordre de Maddie le déconcerta. Pourtant, avec un nouvel éclat de rire, il obéit et ôta sa chemise.

Le regard de Maddie s'attarda sur ses pectoraux, puis sur ses tatouages. Comme pour contredire la lueur rêveuse apparue dans ses yeux, elle haussa légèrement les épaules, feignant l'indifférence.

Indifférence, tu parles.

— Ce n'est pas la première fois que je te vois torse nu, lui fit-elle remarquer froidement.

Puis elle ajouta quelque chose à voix si basse qu'il dut se pencher vers elle pour entendre :

— Je crois que j'aimerais bien te voir sans pantalon.

— Ça t'est déjà arrivé aussi.

— Tu te permets de contredire une femme au bord de la crise de nerfs ?

Il faillit rire de nouveau mais se retint à temps, d'autant plus qu'elle continuait à lui adresser ce regard faussement meurtrier qu'il trouvait presque intimidant. Mais, au moins, elle le regardait. Et le rose de ses joues n'avait plus rien à voir avec le fait qu'elle soit blessée ou gênée. Mission presque accomplie.

Son regard rivé à celui de Maddie, Jax défit les boutons de son Levi's, retenant son souffle pour se préparer à la morsure du froid, puis il descendit son jean sur ses cuisses.

Les yeux de la jeune femme se posèrent sur son caleçon vert bouteille. Lentement, elle posa son BlackBerry puis, toujours sans la moindre hâte, elle se leva.

— J'essaie de te détester.

— Mais tu n'y parviens pas.

— Je pourrais. Avec le temps.

— Dans ce cas, je te ferais encore changer d'avis.

— Sauf que je suis une tête de mule, tu te souviens ?

— Oui, mais je sais me montrer très persuasif.

Elle se mordilla la lèvre, pensive. S'il en croyait ses tétons dressés sous son sweat-shirt, elle avait complètement renoncé à le haïr.

— Tu es… euh, commença-t-elle en désignant l'érection qui distendait son caleçon.

— Oui.

Vu le froid sibérien qui régnait dans la pièce, il était aussi surpris qu'elle.

— Je croyais que ça rétrécissait avec le froid, dit-elle sans détourner le regard du « ça » en question.

Il ouvrit la bouche pour répondre, puis la referma. Maddie était la seule personne au monde à pouvoir le laisser sans voix. Il était là, immobile devant elle, torse nu et le pantalon à demi baissé. Soudain, elle avança d'un pas et ôta son sweat-shirt.

En dessous, elle portait un soutien-gorge de satin bleu pâle qui peinait à contenir sa poitrine pleine. Tandis que, l'eau à la bouche, il dévorait ce spectacle des yeux, elle déboutonna son jean et le fit glisser jusqu'à ses chevilles.

— Merde, dit-elle en levant les yeux vers lui. Tu m'excuseras, je n'avais pas imaginé faire un strip-tease, aujourd'hui. Il faut que j'apprenne à être plus prévoyante.

Si elle évoquait le fait que sa culotte, un string rouge de dentelle, n'était pas assortie à son soutien-gorge, Jax n'en avait que faire. En ce qui le concernait, il se sentait proche de la rupture d'anévrisme.

Elle tenta de se débarrasser de son pantalon d'un coup de pied, mais il resta accroché à sa chaussure.

— Il va aussi falloir que j'envisage quelques séances d'entraînement, commenta-t-elle.

Il rit de bon cœur, tandis qu'elle se détournait de lui en maugréant pour délacer ses chaussures.

Soudain, l'hilarité de Jax prit fin, remplacée par une vague de désir pur. C'était la faute de ce joli petit string qui séparait ses fesses en forme de cœur et faisait remonter d'un coup la température de la pièce.

— Maddie…

La voix de Jax était éraillée et sa gorge sèche. Sans doute parce que le sang n'irriguait plus qu'une seule partie de son corps.

— Oui ? dit-elle en continuant de se battre avec ses lacets.

Avant qu'il puisse répondre, le portable de la jeune femme, posé par terre, deux mètres plus loin, se mit à sonner. Toujours empêtrée dans son jean, elle partit le récupérer à quatre pattes.

Jax en était sûr, à présent : il allait faire une attaque. Il la sentait venir.

— Peux pas, dit-elle au téléphone, toujours à quatre pattes. Je…

Elle lança un coup d'œil par-dessus son épaule ; de nouveau, son regard se posa sur le caleçon distendu de Jax.

— Il faut que j'y aille, dit-elle à son correspondant.

Elle raccrocha. Les yeux toujours rivés sur Jax, elle eut un temps d'hésitation.

— Nous sommes dans un grenier glacial. Occupés à montrer nos… parties intimes.

— Oui.

— Il serait temps qu'on grandisse.

— Peut-être. Mais pas aujourd'hui.

Sans quitter des yeux le sexe dressé de Jax, elle prit une grande inspiration.

— Hier, tu m'as dit que tu refusais d'être une échappatoire pour moi.

— C'était une affirmation stupide avancée par un idiot qui n'avait plus toute sa tête.

— Et tu te sens mieux, maintenant ?

— Oui. Entre nous, ce n'est pas qu'une question de sexe. Alors, si tu as besoin d'une échappatoire et que tu veux te servir de mon corps pour te changer un peu les idées, je serai ta victime consentante.

— C'est vraiment magnanime de ta part.

Comme pour signifier à Maddie qu'il avait fini de jouer, Jax lui fit signe d'approcher.

Elle se leva, fit un pas vers lui… et chuta en avant dans un grand bruit sourd.

— Seigneur.

Il se précipita sur elle et, tombant à genoux, prit le visage de Maddie entre ses mains.

— Tu ne t'es pas blessée ?

— Quelle empotée je fais ! s'exclama-t-elle avec une grimace. Dis-moi que tu possèdes un talisman contre la maladresse chronique.

— Ça oui, j'en ai un.

Les tétons de Maddie semblaient près de crever le tissu de son soutien-gorge. Jax les titilla du pouce.

— Je le garde pour toi.

Maddie retint son souffle sous sa caresse.

— Il nous reste quelques vêtements à enlever, ajouta Jax.

Il se pencha pour achever de dénouer les lacets de la jeune femme avant de s'occuper des siens. Ils ôtèrent rapidement leurs chaussures, puis, pour finir, se débarrassèrent de leurs pantalons.

— Les sous-vêtements, maintenant ? proposa Maddie.

Elle effleura le devant de son caleçon, sur toute la longueur du sexe tendu sous l'étoffe, arrachant un grognement à Jax.

Il allait l'attirer contre lui quand la sonnette de l'entrée retentit.

— Je crois que je vais tuer quelqu'un, dit Maddie.

— Sawyer n'aimerait pas ça du tout. Trop de paperasse.

Lorsque la sonnerie se fit de nouveau entendre, Maddie se dirigea vers la fenêtre, toujours à quatre pattes.

Le regard rivé aux fesses de la jeune femme, Jax la rejoignit, dans l'idée de lui arracher sa jolie culotte avec les dents.

Ensuite, il l'attraperait par les hanches et s'introduirait en elle d'un coup. Oh oui, et après…

— C'est Lucille, siffla-t-elle. Je ne peux pas tuer Lucille.

— Elle va s'en aller.

Il posa sa bouche sur la hanche de Maddie et, passant la langue sous la dentelle de son string, lécha sa peau avec gourmandise.

— Mais elle…, murmura-t-elle.

Quand il commença à la mordiller, elle plaqua la main sur la vitre, affolée.

— Oh, mon Dieu !

— Donne-moi une minute, et la prochaine chose que tu diras, c'est « Oh, Jax ! »

Il remonta lentement une main à l'intérieur de la jambe de Maddie jusqu'à rencontrer la dentelle de sa culotte.

— Écarte les jambes, Maddie, dit-il en embrassant l'arrière de sa cuisse.

Elle obéit, et son autre main rejoignit la première sur la vitre. Soudain, elle se raidit, et Jax devina que l'excitation n'avait rien à voir avec cette tension.

— Elle me voit, souffla-t-elle. Elle croit que je lui fais signe.

Elle le regarda, affolée.

— Elle sait que tu es là. Ta Jeep est garée dans la cour. Et moi, je suis à moitié nue devant la fenêtre.

— Elle a cent dix ans. Aucun risque qu'elle arrive à distinguer ce détail, dit-il en l'embrassant dans le cou. Elle va s'en aller.

— Non, je ne pense pas, répondit-elle en lui assenant une petite claque sur la main quand il tenta de dégrafer son soutien-gorge. La dernière fois que nous avons été vus ensemble, notre baiser sur la jetée a fait le tour de la ville. Et ce qu'on fait maintenant, ajouta-t-elle en lui donnant un petit coup de coude, je refuse que tout le monde en parle. Ça ne regarde que nous.

Avec un soupir, il s'assit sur ses talons pendant qu'elle remettait son jean, se tortillant un peu pour le refermer. Il vit à regret disparaître son superbe fessier, mais observa avec intérêt ses seins s'agiter dans le processus, tant et si bien que ses tétons s'échappèrent l'un après l'autre du soutien-gorge. *Seigneur.*

Maddie attrapa son sweat-shirt et l'enfila à l'envers, masquant à Jax sa plus belle vue de toute la semaine.

— Merde ! s'exclama-t-elle en ôtant de nouveau le vêtement.

Tout en s'escrimant à le remettre à l'endroit, elle remarqua que Jax n'avait toujours pas bougé d'un pouce.

— Habille-toi ! ordonna-t-elle.

— J'adore ton côté dominatrice. Tu pourras me le refaire quand nous serons dans un lit ? Ça m'excite.

Elle lui lança sa chemise.

— Dépêche-toi ! On descend ensemble.

— C'est dommage, j'aurais préféré qu'on monte. Au septième ciel.

— Arrête de m'allumer ! protesta-t-elle.

Lucille était une grande bavarde. Maddie perdit rapidement le fil de la conversation, s'efforçant simplement de hocher la tête au bon moment pour faire semblant de suivre – et cela durant huit longues minutes. Pendant tout ce temps, elle fut incapable de faire abstraction de la présence du grand homme silencieux qui se tenait derrière elle, hors de vue, dégageant des ondes presque palpables de désir et de frustration sexuelle.

L'ancienne Maddie, celle qui faisait passer les besoins des autres avant les siens, n'était plus.

— Lucille, dit-elle soudain. Je suis absolument désolée, mais il faut que j'y aille.

Bien qu'un peu intriguée, la vieille dame acquiesça.

— Très bien, ma chérie. Passe me voir dès que tu en as l'occasion, et nous finirons de discuter de ce projet.

— Sans faute. Je viendrai, c'est promis. Ce... euh... projet me semble vraiment valoir le coup. Comme projet, ça m'a l'air d'un... super projet.

Maddie referma la porte et respira un grand coup, les yeux clos. Elle sentit Jax arriver derrière elle, irradiant la testostérone et les phéromones, et porteur du seul projet qui lui importe pour l'heure.

Il repoussa ses cheveux sur le côté pour lui déposer un baiser sur la nuque, et l'enlaça. Maddie rejeta la tête en arrière sur l'épaule de Jax, tandis qu'il lui effleurait le ventre, puis les seins.

— Je t'emmène à la maison, dit-il d'une voix rauque dont la sensualité fit frissonner Maddie. (Il titilla un instant la pointe de ses seins avant de lui prendre la main.) On va chez moi.

Elle ouvrit la bouche pour répondre, mais il l'avait déjà poussée vers la porte, lui laissant à peine le temps d'attraper son sac, et elle se retrouva dehors en moins de deux.

— Jax...

— Ceci est une zone « non-parleur », coupa-t-il en reprenant les propres termes de Maddie.

— Attention ! Lucille à douze heures ! souffla alors celle-ci en désignant la cour, où la vieille dame cheminait à l'allure d'une tortue en direction de sa voiture.

— Merde, dit Jax en tirant vivement Maddie à l'intérieur de l'auberge.

De là, ils observèrent Lucille qui, au bout d'une minute qui leur sembla infinie, monta enfin dans son véhicule.

— Elle me tue ! marmonna Jax.

Il fallut encore plus longtemps à Lucille pour faire demi-tour et sortir de la propriété.

Quand elle eut finalement disparu, Jax entraîna Maddie au-dehors ; avec ses longues jambes, il avançait si vite qu'elle dut courir pour se maintenir à sa hauteur. Izzy bondissait à leurs côtés, les oreilles dressées et l'œil pétillant, comme si on l'entraînait dans une folle aventure. Maddie laissa échapper un petit rire mi-nerveux, mi-amusé. Et cent pour cent avide.

Arrivé à la Jeep, Jax l'appuya contre la portière et se pencha pour l'embrasser, possessif et ardent, comme s'il voulait la convaincre qu'elle avait envie autant que lui de ce qui allait arriver.

Passant ses bras autour du cou de Jax, elle se colla davantage à son corps.

— Pied au plancher, lui dit-elle avant de lui passer la langue sur le bord de l'oreille.

Il tressaillit et la poussa sans plus de façons à l'intérieur de la voiture. Ils traversèrent Lucky Harbor dans un silence que seul venait troubler le battement du sang dans les tempes de Maddie. Elle était si tendue qu'elle faillit crever le plafond de l'habitacle quand il lui toucha la cuisse.

— C'est l'excitation, expliqua-t-elle. Pas... Enfin, tu sais.

— Je comprends.

Il entrelaça ses doigts aux siens sans rien ajouter.

Cela convenait très bien à Maddie. Même si sa vie en avait dépendu, elle aurait été incapable de tenir la moindre conversation. Pas dans l'état où elle était. Non, le seul moyen de la calmer, c'était un orgasme. Provoqué par un homme. Par Jax.

Sans tenir compte des limites de vitesse, celui-ci entra dans un quartier calme surplombant la ville, cent mètres au-dessus de l'océan. Sa maison était la dernière de la rue et la plus proche de la falaise.

En sortant de la voiture, Maddie s'arrêta, le souffle coupé par la beauté du paysage. D'un bleu profond, l'océan s'étendait à perte de vue, étincelant sous les rayons du soleil.

— C'est magnifique, murmura-t-elle en avançant de quelques pas.

— Plus tard, dit Jax. On a autre chose à faire.

Il l'entraîna dans sa maison, lui faisant traverser en toute hâte des pièces spacieuses dotées de hauts plafonds aux poutres apparentes, de parquets et de superbes boiseries. L'instant d'après, ils étaient dans sa chambre.

— Maintenant, je vais te renverser sur le lit et m'employer à te faire hurler de plaisir, lui chuchota-t-il à l'oreille.

À ces mots, elle poussa un gémissement, déjà en transe.

— Oui ou non, Maddie ?

— Oui. Mille fois oui.

À peine avait-elle exprimé son assentiment que, joignant le geste à la parole, il l'avait soulevée et jetée en travers du lit. Une fraction de seconde plus tard, il était à califourchon sur elle. Dans son regard, elle retrouva la flamme qui s'était allumée un peu plus tôt dans le grenier. Il lui prit les lèvres et glissa les mains sous son sweat-shirt pour venir, une fois de plus, caresser ses tétons. Il ne s'interrompit que le temps de lui ôter son vêtement et de retirer sa propre chemise. Elle n'arrivait pas à détacher son regard de lui.

Penché sur elle, il embrassa ses seins, qui menaçaient de jaillir hors de son soutien-gorge. Tout à coup, celui-ci disparut comme par magie.

— J'adore ta peau, dit-il en un souffle.

Sa langue brûlante jouait avec les mamelons érigés de la jeune femme. Puis il les prit dans sa bouche et les suça avec force, jusqu'à ce qu'elle se torde de plaisir sous ses caresses.

— Tu as la peau si douce…

— C'est grâce aux lotions de Chloe, dit-elle bêtement.

Sa réflexion arracha à Jax un rire étouffé.

— Je suis sûr que les lotions n'y sont pour rien.

Sa voix était si grave que Maddie songea qu'elle n'avait jamais rien entendu de plus sensuel, et qu'elle aurait pu jouir rien qu'en l'écoutant. Jax fit encore monter la tension en glissant le bout des doigts sous la ceinture du jean de Maddie.

— Oh, mon Dieu, s'exclama-t-elle.

— Je sais…

Haletante, elle émit un petit rire.

— Non, ce n'est pas ce que je voulais dire.

Les mains posées sur le torse de Jax, elle le força à relever la tête pour qu'il la regarde.

— Tu as mis la main dans mon pantalon !

— Euh... oui, dit-il avec un mélange d'amusement et de concupiscence. Et je comptais même aller plus loin.

— Tu ne comprends pas, gloussa Maddie, c'est juste que tu n'as pas eu besoin de le déboutonner ! Je crois qu'à force de transporter des gravats et de débiter des cagettes à la hache, j'ai minci.

Les yeux de Jax étaient emplis d'un désir qui assombrissait ses prunelles.

— Et ça t'excite ? demanda-t-il.

— Oui, dit-elle avec un sourire, en emprisonnant le visage de l'homme entre ses mains. Mais, toi, tu m'excites encore plus.

— Tant mieux. Toi aussi, tu me fais de l'effet.

Comme pour le lui prouver, il prit la main de Maddie et la plaça sur son sexe en érection.

— Maintenant, fini de parler.

D'un geste vif, il lui retira son jean puis il sauta à bas du lit pour faire de même avec le sien.

Maddie sentit le souffle lui manquer en découvrant sa silhouette. Il était sublime. Elle exhala longuement quand il se pencha pour lui embrasser le ventre tout en faisant glisser sa culotte le long de ses jambes.

— Tu es magnifique, Maddie.

La jeune femme se sentait proche de perdre la tête. Lentement, Jax s'installa entre ses cuisses ouvertes ; il prenait tout son temps, au point que Maddie, folle de désir, finit par s'agiter, impatiente.

— Jax, supplia-t-elle.

— Je profite du spectacle, expliqua-t-il. Si tu te voyais...

Il lui écarta doucement les jambes et lui embrassa l'intérieur de la cuisse. Une pensée la traversa alors. *Je t'en prie, sois aussi doué pour ça que pour tout le reste.*

Il se mit à la caresser habilement du pouce, et toute pensée la déserta. Avec un grognement, il passa sa langue sur la chair soyeuse de son sexe. Elle se mordit la lèvre et empoigna les draps, incapable d'empêcher ses reins de se cambrer.

Pas de doute : il assurait.

— J'adore le goût de ton sexe, murmura-t-il.

Maddie souleva les hanches pour venir à sa rencontre, et il passa les deux mains sous ses fesses afin de l'immobiliser. Alors, plus vite qu'elle ne l'aurait cru possible, elle sentit l'orgasme monter, tout proche, explosif.

Et Jax marqua une pause.

— Quoi ? Pourquoi tu t'arrêtes ? demanda-t-elle, le souffle court.

Il leva la tête pour croiser son regard, les yeux pétillants.

— Les deux dernières fois que je me suis attardé sur cette zone, nous avons été interrompus. Alors, j'attends.

Les yeux écarquillés, elle le dévisagea, incrédule, avant de se redresser, pantelante.

— Tu veux vraiment être interrompu ? Parce que j'aime mieux te dire que si quelqu'un débarque maintenant, il va m'entendre !

Il lui décocha un sourire dévastateur et plein d'humour.

— J'ai une idée. C'est moi qui vais te donner une bonne raison de crier, affirma-t-il avec un certain aplomb.

Sur cette affirmation d'une assurance scandaleuse, il s'inclina au-dessus d'elle, profitant de ce qu'elle s'était assise.

— Dès que j'aurai repéré tous tes points sensibles.

Tout en la poussant pour qu'elle se rallonge, il fit courir paresseusement sa langue sur l'un de ses tétons.

— Qu'est-ce que tu aimes ?

Il lui chatouilla le nombril de la langue puis lui mordilla la hanche, attentif à ses réactions – et elle n'en manquait pas.

— Ça te plaît, ça ? murmura-t-il en la léchant au pli de l'aine.

Tandis qu'elle ondulait lascivement sous lui, il prenait son temps, tâchant de comprendre où elle souhaitait qu'il la caresse.

— Maddie ?

— O… Oui. Ça me plaît.

— Bien.

Il s'attarda sur le bas de son ventre.

— Et ça ?

Comme elle ne répondait pas, il leva la tête.

— Oui ! cria-t-elle.

Il embrassa son sexe avant d'introduire un doigt en elle, puis un deuxième, les faisant aller et venir lentement.

— Jax ! gémit-elle, haletante.

— C'est bon ?

— Oui ! Oh oui ! parvint-elle à répondre.

— Parfait, dit-il avant de mordre ses petites lèvres avec douceur.

Maddie faillit décoller du lit, mais Jax l'y maintenait fermement, pesant sur ses hanches de tout son poids.

— Jax, Jax, s'il te plaît…

— Tout ce que tu voudras, promit-il avant de la caresser du bout de la langue.

— Ne t'arrête pas !

Il obéit, même quand les mains de Maddie vinrent empoigner ses cheveux, même quand elle jouit avec un grand cri, secouée de spasmes de plaisir. Quand elle se détendit enfin, épuisée, il embrassa son corps encore frémissant.

Elle le serra plus fort et lui rendit ses baisers ; contre sa hanche, elle sentait le sexe de Jax, dur et palpitant.

— Viens en moi, exigea-t-elle.

Il tendit la main pour sortir un préservatif de la table de chevet et grogna quand Maddie l'aida à le dérouler sur son pénis. Il entremêla ses doigts aux siens et posa leurs mains jointes de chaque côté du visage de la jeune femme. Confortablement installé entre ses cuisses ouvertes, il plongea en elle. Elle poussa un cri de plaisir en le sentant qui l'emplissait complètement. Jax s'immobilisa.

— Continue, murmura-t-elle d'une voix étranglée qu'elle eut du mal à reconnaître.

Il posa son front sur celui de Maddie, les yeux fermés, comme s'il voulait lui donner le temps de s'adapter à sa présence en elle. Refermant ses jambes autour de la taille de Jax, elle se cambra.

— Seigneur, que tu es belle, dit-il d'une voix rauque avant de poser un baiser sur ses lèvres. J'adore ton sourire.

Maddie ne s'était même pas rendu compte qu'elle souriait. Quand elle se trouvait en compagnie de Jax, elle se sentait sexy, désirable et belle, capable de dominer le monde. Soudain, il se mit à bouger avec elle, imprimant à leurs bassins un rythme qui coupa le souffle à Maddie et l'emporta corps et âme. Libérant ses mains de celles de Jax, elle les plongea dans ses cheveux, le regard rivé au sien ; ses yeux, elle le savait, devaient être emplis de surprise et d'émerveillement.

Ainsi, c'était ça. C'était comme ça, exactement, qu'on se sentait quand tout était parfait.

Jax entoura solidement les épaules de Maddie de ses bras. Le mouvement les rapprocha davantage, et il s'enfonça encore plus profondément en elle. Maddie cria, submergée de plaisir. Elle fit mine de fermer les paupières, mais, d'une main, il lui attrapa doucement les cheveux pour l'en empêcher ; il voulait être certain qu'ils ne perdent pas, ni l'un ni l'autre, une miette de ce merveilleux moment.

Jax crut se noyer dans le regard de Maddie. Elle, en tout cas, s'était oubliée dans le sien, et, quand elle jouit de nouveau, ce fut comme si elle sautait dans le vide et l'entraînait avec elle dans sa chute.

Mais, à l'abri dans ses bras, elle ne craignait pas l'atterrissage. Elle avait le sentiment que, près de lui, elle serait toujours en sécurité.

Chapitre 19

La fortune appartient à ceux qui se lèvent tôt.
Vu qu'ils ont déjà raflé la mise, restez au lit.
Phoebe Traeger

Quand Maddie ouvrit les paupières, le soleil qui filtrait par la fenêtre de la chambre de Jax était beaucoup plus bas dans le ciel. Elle cligna des yeux pour s'accoutumer à la lumière…, et la première chose qu'elle vit fut un torse musclé penché sur elle. Levant la tête, elle croisa un regard chaud aux prunelles caramel. Pour quelqu'un qui lui semblait avoir tout donné au cours des précédentes heures, Jax paraissait sacrément alerte.

— Je me suis endormie, dit-elle, surprise.

— Juste un instant, dit-il en jouant avec une mèche de ses cheveux qu'il enroulait autour de ses doigts. Tu vas bien ?

Elle savait pourquoi il lui posait cette question. C'était à cause de ce qu'il avait lu dans son regard au moment où il l'avait pénétrée, la fraction de seconde pendant laquelle le monde de Maddie avait d'un seul coup cessé de tourner.

De la peur.

Non qu'il lui ait fait mal, loin de là. Sa crainte n'avait rien de physique. En réalité, elle avait peur des émotions qu'il avait éveillées en elle. Ou des sentiments qu'elle pourrait ressentir pour lui si elle se laissait aller.

Allongé sur le côté, Jax la tenait serrée contre lui, se soutenant la tête d'une main et caressant de l'autre le corps de Maddie sous la couette, qu'il avait remontée pour les couvrir.

— Je vais mieux que bien, répondit-elle.

— Alors, c'était quoi, ce regard ?

C'était tout lui, ça : il allait direct à l'essentiel, sans craindre de mettre le doigt où ça faisait mal. Elle baissa les yeux.

— C'était bon, tellement bon…

— Et ça te surprend ?

— Non, ça me fait peur, dit-elle en levant la tête. Tu as pris des tonnes de précautions pour que je me sente à l'aise, pour m'habituer à ton contact ; pourtant, tu ne m'as jamais rien demandé. Au sujet de mon passé, je veux dire. De mes précédentes relations.

— Je me suis dit que tu m'en parlerais quand tu te sentirais prête.

C'était l'occasion ou jamais.

— Je suis sortie avec un type qui… me traitait assez mal.

Une lueur vacilla dans les yeux de Jax, et son expression se durcit. Pourtant, quand il parla, ce fut d'une voix aussi calme et tendre que la main qu'il continuait de promener sur le corps de Maddie.

— J'avais deviné.

— Jusqu'à ce que je te rencontre, j'avais réussi à me convaincre que tous les hommes étaient des salauds.

Elle se mordilla la lèvre et ferma brièvement les yeux quand il souleva les mèches de cheveux qui lui couvraient le front avant de caresser du bout des doigts la cicatrice près de son œil.

— Maddie, regarde-moi.

Elle ouvrit les yeux ; Jax l'examinait, dans l'expectative.

— Tous les hommes peuvent se conduire comme des brutes. Il me suffirait de cinq minutes en compagnie de ton ex pour te le prouver, et, franchement, j'en crève d'envie ; mais je ne te ferais jamais de mal, à toi. Jamais.

— Seulement cinq minutes ? demanda-t-elle pour essayer de détendre l'atmosphère.

Mais Jax n'était pas d'humeur à rire.

— Il ne devrait jamais y avoir de violence dans une relation amoureuse.

En percevant la véhémence dans sa voix, elle trouva la force de poursuivre son récit.

— Alex était quelqu'un de calme, de très posé. Quand il était en colère, c'était la même chose, jusqu'à ce qu'il explose. (Elle retint son souffle, tremblante, tant les souvenirs évoqués lui étaient pénibles.) La première fois qu'il m'a frappée, il a eu l'air absolument horrifié. Je n'arrive toujours pas à m'expliquer comment j'ai pu lui pardonner. Il était tellement désolé. Il m'a promis que ça n'arriverait plus jamais. Et il a recommencé. C'était…

Elle avala sa salive avec peine, consciente que ce traumatisme était à l'origine de sa peur – elle se sentait perdue, comme si elle ne savait plus juger les gens et anticiper leurs réactions ; c'était un sentiment terrifiant.

— La situation n'a fait qu'empirer, et je suis partie. Mais je m'en veux toujours de lui avoir laissé une chance après la première fois, avoua-t-elle en fermant les yeux, acceptant enfin de partager cette honte jusque-là restée secrète. C'est humiliant pour moi de ne pas l'avoir cerné au premier abord. D'être restée avec un type comme lui.

— Tu l'as quitté, rappela-t-il fermement. Tu as traversé des moments difficiles, et tu t'en es sortie. Tu n'as pas à te sentir honteuse.

Il attendit qu'elle soutienne à nouveau son regard avant de répéter avec douceur :

— Absolument pas.

Elle hocha la tête, et il l'embrassa tendrement.

— Tu es l'une des femmes les plus courageuses que je connaisse.

Sa réflexion fit rire Maddie.

— C'est vrai, dit-il.

Elle lut dans les yeux de Jax qu'il ne plaisantait pas, et son amusement se transforma en stupeur. Soudain, elle ne faisait plus semblant d'être forte, de se la jouer bravache. Elle l'était vraiment.

— C'est toi qui as construit cette maison ?

— Oui. J'en déduis qu'il est temps de changer de sujet.

— Quelle finesse ! dit-elle en souriant. Je trouve ta maison magnifique.

— Tu n'as pas vu grand-chose.

— C'est parce que tu m'as traînée directement dans ton lit.

Elle balaya du regard le décor sobre de la chambre ; les meubles de chêne foncé étaient à la fois très masculins et accueillants. Les draps aux couleurs chaudes semblaient coûteux. Deux serviettes pendaient sur le dossier d'une chaise, et une paire de chaussures de course traînait dans un coin. Un jean froissé était jeté au milieu de la pièce ; allongée dessus, Izzy dormait profondément.

La pièce était propre, mais pas forcément bien rangée. C'était bon de savoir que le super-héros avait ses petits défauts.

— J'aime beaucoup tes meubles, dit-elle.

— Je les ai aussi fabriqués moi-même.

— Tu as de multiples talents.

Il prit un petit air salace qui la fit rire.

— Et plein de secrets, ajouta-t-elle.

Le sourire de Jax s'atténua.

— C'est vrai, dit-il en faisant courir le bout de son doigt sur la lèvre de Maddie.

En voyant son expression, elle sentit son cœur s'emballer.

— Tu comptes les partager ? demanda-t-elle.

La saisissant par la taille, il la fit rouler sur lui avant de lui caresser tout le corps.

— Oui. Secret numéro un : je n'en ai pas fini avec toi.

— Je confirme, dit-elle en le sentant durcir contre son ventre. L'un de nous deux en redemande.

Avec un sourire, elle s'assit à califourchon sur lui pour mieux le sentir.

— Seulement l'un de nous deux ? demanda-t-il en lui caressant le sexe de son pouce.

Elle était aussi excitée que lui.

— D'accord, il est possible que, moi non plus, je n'en aie pas fini avec toi.

— Surtout, prends tout ton temps.

Posant les mains sur ses pectoraux, Maddie le considéra, stupéfaite de constater combien elle se sentait à l'aise en dépit de sa propre nudité. Jax ne cessait de la caresser de ses mains rudes, fermes et douces à la fois. Il enfila un nouveau préservatif et la guida sur son sexe.

Elle se sentait merveilleusement serrée autour de lui ; s'accrochant à ses biceps, elle commença à onduler. Son mouvement arracha à Jax un grognement de plaisir, mais il lui attrapa les hanches pour la faire ralentir.

— Doucement, cette fois, demanda-t-il tout en effleurant du pouce leurs deux sexes unis dans une caresse qui la rendait folle. Tout doucement, Maddie.

Il ne plaisantait pas. Pendant de longues minutes, il fit subir à la jeune femme une délicieuse torture, l'excitant et la provoquant jusqu'à ce que, incapable de se contenir, elle se mette à haleter son nom comme si elle récitait un mantra, le sommant de la mener enfin à l'orgasme. Quand enfin il accepta de bouger, il souleva les hanches pour plonger en elle avec force, à un rythme soutenu qui la fit crier et se cambrer pour mieux le recevoir, s'accrochant à lui comme à une planche de salut. À cet instant, il n'y avait plus que Jax qui comptait pour elle.

C'était aussi simple et aussi terrifiant que cela.

Pour finir, éreintés, ils titubèrent jusqu'à la cuisine pour reprendre des forces. Jax prépara une soupe et du fromage, et, peu de temps après, ils se retrouvèrent nus sur le grand canapé de cuir de son salon. Allongée là, pantelante, Maddie songea qu'à cette allure ils allaient mourir de fatigue avant Noël.

Couverte de sueur, elle changea de position, et le frottement de sa peau moite contre le cuir provoqua un son incongru qui la pétrifia. Horrifiée, elle se mit à gigoter dans l'espoir de refaire le même bruit, ce qui permettrait à Jax de comprendre d'où il était venu quand…

Tous deux se plaquèrent en même temps une main sur le nez. L'odeur était abominable.

— Seigneur ! s'exclama Jax en se redressant d'un coup.

— Ce n'est pas moi, je te jure que ce n'est pas moi ! protesta Maddie. C'était ma peau contre le cuir, et…

Elle s'interrompit en voyant que Jax était plié en deux, la respiration coupée. Ou il était en train de s'asphyxier, ou bien…

Ou bien il était mort de rire, comprit-elle.

— Ce n'était pas moi, répéta-t-elle, prête à se vexer.

Quand Jax parvint à se reprendre, il désigna la chienne étendue à leurs pieds.

— Izzy, on en a déjà parlé : pas devant les invités ! Tu as besoin de sortir ?

L'animal bondit sur ses pattes et se mit à aboyer joyeusement. Avant de lâcher un autre pet sonore.

Hilare, Jax se leva et alla lui ouvrir la porte.

— Tu savais que ce n'était pas moi ! l'accusa Maddie avec véhémence, les bras croisés sur la poitrine.

Sans cesser de sourire, il se laissa tomber sur le canapé et l'attira sur ses genoux. Le visage enfoui dans ses cheveux, il l'embrassa derrière l'oreille.

C'était l'un des points faibles de Maddie, et il le savait.

— Je vais me faire pardonner, d'accord ? dit-il d'une voix mâle.

— Il va falloir que tu te surpasses, répondit-elle en levant légèrement le menton.

— C'est noté, dit-il, excité par cette perspective. Et tu vas voir, ça va être bon, Maddie, très bon.

Résiste, pensa Maddie en se raidissant pour ne pas succomber à ses caresses. *Résiste…*

Il attrapa doucement le lobe de son oreille entre ses dents et le mordilla légèrement. Maddie sentit un élancement de désir la parcourir tout entière. Action, réaction.

Sa résistance ne dura que quatre secondes.

Chapitre 20

Tant qu'à marcher sur des œufs, autant le faire en dansant.
Phoebe Traeger

Beaucoup plus tard, Maddie porta une main à son cœur pour l'empêcher de s'échapper de sa poitrine. Elle s'efforçait de trouver un terme approprié à la situation, mais tout ce qui lui vint à l'esprit, ce fut : « Wouaou ! » Alors, elle laissa l'onomatopée franchir ses lèvres à plusieurs reprises parce que, franchement, c'était mérité.

Allongé à côté d'elle, Jax émit un grognement approbateur des plus virils et lui attrapa la main. Entrelaçant ses doigts à ceux de Maddie, il porta la paume de la jeune femme à ses lèvres et l'embrassa.

— Il fait nuit, remarqua-t-il alors. C'est arrivé quand ?

Maddie n'en avait pas la moindre idée.

— Tu as soif ? Faim ?

Devançant sa réponse, l'estomac de Maddie émit un gargouillis assourdissant qui déclencha l'hilarité de Jax, et elle ferma les yeux. Le sofa se creusa sous le poids de Jax quand il roula au-dessus de Maddie et plaça ses avant-bras de part et d'autre de son visage.

— J'avais l'intention de continuer jusqu'à ce que l'un de nous crie grâce. Mais on a tout le temps.

Ils se douchèrent, s'habillèrent et rejoignirent la Jeep au moment même où une splendide Mercedes entrait dans l'allée. Maddie sentit Jax se raidir à ses côtés. Quand elle le regarda, elle fut surprise de voir que l'expression de contentement qu'il affichait jusqu'alors s'était évanouie.

— Que se passe-t-il ?

Avant qu'il puisse répondre, un homme sortit de la voiture ; élégant et raffiné, il était vêtu d'un costume très bien coupé. Ses yeux se posèrent directement sur Maddie.

Résistant à l'envie d'aplatir sa chevelure indisciplinée et de se balancer d'un pied sur l'autre, Maddie sursauta légèrement quand Jax lui prit la main et lui pressa les doigts. En dehors de ce petit geste réconfortant, il ne bougea pas d'un pouce.

— Maintenant, je comprends pourquoi tu n'as pas daigné répondre à mes coups de téléphone, dit le nouveau venu à Jax.

Celui-ci ne répondit pas. Maddie se demandait même s'il respirait encore. L'homme, qui pouvait avoir entre cinquante et soixante ans, était aussi grand que Jax, et dans une forme physique resplendissante.

— Comme je te l'ai dit dans les e-mails auxquels tu n'as pas non plus répondu, poursuivit-il, il faut que nous parlions d'Elizabeth.

— Et comme je crois te l'avoir dit aussi, tu n'es pas censé venir ici sans prendre rendez-vous.

Jamais Maddie n'avait vu le regard de Jax aussi dur et froid.

— Seigneur, tu es pire qu'une bonne femme. Très bien. Aurais-tu l'obligeance, s'il te plaît, de m'accorder un rendez-vous ? demanda-t-il avec une politesse exagérée sous laquelle perçait le sarcasme.

Jax fit un petit sourire qui, pourtant, n'augurait rien de bon.

— Désolé, je suis occupé.

L'homme laissa échapper un toussotement de mépris avant de reporter son attention sur Maddie. Celle-ci, qui avait des manières, lui tendit la main pour se présenter.

— Maddie Moore.

— Jackson Cullen. Cliente, ou amie ?

— Ce ne sont pas tes affaires, dit Jax en posant une main dans le dos de Maddie pour l'inviter à se diriger vers la Jeep. Allons-y. Tout de suite.

Quelques minutes plus tôt, Maddie promenait ses lèvres partout sur le corps fabuleux de Jax et lui soutirait des paroles plus sensuelles les unes que les autres, parmi lesquelles ce fameux « tout de suite ». Sauf que le contexte était à présent tout autre.

Elle savait le rendre fou, et elle adorait cette idée. Elle adorait la chaleur de son corps, son odeur, la texture et le goût de sa peau sur sa langue, la force de ses mains, et la confiance qu'elle lui inspirait. Elle adorait sa générosité, la manière dont il savait se montrer doux et extraordinairement patient. Le tout assorti d'une incroyable virilité. Elle adorait l'attention qu'il portait à ses amis, à son chien et à tous les gens de la ville. Elle adorait son sourire malicieux. Sa façon de la regarder, de la taquiner et de rire avec elle, jamais d'elle.

Elle avait très peur d'être tombée amoureuse de lui.

Jax ouvrit la portière du côté passager et la tint ouverte pour qu'elle grimpe dans le véhicule.

— Il ne vous aimera jamais, vous savez, dit Jackson en s'adressant directement à Maddie.

Quand elle se tourna vers lui, il hocha la tête d'un air entendu.

— Il n'a pas de cœur. C'est comme ça qu'il a réussi. Demandez à ses anciens collègues. Demandez à Elizabeth, sa fiancée. (La tête inclinée, il la dévisagea avec attention.) Il ne vous a pas parlé d'elle ?

— Papa, dit Jax d'un ton sec. Dégage.

Jackson adressa à son fils un regard ironique.

— Oh, il est très doué, reprit-il en s'adressant toujours à Maddie. Et il est capable de vous faire croire que vous obtenez de lui exactement ce que vous voulez. Mais, pour lui, ce n'est qu'un jeu. Tout est un jeu. (Son sourire s'élargit jusqu'à devenir sinistre.) Vous me semblez être une gentille fille, Maddie, mais là, vous n'êtes pas à la hauteur. Vous devriez vous tirer tant que c'est encore possible.

— Maddie, monte dans la voiture, ordonna Jax.

Il ne bougea pas d'un millimètre tant qu'elle ne se fut pas assise, comme s'il cherchait à la protéger. Alors, seulement, il se tourna vers son père.

— Sors de ma propriété et n'y remets plus jamais les pieds.

L'air vibrait de violence mal contenue, et Maddie sentit les battements de son cœur s'accélérer en observant les deux hommes par la vitre de la voiture. Jax la regarda. Dans ses yeux flottait une étrange lueur, sans doute du regret. Il s'apprêtait à faire le tour de la voiture pour aller se mettre au volant quand son père le rattrapa par le bras.

— Tu es en train de foutre ta vie en l'air, lui lança-t-il.

Jax fit brusquement volte-face. L'expression de son visage dut effrayer son père, car il le lâcha aussitôt.

— Tu ne peux plus me forcer à faire tes quatre volontés, papa, dit Jax. Tu ne peux plus m'atteindre.

— Il n'est pas trop tard pour revenir sur le droit chemin.

De nouveau, les yeux de Jax vinrent croiser ceux de Maddie à travers la vitre de la Jeep.

— Je sais exactement où je vais.

Sur ces paroles, il se glissa dans la Jeep et mit le moteur en marche.

Il s'engagea dans l'allée sans un mot.

Maddie garda également le silence, mais elle l'observa avec attention tandis qu'il conduisait. Avait-il hérité du caractère irascible de son père ? C'était possible. Elle était bien placée pour savoir que ce genre de choses arrivait, que les gens pouvaient masquer certains aspects de leur personnalité et se montrer sous leur meilleur jour jusqu'à ce qu'ils décident de révéler leur côté obscur.

Enfin, il parla :

— Ça va ?

— J'allais te poser la même question. Tu es… en colère.

Il posa un regard indéchiffrable sur elle puis reporta son attention sur la route.

— Et ça t'inquiète.

Sa réflexion la mit mal à l'aise, et elle se tortilla sur son siège.

— J'espérais que nous n'en étions plus là, Maddie, dit-il avec un soupir.

Elle aussi, mais elle ne parvenait pas à évacuer de ses pensées les images d'Alex lorsque, alors qu'il semblait tellement calme, il sortait soudain de ses gonds et devenait violent. Elle détestait ce tour que son cerveau lui jouait ; il la trahissait et lui donnait l'impression de se conduire de façon totalement irrationnelle. C'est le problème, avec la peur : on a beau se démener pour ne pas en tenir compte, cela ne suffit pas à la chasser. Elle reste là, sournoisement tapie, attendant son heure pour frapper.

Jax poussa un nouveau soupir sans rien ajouter. Ils arrivèrent sur la route qui longeait la falaise d'un côté et l'océan tourbillonnant de l'autre, dans un silence étouffant. Et qui se fit de plus en plus pesant, jusqu'à confiner au malaise.

— Tu l'as cru, dit enfin Jax d'une voix sourde.

— Non. Je…

— Si, tu l'as cru.

— Je te demande pardon. Je suis…

Quoi ? *Débordée par mes émotions en dents de scie ?* Affirmatif. *Énervée parce que j'ai laissé ton père m'effrayer alors que j'avais résolu que plus personne ne me ferait peur ?* Doublement affirmatif. Dans les deux cas, c'était ridicule et puéril de sa part, et elle le savait.

— Pardon, répéta-t-elle maladroitement.

— Laisse tomber, dit-il d'un ton sec. Tu ne le penses pas, alors ne te donne pas la peine de t'excuser.

Il avait raison. Elle n'avait aucune envie de se justifier. À la place, elle aurait voulu lui demander de quelle façon il comptait évacuer sa colère, puisque, de toute évidence, il était furieux. Elle n'avait aucun mal à interpréter la tension de son corps – elle était devenue experte dans ce domaine.

— Crois-moi si tu veux, dit-elle, mais je suis convaincue que tu ne me ferais pas de mal. Je sais que ce n'est pas ton truc.

Il lui adressa un regard inquisiteur, mais ne répondit pas.

— Dis-moi, reprit-elle avec un soupir, pourquoi ton père se soucie-t-il tellement de la façon dont tu gagnes ta vie ?

Pendant un long moment, il ne dit rien, et elle s'était résignée à ne pas obtenir de réponse quand, soudain, il parla.

— Il considère que travailler de ses mains n'a rien de reluisant.

À la sortie de la ville, il bifurqua sur la petite route goudronnée qui menait à l'hôtel. Lucille, qui se tenait devant l'entrée de sa galerie d'art, leur fit un grand signe de la main.

Instinctivement, Maddie lui rendit son salut.

Ils empruntèrent le chemin de terre et, bientôt, ils arrivèrent à l'auberge. Jax se gara, et tous deux restèrent assis dans la voiture.

— C'est quoi, son métier, à lui ? demanda Maddie.

— Avocat. Avant, j'étais exactement comme lui.

Elle tenta de se représenter Jax en costume de marque, une expression dédaigneuse sur le visage, et n'y parvint pas.

— Non. Je ne crois pas que tu aies pu être comme lui.

— Je t'assure. Bon sang, je peux même te dire que j'adorais ça.

Scrutant ses traits, elle chercha en vain où était passé l'amant serein, sensuel et joueur, avec lequel elle avait passé la journée. Ce qui ne contribua pas à l'apaiser.

— Pourquoi as-tu laissé tomber le droit ?

— Pour de nombreuses raisons, mais, de manière générale, parce que je détestais la personne que j'étais devenue.

— Et Elizabeth ?

— Elle faisait partie de mon style de vie, dit-il avec un haussement d'épaules.

— Tu ne m'as jamais parlé d'elle.

— J'essaie de ne plus penser à cette période.

Pendant une longue minute, elle le dévisagea, attendant qu'il poursuive. Comme il ne semblait pas disposé à en dire plus, elle sentit la colère la gagner.

— J'ai appris à mes dépens que, quand les gens vous cachent quelque chose, c'est qu'ils ont une bonne raison pour ça, dit-elle.

— Je ne suis pas comme lui, Maddie. Bien loin de là. Je t'interdis de nous comparer.

Ses mots lui firent l'effet d'une gifle. *Tu n'es pas une souris*, se rappela-t-elle. *Ne lâche pas le morceau.*

— Alors, tu ne me caches pas volontairement des aspects de ta vie ? Tu m'as vraiment tout dit ?

Jax serra nerveusement les mâchoires.

— Tu ne vas pas le laisser gagner, sur ce coup-là ? demanda-t-il d'un ton mordant où affleurait de nouveau la colère. Il voulait creuser un fossé entre nous, et c'est exactement ce qu'il a réussi à faire.

— Il n'est pas question d'un procès à perdre ou à remporter, Jax. Il s'agit de ma vie.

Elle le considéra longuement tandis qu'il gardait les yeux rivés sur l'allée, droit devant lui.

— Y a-t-il d'autres détails de ta vie que je devrais connaître ? demanda-t-elle de nouveau.

Il se tut plus longtemps qu'elle ne l'aurait voulu, et elle laissa échapper un soupir.

— Jax, insista-t-elle, tu veux bien me répondre ?

— Il y a toujours des choses qu'on ne dit pas.

— Ce n'est pas une réponse, et tu le sais aussi bien que moi.

Malgré tout, il persista dans son silence, et elle comprit qu'elle devrait se contenter de cela. En toute sincérité, elle ne parvenait pas à croire qu'ils se trouvent dans cette impasse. Comment en étaient-ils arrivés là ? Malgré les avertissements que Jax avait tenté de lui donner à ce sujet, elle avait cru pouvoir lire en lui comme dans un livre ouvert et, à présent, elle tombait de haut.

La logique lui soufflait qu'elle-même avait eu beaucoup de mal à parler de son passé et qu'elle n'aurait donc pas dû en vouloir à Jax d'hésiter à tout lui révéler du sien. Mais, à cet instant précis, elle était incapable de voir les choses de cette façon.

— J'ai du travail, dit-elle.

Il se passa la main dans les cheveux.

— Maddie…

— Beaucoup de travail.

Elle sortit de la voiture et referma violemment la portière, non sans y coincer au passage un pan de son sweat-shirt. Si elle avait escompté faire une sortie en fanfare, c'était raté.

Sans un regard pour Jax, elle entra dans l'auberge, dont elle claqua également la porte, puis elle posa son front sur le panneau de bois et attendit. Quand elle jeta un coup d'œil par la fenêtre, le suspense devenant insoutenable, la Jeep avait disparu.

Chapitre 21

Les hommes, c'est comme une boîte de chocolats. On sait jamais sur quoi on va tomber tant qu'on n'a pas goûté.
Phoebe Traeger

Assises au fond du *Lucky Harbor Diner*, les trois sœurs étaient attablées autour d'un dîner tardif. Tara venait juste de finir son service, et, comme toujours, passé une certaine heure, il y avait plus de guirlandes que de clients dans le restaurant.

Chloe avait choisi le plat du jour, du poulet rôti. Tara remuait son thé avec précaution, tout en y ajoutant du miel avec la maniaquerie d'un sergent instructeur déplaçant ses troupes.

Maddie tricotait, et, en ce qui la concernait, la précision n'était pas au programme. Tout en ratant des mailles, elle réfléchissait. Au père de Jax, à l'ex-fiancée de Jax, à Jax lui-même. À leur dispute. À ce moment précis, elle ne savait plus très bien où ils en étaient, tous les deux. Elle ignorait même si elle avait encore envie qu'il y ait un « tous les deux ». Pourtant, avec le recul, elle avait fini par admettre une chose.

Elle avait réagi de manière excessive.

Voilà le genre de réactions que provoquait la peur : elle rendait les gens… idiots. Maddie détestait cela. Elle songea à passer voir Jax chez lui pour discuter. Ou, mieux encore, pour ne pas discuter. Elle laisserait ses mains parler à sa place…

Chloe lui jeta un coup d'œil et leva les yeux au ciel.

— Tu peux la mettre en veilleuse, avec ton air d'être montée douze fois au septième ciel ?

— Ne fais pas attention à Chloe, intervint Tara avant de s'adresser à celle-ci.

» Je t'adore, trésor, mais admets que tu es juste jalouse.

— Et moi, c'est quand tu seras morte que je t'adorerai, trésor ! rétorqua Chloe. Tu vas me dire que tu n'es pas jalouse, toi ? La Souris a fait le plein d'orgasmes, et nous, c'est ceinture !

— Ma chérie, comment peux-tu avoir envie de quelque chose dont tu ne te souviens même plus ? demanda Tara, acerbe.

Maddie soupira.

— Il n'y a vraiment pas de quoi en faire tout un plat.

— Tiens donc, dit Chloe en inclinant la tête, l'air intéressée. Il y a de l'eau dans le gaz ? N'essaie pas de me faire croire qu'il n'a même pas rempli un préservatif. J'ai vu comment il remplit son jean.

Tara faillit s'étouffer en buvant son thé.

— Ne joue pas les saintes-nitouches, lui lança Chloe, je t'ai vue regarder, toi aussi !

Puis, s'adressant de nouveau à Maddie :

— Avant que tu nous expliques ce qui ne va pas, on peut avoir les détails croustillants ? Est-ce qu'il dit des cochonneries pendant l'action ? Je suis sûre qu'il est doué avec sa langue. Allez, dis-moi que c'est vrai !

Tu n'imagines même pas, songea Maddie. À ce souvenir, elle se dandina sur la banquette.

— Ce n'est pas juste, dit Chloe en se renfonçant dans son siège, boudeuse. Moi aussi, je suis douée avec ma langue, sauf que je ne peux rien faire sans avoir une crise d'asthme.

— Je sais que je vais regretter d'avoir demandé, intervint Tara, mais comment sais-tu que tu es douée ?

— Je me suis entraînée sur des courgettes.

Ses deux sœurs éclatèrent de rire.

— Et alors ? demanda Chloe. C'est vous qui m'avez posé la question.

Tara se massa les tempes, comme si elle tentait de chasser l'image que l'aveu de Chloe avait gravée dans son cerveau.

— Alors, que s'est-il passé ? demanda-t-elle à Maddie, pressée de changer de sujet. Entre Jax et toi, je veux dire ?

— J'ai déraillé, répondit Maddie d'un air malheureux. J'ai laissé mon passé influer sur mon présent et détruire mon avenir.

— Hein ? demanda Chloe.

— J'ai rencontré son père. Qui n'est pas très sympathique, soit dit en passant. Et j'ai découvert que Jax est vraiment très calme, quand il est en colère. Le genre de calme qui précède la tempête.

— Allons, trésor, dit Tara en écartant le tricot de Maddie pour lui prendre la main. Ça ne veut pas dire qu'il peut devenir violent.

— Je sais bien.

Plus ou moins.

— Et on a tous un passé, fit remarquer Chloe d'un ton qui, de façon surprenante, était exempt de toute ironie. Et des ex.

— Ça aussi, je le sais. Je me suis juste rendu compte qu'en dépit de sa franchise et de sa décontraction il y a certaines facettes de Jax que je ne connais pas. Et pas mal, d'ailleurs. J'en ai assez de jouer à un jeu dont j'ignore les règles. Si ça lui fait plaisir, il n'a qu'à jouer tout seul.

Après une pause, elle ajouta, à l'adresse de Chloe :

— Ce n'est pas ce que je voulais dire.

— N'empêche que c'est une belle image, répondit l'intéressée.

— À ta place, je laisserais tomber, dit Tara. Tu as passé d'agréables moments avec lui, et c'est tout ce qui compte pour l'instant.

— Mais…

— Fais-moi confiance, dit Tara. Il vaut mieux tout arrêter pendant qu'il en est encore temps. Avant de souffrir.

Elle se leva et revint avec un gâteau aux pommes et un bac de glace à la vanille.

— C'est mon dessert du jour, le « gâteau-miracle ». Il doit contenir un million de calories, mais ça guérit tout. Les budgets explosés, les cœurs brisés, tout ce que vous voulez.

Chacune s'en servit une part additionnée de crème glacée.

— Attention, dit Chloe à Maddie. Tes aliments se touchent.

— Tais-toi.

La croûte du gâteau, avec son bon goût de beurre, fondit dans la bouche de Maddie, lui arrachant un petit cri de plaisir. Ce n'était pas aussi bon que de se retrouver nue avec Jax, mais pas loin.

— Plus qu'une semaine avant Noël, dit alors Chloe, la bouche pleine.

Maddie posa sa fourchette ; soudain, elle avait l'estomac noué.

— Chérie, dit Tara d'un air désolé plutôt surprenant de sa part. On est coincées par les problèmes d'argent. Nos cartes bancaires sont refusées partout, maintenant. On n'a plus un rond de côté. On va finir le strict minimum de travaux et revendre la propriété. C'est ce qu'il y a de mieux à faire.

— Dis plutôt que vous avez envie de vous tirer d'ici, dit Maddie d'une voix presque inaudible.

— Ce n'est pas faux, confirma Tara avec honnêteté.

Chloe prit Maddie par la main.

— Allez, viens. Retournons dans notre petite maison, on allumera les guirlandes de notre pauvre petit sapin à la Charlie Brown et on chantera de stupides chants de Noël. J'ai un nouveau masque pour le visage à essayer sur vous, il est d'enfer pour atténuer les premières rides.

— Je n'ai pas de rides.

Chloe lui tapota la main.

— Rappelle-moi de te donner l'adresse d'un bon ophtalmo.

Le lendemain matin, en ouvrant les yeux, Maddie ne put s'empêcher d'éclater de rire. Une fois de plus, elle s'était endormie en tricotant et s'était emberlificotée dans sa pelote de laine, et, une fois de plus, ses sœurs et elle étaient entassées les unes sur les autres à la manière d'une portée de chatons. À côté d'elle, Tara ronflait comme une bienheureuse. Maddie l'enjamba et se dépêtra tant bien que mal de sa dernière œuvre en matière de tricot. Elle l'avait achevée la veille au soir et, bien qu'elle la trouve magnifique, elle devait aussi admettre que c'était la plus trouée de toutes celles confectionnées jusqu'alors.

— N'empêche qu'un de ces jours je vais apprendre à rattraper mes mailles.

Chloe se redressa, et Maddie la regarda bouche bée avant de considérer Tara d'un œil stupéfait.

— Pourquoi avez-vous les cheveux verts ?

— Quoi ? demanda Chloe en portant une main à sa tignasse emmêlée. Qu'est-ce que tu dis ?

— Et ton visage est tout blanc.

— Dieu du ciel ! Le tien aussi ! Et toi pareil ! s'exclama Chloe en se tournant vers Tara.

On aurait dit un défilé de carnaval en plus trash. Toutes trois se précipitèrent dans la minuscule salle de bains en jouant des coudes pour se regarder dans le miroir.

Elles avaient toutes les cheveux verts et le visage recouvert d'un masque blanchâtre qui, en séchant, s'était craquelé comme de l'argile.

— Oh, Seigneur, gémit Tara avant de fondre sur Chloe. C'est ta faute !

Chloe leva les bras au ciel.

— Pourquoi c'est toujours la plus jeune qui a tort ?

— Parce que c'est ton fichu masque qui a fait ça ! Tu avais dit qu'il serait absorbé pendant la nuit !

Chloe les avait convaincues d'essayer un nouveau produit capillaire à base d'algues et d'avocat.

— Il a dû s'oxyder. OK, pas de panique.

— Et pourquoi je paniquerais ? Parce que, avec la couleur de mes cheveux je pourrais jouer la fiancée de l'incroyable Hulk ! hurla Tara.

Maddie se pencha au-dessus du lavabo pour se débarrasser de l'emplâtre qui lui couvrait le visage, puis elle se brossa les dents. Chloe et Tara l'imitèrent, et chacune s'examinait longuement dans le miroir quand la sonnette de l'entrée retentit.

Maddie alla ouvrir.

Jax se tenait sur le porche, avec, entre les mains, un plateau chargé de quatre gobelets de café fumant. À sa vue, Maddie sentit un tressaillement familier parcourir son ventre, mais, très vite, cette agréable chaleur fut remplacée par la douche froide de la réalité : elle ne savait pas où ils en étaient, Jax et elle

Comme à l'accoutumée, il portait sa tenue de travail sexy en diable – jean, grosses chaussures, épais sweat-shirt à capuche. En revanche, il n'affichait pas son sourire habituel. Il lui tendit un gobelet de café.

— À propos de mon père et de mon ex, dit-il en allant droit au but comme il savait si bien le faire, je ne parle jamais d'eux parce qu'ils ne font plus partie de ma vie. Je passe de longues périodes sans penser à eux une seule seconde. Nous ne nous donnons jamais de nouvelles. Nous n'avons pas gardé de bons souvenirs les uns des autres. Il s'agit de deux relations qui ont mal fini, alors, crois-moi, il n'y a rien que tu aies envie d'entendre à ce sujet.

Maddie pouvait comprendre : elle s'entendait très bien avec son père, mais elle ne souhaitait en aucun cas infliger à quiconque les détails de son passé catastrophique avec Alex.

— Je suis désolée, j'ai réagi un peu vivement, dit-elle en esquissant un sourire. Je crois que je n'ai pas encore réglé tous mes problèmes de confiance vis-à-vis des autres. Mais tu ne peux pas nier que je sais vraiment très peu de chose te concernant.

Il plongea ses yeux caramel dans les siens.

— Ça doit pouvoir s'arranger.

Malgré tout ce qu'il lui avait déjà donné – son temps, une assurance nouvelle, son amitié, entre autres – Maddie jugea qu'il venait de lui faire le plus beau des cadeaux.

— Ce serait bien, dit-elle. D'apprendre à se connaître encore mieux.

— Justement, j'ai une question pour toi : pourquoi tes cheveux sont-ils verts ?

— À la base, parce que Chloe est diabolique. J'espère que tu as remarqué qu'ils sont assortis à mon écharpe.

— Ça fait beaucoup de vert, reconnut-il.

Maddie ôta son écharpe et la noua autour du cou de Jax sans en lâcher les extrémités. Avec une moue espiègle, elle se mit sur la pointe des pieds et, de la bouche, effleura ses lèvres.

— Elle est un peu trouée, mais je trouve que ça lui donne un charme unique. Et elle est chaude.

— C'est tout à fait toi, dit-il avec douceur, en posant ses mains sur les hanches de Maddie. Unique et pleine de charme.

Elle l'embrassa de nouveau.

— Merci pour le café, et merci encore plus de te montrer si patient avec moi.

Elle allait s'écarter, mais il la retint.

— Ça veut dire qu'on a fait la paix ?

— Je crois, oui. Nous sommes…

Quoi ? Où en étaient-ils vraiment, tous les deux ? Elle s'aperçut qu'elle n'avait pas la moindre idée de ce qu'il attendait d'elle.

Il la dévisagea longuement.

— J'aimerais qu'on aille plus loin, tous les deux, dit-il. Avec plus de discussions et moins de malentendus. Et toi ?

Maddie le considéra, un peu déboussolée. Non seulement il avait énoncé sa volonté sans la moindre trace de crainte ou de panique, mais il lui avait demandé ce qu'elle voulait, elle.

— Moi aussi. Mais j'ajouterais également une bonne dose de ces activités que nous avons pratiquées hier chez toi avant que ton père débarque.

Cette fois, Jax se dérida franchement et, avec un petit rire, il attira Maddie contre lui pour déposer sur sa tempe un baiser, avant de lui passer la main dans les cheveux et d'en tirer tout doucement les pointes vertes. Il avait aux lèvres ce léger sourire qui avait tendance à faire chavirer le cœur de la jeune femme à une vitesse désarmante.

Les sœurs de Maddie apparurent alors, leurs cheveux verts en bataille. Elles se postèrent de chaque côté d'elle, et Jax leur tendit des cafés, qu'elles acceptèrent avec gratitude.

— Il faut que tu te clones, lui dit Chloe en sirotant le sien. Histoire que le reste de la population féminine profite de tes charmes. Quel est le programme pour nous, aujourd'hui ?

Maddie savait ce qu'elle avait envie de mettre à son programme. Jax.

Or, manifestement, les pouvoirs télépathiques de son super-héros étaient en panne.

— De la peinture, répondit-il à Chloe. Une journée entière de peinture.

Zut.

Ils peignirent, peignirent et peignirent encore.

Tara et Maddie, du moins. Chloe, quant à elle, travaillait sur sa ligne de soins pour la peau.

Un peu plus loin, Jax s'attaqua aux boiseries extérieures. Le soir venu, quand elles eurent achevé leur travail, Maddie avait l'impression que ses bras étaient devenus aussi mous que des spaghettis trop cuits.

Chloe qui, à son habitude, ne tenait pas en place, enfourcha sa Vespa à la nuit tombée.

— Et ne va pas t'attirer d'ennuis ! lança Tara à la benjamine, tandis qu'elle s'éloignait.

Puis, d'un air désabusé, elle ajouta :

— Évidemment qu'elle va faire n'importe quoi… Je vais prendre mon service au *Diner.* Passe me voir quand tu auras faim, je te ferai à manger.

— D'accord.

Maddie se planta au milieu du grand salon de l'auberge et observa les lieux comme si elle les voyait pour la première fois. Les parquets étaient refaits à neuf, et, une fois débarrassée des papiers peints ornés de coqs et de vaches, la pièce semblait plus vaste et plus claire. Pourtant, l'endroit gardait un petit côté vieillot, ce qui ne dérangeait pas Maddie : l'hôtel n'en était que plus accueillant. Il avait du caractère. Et du charme. On avait envie de s'y installer confortablement et d'y rester quelque temps.

Mais cela n'arriverait pas. Toute sa vie, la notion de « maison » avait été transitoire : elle évoquait un lieu où accrocher son manteau et se reposer un peu, pas un véritable foyer où elle aurait posé ses valises pour une durée indéterminée. À présent, Maddie avait enfin trouvé un vrai chez-soi, un endroit qui semblait l'attendre, où elle se sentait à l'aise et sereine.

Malheureusement, comme beaucoup d'autres choses dans sa vie, l'aventure avait tourné court. Elle avait fait de son mieux pour ne pas penser à ce nouvel échec, mais le train de la réalité n'allait pas tarder à entrer en gare.

Car bientôt, hélas, Maddie allait devoir partir, elle aussi.

Chapitre 22

À la pêche, il faut parfois remettre certains poissons à l'eau.
En amour, c'est la même chose.
Phoebe Traeger

Jax passa les jours suivants à installer les meubles de salle de bains et à finir de poncer les parquets. Tous les travaux de peinture étaient achevés. Comme prévu, Tara s'était révélée très méticuleuse avec un pinceau à la main. Maddie, elle, avait procédé comme pour tout ce qu'elle entreprenait dans la vie : de façon hésitante au début, puis en y mettant tout son cœur.

Jax souriait en pensant à elle.

Il souffrait, aussi. Il ignorait quelle serait la suite des événements – allait-elle devoir partir ? Si oui, quand ? Lui ferait-elle jamais entièrement confiance ? En tout cas, il savait ce dont il avait envie.

Il voulait qu'elle reste à Lucky Harbor.

En cette veille de Noël, l'air était glacial, et le vent soufflait en bourrasques. Jax se trouvait dans la cour de l'auberge, occupé à nettoyer ses outils. Il avait vu Tara quitter la propriété au volant de la voiture de Maddie, suivie de Chloe sur sa Vespa.

Une seule fenêtre illuminée perçait l'obscurité brumeuse enveloppant la marina. Posant sa ceinture à outils, Jax décida d'aller surprendre Maddie. Elle était assise dans un fauteuil, sous l'éclairage pâlot d'une lampe de bureau. Les pieds appuyés contre le mur, elle lui tournait le dos et pianotait sur le clavier de l'ordinateur portable qu'elle tenait sur ses genoux.

La jeune femme l'attirait comme un aimant. Incapable de résister, il s'approcha un peu plus. Après sa journée de travail, elle s'était douchée et changée. À présent, elle portait un survêtement rouge vif, assez près du corps pour mettre ses formes en valeur, mais qui la couvrait des pieds à la tête. À la capuche de son sweat-shirt pendait un cordon blanc aux extrémités duquel étaient attachés deux pompons qui se balançaient au-dessus de ses seins. La jambe de son survêtement portait l'inscription suivante, en lettres blanches : « Mademoiselle Noël ».

Ses cheveux étaient rassemblés au sommet de son crâne en un chignon précaire retenu par deux aiguilles à tricoter. Se rapprochant encore davantage, il vit qu'elle faisait la moue. Avec ses lèvres boudeuses et sa chevelure ébouriffée, il la trouva magnifique.

— Salut, dit-il.

Comme elle ne bronchait pas, il s'aperçut qu'elle avait des écouteurs sur les oreilles. Des notes métalliques émanaient de l'iPod dissimulé dans la poche de son pantalon. Elle ne l'avait toujours pas vu. Avec un sourire, il décida de lui envoyer un message instantané.

JCBuilder : En plein boulot ?

J'M le tricot : En pleine détente.

JCBuilder : Je peux t'aider ?

J'M le tricot : Tu peux. En me racontant quelque chose sur toi. Ton plus beau souvenir d'enfance, la plus grosse honte de ta vie, ce qui te motive dans la vie. N'importe quoi.

JCBuilder : Une glace mangée sur la grande roue, le jour où j'ai encastré mon premier camion dans la boîte aux lettres de Lucille, profiter de l'instant présent. À toi.

J'M le tricot : Des marshmallows grillés autour d'un feu de camp sur un tournage avec mon père, chaque seconde de notre toute première rencontre, savoir que tout peut toujours s'arranger.

JCBuilder: Tout ?

J'M le tricot: La vie. Tu as une recette de vie à me donner ?

JCBuilder: Le courage ?

En lisant ces derniers mots, Maddie eut un petit rire, et Jax sentit ses épaules se délester d'un poids.

Ôtant ses écouteurs, elle s'enfonça davantage dans son fauteuil.

— Si tu savais, murmura-t-elle.

— Quoi ? demanda-t-il en s'approchant. Si je savais quoi ?

Maddie poussa un cri et sursauta ; son siège, en équilibre précaire, bascula en arrière, et Maddie s'écrasa sur le sol.

— Seigneur !

Contournant le bureau, Jax se précipita vers elle.

— Tu n'as rien ? demanda-t-il en s'accroupissant.

— Ne me refais plus jamais ça !

Toujours coincée dans son fauteuil, elle était allongée sur le dos, cramponnée à son ordinateur, une expression fâchée sur le visage. Tout à coup, son regard s'éclaira.

— Oh, tu l'as mise ! dit-elle en remarquant l'écharpe verte autour de son cou.

— Oui.

Cela lui avait d'ailleurs valu les quolibets de Ford, ainsi que ceux de Sawyer. S'emparant du portable de Maddie, il le posa sur le bureau avant de retenir la jeune femme, qui tentait de se relever.

— Attends. Reste allongée une minute. Tu as mal quelque part ?

— Ma dignité et mes fesses en ont pris un coup, mais sinon ça va.

Toujours à genoux, Jax la souleva de la chaise et l'attira contre lui, de sorte qu'elle se retrouva à cheval sur ses cuisses.

— Trop mignon, dit-il en désignant son survêtement « Mademoiselle Noël ».

Puis, passant la main sur les fesses de Maddie, il les massa un instant.

— Ça va mieux ?

— Mmmh… C'est le survêtement de Chloe. Aujourd'hui, j'ai décidé de faire une grosse lessive. Tous mes vêtements sont à la machine.

— Ne me parle pas de lavage et d'essorage, tu sais que ça m'excite.

Gênée, elle se mordit la lèvre, et Jax étouffa un rire.

— Tu sais, c'est la première fois que je suis jaloux d'une machine à laver.

De plus en plus embarrassée, elle grimaça.

— Arrête.

— Chaque fois que je te revois sur cet engin, ça me met dans des états dont tu n'as pas idée, dit Jax en sentant son sexe durcir.

Sans compter qu'en caressant les fesses de Maddie, il venait de s'apercevoir d'autre chose.

Elle ne portait pas de culotte.

Avec un murmure appréciateur, il poussa l'exploration jusqu'à ses seins. Pas de soutien-gorge non plus.

Oh, Seigneur, il était fichu.

— Maddie, où sont tes sous-vêtements ?

Comme si elle lui confiait un secret d'État, elle baissa la voix pour chuchoter :

— Dans le lave-linge.

— Et tu as conscience que ça fait de toi une sacrée coquine ?

Il glissa le doigt sous le cordon du survêtement, tout contre le nombril de la jeune femme puis, l'air de rien, il commença à tirer.

— Que fais-tu ?

Je déballe mon cadeau…

— Je vérifie que tu n'es pas blessée.

— Jax…

— Docteur Jax, s'il te plaît.

Les yeux de Jax pétillaient d'humour, mais elle posa ses mains sur les siennes pour les empêcher d'aller plus loin.

— Je me sens différente avec toi. Dans le bon sens du terme. Je voulais juste que tu le saches. (Elle lui libéra les mains.) Vous pouvez reprendre, à présent, docteur.

Il l'embrassa puis s'écarta un peu pour la regarder dans les yeux.

— Moi aussi, je me sens différent.

— C'est vrai ? dit-elle en un souffle, tandis que son corps se détendait entre les mains de Jax. Mais encore ?

Il se sentait excité. Affamé. Et séduit au-delà des mots par cette lueur dans le regard de Maddie, qui disait qu'elle craquait pour lui.

— J'ai envie de toi. Tout entière. Enveloppée autour de moi. Perdue en moi.

Ayant achevé de dénouer le bas de son survêtement, il s'attaqua à la fermeture du sweat-shirt.

Elle retint son souffle tandis qu'il la faisait glisser lentement, révélant une bande de peau douce comme du velours ainsi qu'une bonne partie de sa généreuse poitrine.

— Je vais avoir froid, murmura-t-elle.

— Je te tiendrai chaud.

Jax se pencha pour poser sa bouche avide sur l'un des seins de Maddie avant d'en gravir la pente douce pour se frayer un chemin jusqu'au téton déjà érigé.

— Je ne crois pas avoir été blessée ici, dit-elle tout en lui maintenant la tête pour qu'il ne s'arrête pas.

— On n'est jamais trop prudent.

Lentement, il prit le téton en bouche et le titilla de la langue.

Maddie rejeta la tête en arrière avec une plainte excitée qui ne fit rien pour calmer les ardeurs de Jax.

— C'est sur les fesses que je suis tombée !

— C'est vrai. D'ailleurs, tu vas avoir besoin de soins intensifs.

Il introduisit ses mains sous le pantalon de Maddie et promena les doigts le long de ses reins, jusqu'à la naissance de son joli petit cul. Là, il parcourut le sillon de ses fesses puis s'arrêta. S'attarda un instant.

— Ici ?

Avec un petit cri, elle se déroba.

— Non !

Souriant, il fit descendre ses doigts un peu plus bas. Elle était incroyablement excitée.

Maddie resserra son étreinte autour du cou de Jax, et, tandis qu'il la caressait, il se délecta des halètements et des gémissements qu'elle poussait, et de son souffle chaud tout contre son oreille.

— Et là ? demanda-t-il en la massant doucement du bout de ses doigts calleux.

Elle écarta davantage les jambes pour lui laisser plus de marge de manœuvre, et il grogna de satisfaction.

— Tu es blessée, là ?

— N… Non. (Elle s'agrippa à lui, pantelante.) Jax… Jax, s'il te plaît…

Il adorait qu'elle le supplie ainsi, mais ce n'était pas nécessaire. Parce qu'il n'avait plus qu'une seule chose en tête : lui « plaire ». Il allait les satisfaire, tous les deux.

En ondulant des hanches, Maddie se colla violemment contre lui, caressant impatiemment son torse et son ventre, comme si elle cherchait un moyen de se rapprocher encore plus, de fusionner avec lui. Il ressentait la même chose. Il n'arrivait pas à être assez près d'elle. Sa peau tiède, ses rondeurs et sa façon de chuchoter son prénom le rendaient fou. D'une main, il lui enleva ses chaussures pour pouvoir la débarrasser de son pantalon de père Noël. C'est alors qu'un bruit de moteur se fit entendre dans la cour. L'instant d'après, la lumière d'un gyrophare déchira l'obscurité.

Chapitre 23

Les sœurs sont de véritables amies :
quand elles vous demandent comment vous allez,
c'est bien plus qu'une formule de politesse.
Phoebe Traeger

Maddie se redressa et jeta un coup d'œil inquiet à Jax avant de rajuster ses vêtements. Elle arriva à la fenêtre juste au moment où Sawyer ouvrait la portière arrière de sa voiture.

Chloe en sortit en trombe et se rua vers la petite maison.

— Dieu du ciel ! s'exclama Maddie.

— Sawyer est en colère, dit Jax, qui l'avait rejointe.

— Comment le sais-tu ? Son visage est complètement inexpressif.

— Justement. Quand il est furieux, il n'en montre rien.

Maddie sentit une boule se former dans son estomac.

— À ton avis, qu'est-ce qu'elle a encore fait ?

— Comment ça, « encore » ?

Maddie se précipita dehors.

— Chloe ? appela-t-elle.

Sa sœur et Sawyer se retournèrent en même temps.

— Ce n'est pas ma faute, dit Chloe.

Sawyer émit un petit rire méprisant.

Chloe leva les bras au ciel, fit volte-face et se remit en marche.

— C'était un plaisir de te raccompagner, s'écria Sawyer à son attention.

La jeune fille lui fit un doigt d'honneur et claqua la porte de la maison derrière elle.

— Que s'est-il passé ? demanda Maddie.

— Elle a réussi à convaincre Lance de l'emmener faire du deltaplane en pleine nuit. Ils ont escaladé Horn Crest et se sont jetés du haut de la falaise pour atterrir sur Beaut Point. À quinze centimètres près, ils se rataient.

Avec ses quelque deux mille mètres d'altitude, Horn Crest était le sommet le plus élevé de la région. Quant à Beaut Point, c'était le plateau qui surplombait Lucky Harbor ; de la taille d'un terrain de football, il était situé à cent mètres au-dessus d'une côte rocheuse où venait s'écraser l'océan Pacifique. À l'idée des risques qu'avait pris Chloe, Maddie pâlit.

— Elle va bien ?

— Tu te fiches de moi ? Elle est comme les chats, elle a neuf vies. Sauf qu'il ne va plus lui en rester beaucoup, à ce rythme, rétorqua Sawyer en secouant la tête d'un air dégoûté. Lance était ivre. Je vais le garder sous les verrous jusqu'à ce qu'il dessoûle. Comme Chloe n'avait pas bu, techniquement, je ne peux pas la maintenir en détention. Ils n'ont pas réellement enfreint la loi, vu qu'il n'est pas encore illégal d'être idiot, mais ils ont pénétré dans une propriété privée, et j'aurais pu coller une amende à ta sœur. Sauf que je n'ai pas la moindre envie de gaspiller du temps et du papier.

Poussant un soupir, il se passa les mains sur le visage avant de reporter son attention sur Maddie.

— Elle a eu de la chance, ce soir, et pas qu'un peu. Je te demanderais bien d'essayer de lui mettre un peu de plomb dans la cervelle, mais je ne suis même pas certain que ce soit possible.

Quelques minutes plus tard, après avoir pris congé de Jax et de Sawyer, Maddie rentra dans la petite maison. Elle trouva Chloe affalée en travers du lit, à plat ventre, bras et jambes écartés. Elle dormait profondément.

La Sauvageonne…

Maddie avait toujours secrètement rêvé d'être la Sauvageonne. C'était toujours mieux que la Souris, non ? Sauf qu'à présent ce sobriquet ne voulait plus rien dire. Une souris n'aurait pas essayé de reprendre l'hôtel en main. Une souris ne se serait pas éclatée au lit avec un homme doté de l'étrange faculté de la combler pleinement. Une souris ne se battrait pas pour mieux connaître ses sœurs et se connaître elle-même.

Peut-être l'auberge était-elle impossible à sauver, peut-être était-il inévitable qu'elle la perde. Peut-être, aussi, sa relation avec Jax était-elle passagère et vouée à l'échec.

En revanche, les liens qui l'unissaient à ses sœurs devaient à tout prix perdurer. Et Maddie allait tout faire pour ne pas redevenir une petite souris.

Elle pouvait être qui elle voulait. À cette pensée, son visage s'illumina et elle attrapa son téléphone.

— Tu es toujours dans le coin ? demanda-t-elle quand Jax décrocha.

Jax observait Maddie tandis qu'elle regardait, à travers le pare-brise de la Jeep, la grande roue immobile et plongée dans l'ombre.

— Elle est fermée, dit-elle, déçue.

— C'est la veille de Noël.

Le moteur tournait, et le chauffage était à fond. L'éclairage du tableau de bord était la seule source de lumière à l'intérieur du véhicule, mais cela suffit à Jax pour voir que Maddie souriait et que ses yeux brillaient de gaieté.

Il le savait : s'il posait la question, elle répondrait que c'était grâce à lui. De jour en jour, il l'avait vue de plus en plus enjouée, mais, pour être honnête, il n'était en rien responsable de cette transformation. Maddie s'était affirmée, et cela la rendait encore plus sexy.

— Je crois que je vais devoir me trouver un autre défi à relever, pour ce soir, dit-elle en se tournant vers lui.

Ses cheveux encadraient son visage de boucles blondes qui lui tombaient sur les épaules. Jax aimait la douceur de leur contact sur sa peau nue. Il connaissait l'odeur de Maddie, et savait comment lui faire crier son nom. Il savait qu'elle mettait du temps à ouvrir son cœur, mais qu'une fois que c'était fait elle restait farouchement loyale aux personnes qui lui étaient chères. Il connaissait ses aliments préférés. Il savait qu'elle tenait mal l'alcool, mais qu'elle avait tendance à en boire malgré tout. Il savait qu'elle faisait semblant d'être agacée par la volonté de fer de Tara, mais qu'en réalité elle l'admirait profondément, tout comme elle admirait la folie de Chloe. Il savait qu'après avoir passé sa vie à Los Angeles elle pensait que Lucky Harbor était un véritable paradis. Il savait qu'elle cherchait quelque chose de plus…

Et qu'elle espérait l'avoir trouvé.

Elle aussi connaissait pas mal de choses sur lui, beaucoup plus que ce qu'il avait révélé à une femme depuis bien longtemps. Incapable de se retenir de la toucher, il passa le doigt sur la tempe de Maddie et repoussa une boucle de cheveux derrière son oreille.

— Tout ce que tu voudras, dit-il. Tu n'as qu'à me dire ce qui te tente.

— Mais on n'a pas de préservatif!

Il ne put s'empêcher d'éclater de rire.

— Je suis désolée, dit-elle avec un sourire. Ça doit venir de l'air du large. Et du bruit du ressac. Et de toi, sans doute.

— Non, répondit-il doucement. Ça vient de toi. Allez, viens.

Il coupa le moteur, sortit deux épais blousons du coffre et lui en tendit un. Quand elle se fut emmitouflée, ils allèrent marcher sur la jetée.

Quand ils passèrent devant le *Diner*, l'estomac de Maddie se mit à gargouiller.

— Je me taperais bien sur-le-champ un des « brownies mille calories » de Tara.

— Mille calories ? s'étonna-t-il.

— Oui, ils sont tellement riches que tu prends trois kilos rien qu'en les regardant.

Avec un petit rire, il l'attira contre lui, juste pour le plaisir de la toucher.

— Tu veux entrer ? Je t'en paie un.

— Non, Tara travaille, ce soir. Elle va nous pourrir la vie.

Ils n'avaient pas fait deux pas pour s'éloigner du restaurant qu'une voix tonna derrière eux.

— Maddie Moore, je te vois !

Maddie se retourna d'un bond.

— Qu'est-ce que…

Jax désigna le haut-parleur accroché au coin du bâtiment, juste au-dessus de la grande baie vitrée du restaurant où se pressaient plusieurs visages pour les observer.

— Écarte-toi de ce beau jeune homme, dit encore la voix désincarnée.

Tara.

Maddie poussa un grognement, mais surprit Jax en serrant plus fort sa main. Il s'était attendu à ce qu'elle le lâche.

— Qu'est-ce qu'elle fait ?

— Elle amuse les clients, dit Jax en observant leur public dans la vitrine.

— Madeline Annie Traeger, c'est ta conscience qui parle, cracha l'enceinte. Nous te regardons. Et… Eh, mais tu m'as piqué mes bottes Gucci !

Maddie leva le visage vers les étoiles, comme pour réclamer une intervention divine.

— Certaines personnes ont des familles normales, dit-elle. Tout le monde se retrouve une fois par mois autour d'un bon repas. Et moi, tu vois de quoi j'ai écopé ? On se fait des batailles de pâte à pancake, on se vole nos chaussures, on se teint les cheveux en vert et on s'attrape par haut-parleur interposé au beau milieu de la ville.

— Rentre à la maison, trésor. On ne flâne pas sur la jetée.

— Mais tout le monde flâne sur cette jetée ! hurla Maddie à l'adresse du haut-parleur.

— Et surtout, je t'interdis d'approcher du moindre brin de gui.

Instinctivement, Maddie et Jax se tournèrent vers celui qui ornait le toit du restaurant.

— Tu vas me trouver anormale si je te dis que, maintenant, j'ai envie de passer dessous ? demanda Maddie à Jax.

— Non. Parce que, moi aussi, j'en ai envie, figure-toi.

Il se rapprocha d'elle, baissa la tête et…

— Halte-là ! tonna la voix de la « conscience » de Maddie.

Maddie soupira.

— Jax ?

— Oui ?

— J'ai besoin d'un grand milk-shake au chocolat.

Négligeant de lui faire remarquer qu'il faisait -1 °C, Jax lui prit le bras et l'accompagna jusqu'à la boutique du marchand de glaces.

Ce soir, ce n'était pas Lance qui se tenait au comptoir, et pour cause : il croupissait encore dans l'unique cellule du poste de police. C'est donc Tucker, son frère jumeau, qui les reçut.

— Sawyer le garde à l'œil, répondit Jax à la question que Tucker n'avait pas posée. Il sera sorti à temps pour fêter Noël. Il va bien.

— Sauf qu'il est complètement idiot. On te donnera le loyer la semaine prochaine. On est un peu en retard.

— Pas de problème, dit Jax. Les affaires tournent au ralenti pour tout le monde, en ce moment.

Tucker le remercia d'un signe de tête et leur tendit le milk-shake. Maddie et Jax s'éloignèrent.

— C'est toi qui leur loues la boutique ? s'étonna Maddie.

— Oui.

Après un instant de réflexion, elle demanda :

— Tu es propriétaire de toute la jetée ?

— Non, mais j'y possède quelques commerces.

Ils étaient parvenus au bout de l'embarcadère. Penchée sur la rambarde, elle regarda la mer se fracasser sur les piliers au-dessous d'elle. Manifestement, elle était plongée dans un abîme de réflexion.

Elle avait besoin de réponses et elle méritait qu'il les lui donne, mais, en vérité, Jax ne savait pas par où commencer. Pour quelqu'un qui, à une époque, avait manié les mots avec une adresse redoutable, c'était vraiment pathétique. Il vint se poster à côté d'elle.

— Je possède également un certain nombre d'entreprises en ville.

— Hum, dit-elle sans se démonter.

Il prit une profonde inspiration.

— Un jour, tu m'as fait la liste de certains de tes défauts.

— Pas certains, tous !

Il sourit et enroula une mèche blonde autour de son index.

— Tu veux connaître les miens ?

— Je les connais. Tu n'aimes pas parler de toi. Entendre un chien péter te fait rire.

— Ça fait rire tout le monde.

— Tu me fais parler pendant qu'on fait l'amour.

— Tu aimes ça, dit-il avec un sourire.

— Ce n'est pas la question, répondit-elle en piquant un fard.

Puis, comme elle ne poursuivait pas, il leva un sourcil étonné.

— C'est tout ? Parce qu'en réalité j'ai d'autres défauts, Maddie. Plein. Du genre… jusqu'à l'âge de cinq ans, je me suis nourri exclusivement de céréales.

— J'aime les céréales.

— Quand j'avais dix ans, j'ai plongé du haut de la falaise de Mooner Cliff. Je croyais que j'allais voler, mais je me suis juste cassé les deux jambes.

— Tu veux dire que tu as été un petit voyou ? Ça ne m'impressionne pas.

— À dix-neuf ans, j'ai couché avec une fille dans la bibliothèque de la fac et j'ai failli me faire arrêter pour exhibitionnisme. J'ai raté une fois l'examen du barreau parce que j'avais la gueule de bois. (Il s'interrompit un instant. C'était le moment de vérité.) Ensuite, j'ai accepté de me charger d'un dossier à cause duquel une femme innocente s'est retrouvée piégée. J'ai trahi le secret professionnel pour essayer de l'avertir, mais, au lieu de se servir de mes informations pour se tirer de ce mauvais pas, elle s'est suicidée.

À ces mots, il entendit Maddie sursauter. Incapable de savoir si c'était de dégoût ou d'horreur, il décida d'aller jusqu'au bout de son aveu – il était trop tard pour reculer, de toute façon.

— Après cela, j'ai renoncé à pratiquer le droit. J'y avais perdu mon âme. Et je ne l'ai toujours pas complètement retrouvée.

Elle le dévisagea longuement, et il soutint son regard. Il pensa qu'elle serait partie dans dix secondes, et il enclencha intérieurement le compte à rebours. *Dix, neuf, huit…*

Maddie bougea, mais pas dans la direction qu'il avait prévue. Au lieu de s'éloigner, elle s'approcha de lui et posa la main sur son torse en caressant avec douceur l'emplacement de son cœur.

— Tu as une âme, murmura-t-elle d'une voix tremblante d'émotion. Et un cœur énorme. N'en doute jamais. Tu as un cœur de super-héros, affirma-t-elle avec force.

Jax secoua la tête.

— Je n'ai rien d'un super-héros, Maddie, loin de là. Je suis juste un homme, avec ses défauts. Beaucoup de défauts, comme je te l'ai déjà dit. Si je fais de la rénovation et que je fabrique des meubles, c'est parce que j'adore ça, mais aucune de ces activités n'est rentable.

— Mais cette grande et magnifique maison que tu as ? Comment as-tu pu… (Elle marqua une pause.) Ton père, souffla-t-elle.

— Non. Non, dit-il fermement. Ce n'est pas mon père. Il se trouve seulement que je sais placer mon argent.

Elle scruta ses traits.

— Tout cela a l'air de te travailler.

Jax secoua la tête, incapable d'exprimer ce qu'il ressentait. Il avait essayé de redistribuer à bon escient une partie de ce qu'il avait gagné – *de façon immorale*, pensait-il – à Seattle, mais, au lieu de cela, il n'avait fait que s'enrichir encore un peu plus.

— Tu sais, je suis là, juste à côté de toi, dit Maddie d'une voix douce. Pourtant, j'ai l'impression que tu es très loin. Il y a encore tant de choses que tu ne me dis pas. Tu le fais exprès ?

— Oui. Ça fait tellement longtemps que je prends soin de cacher certaines choses que je ne suis pas sûr de savoir faire autrement. Tu me connais, Maddie. Tu sais ce que je fais dans la vie, les endroits que je fréquente…

— Je peux en dire autant de beaucoup de monde, Jax. De Lucille ou de Lance, par exemple. Ou même d'Anderson. (Elle lui tapota le torse du doigt.) Mais c'est sur toi que je veux en savoir plus. Je veux…

Maddie sentait la colère monter. Elle ne comptait pas lâcher l'affaire.

Jax vit qu'elle n'avait pas peur de lui. Elle le regardait bien en face, fermement campée sur ses positions ; jamais il n'avait été aussi fier d'elle.

— Tu en sais plus sur moi que sur eux tous réunis, affirma-t-il avec calme. Tu connais mes amis et tu sais que j'ai de très mauvaises relations avec mon père. Tu sais que je conduis une vieille Jeep déglinguée pour que ma grosse paresseuse de chienne puisse m'accompagner partout où je vais. Tu sais que je laisse traîner mes vêtements et que j'aime courir sur la plage.

Elle laissa échapper un soupir. Il se rapprocha d'elle et lui caressa le cou. Il constata, penaud, que sa peau était irritée par les récents contacts avec sa barbe mal rasée.

— Tu sais combien j'aime te toucher.

Maddie ferma lentement les yeux.

— Et tous ces traits de ta personnalité me plaisent, admit-elle. Surtout le dernier point…

De nouveau, elle soupira et ouvrit les yeux pour soutenir le regard de Jax.

— Mais tu me dissimules encore des choses ; je le sens. Que me caches-tu, Jax ?

Il inspira profondément et lui prit la main.

— En te le disant, je trahirais une promesse. Je ne peux pas faire ça.

— À cause de ce qui t'est arrivé quand tu étais avocat ?

— Ce n'est pas à moi qu'il est arrivé quelque chose, corrigea-t-il d'une voix éraillée, bouleversé par ce souvenir.

Maddie posa une main apaisante sur la poitrine de Jax.

— Tu essayais de l'aider, Jax. Tu ne pouvais pas savoir qu'elle réagirait comme ça.

— Je l'ai laissée tomber, dit-il en fermant les yeux pour les rouvrir aussitôt. Et maintenant je suis là, entre le marteau et l'enclume.

— Je ne comprends pas.

— Je sais bien.

Il soutint le regard de Maddie qui le dévisageait avec une incroyable intensité, et il respira profondément avant de se lancer.

— C'est au sujet de l'emprunt pour l'auberge. Je sais qui est le détenteur de l'hypothèque. Et je sais que, si tu le contactes, il sera d'accord pour un refinancement.

— Comment peux-tu en être aussi sûr ? demanda-t-elle, sourcils froncés.

— Je le sais, c'est tout. J'ai essayé de t'amener sur cette voie, mais…

— Oh, mon Dieu. (Bouche bée, elle recula d'un pas.) C'est toi. C'est toi, le bailleur !

Il essaya de la prendre dans ses bras, mais elle le repoussa violemment.

— Non, non, répéta-t-elle, le souffle court. Ne me dis pas que c'est toi ?

— Si.

— Pourquoi t'être tu tout ce temps ? demanda-t-elle. Toutes ces fois où nous en avons parlé...

— Chaque fois, j'ai essayé de te guider...

— Tu as essayé de me guider. Me guider. (L'air incrédule, elle scandait les mots.) Je ne suis pas un mouton, Jax. J'étais perdue, stressée, débordée, paniquée, et toi... toi, tu avais depuis le début la solution à tous mes problèmes.

— J'essayais de privilégier le moment présent. Et aussi de te protéger. Je voulais que tu obtiennes un refinancement. Auprès de moi. Mais, avec ton fichu orgueil, tu aurais préféré mourir plutôt que d'accepter de l'argent de ma part. Quand les idées ne viennent pas de toi, tu pars toujours en courant.

— Alors, c'est par noblesse d'âme que tu m'as caché ton rôle dans l'affaire ? demanda-t-elle avec défiance.

Jax grimaça et se passa une main lasse sur le visage.

— Oui, mais, avec le recul, je m'aperçois que mon plan fonctionnait mieux dans ma tête que dans la réalité.

Roulant des yeux exaspérés, elle lui tourna le dos avant de faire brusquement volte-face.

— Et le fonds de placement mentionné dans le testament de Phoebe ? Tu es aussi au courant de tout ça, je suppose ?

Jax aurait préféré mourir une bonne fois pour toutes et qu'on n'en parle plus.

— Oui.

— C'est toi, le détenteur du fonds ? C'est à toi qu'elle l'a légué ?

— Non.

— Mais alors à qui ?

— Je ne peux pas te le dire.

— Ou plutôt, tu ne veux pas.

— Un peu des deux.

Ces mots firent à Maddie l'effet d'une gifle, et elle sentit son cœur se fendre au même moment.

— Je me rappelle t'avoir très clairement demandé s'il y avait d'autres détails que je devrais connaître te concernant, dit-elle avec un calme inquiétant.

— Ça ne me concerne pas, justement. Ce n'était pas à moi de te le dire. Ce n'est toujours pas à moi d'ailleurs…

— Mais tu es mon ami. Tu es mon…

Elle s'interrompit et le contempla, les yeux voilés d'une indicible émotion. Après un silence douloureux, elle reprit :

— Je n'ai jamais été très sûre de ce qu'il y avait réellement entre nous, mais je pensais qu'on était plus proches que ça.

— On l'était. On l'est. Seigneur, Maddie, je ne pouvais pas te le dire ! J'ai fait une promesse…

— Oui, j'ai bien compris. Et, comme à moi tu ne m'as jamais rien promis, je n'ai pas le droit d'être en colère. (Elle passa une main tremblante sur ses yeux.) Je suis fatiguée. Je veux rentrer à l'auberge.

— Pas avant qu'on en ait fini avec ça.

— Qu'on en ait fini ? demanda-t-elle avec un petit rire sans joie. Je crois que c'est justement ce qu'on vient de faire.

Elle s'éloigna en direction de la Jeep. Dans chacun de ses pas à la fois farouches et déterminés, Jax entendait l'écho de sa fureur et de son chagrin.

Maddie entra à tâtons dans la petite maison. Le seul éclairage provenait des guirlandes lumineuses de leur pauvre petit sapin. Une main plaquée contre son cœur serré, elle se rendit directement vers le placard où Tara rangeait le vin.

Il était vide.

— Merde.

— C'est ça que tu cherches ? demanda Tara derrière elle.

Maddie se retourna d'un bond pour trouver sa sœur assise sur le plan de travail de la cuisine, vêtue d'une nuisette impeccable et sexy, une bouteille de vin à moitié vide à la main.

— Je vais avoir besoin de tout ce qui reste, dit Maddie.

— Sûrement pas. Quand on a eu son lot d'orgasmes dans la journée, on n'a pas le droit de s'apitoyer sur son sort en éclusant du vin.

— Ouais, eh bien je suis à peu près sûre que les orgasmes, c'est du passé.

— Quoi ? Pourquoi ?

— Parce qu'il m'a caché des choses. Il nous a caché des choses, à toutes.

Maddie alla s'installer à côté de sa sœur.

— Tu es sans doute trop soûle pour comprendre, mais c'est Jax. C'est lui, le détenteur de l'hypothèque.

Tara s'était figée.

— C'est… c'est lui qui te l'a dit ?

— Oui. C'est une véritable mine d'informations, quand il veut. Il est aussi au courant pour le détenteur du fonds de placement, mais il refuse de me dire de qui il s'agit, ce rat.

Tara la dévisagea longuement.

— Il a sans doute ses raisons. De bonnes raisons. Peut-être même d'excellentes raisons.

Maddie soupira et appuya la tête contre l'élément de cuisine derrière elle.

— Pourquoi est-ce que tu bois toute seule ?

— Je fais toujours tout toute seule.

Cette pénible soirée n'en finirait-elle donc jamais ?

— Tara… Je suis sûre que ça peut s'arranger.

— Oh, trésor, dit Tara avant de porter le goulot à ses lèvres, comment peux-tu être toujours aussi douce et compatissante ?

— En ce moment, je ne suis ni l'un ni l'autre.

Tara ferma les yeux.

— Quand je te regarde, je me sens coupable. Putain, je me sens tellement coupable que je vais exploser.

— Coupable ? Pourquoi ?

— Tu as vidé ton compte en banque. Tu étais disposée à rester ici, seule si cela se révélait nécessaire, pour t'occuper de tout. Et moi, je ne pensais qu'à une chose : partir. Tu es tellement généreuse, Maddie. Toi, tu donnes, et moi, je… (Elle fit une grimace.) J'aspire, j'absorbe. Un vrai vampire. Je suis minable.

— OK, tu arrêtes le vin, maintenant, dit Maddie en lui prenant la bouteille des mains. Pour information, nous avons toutes les trois vidé nos comptes. Enfin, à part Chloe, vu qu'elle était déjà à sec, mais, toi et moi, on a toutes les deux…

— Pas pour les mêmes raisons, murmura Tara avant de poser un index sur ses lèvres. Chuuut ! Ne le dis à personne.

— Je crois qu'il est temps que tu ailles te coucher, suggéra Maddie.

— Toi, tu m'aimes, dit Tara.

Elle pointa un doigt vers Maddie en manquant le lui mettre dans l'œil.

— Bien sûr que je t'aime, espèce de vieille garce prétentieuse. Je t'aime, Madame Je-Sais-Tout, affirma Maddie. Allez, viens.

Elle parvint à soutenir Tara pour lui faire traverser le couloir jusqu'à la chambre où Chloe était toujours profondément endormie. Tara s'effondra à côté d'elle et sombra dans un sommeil de plomb avant même d'avoir touché l'oreiller.

Après s'être débarrassée de ses chaussures, Maddie se mit en pyjama, rampa par-dessus Tara et se blottit entre ses deux sœurs, leur arrachant des protestations ensommeillées quand elle glissa ses pieds glacés sous les leurs pour les réchauffer.

— Maddie ?

C'était Tara. Elle chuchotait assez fort pour qu'on l'entende jusqu'en Chine.

— Je suis désolée.

— D'avoir bu tout le vin ? demanda Maddie.

— Non. D'avoir forcé Jax à te faire du mal.

— Quoi ?

Tara ne répondit pas.

— Tara, explique-toi !

Pour toute réponse, sa sœur émit un ronflement sonore.

Une heure plus tard, Maddie se réveilla en sursaut, le souffle court. Elle s'aperçut qu'elle suffoquait. Horrifiée, elle se redressa d'un bond ; une odeur de brûlé lui emplissait les narines.

— Oh, mon Dieu ! s'écria-t-elle, la peur au ventre.

La vision brouillée par la fumée qui envahissait la pièce, elle secoua ses sœurs.

— Debout, il y a le feu !

— Quoi ? coassa Tara.

Elle roula sur le côté et tomba du lit.

Allongée sur le dos, les yeux écarquillés, Chloe respirait avec difficulté. Les mains crispées sur la gorge, elle essayait désespérément de faire entrer de l'air dans ses poumons déjà mis à rude épreuve par son asthme chronique.

Maddie sauta à bas du lit, entraînant avec elle sa cadette au bord de l'asphyxie. *Mon Dieu, oh, mon Dieu !*

— Qui a son téléphone ?

— Le mien est dans la cuisine, dit Tara d'une voix que la fumée rendait rauque, tout comme celle de Maddie.

À demi paralysées de terreur, elles se tournèrent en direction du couloir. Là, elles s'arrêtèrent net. Des flammes léchaient l'encadrement de la porte, tentant de se frayer un chemin à l'intérieur de la chambre.

Impossible de sortir par là.

Tara courut à la fenêtre et tenta vainement de l'ouvrir.

— Elle est coincée !

Chloe tomba à genoux. Elle était si pâle qu'elle en devenait presque transparente, et ses lèvres étaient violettes. Maddie attrapa un tee-shirt qui traînait par terre et l'aspergea du contenu du verre d'eau posé sur la table de chevet, avant de le plaquer sur le nez et la bouche de sa sœur.

— Ton inhalateur ? Où est ton inhalateur ?

Chloe secoua la tête. Elle tenait l'objet serré dans son poing, et il ne lui avait manifestement été d'aucun secours jusque-là. À en juger par les efforts surhumains qu'elle faisait pour respirer, Maddie songea que c'était la pire crise qu'elle ait faite jusqu'alors.

— Maddie, aide-moi à ouvrir cette fenêtre ! cria Tara en s'escrimant sur la poignée.

Maddie savait que cette fenêtre leur donnerait du fil à retordre. L'appui et l'encadrement avaient été repeints sans précaution à maintes reprises, et la dernière couche devait dater d'au moins dix ans. Jusque-là, elles ne s'en étaient pas souciées parce qu'il faisait trop froid pour songer à aérer.

La bouche de Chloe s'ouvrait et se fermait sans qu'aucun son ne parvienne à en sortir. Maddie lut les mots qu'elle formait : « De l'air ! » réclamait-elle, la respiration sifflante et les yeux affolés.

La panique commençait à gagner Maddie. La fenêtre refusait de s'ouvrir d'un millimètre, et elles n'avaient pas le temps de s'acharner davantage sur la peinture qui la bloquait. Chloe était sur le point de perdre connaissance. Bon sang, Maddie elle-même sentait sa tête tourner. Au cours des dernières secondes, la fumée s'était épaissie, et la jeune femme sentait la chaleur croître d'instant en instant, tandis que, dans leur dos, le crépitement des flammes s'intensifiait.

Maddie se tourna alors vers une petite chaise dans un coin de la chambre et, balayant de la main les vêtements posés sur le dossier, elle s'en empara et la balança sur la vitre qui vola en éclats. À l'aide des pieds de son outil improvisé, elle cassa les bris de verre encore accrochés à l'encadrement et, arrachant la couverture du lit, elle la posa sur le rebord de la fenêtre pour éviter qu'elles ne se coupent en l'enjambant.

Tara et elle firent d'abord sortir Chloe qui, une fois dehors, s'effondra sous leurs yeux, luttant pour reprendre sa respiration. Ensuite, ce fut le tour de Tara, qui s'accrocha à la main de Maddie pour s'assurer qu'elle la suivait.

Maddie fit une chute brutale, et il lui fallut une minute pour retrouver son souffle ; elle se faisait l'effet d'un poisson échoué sur le rivage. Allongée sur le dos dans la poussière, elle eut la sensation que le temps s'arrêtait. Au-dessus d'elle, les étoiles scintillaient, tels des diamants autour desquels les nuages s'enroulaient comme des écharpes.

La fumée de l'incendie vint bientôt masquer le ciel, emplissant la nuit d'une épaisse brume grise.

Elle avait l'impression de se trouver au centre d'une véritable cacophonie : le vent tourbillonnait, les flammes crépitaient. Enfin, elle perçut dans le lointain le hurlement des sirènes.

— Merci, mon Dieu, dit-elle pour elle-même.

Elle ferma les yeux.

Chapitre 24

Si tu ne cesses d'économiser en prévision de tes vieux jours,
tu ne profiteras jamais de la vie.
Phoebe Traeger

À 2 heures du matin, Jax était dans son lit, cherchant vainement le sommeil, quand son portable sonna. Espérant que c'était Maddie qui l'appelait pour lui dire qu'elle avait changé d'avis et qu'elle avait renoncé à le jeter comme une vieille chaussette, il décrocha.

C'était Sawyer. Jax ne put retenir un soupir de déception.

— Ça fait longtemps que tu ne m'as pas appelé au milieu de la nuit. Ford a encore besoin d'une caution pour sortir de prison, ou c'est juste l'arrivée imminente du père Noël qui t'empêche de dormir ?

— Il faut que tu me rejoignes à l'auberge, et fissa. Quelqu'un a appelé pour signaler un incendie.

Jax bondit hors du lit, récupéra son jean par terre et attrapa un tee-shirt dans son armoire. Il enfila ses chaussures à toute vitesse et empoigna ses clés. Il était devant la porte d'entrée avant même que Sawyer ait fini sa phrase.

— Les secours ont été envoyés sur place. Maddie est avec toi ?

— Non.

Seigneur. L'estomac noué, il s'engouffra à toute allure sur la route qui menait à l'auberge.

— Je l'ai déposée il y a une heure et demie.

— J'y serai dans cinq minutes, dit Sawyer.

— Je suis juste derrière toi.

Il lui fallut sept interminables minutes pour arriver en ville, et, quand il croisa une ambulance qui fonçait en direction de l'hôpital, son cœur faillit s'arrêter.

Arrivé sur la petite route qui menait à la propriété, il eut un élan de panique à la vue de l'auberge qui flambait comme une torche, projetant des flammes qui se détachaient haut dans le ciel sombre.

Le parking était tellement encombré de véhicules et obscurci par la fumée qu'on n'y voyait presque rien. Jax y gara sa Jeep tant bien que mal et bondit hors du véhicule à peine le moteur coupé. Sa tension était montée en flèche, et son calme légendaire s'était évaporé.

La petite maison était détruite. Complètement détruite. Le premier étage de l'auberge était en feu. C'était un cauchemar. Les gyrophares des véhicules de secours balayaient l'obscurité. Jax traversa le parking où s'agitaient policiers et pompiers, enjambant des mètres de tuyaux et d'équipements de secours avant d'arriver devant la carcasse noircie du bâtiment.

Pas de trace de Maddie.

Quelqu'un posa une main sur son épaule. Sawyer. Malgré la fumée noire et suffocante qui obscurcissait l'air, Jax vit que le visage de son ami était tendu. Sawyer désigna alors le muret de pierres qui séparait l'auberge de la marina.

Là, il aperçut Maddie, recroquevillée sur le sol et enveloppée dans une couverture, le visage noir de suie.

Il respira un grand coup, pour la première fois depuis l'appel de Sawyer. Un médecin urgentiste était aux côtés de Maddie. Vivante image de la désolation, celle-ci avait la tête levée en direction de l'hôtel toujours en proie aux flammes.

Jax vint s'agenouiller devant la jeune femme et posa les mains sur ses cuisses. Elle tremblait comme une feuille. À moins que ce ne soit lui.

— Seigneur, Maddie… Tu n'as rien ?

Elle planta son regard vitreux dans celui de Jax.

— Elle a brûlé. La petite maison a brûlé. Et l'auberge…

— Je sais, mon cœur.

La seule vue des restes calcinés de la maison lui donnait envie de vomir. Avec mille précautions, il la prit dans ses bras, et le petit bruit plein de chagrin qu'elle émit en se pelotonnant contre son torse lui alla droit au cœur. Les bras autour du cou de Jax, elle l'étreignait si fort qu'il pouvait à peine respirer, mais il n'avait pas besoin d'air. C'est d'elle dont il avait besoin.

— Quand j'ai croisé l'ambulance et vu la maison en cendres, j'ai cru que…

Il ferma les yeux et l'étreignit de plus belle, le visage enfoui dans son cou.

— Comment es-tu sortie ? demanda-t-il.

— Par la fenêtre. Les flammes avaient atteint la porte de la chambre, et, comme la fenêtre était bloquée par la peinture, j'ai cassé la vitre avec une chaise.

Sans doute la serrait-il trop fort, mais il n'arrivait pas à la lâcher. Elle sentait la fumée et les cendres, elle était couverte de suie de la tête aux pieds, et, pourtant, jamais elle ne lui avait semblé aussi belle.

— Chloe et Tara ?

— Chloe a fait une crise d'asthme. C'était pour elle, l'ambulance. Tara l'a accompagnée à l'hôpital.

Tremblant de soulagement, Jax s'assit sur le muret et prit Maddie sur ses genoux, avant d'ouvrir la couverture qui l'enveloppait pour mieux la regarder. La jeune femme était en tee-shirt et en culotte. Ses bras et ses jambes étaient maculés de terre et de suie, ses genoux écorchés saignaient. Avec une grande douceur, il lui prit les mains et les retourna ; elle avait quelques entailles sur les paumes.

En pensant à la fenêtre qui avait refusé de s'ouvrir, il sentit son sang se glacer dans ses veines. Il s'en était fallu de quelques minutes pour que les trois sœurs y laissent la vie. Avec la plus grande prudence, il enveloppa de nouveau Maddie dans la couverture et se tourna vers Ty Roberts, l'urgentiste. Jax était allé à l'école avec lui, et il leur arrivait de jouer au football ensemble au sein du club amateur de la ville.

— Elle refuse qu'on l'emmène, dit Ty.

— Je n'ai rien, dit Maddie, juste quelques coupures.

Elle avait reporté son attention sur l'auberge. Les pompiers semblaient être sur le point de maîtriser l'incendie ; seules de rares flammes apparaissaient encore çà et là.

Ty adressa un regard entendu à Jax puis désigna l'ambulance du menton. Il voulait faire transporter Maddie à l'hôpital.

— Maddie, dit Jax en la forçant à le regarder. Laisse-moi t'accompagner à l'hôpital. On pourra vérifier que tes sœurs vont bien et faire nettoyer tes blessures.

— Pas avant que ce soit fini.

Alors, ils restèrent assis là pour regarder l'incendie. Quand toutes les flammes furent éteintes, Sawyer alla s'entretenir quelques instants avec le chef des pompiers avant de venir les voir.

— Quand la petite maison a pris feu, le vent a envoyé des étincelles sur le toit de l'hôtel. C'est comme ça que l'étage s'est embrasé. Les pompiers ont réussi à empêcher l'incendie de se propager au reste du bâtiment.

Il s'accroupit auprès de Maddie et baissa la tête pour la regarder dans les yeux.

— Ils ne vous laisseront pas entrer avant demain, mais c'est éteint, maintenant, tu peux partir tranquille. Je veux que tu montes dans l'ambulance pour qu'on puisse t'examiner.

— Non, je vais bien, je…

— On y va, dit Jax, résolu à se montrer plus têtu qu'elle. C'est moi qui t'emmène.

Maddie ouvrit les yeux au moment où Jax coupait le moteur de la Jeep. L'aube n'était pas loin, mais le ciel restait d'un noir d'encre.

C'était le matin de Noël.

Pendant une minute, elle demeura immobile, se remémorant la panique de ces dernières heures : le réveil en sursaut, la pièce envahie de fumée, les flammes qui dévoraient la porte de la chambre, et la respiration sifflante de Chloe…

Mon Dieu. Chloe allait bien, elle allait se remettre. À l'hôpital, on leur avait appris qu'elle restait en observation pour la nuit. Tara avait décidé de rester avec elle, et Maddie allait le proposer à son tour quand Jax était intervenu.

— Je la ramène chez moi.

Une petite phrase toute simple qui avait tourné dans la tête de Maddie pendant qu'une infirmière nettoyait et pansait ses plaies – heureusement, elle n'avait pas eu besoin de points de suture –, avant de lui faire enfiler une blouse d'hôpital.

Trop assommée et fatiguée par le drame, elle n'avait pas eu le courage d'argumenter avec Jax.

Non, c'était faux. Certes, elle était épuisée, à bout de forces, mais elle aurait été tout à fait capable de discuter la décision de Jax. Après tout, elle n'avait aucune raison de rentrer avec lui, dans sa maison.

Sauf qu'elle n'avait pas envie de se retrouver seule dans une chambre d'hôpital.

Elle avait envie qu'il la prenne dans ses bras.

Elle voulait se sentir en sécurité.

En repartant de l'hôpital, Jax avait monté le chauffage à fond dans la Jeep, mais elle n'avait pas cessé de trembler. Elle claquait tellement fort des dents qu'elle en avait mal aux mâchoires. Jax conduisait d'une main. De l'autre, il lui caressait la cuisse ou serrait ses doigts glacés entre les siens, fermes et chauds.

Quand la portière du côté passager s'ouvrit, Maddie sursauta.

— Ce n'est que moi, murmura Jax qui avait fait le tour de la voiture pour lui ouvrir. Il se pencha au-dessus d'elle pour déboucler sa ceinture et la serrer quelques instants avec force contre lui. Puis il la souleva dans ses bras.

— Je peux marcher, dit-elle sans esquisser le moindre geste pour le faire.

— Fais semblant de croire que je suis encore un super-héros.

Avec un soupir, elle lui passa les bras autour du cou et enfouit son visage dans son cou pour se repaître de son odeur. Sa gorge irritée se serra.

Il lui avait manqué. Frissonnante, elle garda les yeux fermés tandis qu'il ouvrait la porte et lançait quelques mots à voix basse à la chienne probablement endormie. Une minute plus tard, il reposait Maddie doucement par terre.

Sous ses pieds toujours nus, elle sentit du carrelage, délicieusement tiède grâce au chauffage par le sol qu'avait installé Jax.

Sans la lâcher complètement, celui-ci se pencha un instant, et un bruit d'eau qui coule parvint aux oreilles de Maddie. Il venait de mettre la douche en route.

— Tu trembles, lui dit-il.

— Je crois que c'est plutôt toi.

— C'est possible.

Ouvrant les yeux, elle vit qu'il la regardait, les yeux emplis d'inquiétude.

— Imagines-tu à quelle vitesse ce feu s'est propagé ? demanda-t-il. C'est un véritable miracle que vous vous en soyez tirées, toutes les trois. (Il se passa une main sur les yeux.) Seigneur, Maddie, si tu ne t'étais pas réveillée à temps…

L'émotion qui transparaissait dans sa voix bouleversa Maddie.

— Je me suis réveillée à temps, murmura-t-elle en lui tendant les bras. Je vais bien, Jax. Regarde-moi : apparemment, je suis indestructible.

— Résistante, dit Jax en lui relevant le menton pour la dévisager d'un air impénétrable. Tu es forte, généreuse, et résistante.

Maddie pensa aux choses qui lui importaient plus que tout et qu'elle pouvait compter sur les doigts d'une main. Ses sœurs. L'auberge.

Jax.

Et tout cela, elle risquait de le perdre.

— Je suis toujours en colère contre toi, chuchota-t-elle.

— Je sais.

Elle posa une main sur son propre cœur, qui la faisait bien plus souffrir que les coupures et hématomes dont elle était couverte, puis sur celui de Jax.

— Je ne veux pas rester seule ce soir. Ce matin. Enfin, je ne sais même plus quel jour on est.

Les mots lui manquaient. Elle avait besoin de réconfort, elle voulait se sentir en vie, et elle savait que, dans les deux cas, Jax répondrait présent.

— Il faut que tu te douches pour te réchauffer.

— Viens avec moi.

Il appuya son front contre le sien et poussa un léger soupir. Il lui ôta sa blouse avec précaution, prenant soin de ne pas effleurer ses blessures. Ensuite, il la débarrassa du bas de sa tenue d'hôpital, et son regard s'arrêta sur sa culotte Supergirl.

S'agenouillant, il déposa un baiser sur sa hanche ornée d'un large bleu.

— T'ai-je déjà dit que je suis certain que tu as toi aussi des super pouvoirs ?

Elle baissa la tête pour croiser son regard et lui décocha un sourire mal assuré qui n'arriva pas jusqu'à ses yeux.

— Et quels sont-ils ?

— Tu as le pouvoir d'abaisser toutes mes défenses…

— Jax.

Maddie ferma les yeux tandis qu'il passait les pouces sous l'élastique de sa culotte pour la faire glisser lentement le long de ses jambes. Quand il la reprit dans ses bras, un léger vertige s'empara d'elle, et elle poussa un cri étouffé. Il la déposa dans la douche, entra à sa suite et, sans un mot, lui lava les cheveux puis le corps, avec dextérité.

Elle sentait dans son dos son corps ferme et excité, mais ses gestes demeuraient doux et apaisants. C'était parfait comme cela. Elle était tellement épuisée qu'elle se sentait incapable de faire autre chose que de s'appuyer contre lui.

Un instant plus tard, il avait coupé l'eau et enveloppé Maddie dans une serviette épaisse et moelleuse. Il changea ses pansements, l'aida à enfiler l'un de ses grands tee-shirts, puis la porta sur le lit.

Elle l'entendit se diriger vers la porte.

— Jax…

— Dors.

— D'accord.

Pendant quelques minutes, elle l'écouta s'affairer dans la maison. Son téléphone sonna, et il répondit d'une voix calme, en parlant d'elle, qu'il « l'avait ».

Il l'avait.

C'est vrai, se dit-elle. *Il l'avait, la possédait cœur et âme…*

Non. Il ne fallait pas. Il lui avait caché des choses. Il continuait, d'ailleurs…

Ou était-ce elle ?

Mon Dieu, elle était tellement désorientée et fatiguée…

— Dors, répéta-t-il en rentrant dans la chambre.

Il lui effleura le bras, et elle attrapa ses doigts.

— Reste, dit-elle en lui serrant fort la main.

— Tant que tu voudras.

Le matelas se creusa sous son poids, et, l'instant d'après, il avait calé son grand corps chaud contre le sien. Leurs jambes s'entremêlèrent comme si c'était la chose la plus naturelle du monde, comme s'ils dormaient ensemble depuis des années. Le contact de sa peau sur la sienne fit à Maddie l'effet d'un baume apaisant, éveillant une douleur sourde au plus profond d'elle-même – elle en voulait davantage.

— Juste pour cette nuit, dit-elle à voix basse en se pelotonnant contre lui pour mieux entendre les battements de son cœur.

Juste pour cette nuit.

Un mensonge de plus. Elle était amoureuse de lui, tout comme elle était tombée amoureuse de ses sœurs et de l'auberge. Et elle était en train de les perdre, tous, les uns après les autres. Derrière ses paupières closes, elle sentit la brûlure des larmes qui emplissaient ses yeux. Pour que Jax ne les voie pas couler, elle enfouit son visage dans le creux de son épaule.

Pendant ce temps, Jax caressait doucement son dos d'une main tendre mais assurée. Elle savait qu'il ne souhaitait que la réconforter, mais elle sentait le désir monter, et elle se rapprocha encore, le corps tendu dans l'attente. Ils étaient allongés sur le côté, face à face, et elle avait passé une jambe sur la sienne. Dans un mouvement de hanches, elle fit glisser l'extrémité de son sexe en elle.

Jax laissa échapper un grognement et resserra son étreinte sur elle afin de l'immobiliser.

— Mais Maddie… tu es blessée.

Elle donna un nouveau coup de reins. Avec un cri rauque, il la fit rouler sous lui et la pénétra davantage, l'emplissant si parfaitement qu'elle se crut au septième ciel. Il posa ses lèvres sur le cou de la jeune femme et murmura son nom dans un soupir.

Brûlante de désir, elle fit courir ses mains le long du dos musclé de Jax et lui empoigna les fesses pour l'encourager à bouger. Levant la tête, il emprisonna son regard, tandis qu'il commençait à aller et venir en elle lentement et profondément, dans un puissant mouvement qui lui donnait le vertige.

Au bord de la jouissance, elle sentit ses paupières se fermer dans l'attente du plaisir suprême.

—Non, regarde-moi. Sens-moi. Sens-nous.

Alors, elle ouvrit grands les yeux comme il le lui demandait. Dans les prunelles de Jax, elle contempla sa propre vie, le reflet du bouleversement de son cœur, et le tout explosa en un kaléidoscope de couleurs et d'émotions comme elle n'en avait jamais ressenti.

Quand elle eut retrouvé son souffle, il n'avait pas bougé. Toujours en elle, son sexe toujours tendu, il l'attendait. Ses avant-bras étaient posés de chaque côté du visage de Maddie, qu'il tenait entre ses mains.

—Je t'aime, dit-il avec sincérité et assurance, ses mots sonnant plus comme une promesse que comme un aveu. Il recommença à bouger en elle et, après quelques va-et-vient, il jouit, l'entraînant avec lui dans une spirale de plaisir.

Ce fut la dernière chose dont elle se souvint avant de sombrer dans le sommeil.

Par deux fois elle s'éveilla, assaillie de cauchemars qui la laissèrent haletante et en proie à la sensation d'être prise au piège. Elle passa toute la nuit à se tourner et à se retourner dans son lit, réveillant Jax à plusieurs reprises.

Elle le savait à la façon dont il la tint serrée contre lui pendant toutes ces heures : s'il l'avait pu, il aurait combattu les démons à sa place. Il était près de midi quand elle émergea pour de bon ; en ouvrant les yeux, elle vit que Jax était à ses côtés et qu'il la regardait.

—La maison est fichue, dit-elle d'une voix un peu enrouée.

Elle savait qu'elle avait les yeux rouges et gonflés, et que ses cheveux, comme à l'accoutumée, devaient être en bataille.

—C'est Noël, et la maison est fichue, répéta-t-elle.

Il se souleva sur un coude et, de l'autre main, l'attira contre lui.

—Oui.

La gorge serrée, elle ferma les yeux et posa son visage contre le torse de Jax, levant un bras égratigné pour le passer autour de son cou. Elle sentit ses larmes couler sur leur peau nue, et un sanglot de regret lui échappa.

— Vous allez reconstruire, dit-il.

Elle secoua la tête.

— La propriété est assurée contre les incendies.

Ces mots ne firent qu'ajouter au désarroi de Maddie en lui rappelant que Jax en savait plus qu'elle sur l'auberge depuis le départ, alors même qu'elle s'était dévouée corps et âme pour tenter de la sauver. Elle savait bien que ce n'était pas leur faute, ni à l'un ni à l'autre. Personne n'y pouvait rien, mais cela ne rendait pas les choses plus faciles pour autant.

Pire : même si ses sœurs et elle reconstruisaient l'hôtel, il faudrait vendre malgré tout, puisque c'était ce que souhaitaient Tara et Chloe. Elles étaient deux contre une.

Cette perspective la désespérait.

Sans compter que, si elle quittait Lucky Harbor, elle devrait renoncer à voir Jax. Elle se leva et commença à enfiler en toute hâte les vêtements qui lui tombaient sous la main. Ses vêtements à lui.

— Laisse-moi deviner, dit-il. Tu viens juste de te rappeler que tu es en colère contre moi.

En colère ? À vrai dire, ce n'était pas le mot juste. Maddie se sentait plutôt perdue, désemparée comme jamais. Elle se dirigea vers la porte, vêtue du bas de survêtement de Jax et d'un de ses tee-shirts.

— Maddie.

Il lui saisit la main pour l'arrêter.

— Je vais appeler un taxi pour aller à l'hôpital.

Les muscles de la mâchoire de Jax se crispèrent.

— Je vais t'amener.

Il la conduisit en silence et ne prononça pas un mot jusqu'à ce qu'ils soient arrivés à destination et qu'elle s'apprête à sortir de la voiture. Alors, il lui prit la main et embrassa sa paume bandée.

—Avant, tu avais peur de moi, et je le comprenais. Mais, maintenant, on dirait que tu as peur de ce que tu ressens pour moi. Ou de ce que je ressens pour toi. Et ça, je ne le comprends pas. Vraiment pas, Maddie.

Les yeux de la jeune femme se voilèrent, et elle secoua farouchement la tête en signe de dénégation. Jax l'attira vers lui, lui faisant enjamber la console centrale pour qu'elle vienne s'asseoir sur ses genoux, le dos tourné au tableau de bord. Tout en prenant soin de ne pas la blesser, il ne mâcha pas ses mots.

—Tu crois que tu es en train de tout perdre, dit-il en lui caressant la joue, mais c'est faux. La balle est dans ton camp, Maddie. Tu n'as pas le droit de baisser les bras. Prends une décision. Prends une décision et fais ce que tu as envie de faire.

Chapitre 25

Rappelez-vous qu'il vaut mieux être un petit malin qu'un gros imbécile.
Phoebe Traeger

Assise sur l'embarcadère de la marina, Maddie regardait le soleil suivre sa course dans un ciel dégagé. À chacune de ses respirations, un petit nuage de condensation se formait devant sa bouche. Derrière elle s'étalaient les ruines calcinées de ce qui avait été son rêve. Devant elle, l'océan Pacifique était agité de vagues violentes qui faisaient écho à celles qui lui remuaient l'estomac.

Elle posa la tête sur ses genoux relevés et ferma les yeux. Elle venait de rentrer de l'hôpital. Elle était censée retourner chercher ses sœurs après avoir acheté de quoi petit-déjeuner, mais elle avait ressenti le besoin de prendre un peu de temps pour elle. Elle se sentait vide, fatiguée, à bout de ressources.

Et triste.

Tellement triste. Ce n'était pas tant d'avoir perdu la petite maison ou les affaires qui s'y trouvaient lors de l'incendie. Elle avait connu pire.

Jax l'aimait. Il l'aimait, elle, Maddie. Il voulait qu'elle prenne une décision. Qu'elle fasse ce qu'elle avait envie de faire.

Mais, pour elle, ce n'était pas chose aisée.

Tu peux y arriver, dit une petite voix dans sa tête. Agacée, elle balaya une larme sur sa joue puis se pétrifia en entendant un bruit derrière elle. Quelqu'un s'approchait d'un pas assuré, attentif à ne pas la surprendre.

Jax.

Elle sentit le poids de son blouson sur ses épaules quand il l'en enveloppa, puis la chaleur du cuir et l'odeur de son propriétaire.

Une combinaison fatale.

Il s'accroupit près d'elle. Dans son regard, elle lisait tant de choses qu'elle aurait été incapable d'en nommer une seule. Le sourire plein d'aisance qu'il affichait habituellement était absent de son visage. Autour de ses yeux et de sa bouche, de minuscules rides trahissaient sa fatigue et son inquiétude.

— Qu'est-ce que tu fais là ? demanda-t-elle à voix basse.

— Certaines choses doivent être dites, répondit-il.

— Jax…

— Mais pas par moi.

Regardant par-dessus son épaule, il fit un signe de tête à quelqu'un qui se trouvait derrière lui.

C'était Tara. Quand elle passa devant Jax, tous deux échangèrent un long regard. Celui de Jax était chaleureux et encourageant, mais, dans les yeux de Tara, Maddie lut tension et réserve, et elle sentit une terrible appréhension l'envahir.

— Que se passe-t-il ?

Tara s'assit près de Maddie. Elle portait une tenue d'hôpital et dégageait une odeur étrange, un mélange de désinfectant et de fumée. À ces détails près, elle semblait n'avoir pas trop souffert de l'incendie.

— Il nous faut des chaises, ici, trésor. Cette position est absolument indigne de nous.

Maddie jeta un coup d'œil à Jax. Celui-ci lui adressa un sourire forcé avant de s'éloigner, les laissant seules. Elle ouvrit la bouche pour parler, mais Tara ne la laissa pas faire.

— C'est lui qui m'a amenée ici. Il a dit qu'il était temps. Ça fait des semaines qu'il me répète ça, mais je crois que maintenant il en a assez de faire dans la dentelle. (Elle soupira.) Et moi aussi.

— Oh, mon Dieu !

Maddie dévisagea sa sœur, le souffle suspendu.

— J'espère que tu ne t'apprêtes pas à m'avouer que tu couches avec lui ?

— Oh, doux Jésus, bien sûr que non ! Non, je ne couche pas avec lui – bien que ce soit une crème d'homme. À vrai dire, c'est même la crème de la crème, mais il est à toi, ma chérie. Il est à toi depuis le premier jour.

Tara étreignit la main de Maddie.

— Je sais que tu es en colère contre lui. Il t'a caché certaines informations qu'à ton sens il aurait dû te communiquer, et sur ce point tu n'as pas tort. Tu as cent pour cent raison de penser que, quand tu partages un sentiment amoureux avec un homme, il est de son devoir de te révéler qu'il est le détenteur de l'hypothèque sur la propriété que tu considères comme ton domicile, sauf que…

— Attends une minute.

Maddie se sentait proche de suffoquer. Si le mignon petit urgentiste d'hier avait été là, elle lui aurait bien réclamé un peu d'oxygène…

— Personne n'a jamais parlé d'amour, reprit-elle.

Tara leva les yeux au ciel.

— Sauf quelqu'un que je connais, dit-elle. Il y a certaines choses qu'il n'avait pas le droit de te révéler lui-même. Il avait promis de garder le secret.

— Mais…

— Je sais. Dans une relation amoureuse, on doit tout partager, mais la vérité est que Jax protégeait quelqu'un.

Elle s'interrompit un instant. Quand elle reprit la parole, elle s'exprima d'une voix très calme et pleine de retenue.

— Quelqu'un que tu connais.

— Qui ?

— Phoebe. Et…

De nouveau, Tara hésita. Elle secoua la tête et rentra les épaules comme si elle portait tout le poids du monde. Puis elle se couvrit le visage des mains.

— Et moi. Je t'ai menti, Maddie. Depuis le début, je t'ai menti sans vergogne, et ensuite j'ai enfoncé le clou en allant voir Jax et en le suppliant de tenir sa promesse, pour l'empêcher de tout vous dire, à toi et à Chloe.

La honte teintait chacun des mots qu'elle articulait avec peine.

Maddie la dévisagea, abasourdie.

— Mais… pourquoi ?

— Parce que je ne pouvais pas assumer la vérité, pas en revenant ici, à Lucky Harbor. Dieu du ciel, c'est vraiment dur pour moi d'être de retour.

— Mais c'est quoi, cette vérité que tu ne pouvais pas assumer ? Et qu'entends-tu par « de retour » ? Tu m'as dit que c'était la première fois que tu mettais les pieds ici.

— Non. C'est seulement ce que tu as cru comprendre.

Tara se massa le front d'un air absent, comme pour y soulager une douleur lancinante. Puis elle s'éclaircit la voix.

— Il vaut mieux que je commence par le début.

— OK, dit Maddie, le cœur battant. C'est une bonne idée.

Tara se perdit quelques instants dans la contemplation de l'océan. L'air était chargé de sel et de l'odeur âcre du bois brûlé. La température était glaciale, mais Maddie ne sentait, à ce moment précis, que le froid qui lui saisissait le cœur.

— Il y a quelques années, dit enfin Tara, quelqu'un de très proche de Phoebe, quelqu'un à qui elle tenait beaucoup, a eu besoin d'argent. Phoebe n'en avait pas, mais elle voulait aider cette personne. C'est pourquoi elle a hypothéqué la propriété.

Sa voix semblait distante, comme si elle essayait de s'abstraire des phrases qu'elle prononçait.

— Jax, dit Maddie. C'est Jax qui lui a prêté l'argent de l'hypothèque.

— Oui. Il a grandi ici, et ils ont toujours eu d'excellentes relations. Il venait de rentrer à Lucky Harbor, et tout le monde savait qu'il avait aidé plusieurs personnes dans le besoin. C'était le tour de Phoebe.

— Pourquoi ?

Tara prit une grande inspiration.

— Quand j'avais dix-sept ans, j'ai passé un été ici, à Lucky Harbor. Mes grands-parents étaient partis faire le tour du monde, et mon père travaillait tout le temps. À l'époque, je ressemblais pas mal à Chloe. J'étais une sauvageonne, pourrie gâtée, et je n'en faisais qu'à ma tête. Il n'y avait personne pour me dicter ma conduite, mais personne non plus pour m'écouter. J'ai été envoyée à Lucky Harbor sans autre forme de procès. Quand j'ai débarqué ici, je détestais le monde entier et j'avais mauvais genre, ce qui ne m'a évidemment pas attiré les faveurs des filles de mon âge qui habitaient le coin. Il n'y avait qu'une personne pour oser m'adresser la parole, et il… (Elle ferma les yeux.) Cet été-là, je suis tombée enceinte.

— Oh, Tara, murmura Maddie. Je ne savais pas…

— Personne ne l'a su. Sauf lui, bien sûr, et Phoebe. Seigneur, c'était l'horreur. Je me sentais… eh bien, je… il n'y a pas de mot pour ça. De toutes les erreurs qu'on peut commettre dans une vie, c'est sans doute celle qui vous change le plus radicalement.

Son regard se posa sur l'océan comme s'il recélait quelque chose qu'elle était la seule à voir, et qui lui faisait mal.

— Et ça m'a bel et bien fait changer. Je n'ai jamais oublié, dit-elle tout bas. (Elle secoua la tête, l'air un peu dégoûtée.) Nous étions jeunes, stupides et immatures, et certainement pas aptes à devenir parents. Même à l'époque, je le savais.

Ses yeux cernés semblaient hantés par ces lointains souvenirs.

— Je suis allée à Seattle le temps de ma grossesse, et ensuite j'ai fait adopter le bébé…

Sa voix se brisa, et, de nouveau, elle secoua la tête, incapable de poursuivre.

Au bord des larmes, Maddie la serra dans ses bras même si, en général, elles avaient d'autres manières de se prouver leur affection – par exemple en se teignant les cheveux en vert.

— Je suis vraiment désolée. Tu as dû avoir si peur !

— Oui.

Tara renifla et explora ses poches à la recherche d'un mouchoir que, bien entendu, elle trouva.

— J'étais terrifiée. J'étais assez intelligente pour comprendre que je n'étais qu'une gamine, et que je ne pouvais pas... J'ai fait ce qu'il fallait.

— J'en suis sûre.

— J'ai quitté Lucky Harbor sans me retourner. J'avais l'intention de ne plus jamais y remettre les pieds.

— Et le père ?

— Nous ne nous sommes plus jamais adressé la parole. J'ai fait ma vie. J'ai passé les années qui ont suivi à faire bien attention à ne pas penser à lui. Sauf qu'ensuite...

Elle s'interrompit, la mine grave.

— Le bébé, une petite fille, est tombé malade. Un problème cardiaque. Il fallait opérer. Financièrement, le coût était énorme, et Phoebe... (Elle esquissa un sourire tremblant.) Alors que j'avais fait tout mon possible pour oublier ce qui m'était arrivé, Phoebe, elle, n'avait jamais cessé d'y penser. Elle a découvert que la petite avait un problème de santé et qu'il fallait de l'argent pour la soigner.

— Alors elle a hypothéqué la propriété, conclut Maddie avec un hochement de tête admiratif. Qui l'aurait cru ? Je n'ai jamais pensé que Phoebe était très maternelle, mais on ne peut pas nier qu'elle ait été quelqu'un de bien.

— C'est vrai, dit Tara en se tapotant les yeux avec son mouchoir. Elle a fait une donation anonyme à la famille d'adoption de la petite. Elle ne voulait pas qu'ils se sentent redevables.

Maddie étreignit de nouveau la main de Tara.

— Alors, comme ça, tu as eu une fille !

Le sourire que Tara lui adressa en retour était à la fois penaud et fier.

— Une jolie petite fille et, grâce à Dieu, en bonne santé, maintenant. Pour ce que j'en sais, elle est heureuse, elle a une belle vie devant elle, et… (Son sourire s'atténua.) Je n'en fais pas partie.

— Et ça te va ?

— Il faut bien. J'ai fait un choix, répondit-elle simplement. J'ai pris une décision il y a longtemps, et je l'assume. Mais maman, elle, ne s'en est jamais tout à fait remise. Tu sais, j'imagine qu'elle devait se sentir un peu coupable à titre personnel parce que, sans nous avoir complètement abandonnées, on ne peut pas dire qu'elle nous a élevées. Quoi qu'il en soit, elle a créé un fonds de placement. (Elle soutint le regard de Maddie.) Elle nous a légué l'auberge, mais tout son argent est allé à son unique petite-fille. Elle a occulté les détails de ce legs à tout le monde à part moi, afin de protéger toutes les parties prenantes, mais aussi pour me préserver. (De nouveau, ses yeux s'emplirent de larmes.) Je suis désolée, Maddie. Ça fait tellement longtemps que je garde ça pour moi et, honnêtement, j'étais prête à ne jamais rien révéler à personne, sauf que…

— Sauf que ?

— Sauf que tu es là, murmura-t-elle. Tu es arrivée ici, prête à accepter ce que maman attendait de nous, ce qu'elle espérait pour nous. Elle voulait que nous formions une famille, toutes les trois. Tu as dépensé tout ton argent pour rénover l'hôtel qu'elle a hypothéqué pour sauver ma fille. (Une lueur émerveillée passa dans son regard.) Tu as tout donné pour cette propriété, alors que moi, je ne pensais qu'à une chose : me barrer d'ici en courant. Je te demande pardon, Maddie, je suis tellement désolée, répéta-t-elle d'une voix étranglée.

— Non, dit Maddie en prenant Tara dans ses bras. Tu as fait ce qu'il fallait. Je suis fière de toi, Tara, vraiment fière.

Tara posa sa tête sur l'épaule de sa sœur, tremblant de tout son corps tandis qu'elle essayait de contenir son chagrin. Maddie la serra fort contre elle et lui caressa les cheveux sans pouvoir s'empêcher de verser elle aussi quelques larmes.

Après un long moment, Tara s'écarta pour essuyer avec précaution le mascara qui avait coulé sous ses yeux.

— Pas très glamour, tout ça, soupira-t-elle.

— Tu te sens mieux ?

— Non, mais ça va venir. C'est Noël, trésor. Il faut qu'on fasse sortir Chloe de cet hôpital, et toi, tu dois pardonner à Jax.

— Il n'y a rien à pardonner, dit Maddie.

En prononçant ces mots, elle comprit combien c'était vrai. Le problème ne se résumait pas à ce que Jax lui avait caché. Ce n'était pas aussi simple.

— Il n'y a rien à pardonner, mais…

— Il ne sort jamais rien de bon d'un « mais ». Écoute, je reconnais que j'ai tout fait pour t'empêcher de tomber amoureuse de lui, et j'ai eu tort. C'étaient mes propres peurs qui s'exprimaient.

— Et là, ce sont les miennes, admit Maddie.

— Tu as peur de lui ?

— Non. (Elle hésita.) Peut-être. Oui. Mais pas comme tu crois. Oh, nom d'un chien ! marmonna-t-elle en se massant les tempes.

La jeune femme savait qu'en s'ouvrant à un homme elle se montrait vulnérable, et ça ne donnait pas toujours les meilleurs résultats du monde, mais elle savait aussi que Jax ne ressemblait à aucun des hommes qu'elle avait connus. Il en valait la peine, même si elle prenait le risque de le laisser lui briser le cœur, parce que, sans lui, elle était certaine de toute façon que ce dernier s'arrêterait de battre.

— Je n'ai pas peur de lui. J'ai peur de ce que je ressens pour lui… ce qui veut dire qu'il avait raison. Mon Dieu, je déteste ça ! Je veux dire, comment fait-on pour vivre avec un type qui a toujours raison ?

— Trésor, dit Tara avec un petit rire triste, si je le savais, je serais encore mariée.

Une fois Chloe sortie de l'hôpital, les trois sœurs s'installèrent au *Diner*, ouvert spécialement ce matin-là pour un brunch de Noël. Tara se faisait un shoot de caféine en avalant un expresso particulièrement serré, pendant que Maddie et Chloe s'empiffraient de gâteaux.

Tara avait préparé ses « gaufres de la dernière chance » à la citrouille et à la cannelle, arrosées d'une quantité déraisonnable de chantilly. Le paradis sur terre. Maddie les avalait les unes après les autres, l'esprit momentanément vidé de toute préoccupation. C'était sans doute tout ce sucre qui la faisait planer. Tout comme Tara, elle surveillait Chloe d'un œil, mais celle-ci avait retrouvé ses couleurs, et sa respiration était redevenue normale. Maddie savait que Tara avait l'intention de parler à leur sœur de son passé, mais aussi qu'elle n'en mourait pas d'envie.

— On a des sales têtes, dit Chloe en examinant son reflet sous toutes les coutures dans sa petite cuillère.

— Oui, mais, au moins, on est vivantes.

Et c'est bon d'être là, pensa Maddie en regardant ses sœurs, ces deux femmes qui, un mois plus tôt, étaient des étrangères pour elle.

— La nuit dernière, au beau milieu de tout ce chaos, j'ai eu une révélation, dit Maddie à mi-voix. J'adore cet endroit. Et je vous aime aussi, les filles.

— Je ne partage pas mes gaufres, répondit Chloe en lui adressant un regard en coin.

Tara leva les yeux au ciel et décocha un petit sourire plein de chaleur à Maddie.

— Moi aussi, je vous aime, mes trésors. Toutes les deux.

En même temps que Maddie, elle se tourna vers Chloe, qui soupira.

— Et maintenant, je vais passer pour la garce de service…

Elle se remit à manger, jusqu'à ce qu'elle s'aperçoive que ses deux sœurs continuaient de la dévisager, dans l'expectative.

— Et alors, bien sûr que je… c'est juste que je n'arrive pas à le dire.

— Et c'est définitif? demanda Maddie.

— Je peux y travailler, rétorqua Chloe avec un haussement d'épaules.

Tous les clients du restaurant s'arrêtaient à leur table. On aurait dit que les habitants de Lucky Harbor s'étaient donné rendez-vous pour venir exprimer leur sympathie et offrir leurs condoléances. La nouvelle du drame s'était répandue comme une traînée de poudre, et elles reçurent quantité de vêtements et de produits de toilette pour remplacer provisoirement ce qu'elles avaient perdu dans l'incendie.

Quand elles furent enfin seules, Tara s'éclaircit la voix et raconta à Chloe ce qu'elle avait avoué plus tôt à Maddie, sans omettre le moindre détail, fût-il douloureux. Même si c'était la seconde fois qu'elle entendait ce récit, Maddie n'en fut pas moins émue, mais les larmes qu'elles versèrent étaient salutaires, tout comme l'étreinte qu'elles échangèrent ensuite.

— C'est dingue, ne cessait de répéter Chloe. Complètement dingue!

— Je crois qu'on va avoir besoin d'un nouvel adjectif, dit Tara. Celui-ci commence à être usé.

— N'empêche que maintenant je comprends mieux certaines choses, reprit Chloe. Maman me demandait toujours quand j'allais lui donner d'autres petits-enfants…

— Tu étais en contact régulier avec elle? demanda Maddie.

— Ouais. Je pense qu'elle avait un faible pour moi. Sûrement parce que je suis une fille adorable, dit-elle avec un sourire sarcastique que démentait pourtant la timidité de son regard. Je lui téléphonais souvent, à peu près une fois par semaine, juste pour prendre de ses nouvelles. Je crois que c'était important pour elle.

— Et pour toi, murmura Tara.

— C'est vrai, dit Chloe en lui donnant un coup de coude. D'après ce qu'elle m'a raconté, avant de devenir vieille et raide comme la justice, tu me ressemblais beaucoup. Casse-cou et indomptable.

— Dis donc, j'ai seulement dix ans de plus que toi, je ne suis pas vieille, protesta Tara. Cela dit, oui, j'étais comme toi, étant jeune. Où veux-tu en venir ?

— Eh bien, que tout n'est pas perdu pour moi, bien sûr, dit Chloe en haussant les épaules. Ça veut dire qu'un jour, moi aussi je finirai par assurer !

— Tu trouves que j'assure ? demanda Tara, incrédule. J'ai eu un bébé alors que j'étais encore une gamine, et je l'ai abandonné. J'ai raté mon mariage, je déteste mon boulot, et je suis endettée jusqu'au cou.

Chloe éclata de rire.

— Effectivement, vu sous cet angle… (Elle se tourna vers Maddie.) Peut-être que je ferais mieux de te prendre comme modèle.

— Tu ferais mieux d'attendre que je m'améliore…

— Dis donc, tu ne vas quand même pas me dire que tu ne t'es toujours pas décidée à te jeter dans les bras du maire le plus sexy de la côte Ouest ?

— Tu ne peux pas comprendre.

— Laisse-moi réfléchir… Ce type a sauvé l'*Auberge de Lucky Harbor* quand Phoebe a eu besoin d'argent ; ensuite, il nous a presque promis de refinancer l'hypothèque tout en sachant que l'une de nous trois au moins est complètement instable financièrement. Il a fait preuve d'un incroyable sens moral en ne trahissant pas le secret de Tara, et il s'est montré digne de confiance un million de fois au moins. Quel salaud, ce mec ! Je trouve qu'on devrait le traîner en place publique et le lapider.

Maddie soupira. La seconde d'après, elle se figea en sentant un frisson familier lui parcourir l'échine. Quelqu'un venait d'entrer, et elle savait qui c'était. Quand elle leva les yeux, elle vit Jax s'avancer vers leur table de son pas assuré.

— Tu tombes mal, lui lança Chloe quand il fut à portée de voix. Je n'ai pas encore tout à fait fini de chanter tes louanges.

Maddie fusilla sa jeune sœur du regard et s'aperçut au même moment que, dans le restaurant, le silence s'était installé.

Tout le monde les écoutait.

— Je faisais la liste de tes qualités, poursuivit Chloe. J'ai juste laissé de côté le fait que tu lui as caché certains trucs et que tu l'as tenue à distance, évidemment. Ça, c'est ton problème.

Pendant que Chloe parlait, Jax n'avait pas quitté Maddie des yeux.

— Alors, premièrement : je ne t'ai jamais tenue à distance. Peut-être que je ne t'ai pas beaucoup parlé de la personne que j'étais avant, mais bon sang, Maddie, je détestais ce type ! Et je crois que j'espérais que l'homme que je suis maintenant te conviendrait.

— Wouaou ! fit Chloe avant de se tourner brusquement vers Maddie. Tu as entendu ça ?

Le cœur de Maddie battait tellement fort qu'elle craignait qu'il finisse par sortir de sa poitrine.

— Oui, Chloe, j'étais là, répondit-elle.

— Ça me semble valable, comme argument, intervint un homme assis deux tables plus loin.

Maddie le reconnut : c'était l'employé de la station-service.

— Je peux me porter garant de Jax, ajouta-t-il, c'est un type bien. Il a prêté de l'argent à ma sœur quand la banque lui a refusé un emprunt. S'il n'avait pas été là, elle aurait perdu son commerce et sa maison.

— C'est lui qui a construit l'extension de notre maison, lança une femme. Et, quand mon mari a perdu son travail, Jax a accepté qu'on ne le rembourse pas tout de suite, alors que rien ne l'y obligeait.

— Seigneur, marmonna Jax en se dandinant d'un pied sur l'autre.

— Il a aussi équipé tous les policiers de la ville de nouveaux gilets pare-balles, ajouta Sawyer qui venait juste d'entrer.

— C'était censé être une donation anonyme, espèce d'abruti !

— J'ai vu que tu t'enfonçais, et ça me démangeait d'en remettre une couche.

Jax attrapa Maddie par la main, la fit se lever de la banquette et l'entraîna vers la sortie. Il marchait si vite qu'elle dut courir pour arriver à le suivre.

— Où va-t-on ?

— Dans un endroit où nous pourrons parler sans que toute cette putain de ville n'y mette son grain de sel.

Il ouvrit la porte du restaurant. Dehors, ils se heurtèrent à un homme en imperméable, qui tenait sous le bras un dossier portant le logo d'une grande compagnie d'assurances.

— Excusez-moi, dit-il, je cherche les propriétaires de l'*Auberge de Lucky Harbor.*

— C'est moi, dit Maddie, très consciente de la présence protectrice de Jax à son côté. Donnez-moi juste une minute, d'accord ?

Le type acquiesça, et elle entraîna Jax un peu plus loin.

— Je suis désolée, murmura-t-elle, il faut qu'on règle tout ça pour partir tranquilles.

— Tu as bien dit « partir » ?

— Oui, dit-elle, la gorge tellement serrée qu'elle avait du mal à parler. Je suis presque sûre que c'est ce que Tara et Chloe ont l'intention de faire. Nous n'avons nulle part où habiter, et ça fait des semaines qu'elles n'attendent que ça.

— Et toi ?

— Ça se joue à la majorité.

— Dis pas de conneries ! s'exclama Jax d'un air désabusé. Tu es venue ici pour te battre, Maddie. Tu as peut-être perdu un ou deux combats, mais tu n'as pas baissé les bras. Tu veux rester à Lucky Harbor ? Bats-toi pour ça. Tu veux rester proche de tes sœurs ? Fais-le, bon sang !

— Et toi ? Si je veux rester proche de toi, je fais quoi ?

Il recula d'un pas pour mieux dévorer Maddie des yeux, comme s'il cherchait à graver chacun de ses traits dans sa mémoire. Quand il parla, ce fut d'une voix que l'émotion rendait rauque.

— Je suis déjà à toi. Je l'ai toujours été. Tu n'as qu'une chose à faire : entrer dans l'arène.

Chapitre 26

Ma devise a toujours été : « Ne cours après rien ni personne, parce que tu trouveras toujours mieux. » Apparemment, j'avais tort.
Phoebe Traeger

L'expert de la compagnie d'assurances ôta son imperméable et informa Maddie qu'il se nommait Benny Ramos. C'était un grand échalas qui portait des santiags, un chapeau de cow-boy et un jean qui menaçait de glisser à tout moment de ses hanches maigres. Il était impossible de dire s'il venait tout juste d'avoir vingt et un ans ou si c'était seulement un virtuose du rasoir.

Jax accompagna Benny et Maddie jusqu'à la table qu'elle occupait avec ses sœurs. Puis il adressa à la jeune femme un regard scrutateur qu'elle ne sut comment interpréter, et il quitta le restaurant.

Maddie avait la tête qui tournait. Jax lui avait donné tout ce qu'il avait, et il exigeait la même chose de sa part. Il voulait qu'elle se batte pour obtenir ce qu'elle souhaitait.

C'était logique. Parfaitement logique. C'était ce qu'on pouvait attendre d'une jeune femme dotée d'une volonté de fer et d'un esprit de meneuse.

— Pour commencer, dit Benny, la petite maison est irrécupérable.

— Sans blague ? railla Chloe. Et, à part ça, vous avez autre chose à nous apprendre ?

— Les pompiers pensent que le feu est parti d'une guirlande de Noël défectueuse accrochée à… (Il consulta son dossier.) une espèce de plante verte qui se trouvait dans le salon.

Tara eut un reniflement de mépris.

Maddie ferma les yeux. *Pauvre petit sapin, puisses-tu reposer en paix…*

— Quoi qu'il en soit, poursuivit l'expert, l'hôtel n'est pas en si piteux état qu'il y paraît. Les chambres du haut vont devoir être entièrement refaites : murs, sols et salles de bains. Il faut reconstruire le toit. Mais, en ce qui concerne le rez-de-chaussée, les dégâts sont superficiels, et un bon nettoyage suffira. Il est dans un état plutôt correct.

Dans un état plutôt correct. C'était bon à savoir.

Entre dans l'arène.

Jax pensait qu'elle était une battante. Cela n'avait pas toujours été le cas, loin de là. Elle s'était généralement laissé porter par la vie, se contentant de suivre le courant.

Suivre. Quel mot détestable ! Cela revenait à se tuer au travail sans espoir de promotion et en essayant de plaire à des gens qui se fichaient bien de votre existence. *Je ne veux plus suivre. Je veux être une battante.*

— Excusez-moi, dit-elle à Benny, mais il y a un dégât des eaux au rez-de-chaussée, alors je n'estime pas qu'il soit dans un « état plutôt correct ». Nous attendons une compensation adéquate de votre part.

Tara leva un sourcil, l'air de dire : « Vas-y, chaton, sors tes griffes et attaque ! »

Souriant jusqu'aux oreilles, Chloe fit mine de l'applaudir.

— Vous avez entendu ma sœur, dit-elle à Benny. Nous attendons une compensation adéquate de votre part.

— Vous savez, vous et moi, nous sommes dans le même camp, dit Benny tout en prenant des notes sur sa tablette numérique.

En le regardant, Maddie fut prise de vertiges. Elle était démoralisée, la situation lui échappait, et voilà qu'elle se sentait envahie d'une furieuse envie de posséder une tablette comme la sienne. Oui, il lui en fallait absolument une. Et il fallait aussi qu'elle se batte pour sauver sa nouvelle vie.

— Nous avons également besoin d'un dédommagement pour compenser le manque à gagner lié à la perte d'activité de l'hôtel.

— Bien sûr, dit Benny.

Maddie cilla. C'était donc si facile ? Il suffisait de demander quelque chose pour l'obtenir ? Jax semblait penser que c'était le cas, et cela semblait toujours marcher pour Tara.

Benny leva le nez de sa tablette.

— Je pense que nous pourrons boucler le dossier d'ici à la semaine prochaine et vous envoyer un premier chèque.

— Et moi, je vous adore, trésor, mais je pense qu'il nous le faut aujourd'hui ou demain, dit Maddie.

Tara éclata de rire. C'était si rare et si spontané que Maddie se tourna vers elle, agréablement surprise.

Les oreilles rouges de confusion, Benny s'absorba de nouveau dans ses notes.

— Demain. Ça ira, demain ?

— Carrément génial, dit Chloe, rayonnante. Merci.

Benny la regarda, un peu déconcerté.

— Euh… je vous en prie.

Chloe le raccompagna jusqu'à sa voiture, puis revint à leur table, un bout de papier à la main.

— Tu as récupéré son numéro de téléphone ? Non, mais je rêve ! s'exclama Tara. Il a à peine douze ans. Je parie qu'elles ne sont même pas encore descendues.

— Eh ! protesta Chloe. Je ne te permets pas de parler des couilles de mon futur petit copain. Il est mignon, et Maddie lui a fichu la frousse.

— Je croyais que c'était Lance que tu trouvais mignon, dit Tara. Et son frère.

— Tout à fait. Et alors ?

—Et ton beau shérif? Sawyer, c'est ça? L'autre soir, tu le regardais comme si tu voulais le dévorer vivant.

—Si je le regardais, c'est juste parce que j'envisageais pour lui une mort lente et douloureuse. Dites, vous avez entendu ce qu'on nous a dit? Demain, on va recevoir un bon gros chèque. (Chloe regarda ses sœurs tour à tour.) Alors, c'est quoi, le plan?

—Les bons gros chèques, ça se divise facilement en trois, fit remarquer Tara.

—C'est vrai, dit Chloe. Je suppose que ça veut dire que demain à la même heure, on partira chacune de notre côté. (Elle sourit.) Je vais vous manquer, les filles. Allez, dites-le.

Maddie faisait de son mieux pour rester calmement assise et se contrôler, mais, soudain, c'en fut trop. D'abord, l'incendie. Ensuite, leur fuite terrifiante hors de la petite maison. La révélation de Tara et la prise de conscience qu'elle avait suscitée chez elle. Ses sœurs, qui n'avaient qu'une envie: prendre le chèque et s'en aller. Jax et les trois petits mots qu'il avait prononcés, des mots qu'elle n'avait jamais entendus et qui comptaient plus pour elle que tout ce qu'elle aurait pu imaginer. Son cœur se serra à en imploser.

—Je suis la sœur du milieu, dit-elle à mi-voix avant de répéter, plus fort: je suis la sœur du milieu.

—Très bien, dit Chloe. Et tu connais l'alphabet, aussi?

—Ça veut dire que, logiquement, je suis la mieux placée pour agir comme médiateur. On a des décisions à prendre, et on va le faire maintenant. C'est la majorité qui l'emporte. (Elle regarda Tara puis Chloe.) On s'en va, ou on reconstruit. Passons aux votes. Honneur à la plus jeune.

Chloe sortit l'iPod touch que Lance lui avait prêté à l'hôpital et lança l'application de la boule magique.

—Boule magique, lança-t-elle sur un ton cérémonieux, dois-je rester à Lucky Harbor?

—Tu ne vas quand même pas voter avec ce truc! dit Maddie, éberluée.

—Je n'ai pas le droit?

— Non !

Pourtant, Maddie se mordit la lèvre et tendit le cou pour essayer de déchiffrer l'écran.

— Qu'est-ce que ça dit ? demanda-t-elle.

Chloe lut la réponse et soupira :

— « N'y compte pas. » C'est aussi bien comme ça. J'étais prête à m'arracher d'ici, de toute façon.

Malgré sa déception, Maddie se tourna vers Tara. Celle-ci tendit la main vers Chloe.

— Fais-moi voir ce truc, demanda-t-elle en désignant l'iPod.

— Tu plaisantes, dit Maddie, la gorge si sèche qu'elle avait l'impression d'avoir avalé du verre pilé. S'il te plaît, dis-moi que tu plaisantes.

— D'accord : je plaisante.

Tara attrapa la main de Maddie et lui adressa un sourire quelque peu pâlichon.

— Je vote pour qu'on reste.

— Moi aussi, dit Chloe. Le coup de la boule magique, c'était pour rire. On ne peut pas partir maintenant. Ça commence juste à devenir amusant.

— Deux votes pour, dit Tara. Maddie ?

Celle-ci se sentait complètement dépassée par les événements.

— Regarde-la, murmura Tara. On dirait un lapin pris dans les phares d'une voiture.

— Elle a les jetons, convint Chloe. Ça se voit à un kilomètre. Tu crois qu'elle aurait préféré qu'on choisisse de partir ?

— Intéressant, répondit Tara avec un hochement de tête. Tu veux dire qu'elle voulait qu'on prenne la décision à sa place pour se dégager de toute responsabilité ?

— Exactement.

— Dites, je suis là, dit Maddie. Je vous entends !

— Tu sais quoi ? demanda Chloe. Il faut que tu te ressaisisses.

— Eh ! protesta Maddie. Quand tu as débarqué ici avec tes mauvaises manières, est-ce que je t'ai demandé de te ressaisir ?

— En fait, oui. Plusieurs fois.

Bon, d'accord, c'était vrai. Maddie se tourna vers Tara, qui affichait un sourire suffisant.

— Et toi…

— Moi ? Qu'est-ce que j'ai fait ?

— Je t'ai soutenue. Maintenant, je veux que tu me soutiennes !

— Tu te fiches de moi ? L'homme le plus sexy de la planète est amoureux de toi. Tu fais l'amour régulièrement. Débrouille-toi toute seule.

Maddie se leva.

— Je sors. J'ai besoin de prendre l'air.

— La dernière fois que tu as dit ça, tu es allée au bar, tu t'es cuitée et tu as embrassé un beau mec.

À mi-chemin de la sortie, Maddie fit demi-tour et revint arracher l'iPod des mains de Chloe.

— J'ai besoin de ça.

Une fois dehors, elle ferma les yeux et chuchota :

— Est-ce que je vais m'en sortir, cette fois ?

Un voile passa sur l'écran puis la réponse lui apparut :

« Redemandez plus tard. »

Saleté d'engin ! Elle le fourra dans sa poche et monta dans sa voiture. Elle roula le long de la plage embrumée. La mer, grise et agitée, offrait une véritable démonstration de violence incontrôlée.

Un peu comme ce qui se passait dans sa tête.

Sans trop savoir comment, elle se retrouva sur la jetée, un ticket à la main, la tête levée vers la grande roue. *Fais-le*, dit une petite voix courageuse dans sa tête.

Vis.

C'est ainsi qu'elle se retrouva assise sur une balancelle, accrochée à la barre devant elle, les jambes en coton, tandis qu'elle montait dans les airs. Et montait. Et – *oh, merde* – montait encore.

Et encore.

Soudain, alors que, retenant son souffle, elle était arrivée aussi haut qu'on pouvait l'être, la grande roue hésita puis s'arrêta.

Le cœur de Maddie l'imita.

Autour d'elle, les quelques personnes qui se trouvaient sur le manège, après avoir poussé des exclamations de surprise, se mirent à lancer des cris ravis.

Maddie, elle, n'était guère enchantée. En fait, elle était terrifiée. Quelle idée d'être montée sur cet engin ! À quoi pensait-elle ? On était tellement mieux sur le plancher des vaches !

Elle tenta de regarder le plancher en question, mais le mouvement qu'elle fit pour se pencher fit basculer la nacelle en avant, et elle se sentit prise d'un vertige.

— Mon Dieu, oh, mon Dieu !

À présent, elle serrait la barre à s'en faire mal aux mains. Elle ne sentait plus du tout ses jambes. Le cœur battant la chamade, elle cherchait désespérément à retrouver son souffle.

Arrête de regarder en bas. Se contraignant à relever la tête, elle balaya le paysage du regard. Le panorama était incroyable. À condition de faire abstraction du vertige, bien sûr. Depuis son poste d'observation, elle bénéficiait d'une vue à trois cent soixante degrés sur le Pacifique et ses côtes rocheuses.

Elle voyait également la ville. De son perchoir, elle distinguait la totalité de Lucky Harbor, et c'était aussi beau qu'une carte postale. C'était un spectacle dont elle n'aurait jamais pu profiter si elle n'avait pas affronté sa peur du vide.

Bon, d'accord : Maddie était encore à deux doigts de la crise de panique, mais elle avait tout de même fait de sacrés progrès.

L'ennui, c'est qu'il lui restait encore son lot de phobies à surmonter. Il existait bon nombre de voies qu'elle n'avait jamais osé emprunter, de choses qu'elle s'était convaincue de n'être pas capable de faire.

Par exemple, elle s'était persuadée que sa mère n'avait pas envie d'approfondir le peu de relations qu'elles entretenaient toutes deux. Il était trop tard pour avoir des remords à ce sujet, mais qu'en était-il de ses rapports avec ses sœurs ? Il était encore temps de se poser la question et d'aller de l'avant, même si Maddie s'était souvent dit que Tara et Chloe ne tenaient pas à ce qu'elle fasse partie de leur vie. La vérité, c'est qu'elle-même ne les avait pas encouragées à développer de liens avec elle, alors qu'elle aurait pu. Elle aurait dû le faire.

C'était la même chose avec Jax. Certes, au début, il avait manqué de franchise envers elle sur certains sujets, mais il lui avait dévoilé d'emblée les sentiments qu'elle lui inspirait, sans pour autant lui faire de déclaration. Il l'avait poussée à en vouloir davantage – à lui arracher certaines vérités, à exiger plus de la vie en général. Pourquoi était-elle restée sourde à ses encouragements ?

La peur. Elle avait laissé la peur dominer sa vie.

Tout cela allait changer. Si elle se sortait vivante de ce coup de folie, en tout cas.

Au moment même où cette pensée la traversait, la grande roue s'ébranla dans une secousse qui fit osciller la nacelle, et le manège se remit en marche. Dix minutes plus tard, après avoir fait trois tours, elle retrouvait la terre ferme, un large sourire aux lèvres.

Elle avait réussi. En s'asseyant au volant de sa voiture, Maddie se sentait bien, plus volontaire que jamais, et elle se mit à rouler au hasard.

Non, c'était un mensonge. Elle savait exactement où elle allait. Quelques minutes plus tard, elle se garait devant la maison de Jax. Il faisait 7 °C dehors, et elle transpirait.

« Tu sais ce qu'il te reste à faire », lui avait-il dit.

Et il avait raison. Elle voulait rester à Lucky Harbor, et elle tenait à ce que ses sœurs et elle forment enfin une famille.

Deux souhaits qu'elle était à même de réaliser.

Et elle voulait Jax.

Elle espérait que, là encore, ce vœu restait à sa portée. Elle frappa à sa porte et, comme il ne répondait pas, elle se retourna pour vérifier si sa Jeep était en vue. Oui, il était chez lui…

C'est alors qu'elle entendit des coups sourds, réguliers, qui provenaient de l'arrière de la maison. C'est là qu'elle le trouva, vêtu d'un tee-shirt gris, de ses vieilles chaussures de travail et de ce Levi's usé jusqu'à la trame, qu'elle en était venue à adorer. Il fendait du bois, soulevant et abattant la lourde hache avec une grâce et une aisance déconcertantes. Son tee-shirt était trempé de sueur et collait à son torse, révélant chaque détail de sa musculature.

Et il y avait de quoi faire. Rien qu'en le regardant, elle se sentit prise d'une brusque bouffée de chaleur.

Il avait dû la voir contourner la maison. Jax avait les sens aussi affûtés que ceux d'un félin, et Maddie n'essayait pas d'être discrète – pourtant, il n'avait pas fait mine d'interrompre sa tâche.

Il gardait le silence.

Pour finir, au risque d'y laisser un bras ou une jambe, elle s'approcha suffisamment pour qu'il soit obligé de s'arrêter s'il ne voulait pas qu'elle soit blessée par les échardes qui volaient en tous sens.

Il posa la hache et s'appuya dessus en soufflant un peu.

Toujours sans dire un mot.

— Salut, dit-elle à mi-voix.

— Salut. Qu'est-ce que tu fais ici ?

C'était une question qu'il était en droit de poser, vu qu'elle lui avait demandé exactement la même chose le matin même. Et il était allé droit au but. Il était doué pour ça.

Pas elle.

— Je… j'étais paumée. Et aussi, je crois, un peu en colère contre tout le monde, alors j'ai pris ma voiture, et elle m'a amenée ici.

L'ombre d'un sourire apparut sur les lèvres de Jax.

— Ta voiture aurait-elle oublié que tu es furieuse contre moi ?

— Eh bien, de toutes les personnes contre qui je suis en colère, je crois que tu es celle à qui j'en veux le moins.

— Et pourquoi ?

Maddie eut soudain envie de sortir l'iPod de Chloe de sa poche pour demander à la boule magique comment elle s'en tirait avec Jax jusque-là, mais, en y réfléchissant, elle se dit qu'elle connaissait déjà la réponse.

— Pourquoi, Maddie ?

Nom d'un chien, il n'allait pas lâcher le morceau ! Elle opta pour la désinvolture. Après tout, cela avait toujours été sa stratégie de défense numéro un.

— Ces derniers temps, tu m'as pas mal aidée à retrouver le sourire. Peut-être que ça te donne une immunité partielle contre ma colère. Je ne sais pas.

Il l'examina pendant un long moment. Manifestement, il voyait clair en elle.

— Il n'y a pas que le sourire que je t'ai aidée à retrouver, dit-il en posant sa hache pour se diriger vers la maison.

Arrivé dans la cuisine, Jax ouvrit le réfrigérateur afin d'en sortir une bouteille d'eau pour apaiser sa gorge soudain desséchée.

C'était le moment de vérité. Soit Maddie était venue dans l'intention de lui dire merci pour tout avant de disparaître dans le soleil couchant, soit c'était pour… Bon sang, il avait peur de se faire des illusions.

À l'époque où il était avocat, il était entré chaque jour au tribunal en sachant qu'il allait gagner. Toujours.

Il aurait bien aimé connaître le verdict de la seule affaire qui lui importe désormais.

Il fallait qu'il prenne de la distance. Après s'être désaltéré, il posa la bouteille et traversa la maison. Beau joueur, il avait laissé la baie vitrée ouverte au cas où Maddie voudrait entrer et achever de lui briser le cœur, mais il pénétra dans la salle de bains sans un regard en arrière. Il se débarrassa de ses vêtements trempés de sueur et s'installa sous le jet brûlant de la douche. Tête baissée, il laissa l'eau couler le long de son dos et tenta de se vider la tête. En vain.

À la place, des images défilaient dans son esprit : Maddie sous la douche avec lui, la peau luisante de savon, la douce chaleur de son regard sur lui ; il se revoyait caressant le corps de la jeune femme jusqu'à ce que ses yeux brillent de passion ; il entendait sa voix essoufflée répéter son nom au moment où le plaisir l'emportait…

Quand la porte s'ouvrit derrière lui, il ne bougea pas, ne leva pas la tête, n'ouvrit pas les yeux. Les bras de Maddie l'enlacèrent, et il sentit son corps nu se serrer contre le sien.

Alors, toutes ses bonnes intentions s'envolèrent. Car, tandis que les mains de la jeune femme se promenaient sur son torse et sur son ventre, il s'aperçut qu'il était difficile de prendre de la distance quand on avait l'érection de sa vie.

— Pourquoi es-tu venue ? lui demanda-t-il encore.

La gorge serrée, Maddie tenta de convoquer une actrice qui pourrait l'inspirer… mais laquelle ? Seigneur, elle n'arrivait pas à trouver l'actrice désignée pour ce rôle ! Elle était toute seule sur le coup.

— Eh bien, tu m'avais l'air passablement en nage, dit-elle de sa voix la plus aguicheuse. Je me suis dit que je pourrais t'aider à te savonner le dos.

Inclinant la tête, elle lécha une goutte d'eau sur la nuque de Jax. Il poussa un profond soupir.

— Maddie…

D'accord, il n'était pas d'humeur à plaisanter. Elle pouvait le comprendre. Elle hésita un instant, les yeux posés sur les muscles déliés de son dos.

— Tu t'es mis à nu pour moi.

Il se retourna pour lui faire face.

— En l'occurrence, on ne peut pas faire plus nu, confirma-t-il.

Tous deux baissèrent le regard sur le corps de Jax. Oui, il était nu. Magnifiquement nu.

— Je ne parlais pas que de ton corps, murmura-t-elle. Tu m'as tout dévoilé de toi et… j'ai mis beaucoup de temps à m'en apercevoir.

Mon Dieu, son corps était parfait. Sa silhouette, sa musculature, sa peau, tout était parfait. Elle fit courir un doigt sur l'un de ses pectoraux puis, comme par accident, lui effleura le téton.

— Maddie ?

— Oui ?

— Regarde-moi.

Détachant difficilement son regard du torse de Jax, elle leva la tête. Il lui sembla qu'une lueur amusée brillait dans ses yeux. Son visage s'était éclairé. Le soulagement l'envahit si brusquement qu'elle sentit ses jambes se dérober sous elle.

— Oh, Jax, je suis désolée qu'il m'ait fallu si longtemps pour comprendre tout ça. Désolée d'avoir douté de toi et de t'avoir repoussé. Je ne cherchais pas à tomber amoureuse. Et je sais que toi non plus, peut-être encore moins que moi, mais toi… tu l'as mieux géré.

Il lui caressa le ventre avant de s'arrêter sur sa hanche. Dans ces conditions, elle avait toutes les peines du monde à réfléchir, mais elle s'efforça de poursuivre.

— Je sais que j'ai dit certaines choses… au sujet de notre relation.

— En réalité, tu as été assez claire sur le fait que nous n'avions pas de relation.

Il commença à se savonner.

— Justement. J'avais tort.

En regardant les mains de Jax courir sur son corps musclé, laissant des traces savonneuses dans leur sillage, elle sentait sa respiration s'accélérer, et elle perdit le fil de ses pensées.

Sans rien dire, il acheva de se laver. Ensuite, il posa le savon et se rinça ; puis, alors qu'elle ne s'y attendait plus, il l'attira contre lui, l'enlaça et la serra avec force pendant un long moment, sans la lâcher. Maddie était aux anges. Elle aurait pu rester ainsi dans ses bras toute sa vie. Elle se sentait au chaud, en sécurité, et complètement béate. Pourtant, elle n'avait pas tout dit.

— Jax, je…

— Tout ce que tu voudras, dit-il d'une voix rauque et sensuelle. Sauf partir. Je ne te laisserai pas partir. Plus jamais.

— J'espère que tu le penses vraiment. Parce que tu avais raison à propos d'autre chose. J'avais peur, j'étais complètement terrifiée, dit-elle avec une grimace. Il est même possible qu'à un moment j'aie un peu paniqué.

— Il me semblait bien que tu passais beaucoup de temps sur ton tricot…, dit-il, le visage impassible, avant de l'embrasser dans le cou.

Le contact de ses lèvres sur sa peau mouillée la fit tressaillir, et elle s'accrocha à lui. Quand il releva la tête, il souriait. À cette vue, ou peut-être à cause de ses caresses, elle crut que son cerveau allait exploser. Elle n'était plus sûre de rien, sauf qu'elle respirait de plus en plus vite et qu'elle était prête à lui sauter dans les bras pour qu'il la prenne là, tout de suite.

— Tu m'as dit de me battre pour obtenir ce que je voulais, de monter sur le ring. (Elle baissa la tête.) Euh, sans vouloir changer de sujet, je crois que tu as envie de moi.

— C'est dur à cacher.

— Je te veux, moi aussi, murmura-t-elle en songeant que ce n'était pas tout à fait ce qu'elle avait eu l'intention de dire.

— Pour combien de temps ?

— Aussi longtemps que tu voudras de moi.

Jax exhala longuement, un peu secoué.

—Alors, comme ça, tu as vraiment décidé de te battre ?

—Oui.

Elle avait du mal à se concentrer. Jax avait posé la main sur sa hanche et, à présent, il lui effleurait le ventre, poursuivant son ascension jusqu'à la courbe d'un sein. Son pouce glissa sur le téton déjà érigé. Le visage de Jax exprimait un mélange de désir, de tendresse, d'attente, et de tant d'autres choses que Maddie en eut le souffle coupé. Elle noua ses bras autour de sa taille et posa la tête sur son torse. Un frisson la traversa quand il posa ses mains sur sa nuque.

—Je suis venue à Lucky Harbor par obligation, mais, en réalité, je crois que je cherchais quelque chose.

—Et tu l'as trouvé ?

Elle adorait le timbre grave de la voix de Jax et la façon dont leurs corps se mêlaient.

—Je crois que oui. Je reste à Lucky Harbor, Jax. Nous allons reconstruire l'auberge. Pour la première fois de ma vie, je me sens bien quelque part. J'ai mes sœurs, une maison à moi… Enfin, pour un tiers seulement, et on te doit encore des tonnes d'argent, et l'hôtel est à moitié calciné, mais… enfin, tu vois ce que je veux dire.

Jax se retint de sourire.

—Et, poursuivit-elle en prenant une profonde inspiration avant d'aborder l'essentiel, je me suis enfin autorisée à aimer et à être aimée en retour.

Il se pétrifia et la scruta du regard pendant plusieurs longues secondes. Enfouissant ses doigts dans la chevelure de la jeune femme, il demanda :

—C'est vrai ?

—Oui.

À l'idée qu'il ait pu en douter un instant, le cœur de Maddie se serra.

—Je t'aime, Jax, reprit-elle. Et je sais que tu m'aimes aussi.

—Oui, je t'aime, dit-il d'une voix assourdie par l'émotion.

Toutes les inquiétudes de Maddie fondirent comme neige au soleil. Jax l'embrassa longuement au creux de l'épaule. Quand il releva la tête, ses yeux brillaient de larmes retenues.

— Je t'aime plus que tu ne peux l'imaginer.

Plongeant dans son regard, elle y lut un avenir radieux et, soudain, elle se sentit guérie de tous les chagrins qui lui avaient brisé le cœur.

— J'ai trouvé ma place, murmura-t-elle, émerveillée, en se serrant davantage contre lui. J'ai trouvé ma place avec toi.

Il approuva et l'enlaça tendrement.

— Bienvenue, Maddie.

L'écharpe de Maddie

Fournitures

1 pelote de laine super épaisse, au moins 100 mètres
1 paire d'aiguilles à tricoter taille 13
1 crochet taille 4

Instructions

1 – Montez 15 mailles (ou le nombre de mailles nécessaires pour obtenir une écharpe de 15 à 20 cm de large).

2 – Tricotez chaque rangée au point mousse jusqu'à ce que l'écharpe atteigne 1,50 m de long (s'il vous reste assez de laine et que votre fiancé est très grand, vous pouvez tricoter une écharpe plus longue).

3 – Rabattez vos mailles.

4 – À l'aide de votre crochet, rentrez les fils aux deux extrémités de l'ouvrage. Facile, non ?

Personnalisez votre cadeau

1 – Libre à vous de choisir une laine moins épaisse, mais pensez à utiliser la bonne taille d'aiguilles – pour cela, référez-vous aux instructions figurant sur l'étiquette de la pelote.

2 – Tricotez ensemble deux fils de laines différentes ; ainsi, l'écharpe que vous offrirez à votre homme sera unique.

3 – Réalisez une écharpe à rayures en achetant des pelotes de couleurs différentes. Changez de couleur à chaque début de rang et laissez pendre un fil que vous rentrerez ensuite au crochet (voir étape 4 des instructions).

4 – Ajoutez des franges : découpez 64 brins de laine d'environ 25 cm chacun. Prenez 4 brins que vous plierez en deux. À l'aide du crochet, passez la boucle ainsi formée à travers un coin du tricot. Passez les bouts libres à travers la boucle et tirez. Répétez l'opération jusqu'à ce que vous obteniez 8 franges régulièrement espacées à chaque extrémité de l'écharpe.

EN AVANT-PREMIÈRE

Découvrez la suite des aventures
de Tara, Maddie et Chloe dans :

TENDREMENT
(version non corrigée)

Bientôt disponible chez Milady Romance

Traduit de l'anglais (États-Unis) par Auriane Lucas

Chapitre premier

Dans la vie il n'y a pas de bouton pause.
Tara Daniels

— Muffin ? proposa Tara en remontant la file des gens qui attendaient sur la jetée de passer les portes du festival d'été de Lucky Harbor. Un muffin « la vie est belle » offert ?

Le grand panier était plus lourd que ce qu'elle avait imaginé, et le soleil de cette fin d'après-midi de juin lui martelait le crâne en rythme avec les vagues de l'océan Pacifique qui venaient frapper la grève. La transpiration perlait sur sa peau et ça la mettait en pétard. C'était à cause de la Dame de Fer en elle. Elle voyait la sueur comme une atteinte à sa dignité, allant à l'encontre de sa devise : « ne les laisse jamais voir que tu transpires ».

Tara essaya de se convaincre qu'elle ne faisait que briller, espérant, à tout prendre, que ça lui donnait un air rayonnant. Souriant de plus belle, elle continua sur sa lancée. Au moins sa robe d'été était légère et elle appréciait le contact de la matière vaporeuse sur sa peau. Elle l'avait achetée pour se donner une allure sophistiquée et élégante. Et pour booster sa confiance en elle.

C'était beaucoup exiger d'une robe.

— Muffin ? demanda-t-elle à la femme suivante dans la file.

Mme Taylor, la propriétaire de la quincaillerie locale, jeta un coup d'œil prudent dans le panier.

— Est-ce qu'ils sont allégés ?

Avant de venir dans l'état de Washington, Tara avait passé la majeure partie de sa vie du côté de Houston dans le ranch de ses grands-parents pour qui modérer l'usage du beurre et du lard était un sacrilège. Allégés, ses muffins ? Pas vraiment. Elle envisagea un bref instant de mentir, mais redouta d'être foudroyée sur place – ce qui aurait ruiné sa coiffure.

— Absolument pas, non, désolée.

— Et vous avez une idée du nombre de calories ?

Tara baissa les yeux sur ses magnifiques muffins, épais, moelleux et légèrement dorés, tous parfaitement cuits et sans l'ombre d'un doute, débordants de calories.

— Mille milliards, répondit-elle avant d'ajouter : par bouchée.

— Cela m'étonne de vous, rétorqua Mme Taylor déçue, promouvoir ainsi le cholestérol.

Tara avait lu quelque part qu'être gentille nécessitait moins d'effort que se comporter en garce. Et vu qu'elle était pour l'économie d'énergie, elle étira les lèvres en un sourire.

— En réalité, je fais la promotion de l'auberge que mes sœurs et moi allons ouvrir dans deux semaines…

Elle s'interrompit quand Mme Taylor leva un index poli en sortant son téléphone qui vibrait.

Tara aurait bien levé un doigt, elle aussi, mais étant donné que ce geste-là n'avait rien de poli, elle se contrôla. Poursuivant son chemin, elle entreprit de se persuader que, même si ça donnait cette impression, ravaler sa fierté comme elle le faisait continuellement depuis son arrivée à Lucky Harbor n'allait pas la tuer.

A priori.

— Muffin ? demanda-t-elle à une nouvelle portion de la file, les distribuant aux personnes qui en exprimaient le désir. Qui veut un muffin « la vie est belle » ?

Chaque gâteau avait été enveloppé avec soin et entouré d'un ruban à l'intérieur duquel était glissé un prospectus pour l'Auberge de Lucky Harbor. La réussite de cette entreprise était l'un des nouveaux objectifs de Tara, et ils avaient bien changé. L'année précédente, elle souhaitait la paix sur terre et une manucure capable de tenir deux semaines complètes. Cette année, c'était un peu plus rudimentaire : elle voulait pouvoir payer ses factures à la fin du mois sans déshabiller Pierre pour habiller Paul, et éventuellement avoir le sentiment d'être maîtresse de sa propre vie.

Juste ça.

Trente jours sans vivre dans l'attente angoissante d'un chèque.

Qui parfois n'arrivait pas.

Tara marchait le long de la jetée, toujours écrasée par la chaleur du soleil, l'ombre des falaises escarpées se découpant dans son dos. Devant elle, les vagues continuaient à venir s'échouer sur la plage, faisant vibrer l'appontement sous ses pieds. Elle dépassa l'institut de beauté, Le Lucky Harbor Diner – le restaurant où elle travaillait quatre soirs par semaine –, puis la galerie, le glacier et la grande roue, aussi haute qu'un immeuble de quatre étages.

La foule était à présent plus dense et semblait se resserrer autour d'elle. On aurait dit que tout l'État de Washington avait fait le déplacement afin d'assister au Festival d'été des Arts et de la Musique, mais cela ne surprenait pas Tara. La seule chose que les habitants de Lucky Harbor aimaient davantage que les ragots c'était une bonne fiesta, et cette nuit-là ils allaient pouvoir profiter des deux à foison. Une nuit chaude, de la bonne musique, de la danse et à boire… la recette idéale pour passer un bon moment, ou pas.

— Bien sûr que je vais prendre un muffin, dit Chloe en faisant son apparition à côté de Tara.

À vingt-quatre ans, Chloe était le bébé de la famille et avait hérité du même esprit libre – comprendre indomptable – que leur mère, Phoebe Traeger. Elle portait un short taille basse ajusté et un débardeur jaune vif qui obligeait quiconque voulait la regarder à porter des lunettes de soleil. Sa chevelure d'un roux sombre était agrémentée de deux mèches rose fluo au niveau des tempes, le reste tombant dans son dos en une cascade de boucles désordonnées, comme si elle venait juste de sortir du lit.

Elle aurait pu poser pour des magazines.

Enfin, si on exceptait sa taille – un mètre cinquante-cinq avec ses baskets montantes –, son indiscipline, et son incapacité à suivre des directives.

Chloe revenait tout juste d'un périple de deux mois dans les hôtels thalasso haut de gamme de Miami Beach. Elle y avait mis à profit sa licence d'esthétique tout en peaufinant sa propre ligne de cosmétiques, et s'était probablement, une fois de plus, attiré des ennuis.

Tara n'était que trop heureuse – et soulagée – de la voir de retour. Elle passait sa vie à s'inquiéter pour sa turbulente petite sœur.

Chloe, bronzée, rayonnante et arborant – fraîchement tatoué à l'intérieur du poignet – un symbole chinois qu'elle refusait obstinément de traduire, mordit dans le muffin et laissa échapper un gémissement de pure volupté.

— Waouh ! Tara, ils déchirent. Dis, j'ai une question à te poser ?

— Si tu as l'intention de me demander si les muffins sont allégés, répondit Tara, je dois d'abord t'avertir que je commence à manquer de place pour dissimuler les cadavres.

Chloe s'esclaffa.

— Non, je sens mes artères se boucher un peu plus à chaque bouchée, et ça ne me dérange pas. (Elle se lécha les doigts.) Je voulais juste savoir si tu avais remarqué que Ford approchait.

Tara se retourna pour suivre le regard de Chloe et retint son souffle. En effet, Ford Walker avançait vers elles, à grands pas nonchalants, sûr de lui. Heureusement qu'il n'était pas pressé, car presque toutes les personnes qu'il croisait l'arrêtaient pour échanger quelques mots. Cela ne paraissait pas le gêner le moins du monde et cette patience le rendait particulièrement difficile à haïr, même si Tara essayait de toutes ses forces.

— Est-ce qu'un jour tu comptes me dire ce qu'il y a entre vous ? demanda Chloe en engloutissant un deuxième muffin, à croire qu'elle n'avait pas mangé depuis une semaine.

Ce qui appartenait au domaine du possible. La jeune femme était fauchée en permanence et ne semblait jamais se préoccuper du prochain repas.

— Il n'y a rien entre Ford et moi, protesta Tara.

Sa jeune sœur afficha une moue amusée, qu'elle aurait pu traduire par « menteuse », ce qu'elle était.

— Tu sais ce dont tu as besoin ?

Tara lui jeta un regard en coin.

— Un voyage sur une île du Pacifique loin d'une certaine Chloe ?

— Humm, peut-être pour Noël. Pour l'instant, tu as besoin de te détendre. Plus de yoga, moins de stress.

— Je suis parfaitement détendue.

Ou plutôt, elle l'était avant d'apercevoir Ford. On l'avait de nouveau interpelé et il discutait à quelques pas de là. Mais, comme s'il avait senti qu'elle l'observait, il tourna la tête et croisa son regard. Une étrange tension bourdonna dans les veines de Tara et son rythme cardiaque prit un coup de fouet – pas au point de provoquer un infarctus, mais pas loin.

— Totalement, complètement détendue, murmura-t-elle.

— C'est cela, oui, dit Chloe d'un air amusé. C'est pour cette raison que tu serres ton panier au point d'écraser les muffins ? Ou que tu as nettoyé le cottage du sol au plafond la nuit dernière ?

— Eh, répondit Tara sur la défensive. Il y avait beaucoup de poussière, c'est mauvais pour ton asthme. Et au cas où tu l'aurais oublié, il y a deux semaines tu as fini à l'hôpital incapable de respirer, tout ça à cause d'un nuage de pollen. Mais ne me remercie surtout pas.

Chloe leva les yeux au ciel et se tourna vers la femme qui se tenait dans son dos. Lucille possédait une galerie d'art en ville et avait entre soixante-dix et deux cents ans. Elle portait des Nike entièrement blanches et son éternel survêtement rose fluo. Elle prit un muffin, mordit dedans et laissa échapper un gémissement de plaisir.

— Tara, ma chérie, tu es aussi extraordinaire que tu es coincée.

— Je ne suis pas…

Oh, et puis laisse tomber.

Lucille, les yeux lourdement maquillés d'ombre à paupières bleue, la détailla.

— Jolie robe. Tu es toujours si chic. Gap ? H&M ?

En fait, c'est Macy's, du temps où j'avais une carte de crédit alimentée, pensa Tara.

— Ça fait déjà plusieurs années que je l'ai, alors…

— On a une question, l'interrompit Chloe en s'adressant à Lucille. Dites-moi, est-ce que ma sœur vous paraît détendue ?

— Détendue ? (Prenant la question très au sérieux, Lucille étudia Tara avec attention.) À vrai dire, elle semble un peu constipée.

La vieille femme se tourna vers la personne qui arrivait derrière elle, mais Tara n'eut pas besoin de regarder pour savoir de qui il s'agissait car ses tétons se durcirent.

Ford : un mètre quatre-vingt quinze de testostérone et de muscles. Son physique rappelait celui d'un catcheur professionnel, mais cet homme était bien trop décontracté pour se donner la peine de se battre, quel que soit l'enjeu.

Vêtu d'un Levi's et d'une chemise blanche aux manches remontées jusqu'au coude, il était néanmoins aussi élégant que Tara. Il avait des cheveux bruns éclaircis par le soleil, des yeux verts perçants et le sourire facile. Tout en lui était un appel à la luxure, de sa carrure robuste à l'air confiant qu'il affichait comme d'autres portent de l'eau de Cologne. La moitié des habitants de Lucky Harbor en était raide dingue.

L'autre moitié, constituée des hommes de la ville, ne comptait pas.

Tara faisait exception, bien sûr. Non seulement elle n'était absolument pas amoureuse de lui, mais en plus il avait tendance à lui taper sur les nerfs.

Et pour une excellente raison.

Plusieurs, en fait. Mais elle préférait prétendre qu'il ne s'était rien passé entre eux.

— On essaye de comprendre ce qui ne va pas chez Tara, mon cher, lui dit Lucille en levant sa tête aux cheveux bleutés pour le regarder dans les yeux. Je crois qu'elle est constipée.

Chloe éclata de rire.

Ford donna l'impression de vouloir en faire autant.

Tara serra les dents.

— Je ne suis pas…

— Ce n'est rien, l'interrompit Lucille. Ça arrive aux meilleurs d'entre nous. Tout ce dont tu as besoin, c'est de quelques prunes, d'un mixer, et tu…

— Je ne suis pas constipée ! s'écria Tara.

Fantastique. À présent, tout le monde dans un rayon de dix mètres était dans la confidence.

— Tant mieux, se réjouit Lucille. Parce qu'aujourd'hui c'est soirée bingo au foyer municipal.

Extrêmement consciente de la présence de Ford, qui se tenait tout près d'elle, Tara s'agita sur ses sandales à semelles compensées.

— Ce n'est pas vraiment mon truc.

— Le mien non plus, ma chérie, répliqua Lucille. Mais on y trouve des hommes en abondance. Un homme pourrait facilement t'aider à évacuer tout ce stress. Je n'ai pas raison, Ford ?

— Oui, madame, répondit Ford avec un air des plus sérieux. Facilement.

— Tu vois ? dit Lucille en s'adressant à Tara. Bon, c'est vrai que tu es un peu jeune pour notre clique, mais tu pourrais mettre le grappin sur un véritable boute-en-train, peut-être même deux.

Tara connaissait la clique du bingo. Les fameux boute-en-train étaient ceux qui se déplaçaient sur leurs deux jambes, voire avec un déambulateur.

— Je n'ai pas besoin d'un boute-en-train.

Encore moins de deux.

— Oh, ma chérie, insista Lucille. Toute femme a besoin d'un homme. D'ailleurs, même ta maman, paix à son âme, disait souvent qu'elle trouvait bien dommage que l'on ne puisse pas se payer du sexe sur eBay.

À ses côtés, Ford rigola discrètement. Tara fit bien attention à ne pas regarder cet homme qu'à une époque elle avait désiré de tout son être. Ces derniers temps, elle refusait toute forme de dépendance.

Dans un élan de sagesse, Chloe glissa gentiment son bras sous celui de Lucille.

— J'ai des amis haut placés qui peuvent nous épargner cette file d'attente, dit-elle à la vieille dame. Venez, et dites-moi tout sur ces boute-en-train.

Tout en s'éloignant avec Lucille, la jeune femme adressa à sa sœur un sourire qui disait clairement « à charge de revanche ».

Mais Tara n'était pas vraiment en état de s'en soucier car elle se retrouvait à présent seule avec Ford. Enfin, aussi seule qu'on peut l'être entourée de plusieurs centaines de personnes. Ce n'était pas ainsi qu'elle avait envisagé les choses en se levant ce matin-là après avoir conclu un marché avec Dieu. Elle avait promis de faire un effort sur elle-même s'il lui donnait une journée sans avoir à affronter son passé.

Mais Dieu n'avait pas rempli sa part dudit marché. Ce qui signifiait que rien ne l'obligeait à s'améliorer...

Ford était en train de l'observer. Elle sentait le poids de son regard et gardait le sien résolument rivé sur l'eau. Peut-être devrait-elle songer à se mettre au tricot à l'instar de son autre sœur, Maddie. C'était, a priori, une activité très cathartique, ce qui pour Tara n'aurait pas été du luxe. Le soleil de fin d'après-midi s'enfonça un peu plus dans l'océan, comme s'il y trempait les orteils afin de se rafraîchir. Elle tâcha de se concentrer sur ce spectacle jusqu'à ce que de longs doigts effleurent les siens.

— Tara.

Et voilà, rien que son prénom sur les lèvres de Ford, et d'un coup elle… s'attendrissait. Elle n'avait pas d'autre mot pour ce qui se passait à l'intérieur de son corps à chaque fois qu'il lui adressait la parole. Elle s'attendrissait, et son être tout entier se focalisait sur lui.

Comme au bon vieux temps.

Ford resta planté là, calme et patient, avec son début de barbe, ses dents blanches parfaitement alignées et ses yeux superbes qui pétillaient, faisant remonter des sentiments que Tara n'était pas prête à affronter.

— Tu ne m'offres pas un muffin ? demanda-t-il.

Vu qu'une part d'elle-même voulait offrir bien plus, elle tint sa langue et tendit le panier. Ford prit son temps pour choisir, si concentré qu'on aurait pu penser qu'il était à un carrefour de sa vie et hésitait entre plusieurs chemins.

— Ils sont tous pareils, finit par dire Tara.

À ces mots il lui sourit et elle sentit ses genoux trembler. Doux Jésus, ce sourire aurait dû être assorti d'une étiquette : « Avertissement : une exposition prolongée est susceptible de causer attendrissement, désir et stupidité. »

— Tu n'as pas un bar à faire tourner ? demanda-t-elle.

— Jax est là-bas, il s'en occupe.

Ford était un professionnel de la voile mondialement reconnu. Quand il n'était pas sur l'eau à participer à une course, ou dans Cosmo – contre toute attente listé parmi les hommes les plus sexys de l'année –, il vivait à Lucky Harbor. Il y était, avec son meilleur ami Jax, propriétaire d'un bar, le Love Shack, le plus populaire des rades de la ville. Selon Tara, il faisait ça surtout parce qu'étant un champion du papotage, il pouvait à loisir exercer ce talent quand il se trouvait derrière le comptoir, à servir à boire et jouir de la vie.

Elle aussi jouissait de la vie. Ou de l'idée de la vie.

D'accord, il fallait bien l'admettre, elle avait encore du travail côté jouissance. Le problème était que la réalité ne cessait de freiner sa capacité à se laisser aller.

— Tu le prends ce muffin ou quoi ?

Ford pencha légèrement la tête et la considéra d'un regard caressant.

— Je prendrais toutes les miettes que tu as à m'offrir.

Sa réplique amena un sourire sincère sur les lèvres de la jeune femme.

— Tu n'es pas du genre à te contenter des miettes.

— Je l'ai fait autrefois.

Il souriait toujours, mais ses yeux étaient redevenus sérieux, et elle sentit un tiraillement dans le bas de son ventre.

Souvenirs, souvenirs. De ceux qu'elle aurait préféré oublier.

— Ford…

— Ah, dit-il d'une voix douce. Alors tu te souviens de mon prénom. C'est un début.

Posant la main sur son torse musclé, elle tenta de le repousser. Mais quand bien même elle aurait réellement essayé, elle n'aurait pas pu le faire bouger.

Et elle n'avait rien oublié le concernant… absolument rien.

— Qu'est-ce que tu veux ?

— J'ai pensé qu'après tout ce temps nous pourrions être amis, dit-il d'un ton léger.

— Amis, répéta-t-elle.

— Oui. Avoir des conversations polies. Aller boire un verre à l'occasion. Et peut-être sortir ensemble…

Elle le regarda.

— Ça, ce serait être plus que des amis.

— Toujours aussi futée.

Elle sentit de nouveau son ventre se nouer. Il voulait la mettre dans son lit. Et pas pour y dormir. Son corps réagit, plein d'espoir à cette simple évocation.

— Nous ne… (Elle ferma les yeux pour dissimuler son mensonge.) Nous ne nous apprécions pas assez pour ça, plus maintenant.

— Non ?

La seconde qui suivit, elle sentit un mouvement dans l'air indiquant qu'il se rapprochait et ouvrit les yeux alors qu'il levait la main pour lui replacer une mèche de cheveux derrière l'oreille. Un frisson la parcourut.

Il s'en aperçut – bien entendu, rien ne lui échappait jamais – et esquissa un sourire. Mais ses yeux demeurèrent sérieux, si sérieux tandis qu'il se penchait vers elle.

Tout personne les observant aurait pensé qu'il lui murmurait à l'oreille.

Ce n'était pourtant pas le cas.

Non, il avait en tête quelque chose de bien plus sournois. De ses lèvres il lui effleura le cou puis, alors qu'elle luttait, et échouait à retenir un gémissement, il chuchota :

— Je t'apprécie beaucoup. (La jeune femme frémit, lui assurant que la réciproque était vraie, qu'elle le veuille ou non.) Penses-y, Tara.

Et il partit, la laissant incapable de faire autre chose que de penser à ce qu'il venait de lui dire.

À lui.

DÉCOUVREZ AUSSI DANS LA MÊME COLLECTION :

Chez votre libraire

Joan Reeves *Jane (cœur à prendre) Jones*

22 juin 2012

Jane Graves *Smoking et Layette*

Jill Shalvis Lucky Harbor : *Tendrement*

Achevé d'imprimer en avril 2012
Par CPI Brodard & Taupin - La Flèche (France)
N° d'impression : 68708
Dépôt légal : mai 2012
Imprimé en France
81120763-1